37-38-41-42-43-44-
48-49-

W0183073

FABULA

28

DELLO STESSO AUTORE:

A ciascuno il suo
Alfabeto pirandelliano
Il Consiglio d'Egitto
1912 + 1
Porte aperte
Una storia semplice

Leonardo Sciascia

Il cavaliere e la morte

SOTIE

ADELPHI EDIZIONI

Prima edizione: novembre 1988
Seconda edizione: dicembre 1989

© 1988 ADELPHI EDIZIONI S.P.A. MILANO
ISBN 88-459-0318-4

IL CAVALIERE E LA MORTE
Sotie

Un vecchio vescovo danese, ricordo, mi disse una volta che ci sono molte vie per giungere alla verità, e che il Borgogna è una delle tante.

KAREN BLIXEN, *Sette storie gotiche*

Quando alzava gli occhi dalle carte, e meglio quando appoggiava la testa sull'orlo dell'alto e duro schienale, la vedeva nitida, in ogni particolare, in ogni segno, quasi il suo sguardo acquistasse un che di sottile e puntuto e il disegno rinascesse con la stessa precisione e meticolosità con cui, nell'anno 1513, Albrecht Dürer lo aveva inciso. L'aveva acquistata, molti anni prima, ad un'asta: per quell'improvviso e inconsulto desiderio di possesso che a volte lo assaliva di fronte a un quadro, una stampa, un libro. L'aveva contesa agli altri che la volevano, arrivando quasi ad odiare il più tenace, che gliela aveva poi abbandonata ad un prezzo che, corrispondendo al suo stipendio di due mesi, al momento di pagarlo gli diede un certo sgomento. Ingente non soltanto in rapporto alle sue possibilità; ma ora, per il vertiginoso crescere dell'inflazione e per il moltiplicato valore delle cose di Dürer e di ogni altro grande incisore, irrisorio. Se l'era portata dietro da una sede all'altra, da un ufficio all'altro: attaccandola sempre alla parete di fronte alla scrivania. Ma di tutti quelli che in tanti anni erano entrati nel suo ufficio, soltanto uno (un truffatore ingegnoso che giovialmente accettava la sorte che da quell'ufficio lo avrebbe per qualche anno fatto ospite di un carcere inospitale) si era soffermato a guardarla e ad apprezzarla: proprio ad apprezzarla, secondo i più recenti cataloghi dei mercanti di stampe zurighesi e parigini.

Quell'apprezzamento lo aveva un po' allarmato; in un soprassalto di grettezza, di avarizia, aveva deciso di portarsela a casa; ma se ne dimenticò subito. Si era ormai abituato ad averla di fronte, nelle tante ore d'ufficio. *Il cavaliere, la morte e il diavolo.* Dietro, sul cartone di protezione, c'erano i titoli, vergati a matita, in tedesco e in francese: *Ritter, Tod und Teufel*; *Le chevalier, la mort et le diable*. E misteriosamente: *Christ? Savonarole?* Il collezionista o il mercante che si era interrogato su quei nomi pensava forse che l'uno o l'altro Dürer avesse voluto simboleggiare nel cavaliere?

Gli avveniva a volte di domandarselo, guardando la stampa. Ma ora, la testa appoggiata all'orlo dello schienale per la stanchezza e per il dolore, la guardava estraendo significato dal fatto di averla anni prima acquistata. La morte; e quel castello lassù, irraggiungibile.

Dalle tante sigarette fumate nella notte, il dolore di sempre aveva perso di consistenza, di pesantezza, trascolorando in uno strazio più diffuso. Si poteva, ecco, dare il nome dei colori alla diversa qualità del dolore, al suo mutare. Al momento, era mutato dal viola al rosso: rosso di fiamma, lingueggiante, che imprevedibilmente lambiva ogni parte del suo corpo e vi si attaccava o vi si spegneva.

Automaticamente, accese ancora una sigaretta. Ma l'avrebbe lasciata a consumarsi nel portacenere se il Capo, entrando, non gli avesse fatto il solito rimprovero sul tanto e rovinoso fumare. Vizio stupido, vizio di morte. Aveva smesso di fumare, il Capo, da non più di sei mesi. Ne era molto fiero: a misura della sofferenza che ancora sentiva, una certa invidia, un certo rancore, quando vedeva gli altri fumare; e si alimentavano del fatto che davvero ormai il sentore del fumo gli dava un fastidio che arrivava alla nausea, al tempo stesso che la memoria del proprio fumare gli era come di un paradiso perduto.

«Ma non sente che qui si soffoca?» disse il Capo.

Il Vice prese la sigaretta dal portacenere, tirò una voluttuosa boccata. Era vero: si soffocava. La stanza era piena di fumo, si addensava intorno alle lampade ancora accese, velava come una diafana tenda i vetri della finestra da cui, cangiante, traluceva il mattino. Tirò ancora una boccata.

«Capisco» disse il Capo con tono di superiore tolleranza «che non si abbia la forza di volontà di smettere del tutto: ma perseguire con tanta ostinazione ed abuso questo genere di morte... Mio cognato... ». Si serviva dello schermo del cognato, fumatore accanito da qualche mese morto, per la delicatezza di non parlare direttamente di quel male di cui evidentemente il Vice si avviava a morire.

« Lo so, eravamo amici... Lei, immagino, avrà già scelto il suo genere di morte. Le chiederò di parlarmene, una volta o l'altra: chissà che non mi convinca a sceglierlo ».

« Non l'ho scelto e non si può sceglierlo; ma avendo smesso di fumare, spero di morire di altra morte ».

« Lei certamente sa che sono stati gli ebrei convertiti a inventare in Spagna l'inquisizione cattolica ».

Non lo sapeva. E dunque: « Non ho mai avuto simpatia per gli ebrei, a dirla tra noi ».

« Lo so. Ma un qualche interesse per i convertiti, da parte sua, me l'aspetterei ». Erano quasi colleghi, si conoscevano da anni; e perciò si permetteva, ma senza malanimo, impertinenze, ironie, battute anche sferzanti. E il Capo lasciava correre per la soggezione che l'incomprensibile lealtà del Vice nei suoi riguardi gli dava. Mai visto un Vice così leale: e dapprima si era arrovellato a trovarne la ragione nascosta; ma ora sapeva che non ce n'era.

« Convertiti o no, nessuna simpatia. Lei, invece... ».

« Io, invece, ebrei o no, non ho simpatia per i convertiti: ci si converte sempre al peggio, anche quando sembra il meglio. Il peggio, in chi è capace di conversione, diventa sempre il peggio del peggio ».

« Ma il convertirsi a non fumare non c'entra per niente: ammesso che il convertirsi sia generalmente un'abiezione ».

« C'entra, c'entra: dal momento che si diventa persecutori di coloro che ancora fumano ».

« Ma che persecutori! Se io lo fossi, questi uffici sarebbero pieni di cartelli col *vietato fumare*; e forse è da pensarci, a suo dispetto e per il suo bene. Perché io parlo per il suo bene: mio cognato... ».

« Lo so ».

« E dunque lasciamo perdere. In quanto alla sua filosofia sui convertiti, avrei argomenti per annientargliela così »: e fece schioccare tra il pollice e l'indice la fulmineità dell'annientamento. Era un gesto che faceva frequentemente, poiché tante erano le cose che si proponeva di annientare: e il Vice, che a volte si provava a ripeterlo, senza mai riuscire a cavarne lo schiocco, puerilmente glielo invidiava. « Ma abbiamo ben altro da fare. Venga con me ».

« Dove? ».

« Lei l'ha già capito. Andiamo ».

« Ma non è un po' presto? ».

« No, sono ormai le sette: apposta ho perso tempo con la sua filosofia ».

« Presto, sempre presto ». Odiava le abitudini della polizia di eseguire mandati di cattura, perquisizioni e anche sopralluoghi o visite informative, nelle prime ore del mattino e, più spesso, in piena notte; ma colleghi e sottoposti lo consideravano un piacere da non perdere, quando se ne aveva l'occasione anche minima, la giustificazione più vaga. Quel bussare rumorosamente a una porta dietro la quale ignare famiglie celebravano il riposo, il sonno: e nell'ora in cui il sonno, smaltito il peso della stanchezza, si faceva meno opaco, più trasparente ai sogni, più goduto; l'allarmato *chi è?* e il solenne e rimbombante rispondere *polizia*; quell'aprirsi a spiraglio della porta, quegli occhi di sonno e di diffidenza che guatavano; la violenta spinta alla porta, l'irruzione; e dentro, poi, lo svegliarsi agitato di tutta la famiglia, le voci di paura e di stupore, il pianto dei bambini... Per un tale piacere nessuno, alto o basso che fosse il grado, rimpiangeva il proprio sonno perduto; ma il Vice, a parte il fatto che amava dormire, dopo almeno un'ora di lettura, da mezzanotte alle sette, ne aveva un senso, per sé quando raramente gli capitava di partecipare a simili operazioni e sempre per il corpo cui apparteneva, di vergogna quasi angosciosa.

«Sono le sette,» disse il Capo «e ci vuole quasi mezz'ora per arrivare a Villaserena. E poi, data la circostanza, non posso permettermi particolari riguardi nemmeno per lui».

«Ce li siamo già permessi,» disse ironicamente il Vice «saremmo già lì da almeno tre ore, e gli avremmo messo sottosopra la casa, se lui non fosse lui».

«Ma certo» disse il Capo: piccato fino al cinismo.

Li aspettava nel cortile – un bel cortile barocco, armoniosamente porticato – la nera automobile. All'agente che la guidava, non ci fu bisogno di dire dove si andasse: lo sapevano tutti, in quel palazzo che stava svegliandosi ronzando come un alveare. E quante telefonate, si chiese il Vice, erano già partite da quel palazzo per avvertire il Presidente della visita che stava per ricevere? Il Presidente: e non occorreva aggiungere delle Industrie Riunite, poiché in quella città il presidente in assoluto era lui; specificare era necessario per tutti gli altri presidenti, quello della Repubblica incluso.

Non parlarono per tutta la mezz'ora della corsa; davvero una corsa, nel traffico che andava animandosi. Il Capo svolgeva e avvolgeva, risvolgeva, riavvolgeva, quel che avrebbe detto al Presidente: con preoccupazione che gli si leggeva in faccia come un mal di denti. E il Vice così bene lo conosceva da decifrarla minuziosamente, quella preoccupazione: parola per parola, quasi; con tutte le cancellature, le correzioni e le sostituzioni che facevano al caso. Un palinsesto.

Arrivarono alla villa. L'agente che guidava (mi è venuta l'improvvisa inibizione ad usare la parola autista: col rammarico di averla altre volte usata; ma si può mai tornare a dire, come nella mia infanzia si diceva, *chauffeur*?) scese a suonare lungamente e imperiosamente il campanello della portineria. Il mal di denti del Capo ne ebbe visibile trafittura: non così, perdio!, c'è modo e modo. Ma non lo disse, per compatimento alle abitudini.

Al portiere che venne fuori, il Capo disse soltanto il proprio nome. Non pronunciare la parola polizia gli parve il primo riguardo dovuto al Presidente: ma il portiere aveva buon occhio e sufficiente esperienza, a capire che bisognava annunciare due signori della polizia, da meridionale costandogli un po', ma caricandola di un certo disprezzo, la parola signori. Tornò senza dir nulla: aprì il cancello e fece segno che potevano andare per il viale, fino alla villa che in fondo all'alberata prospettiva si vedeva in tutto il suo incanto, il suo canto (« quando una costruzione canta, è architettura »).

Tutto di un rococò fragile, musicale, cantato appunto: salone d'ingresso, scale, corridoi, biblioteca, studio del Presidente.

Non attesero molto: il Presidente spuntò silenziosamente da dietro una tenda. Era in soffice veste da camera, ma già sbarbato, pronto a vestirsi con quell'eleganza severa e sicura che i giornali di moda – ormai di tanta e di nessuna moda – gli riconoscevano. E intorno a lui aleggiava il fastidio di dover ritardare la solita, puntuale, quasi leggendaria uscita mattutina per recarsi al grattacielo delle Industrie Riunite: dal più alto piano del quale, quasi in confidenza col cielo, prendeva le quotidiane e sempre giuste decisioni per cui il paese intero si teneva sul filo del benessere, della ricchezza: avendo però da un lato lo strapiombo della miseria, dall'altro quello della peste.

« A che debbo il piacere di questa insolita visita? » domandò il Presidente stringendo la mano al Capo lungamente e fuggevolmente al Vice; e pronunciò la parola insolita come a materializzarla in corposo corsivo.

Il Capo annaspò, dalla mente sfuggendogli, come l'idrogeno da un palloncino bucato, tutto quel che si era preparato a dire. Disse: «Lei conosceva bene l'avvocato Sandoz, e...».

«Siamo amici,» disse il Presidente «ma in quanto a conoscerlo bene... Non si conoscono bene nemmeno i propri figli, e anzi li si conosce sempre male, malissimo... Insomma: l'avvocato Sandoz è mio amico, ci vediamo frequentemente, abbiamo interessi, se non in comune, contigui. Ma lei ha detto, mi pare, *conosceva*: dunque...».

Capo e Vice si scambiarono rapido sguardo d'intesa. Nelle loro menti adusate alla diffidenza, al sospetto, all'armar trappole di parole o a coglierne qualcuna che poteva diventar trappola, trasvolò la certezza che il Presidente sapesse già – cosa del tutto ovvia, non mancando nei loro uffici i suoi devoti – della morte di Sandoz: curioso era però il fatto che volesse fingersene ignaro. Ma il Capo subito lo spense, quel pensiero, nella considerazione che il Presidente, per sua parte, aveva mente adusata a non compromettere i suoi informatori. Disse: «Purtroppo, l'avvocato Sandoz non è più: è stato ucciso stanotte, presumibilmente dopo le dodici».

«Ucciso?».

«Ucciso».

«Incredibile!... L'ho lasciato poco prima della mezzanotte, ci siamo salutati all'uscita dal ristorante La vecchia cucina... Ucciso! Ma perché, ma da chi? ».

« Se lo sapessimo, non saremmo qui a tediarla ».

« Incredibile! » disse ancora il Presidente. Ma si corresse: « Si dice per dire, incredibile: ormai tutto è credibile, in questo nostro paese, tutto è possibile... Io... ». Era indeciso, pensò il Vice, tra il fingere di voler congedarli e il mostrare invece di aver capito che c'era dell'altro, che c'erano altre domande cui avrebbe dovuto rispondere. Scelse, appoggiando le mani ai braccioli della poltrona come per levarsi e congedarli, la finzione; maldestramente: ché il Capo istintivamente la fiutò e, senza rendersene conto, si sciolse dal disagio in cui si era fino a quel momento trovato. Come d'abitudine quando cominciava un interrogatorio, si assestò nella poltrona come ad avvitarvisi, la sua voce vibrò del solito *qualunque cosa tu dica io non sono qui per crederci.* L'attacco che si era preparato – « Siamo venuti a infastidirla, in quest'ora inopportuna, per chiederle qualcosa che può non significar nulla come può essere invece un punto di partenza per le indagini; indagini, beninteso, che comunque non toccherebbero lei, la sua persona... » – saltò. Disse: « In una tasca della giacca di Sandoz abbiamo trovato questo biglietto »: e lo tirò fuori dalla sua, un rettangolino colore avorio. « Da un lato, dattiloscritto, c'è il suo nome: *Ingegnere Cesare Aurispa, Presidente I.R.*; dall'altro, a mano, *Ti ucciderò*... Un cartoncino segnaposti, è facile capirlo: ma il *Ti uccciderò*? ».

« Una minaccia subito realizzata, lei ha pensato. E, si capisce, da me ». Il Presidente rise: ironico, amaro, indulgente.

Il cipiglio professionale del Capo immediatamente svanì. Con sgomento protestò: « Ma che dice?... Ma per carità!... Non mi permetterei mai di pensare... ».

« Ma no, » disse generosamente il Presidente « può anche permetterselo. Solo che sarebbe un errore: e anche degli errori un uomo che sta al suo posto può innamorarsi, coltivarseli come fiori, mettersene qualcuno all'occhiello. Normale. Normalissimo. Ed è così che a volte le cose più semplici diventano maledettamente complicate... Lei ha intuito giustamente: quel cartoncino segnava il mio posto al pranzo di ieri sera organizzato dalla società culturale cittadina intitolata al conte de Borch; e il *Ti ucciderò* l'ho scritto io. Uno scherzo tra me e Sandoz, che subito le spiegherò... Ho dato il biglietto a un cameriere, che lo portasse al povero Sandoz che stava, dall'altro lato del tavolo, cinque o sei posti distanti dal mio... E lo scherzo era questo: che fingevamo, entrambi, di corteggiare la signora De Matis; e poiché la signora, come già in altri pranzi dello stesso tipo, era stata messa accanto a lui... ».

« Fingevate di corteggiarla, dunque ». Il Capo ci mise una punta di diffidenza, incauto soprassalto del mestiere. Il Presidente, infatti, se ne risentì; e quasi con disgusto: « Può credermi; del resto, basta guardare la signora... ».

« Non oserei mai dubitare » disse il Capo. Ma il Vice pensò: hai dubitato, dubiti ancora: è l'onore del tuo mestiere, del nostro. E si lasciò andare, venendo meno al proposito di non parlare, a una domanda in poliziesca forma di constatazione, di affermazione: « E l'avvocato Sandoz rispose scrivendo sul proprio bigliettino segnaposto... ».

Il Capo lo guardò con disapprovazione; e così il Presidente, che sembrò accorgersi proprio in quel momento della sua presenza. « Sì, mi rispose, stando al gioco, che accettava il rischio; o qualcosa di simile ».

« Ma lei non ha conservato il bigliettino ».

« L'ho lasciato sul tavolo, forse rinfilato nel piccolo supporto di metallo; a forma di fiore, se non ricordo male ».

« Il povero avvocato Sandoz, invece, si è messo in tasca quello che lei gli ha mandato: distrattamente, automaticamente » disse il Capo: mal nascondendo nella servilità della frase un che di incredulo, di sospettoso.

« Già: distrattamente, automaticamente » approvò il Presidente.

« Che problema » disse il Capo.

« Ma lei è venuto qui credendo che io ne fossi la soluzione? » domandò il Presidente: ironico, indispettito, quasi irato.

« Ma no, assolutamente: soltanto perché era necessario, e subito, chiarire questo dettaglio, rimuoverlo; per portare avanti altra linea di ricerca, d'indagine... ».

« Ma avete altro punto da cui partire? ».

« Al momento, nessuno ».

« Per quel che vale, e credo valga poco, forse posso darvene uno io ». Tacque lungamente, sospendendo il Capo ad un'ansietà che al Vice parve eccessivamente espressiva per esser vera; così come eccessivamente espressivo si fece il volto del Presidente: di promessa per quel che stava per rivelare e, insieme, di rammarico per la pochezza di quella rivelazione. E infatti: « Non che mi paia un punto di partenza fondato, mi pare anzi uno scherzo: e come di uno scherzo me ne parlò il povero Sandoz... » (ancora uno scherzo, pensò il Vice, questa gente non fa che scherzare). « Proprio ieri sera, uscendo dal ristorante, mi disse di aver ricevuto una telefonata di minaccia – forse una, forse più di una: non ricordo bene – da parte... Mi lasci ricordare da parte di chi, poiché non può essere, come in questo momento mi viene alla mente, dei *ragazzi del novantanove*... No, non può essere: i *ragazzi del novantanove* erano quelli della leva chiamata alle armi dopo Caporetto, nel 1917: il Piave mormorava, e così via... Chi di quei ragazzi è ancora vivo, tocca oggi i novant'anni; e poi sarebbe riferimento a un fatto ormai così indecentemente patriottico... Non è possibile... Mi lasci pensare... ». Lo lasciarono pensare. Finché videro il suo volto illuminarsi del ricordo ritrovato. « Ecco: i *ragazzi dell'ottantanove*, mi pare... Sì, dell'ottantanove...

Ma non i ragazzi, pensandoci bene: i figli, forse...».

«I figli dell'ottantanove» assaporò il Capo: ma trovandovi l'amaro dell'incomprensibile. «L'ottantanove, dunque; e dunque figli proprio di quest'anno: 1989».

Il Vice, che all'esito degli sforzi di memoria del Presidente, aveva pensato che più facile sarebbe stato ricordare l'ottantanove, di cui non molti giorni erano passati dalla festa di capodanno, che il novantanove del Piave, si trovò a dire: «Del 1789, piuttosto. Una bella idea».

Né il Capo né il Presidente gradirono l'intrusione. «Lei pensa sempre alla storia» disse il Capo. E il Presidente: «Quale idea?».

«Questa del 1789. Da dove si può ormai distillare l'idea della rivoluzione, se non da quella? Ci vuol poco, ormai, ad ammettere che, come una volta si diceva di una certa bibita, è stata la prima e resta la migliore... Eh sì, una bella idea».

«Proprio bella non la direi», e fece il gesto, il Presidente, di cacciare una mosca fastidiosa.

«Ma 1989 o 1789» disse il Capo «lo vedremo dopo, posso anzi dire che lo sapremo presto... Quel che qui ed ora importa, anche per non continuare a farle perdere il tempo che le è prezioso, è soltanto questo: sapere esattamente che cosa, riguardo a questi figli dell'ottantanove, alle loro minacce, il povero avvocato Sandoz le confidò ieri sera».

«Per carità, non parliamo di confidenza: me

ne parlò con una certa noncuranza, con una certa leggerezza. Credeva, come le ho già detto, ad uno scherzo ».

« Non lo era » disse il Capo: con improvvisa, ma che si annunciava tenace, affezione ai figli dell'ottantanove. Da mastino.

« Non posso dirle nient'altro » disse il Presidente alzandosi. « Provi a domandare ad altri amici del povero Sandoz, ai suoi più vicini collaboratori ».

« E così, » disse il Vice « il nostro Presidente esce di scena ».

« Lei vorrebbe farvelo restare? ».

« Ma no; soltanto che ho delle curiosità ».

« Se le tenga » disse il Capo: recisamente, con irritazione; e rincarò: « Le conosco, le sue curiosità: sono di un genere così sottile che nemmeno si vedono ».

« Una ragione di più per soddisfarle ».

« Eh no! Non le vedo io e non le vede ogni uomo di senso pratico: ma chi ne è oggetto, presto o tardi se ne accorge. E ne vengono guai col pelo. Per i curiosi ».

« La capisco » disse il Vice. Stava un po' divagandosi. Poiché il dolore era ormai riuscito a imbrigliarlo dandogli colori, immagini e sopratutto pensieri (ma non nelle ore della notte in cui sembrava non avere confini, raggiungendo ogni punto della mente e dell'universo), ora lo sentiva e vedeva come un'onda lenta nel suo moto di avanzare e di ritrarsi: grigia, plumbea. Ma il colloquio col Presidente, svegliandolo a sospettosa attenzione, davvero gli era stato di divagazione; e la prolungava ora nel dialogo col Capo. E a lusingarlo: « Ma sono sicuro che una curiosità ce l'ha anche lei ».

« Facciamo questa sola eccezione: mi dica di questa sua, e secondo lei anche mia, curiosità ».

« Sapere che cosa esattamente c'era scritto nel biglietto che Sandoz mandò ad Aurispa ».

« Sì, forse ce l'ho, questa curiosità: ma personale, di capriccio, che non ha nulla a che fare con le indagini che abbiamo da intraprendere ».

« Ce l'ha o non ce l'ha? ».

« Ammetto di averla: ma un'indagine in questo senso il Presidente la prenderebbe in malaparte ».

« È stato così impreciso, così noncurante riguardo a quella risposta di Sandoz che, scherzosa quanto si vuole, per noi è l'ultimo scritto di un uomo che è stato ucciso subito dopo... Direi che siamo obbligati a un controllo: formale, ordinario. Per chiudere, insomma ».

« Va bene, la lascerò davanti al ristorante e le manderò due uomini che l'aiutino nella ricerca. Ma tenga presente: quel biglietto non ha nulla a che fare con la linea delle nostre indagini ».

« Lei ha già una linea? ».

« L'avrò: diciamo tra una o due ore ».

« Dio mio! » invocò il Vice.

Il Capo, gli si lesse in faccia il furore; ma si contenne in scontroso silenzio. Poi, che erano già arrivati davanti al ristorante La nuova cucina e il Vice stava per scendere, domandò: « Che cosa non la convince? ».

« I figli dell'ottantanove. Se lei comincia a parlarne in giro, vedrà che successo: da Pachino a Domodossola, se ne faranno vivi a diecine ».

« Ma io non ne parlerò, se gli amici e i collaboratori della vittima non me ne danno conferma, e con qualche particolare in più ».

« Credo che avrà conferma e particolari ».

« Non l'ho mai visto così ottimista ».

« Non sono mai stato così pessimista, invece ».

« La prego, » ma col tono di un ordine « non mi faccia girare la testa ».

Il Vice fece un gesto di disponibilità, di obbedienza. E si avviò al vicino caffè, per telefonare al proprietario del ristorante, che venisse ad aprirlo, e per prendere qualcosa nell'attesa.

La mattinata era di vitrea luminosità, gelida; e di gelidi aculei nelle ossa, nelle giunture. Ma questi dolori eccentrici, periferici, avevano il potere di attenuare quello centrale ed immane; e comunque gliene davano illusione.

Prese, una dopo l'altra, due tazze di denso caffè. Dicevano che il caffè acuisse i dolori; ma a lui davano la lucidità per sopportarli. Pensava intanto ai rifiuti che tra poco gli sarebbero stati sciorinati. La scienza dei rifiuti, la *garbage science*. Una parabola, una metafora: siamo ormai ai rifiuti; a cercarli, a maneggiarli, a leggerli; a chieder loro qualche reliquia di verità. Alle immondizie. Un giornalista aveva cercato i segreti della più segreta politica nelle immondizie di Henry Kissinger; la polizia americana i segreti della mafia siculo-americana in quelle di Joseph Bonanno. « L'immondizia non mente mai »: precetto sociologico, ormai. Ma quella di Bonanno aveva mentito al poliziotto Ehmann: *Call Titone work and pay scannatore*. Nulla di più chiaro, per Ehmann: se scannare è in italiano sgozzare, scannatore è uno che fa il mestiere di sgozzare. Bisognava almeno conoscere *L'aria del continente*, commedia di Martoglio da un'idea di Pirandello, per capire qual complesso d'inferiorità senta il siciliano nel proprio dialetto, non appena infarinato di lingua italiana: e perciò *scanaturi* era stato, in casa Bonanno, italianizzato in *scannatore*. Si trattava insomma di un appunto, di un promemoria, per pagare a un falegname siculo-americano, di nome Titone, una di quelle tavole massicce, di legno forte, ben levigate, su cui le donne – una volta in Sicilia, in America ormai – impastano il pane, fanno tagliatelle e lasagne, focacce e pizze. *Scanaturi*: « strumento da gramolar la pasta », definiva il gesuita Michele del Bono, anno 1754. Ma Bonanno aveva ingenuamente italianizzato o aveva voluto fare uno scherzo a Ehmann, un proficuo scherzo?

Curioso, pensò il Vice, che la parola scherzo si affacciasse con tanta frequenza, in quelle ultime ore. Ed era pure uno scherzo, quello che stava facendo al suo Capo. Era sicuro che, tra i rifiuti di quel pranzo della sera prima, il biglietto di Sandoz non si sarebbe trovato. E infatti, in due ore e passa di ricerche, non lo trovarono. *L'immondizia non mente mai*: in questo caso per assenza. Ma inquietante era altro pensiero: che tra le immondizie l'uomo si avviasse a morire.

Per non far girare la testa al Capo, assistette in silenzio agli interrogatori degli amici e collaboratori del povero Sandoz (che da vivo a nessuno sarebbe venuto in mente di dirlo povero, ricco com'era d'ingegno, di beni, di potere e di donne; e c'era comunque da dubitare che poche ore prima fosse stato assunto al cielo dei poveri). Che confermarono, che particolareggiarono. Sì, il povero Sandoz aveva parlato delle telefonate dei figli dell'ottantanove; ma come di uno scherzo, anche perché l'ultima telefonata gli era parsa come di un bambino: voce esile, esitante, quasi un balbettio. E aveva fatto riflessione sulle altre, quattro o cinque, che, a rimemorarle, gli pareva fossero state di voci diverse, di diverse età. Tutte contraffatte, si capisce; e forse a telefonare era sempre stata la stessa persona: che aveva fatto la prima con voce da vecchio e, digradando, l'ultima con voce infantile. « La prossima volta » aveva detto il povero Sandoz alla segretaria « mi telefonerà un lattante ». Ci scherzava su; e alla segretaria aveva pure detto di aver capito da chi poteva venirgli, un simile scherzo. I figli dell'ottantanove: che strana trovata! E tutti, Sandoz per primo, avevano pensato al 1989: rivoluzionari appena nati, e da ciò la digradante età delle voci.

« Come vede, » disse il Capo « il suo 1789 è andato a farsi friggere ».

« Può darsi » disse il Vice.

« Non nego che la sua ostinazione, qualche volta, è stata di una certa utilità; ma ora, mi creda, è meglio la riponga per migliori occasioni ».

« Non credo ci sia migliore occasione di questa. Ma non voglio farle girare la testa, non voglio affliggerla ».

« Mi affligga ».

« Ecco: io credo che lo scherzo, continuiamo a chiamarlo scherzo, sia stato calcolato in modo da dar luogo a due successive ipotesi: la prima, mentre Sandoz era vivo, e principalmente da parte di Sandoz, che si trattasse di un vero e proprio scherzo: innocuo, ridevole; la seconda, Sandoz assassinato, che non si era trattato di uno scherzo. Nella prima ipotesi, funzionava il 1989, il comico gioco di farsi neonati di una rivoluzione qualsiasi, parola, soltanto parola; nella seconda, funziona la minaccia, che con l'assassinio di Sandoz comincia a realizzarsi, di dar seguito e compimento a quella del 1789, di rinnovarne i fasti e i terrori».

«Che i due scherzi, come lei ha il gusto di chiamarli, siano collegati, sono d'accordo».

«Ma altro è il punto su cui non siamo e non saremo d'accordo: che senza che noi ce ne accorgessimo, sull'onda delle celebrazioni di quella rivoluzione, sia nata un'associazione eversiva intrinsecamente convinta di quei princìpi e ora pronta e dedita al delinquere per restaurarne la parte allora caduta: poiché questo dovrebbe essere il senso della denominazione di figli dell'ottantanove. Questa associazione non esiste, ma la si vuole fare esistere: schermo e spettro di tutt'altre intenzioni».

«E, secondo lei, chi è che ha avuto questa bella idea?... È lei che subito l'ha detta bella: un amore a prima vista, un *coup de foudre*» disse con quasi isterica ironia il Capo.

«Chi ha avuto l'idea non lo so, e credo mai lo sapremo. Ma bella, a giudicare dagli effetti che molto probabilmente avrà, lo è senz'altro. Pensi: quale bandiera di rivoluzione, scomparsa ormai quella rossa, si può oggi agitare per sedurre le menti deboli, gli annoiati, i vocati alle cause perse e al sacrificio, i violenti che vogliono dar nobiltà ai loro istinti? Senza dire che anche la sua convinzione che i figli dell'ottantanove ci siano per come dicono di esserci, è un effetto che prova quanto bella sia stata l'idea».

Il Capo si fece serio, solenne, autorevolmente deciso: «Mi ascolti: l'ho lasciato fare per quanto riguardava l'immondizia del ristorante. Tempo perso: il suo e di due uomini, che Dio sa quanto bisogno ne avevo qui... ». Sospirò del suo abituale, dolente sospiro sulla carenza di uomini, di mezzi.

« Tempo perso non lo direi: il biglietto, per come prevedevo, non c'era ».

« E dunque peggio: abbiamo perso del tempo con la previsione di perderlo... Ora mi ascolti: non sono un cretino, intravedo i suoi sospetti, le sue intenzioni, il punto cui vorrebbe arrivare, cui vorrebbe cioè farmi arrivare; e nettamente le dico: no. E non solo perché non sono disposto al suicidio, ma anche perché la sua è una linea romanzesca, da romanzo poliziesco diciamo classico, di quelli che i lettori, ormai smaliziati, arrivano a indovinare come va a finire dopo aver letto le prime venti pagine... Niente romanzo, dunque. Muoviamoci con calma, con ponderazione, senza colpi di testa, senza capricci e, sopratutto, senza pregiudizi, senza tesi preconcepite... Ora, del resto, la faccenda passa nelle mani di un giudice: se costui ama il romanzo quanto lei, vi metterete a speculare insieme; e io me ne laverò le mani... Intanto le voglio far notare che in tutto il suo elucubrare ha trascurato un'ipotesi che direi promettente: che qualcuno, presente al banchetto, abbia notato quel gioco di biglietti tra i due, abbia visto Sandoz mettersi in tasca il *Ti ucciderò*: e gli sia venuta l'idea di approfittarne ».

« Ipotesi tecnicamente giusta, ma nella sostanza della vicenda credo irrilevante ».

« Non si sa mai. Verifichi. Si faccia dare, da

quell'associazione culturale, l'elenco degli invitati; e veda chi, tra i commensali che stavano vicini a Sandoz e al Presidente, ha avuto modo di accorgersi del gioco. E poi, si capisce, chi tra questi aveva una qualche ragione di detestare Sandoz. E, mi raccomando, niente colpi di testa, non un passo senza informarmene. D'accordo? ».

Un attore che era stato amico di Sandoz, un gregario che li ricordò fotografati assieme lo segnalò al Capo come possibile autore dello scherzo telefonico. Poiché Sandoz aveva detto di aver capito da chi gli veniva lo scherzo, come non pensare ad uno che ne avesse la capacità professionale? Di una certa fama nel teatro e nel cinema, il Capo ricordò di averlo sentito imitare tante voci, dal gutturale catanese di Musco alle auliche melodiosità di Ruggero Ruggeri. Senza convinzione, ormai affezionato ai figli dell'ottantanove, lo fece cercare in tutt'Italia: e lo trovarono infine dove l'avrebbero subito trovato, se avessero visto i giornali del mattino alla pagina dedicata agli spettacoli.

Per telefono, sommariamente spiegatagli la ragione per cui lo cercavano, l'attore ammise che aveva conosciuto Sandoz (stentata ammissione, sempre, quel che alla polizia, a domanda, si risponde), ma non con quella confidenza da fargli uno scherzo; e uno scherzo così cretino, peraltro. E questo servì a dar conferma alla polizia, e al magistrato cui la direzione dell'inchiesta era passata, che tra le telefonate dei figli dell'ottantanove e l'omicidio c'era stretto rapporto. Intanto, come sempre accadeva quando un'inchiesta passava di mano, la notizia dei figli dell'ottantanove era esplosa nei giornali. E ovviamente, poiché si era al 1989, quasi tutti i giornali diedero a quella denominazione il significato di una neonata, e nuova, e diversa, eversione. Ma una telefonata anonima, arrivata al giornale più diffuso, tacciando d'ignoranza e cecità polizia, magistratura e cronisti, diede la meglio al 1789. «Rifaremo il terrore» disse l'anonimo; aggiungendo che l'aver giustiziato il Sandoz – non per ghigliottina, purtroppo – ne era il primo saggio. Altra telefonata ebbe più precisa intestazione: *Figli dell'ottantanove, gruppo d'azione Saint-Just.*

«Aveva ragione lei» disse il Capo. Pagava in orgoglio, ma gli pareva di riscuotere in generosità: la generosità di un Capo che dà ragione al suo Vice.

«Ma non è questo il punto. Il punto è che i figli dell'ottantanove stanno nascendo ora: per mitomania, per noia, magari per vocazione a cospirare e a delinquere; ma non esistevano un minuto prima che radio, televisione e giornali ne dessero notizia. Il calcolo di chi ha ucciso o fatto uccidere Sandoz li ha creati, appunto calcolando sul risultato minimo di annebbiarci, ma forse anche sul risultato massimo che qualche imbecille rispondesse all'appello professandosi figlio dell'ottantanove ».

« Non la seguo più, non posso seguirla in questa specie di romanzo ».

« Capisco. Del resto, anche se lei fosse d'accordo con me, saremmo solo in due ». Erano stati decretati, per l'avvocato Sandoz, il lutto cittadino e i funerali di Stato: e chi avrebbe avuto il coraggio, ormai, di deporre in un sepolcro più umile quella vittima della criminalità politica, del furore antidemocratico, della follia eversiva?

« Mi fa piacere che lei lo riconosca: saremmo solo in due, ammesso che il suo romanzo avesse per me qualche elemento di attendibilità ».

« Ma per continuare nel romanzo... Ci troviamo di fronte a un problema, a un dilemma: i figli dell'ottantanove sono stati creati per uccidere Sandoz o Sandoz è stato ucciso per creare i figli dell'ottantanove? ».

« Lascio a lei di risolverlo. Per quanto mi riguarda, e per quanto riguarda questo ufficio, io vado su dati di fatto: Sandoz ha avuto telefonate di minaccia dai figli dell'ottantanove; Sandoz è stato ucciso; i figli dell'ottantanove si sono dichiarati responsabili dell'omicidio. Il nostro compito è di trovarli, di assicurarli, come si suol dire, alla giustizia ».

« I figli dell'ottantanove ».

« I figli dell'ottantanove appunto. E guardi: del suo dilemma io, astrattamente, per gioco, per letteratura, potrei anche tenermi al primo dei due estremi: che i figli dell'ottantanove siano stati creati per uccidere più comodamente Sandoz, per renderci difficile o addirittura impossibile il compito di arrivare al colpevole o ai colpevoli. In quanto al secondo estremo, di Sandoz ucciso per creare i figli dell'ottantanove, lo abbandono a lei. E buon divertimento».

«In più di mezzo secolo, abbiamo, polizia e carabinieri, ingoiato tanti rospi che un po' di divertimento avremmo il diritto di prendercelo; a parte quelli che ho personalmente ingoiato per trent'anni quasi, servendo quest'amministrazione».

«Rospo più, rospo meno... Ecco: se le pare che anche questo affare si presenti come un altro rospo da ingoiare, si prepari a ingoiarlo».

Disobbediva, stava disobbedendo. In un salottino di casa De Matis, accanto a lui la signora. Gli si era seduta accanto forse perché la curiosità a tal punto la sollecitava che la vicinanza fisica istintivamente le era parso creasse una condizione di miglior confidenza.

« Appena il portiere mi ha detto che un funzionario di polizia voleva parlarmi, ho capito: lei vuole certamente sapere di quei biglietti che tre sere fa Sandoz e Aurispa si sono scambiati ».

Aveva un volto intelligente, bellissimi occhi in cui sembrava vagare una luce ironica e divertita. Tutt'altro che brutta: Aurispa, che aveva detto bastava guardarla per rendersi conto che il desiderio d'averla accanto non poteva essere che un gioco, una finzione, evidentemente aveva della bellezza femminile un gusto poco sottile, da acquirente che non vuole essere frodato sul peso.

La signora era magra, ma non sgradevolmente; la si poteva dire leggera, poiché leggero, di vibratile leggerezza, era il suo muoversi, il suo gestire.

« Debbo subito dirle che sono, sì, un funzionario di polizia: ma sono venuto da lei a titolo personale e con estrema riservatezza ».

« Mi dica la verità: lo sospettate? ».

« Sospettiamo chi? ».

« Ma lui, Aurispa ». La luce ironica e divertita si era come dilatata, aggiungendo splendore ai suoi occhi di indefinibile azzurro, di indefinibile viola.

« No, non lo sospettiamo ».

« Mi piacerebbe tanto sapere che almeno il sospetto è caduto su di lui... ».

« Davvero? ».

« Oh sì, tanto! E spero succeda, una volta o l'altra: sono tante, e così oscure, le cose in cui lui ha mano! ».

« E perché le piacerebbe? ».

« Potrei risponderle: per giustizia; ma non è del tutto vero. È che non mi piace, che mi è antipatico. È un uomo talmente freddo, che mi pare esista soltanto di profilo, come su una moneta, sulle monete ».

« Niente di particolare? ».

« No, niente. O meglio: qualcosa. Di vago, di imprecisabile: ma appunto da impressioni vaghe e imprecisabili io mi lascio sempre guidare. E non sbaglio mai, mi creda... Ma ho capito che lei non mi dirà nulla. Vediamo dunque se riesco a intravedere qualcosa nelle domande che ha da farmi ».

Capace, capacissima, pensò il Vice: e ne ebbe quasi un senso di panico. A prender tempo, a disinfestare le domande dal sospetto che la signora era disposta a cogliervi, disse: « Non sono nemmeno domande, le mie ».

« Avanti, dunque » esortò la signora, sempre più divertita.

« Si tratta di una normale, normalissima ricostruzione, cui siamo obbligati anche quando pregiudizialmente, come in questo caso, la riteniamo inutile, delle ultime ore di vita dell'avvocato Sandoz ».

« Normale, normalissima: e inutile » fece eco la signora. Stava al gioco con ironica comprensione e indulgenza, ma come trattenendosi dal riderne. « Alla domanda ».

« Come le ho detto, non si tratta nemmeno di una domanda... Suppongo lei sappia che i due stavano facendo un gioco, diciamo di galanteria, nei suoi riguardi. L'ingegnere Aurispa si rammaricava di non averla accanto e fingeva una furente gelosia per il fatto che l'avvocato Sandoz, nel giro di pochi giorni, per due volte aveva avuto la fortuna di un posto accanto a lei... ».

« Era capitato anche più di due volte. Non capisco perché in questi infernali pranzi ufficiali o di associazioni, quasi sempre mi mettessero accanto a quel Sandoz, che mi annoiava. E le dirò che mi annoiava, mi irritava anzi, quel gioco tra loro che lei definisce di galanteria. Era come se tra loro dicessero: poveretta, è così vecchia, così brutta che bisogna almeno darle questo conforto. Perché so di non essere bella, e ancor meglio di essere vecchia: ma non mi pareva una buona ragione perché quei due esseri insulsi si dedicassero per una serata intera ad avvertirmene».

«Ma no, non lo dica», ipocritamente, poiché da Aurispa aveva appreso, il Vice, che la cosa stava appunto per come la signora aveva capito.

«Non si dia anche lei alla galanteria».

«Non è una galanteria. Lei – me lo permetta: è la prima volta che la vedo e credo non avrò più occasione d'incontrarla – lei è così luminosa...». La parola gli era venuta spontanea, quasi in un istantaneo innamoramento. Ma il dolore si fece vivo con più acutezza: ad avvertirlo dell'altro e solo innamoramento ormai possibile.

«Luminosa. Bello. Me ne ricorderò. Non sono molte le cose gioiose che a questo punto della vita possono capitare. Sa che ho quasi cinquant'anni?... Ma torniamo alla domanda».

«Ecco: l'ingegnere mandò all'avvocato il biglietto; c'era scritto...».

«Ti ucciderò».

«L'avvocato ha scritto la sua risposta sullo stesso biglietto?».

«Ma no, il biglietto di Aurispa se lo è infilato in tasca, dopo avermelo fatto leggere, con la gioia, mi è parso, di un collezionista d'autografi che finalmente è riuscito ad averne uno raro. La sua risposta l'ha scritta sul proprio, che gli stava davanti infilato in una specie di iris troppo argentato per essere d'argento ».

« E che cosa scrisse, su questo suo biglietto? ».

« La cosa strana è che non me l'ha fatto leggere. Né io ho avuto la minima curiosità di sbirciare mentre lo scriveva. Mi annoiava lui, mi annoiava quel gioco così stupido... ».

« Ma ricorda accanto a chi sedeva Aurispa? Immagino tra due signore ».

« Sì, tra due signore: la Zorni e la Siragusa. Ma, stando la signora Zorni alla sua destra – bella donna: un po' sciocca, credo; ma di quel tanto che agli occhi della maggioranza degli uomini rende bellissime le belle – più si intratteneva con lei che con l'altra ».

« Lei vide il biglietto arrivare a destinazione? ».

« Non precisamente: osservavo Sandoz che guardava verso Aurispa con un'attenzione, direi quasi con un'ansietà... Mi è parso, insomma, che ne spiasse l'effetto con un di più d'interesse rispetto alla futilità del gioco... Poi l'ho visto sorridere. Mi voltai a guardare Aurispa: sorrideva anche lui: ma entrambi di un sorriso, come dire?, tirato, acre... Quel sorridersi tra loro mi impressionò: perciò, ucciso Sandoz qualche ora dopo, le ho chiesto se avevate dei sospetti su Aurispa ».

« No, non ne abbiamo ».

« Bisogna averne. Infantilmente, forse dalla prima volta che l'ho sentita, io associo la parola polizia all'idea della pulizia... C'è pulizia nella sua polizia? ».

« Per quanto si può ».

« E per quanto si può, dunque, ci saranno dei sospetti su Aurispa. Ma non si può molto, vero? ».

« Non molto ».

« Se lei mi risponde che non si può molto, credo si possa arguire che non si può nulla. E lei mi pare che ne soffra ».

« Soffro di tante cose, ormai ».

« Mi piacerebbe tanto sapere perché è diventato funzionario di polizia ».

« Non sono mai riuscito a darmi una risposta precisa, poiché anch'io, in certi momenti, me lo chiedo. A volte trovo una risposta alta, nobile, da tenore al do di petto; più spesso altre risposte, più dimesse: le necessità della vita, il caso, la pigrizia... ».

« Lei è siciliano? ».

« Sì, ma della Sicilia fredda: di un piccolo paese dell'interno, tra le montagne, in cui lungamente nell'inverno c'è neve; o almeno c'era, negli anni della mia infanzia. Una Sicilia che qui nessuno riesce a immaginare. Mai più sentito tanto freddo, in vita mia, come in quel paese ».

« La ricordo anch'io, questa Sicilia fredda. Di solito si andava in estate, ma qualche volta anche a Natale. Mia madre era siciliana, e i suoi genitori non si erano mai allontanati da quel paese, da quella loro grande casa, fresca nell'estate, freddissima nell'inverno. Sono morti lì, e lì è morta, prima di loro, anche mia madre. Io non ci sono più andata. Un mio parente, ogni anno, dopo il 2 novembre, mi scrive della sua visita alle loro tombe, dei fiori e delle luci di cui le ha abbellite; quasi un rimprovero, per me: ché dovrebbe contar qualcosa, nell'ordine dei sentimenti, il fatto che mia madre abbia voluto andare a morire lì. Ma la verità è che anche questa volontà di mia madre, a pensarci, mi dà un senso di sgomento: non si può amare un luogo, una gente, fino a questo punto; e un luogo, poi, in cui si è sofferto e una gente con cui non si era per nulla d'accordo. Mia madre ne aveva avuto dolore, della sua vita lì; vi si era ribellata, ne era fuggita. Ma ne aveva un amore che andava oltre la morte... E sa perché, pensandoci, me ne sgomento? Perché a momenti mi sorprendo a sentire un'eco di quel suo amore, di quella sua memoria, di quella sua volontà... Ma forse è soltanto un po' di quel rimorso che il mio parente vuol farmi sentire ».

« Non so se lei conosce quella pagina di Lawrence sul *Mastro don Gesualdo* di Verga. Ad un certo punto dice: ma Gesualdo è siciliano, e qui salta fuori la difficoltà... ».

« La difficoltà... Già, forse è da quel lato che viene la mia difficoltà di vivere ». E come per cambiar discorso, volubilmente: « Lei legge molto, vero?... Io non molto, e trovo ormai più gusto nel rileggere: si scoprono cose che alla prima lettura non c'erano... Voglio dire: non c'erano per me... E sa che cosa sto rileggendo? *Le anime morte*: tutto pieno di tante cose che non c'erano; e chi sa quante altre ne scoprirei tornando a leggerlo tra vent'anni... Ma lasciamo stare i libri: stavamo parlando delle ragioni per cui lei è diventato funzionario di polizia ».

« Forse, poiché il delitto ci appartiene, per saperne un po' di più ».

« Sì, è vero, il delitto ci appartiene; ma c'è chi appartiene al delitto ».

La signora Zorni. Davvero bella, fino all'insipida perfezione; e di una loquacità che a quella perfezione si accordava: astratta, a testa per aria, divagante nei più celesti e irraggiungibili cieli della stupidità: che sa essere celeste, e anche profonda, come gli intelligenti sanno e, sentendola come seduzione, temono. Sembrava non coglier mai quel che le si chiedeva; ma il senso di quel che le si domandava doveva pure far nido in qualche parte della sua bella testa, se ad un certo punto una risposta la si poteva mettere assieme, come scegliendo da un mucchio di pietruzze di vario colore quelle che meglio s'intonavano: a modo dei mosaicisti. Operazione che il Vice andava facendo e che noi facciamo: sicché ne scapita il ritratto, ma forse ne guadagna il racconto.

Sì, sapeva di quel gioco, tra compassionevole

e derisorio, che i due facevano per la signora De Matis: il Presidente l'aveva messa al corrente. Aveva visto il Presidente scrivere il *Ti ucciderò*, ne avevano riso; benché lei, ci teneva a dirlo, non vedesse poi così brutta la signora De Matis: di un certo fascino, anzi. E aveva letto il biglietto di risposta dell'avvocato Sandoz.

« Lo ricorda? ».

« Certo che lo ricordo; ho anche una buona memoria ». Quell'anche diceva fino a che punto sapesse di esser bella. « Erano due versi ».

« Versi? ».

« Erano due frasi brevi, scritte come versi; e rimavano. Parevano di una canzonetta, mi veniva quasi voglia di canticchiarli ». Li canticchiò, sul motivo di una canzonetta crepuscolare in voga molti anni prima: « Lo so che tenterai. Ma ci riuscirai? ».

Il Vice ne ebbe un senso di esultanza, ma quietamente disse: « Il Presidente lesse il biglietto, lo fece leggere a lei... ».

« No, non me lo fece leggere; l'ho letto mentre lui lo leggeva. E se lo mise in tasca ».

« È proprio sicura che il Presidente si mise in tasca il biglietto? ».

« Sicurissima ». Ma una preoccupazione le si affacciò: « Lui sostiene di non averlo messo in tasca? ».

« In questo caso lei continuerebbe invece ad esserne sicura? ». Tanto per darle un momento di ansietà, per scalfire quella sua perfezione da statua intatta dissepolta.

« È un gentiluomo talmente irreprensibile

che qualche incertezza comincerei ad averla».

«Può continuare ad esserne certa: il Presidente ha detto di averlo messo meccanicamente in tasca; solo che poi, altrettanto meccanicamente, l'ha buttato via».

La signora respirò di sollievo, il simulacro riassorbì quel momento di vita. Il Vice pensò che proprio stupida non era: in ordine a come in Italia, nel dire e nel non dire, non si è stupidi nel giudizio dei più.

Lasciò casa Zorni con un senso di stordimento. L'estrarre risposte precise da un parlare che si poteva assomigliare alla fontana di Trevi – cascate, cascatelle, acquatici veli, rivoli – gli aveva dato tensione e ora stanchezza, stordimento. Stordito, meno acuto ma più sordo e diffuso, era anche il dolore. Curioso come il dolore fisico, anche quando ha causa stabile e, se non in peggio, indeclinabile, si possa attenuare o crescere, mutare di intensità e qualità, secondo le occasioni e gli incontri.

Passeggiò sotto i portici della piazza pensando a quel biglietto, a quei versi da canzonetta; alla signora Zorni, bellissima, giovane, un corpo di flessuosa armonia: ma quanto più bella, più desiderabile – in quei fulgori del desiderio che a tratti gli correvano nel dolore – la signora De Matis coi suoi cinquant'anni.

Gli piacevano i portici, il camminarvi ozieggiando. Nell'isola dov'era nato, non c'era città che ne avesse. Gli archi fanno il cielo più bello, dice il poeta. I portici fanno più civili le città? E non che non amasse la terra dov'era nato: ma tutto quel che ne era ogni giorno notizia, greve, tragica, gli dava una sorta di rancore. Non tornandovi da anni, al di là di quel che vi accadeva, la cercava nella memoria, nel sentimento di qualcosa che non c'era più. Illusione, mistificazione: da emigrante, da esule.

Bisognava portare la disobbedienza fino in fondo. Aveva rischiato con la signora Zorni, e presto o tardi se ne sarebbero visti gli effetti. Evitando di raccomandarle il silenzio, raccomandazione che in tutti provoca l'incontenibile bisogno di non mantenerlo, e specialmente in un tipo come lei, aveva fatto di tutto per darle l'impressione che si trattasse di un'indagine puramente formale, superflua e fastidiosa anche per chi la faceva. Ma impossibile che lei avesse memoria talmente labile da dimenticare e, non dimenticando, che resistesse al piacere di parlarne a una, due, tre amiche; e, di amica in amica, che la notizia non arrivasse al Presidente, e dal Presidente al Capo o a chi stava più in alto, molto più in alto del Capo. Con la signora De Matis no, nessun rischio: c'era stato, tra loro, l'accendersi della simpatia, quasi una complicità.

Da quel che aveva sentito sullo scambio dei biglietti, era arrivato a una domanda. Da porre a una persona in grado di dare una risposta sicura.

Agenzia di viaggi Kublai: del dottor Giovanni Rieti; e non aveva mai saputo in che dottore. Vecchia conoscenza, forse si poteva dire amicizia: per la storia di umana tenerezza da cui muoveva. Era cominciata coi loro padri, nel 1939: il padre del Vice, ufficiale di stato civile in un piccolo paese siciliano dove il padre del dottor Rieti, ebreo, era casualmente nato. Il signor Rieti era piombato da Roma, disperato, in quel municipio: a cercare se nel suo atto di nascita ci fosse qualche appiglio a dimostrare che propriamente ebreo non lo si potesse considerare. E poiché non c'era, lo crearono: ufficiale di stato civile, podestà, arciprete, guardie municipali. Tutti fascisti con tessera in tasca e distintivo all'occhiello; e l'arciprete, senza tessera e distintivo, lo era di sentimento. Ma tutti d'accordo che non si dovesse lasciare il signor Rieti, la sua famiglia, i suoi bambini, a quella legge che ne voleva la rovina. E fecero, alla lettera, false le carte: poiché nulla voleva dire per loro che un uomo fosse ebreo, se in pericolo, se disperato. (Che gran paese era stato in queste cose, forse lo era ancora, l'Italia!).

Non avevano saputo più nulla, nella sua famiglia, della famiglia Rieti; e pur ricordando il caso tra quelli che, accadutigli nei primi dieci anni di vita, avevano lasciato impronta, si era scordato di quel nome. Ma una sera, in quella città in cui ormai da anni risiedeva, a una festa in prefettura, gli era stato presentato un dottor Rieti che, a sentire il suo nome, aveva domandato se siciliano, e se di quel paese, e se parente di quell'ufficiale di stato civile. Era stato come un ritrovarsi.

Si erano incontrati altre volte, e con una certa frequenza. Ma ad un certo punto il Capo, con molto tatto e tra il dire e il non dire, gli aveva consigliato di non farsi veder troppo in compagnia del dottor Rieti. E sempre tra il dire e il non dire, gli aveva fatto intendere che a dargli quel consiglio era stato consigliato da quel servizio, in altro paese e in altro tempo definito intelligente; e che forse, qui ed ora, intelligente non si poteva dire: ma insomma certe cose le sapeva e quantomeno – questo era stato il *clou* di tutto il discorso del Capo – « si conoscevano tra loro »: che era lo sforzo massimo cui quelle intelligenze di ogni patria si dedicavano. E conoscendosi tra loro, conoscevano dunque il dottor Rieti: col quale era a loro lecito aver confidenza, ma sconsigliabile ad ogni altro funzionario dello Stato, e specialmente se della polizia.

Il Vice aveva continuato a frequentare il dottor Rieti, ma con più cautela, evitando gli aperitivi al bar e le cene al ristorante: ché sospetti su una sua segreta attività se ne potevano avere dai suoi ozi nell'agenzia e dal suo essere informatissimo su intrallazzi economici e finanziari, rivalità all'interno dei partiti, farsi e disfarsi di alleanze, fatti di curia e fatti di terrorismo.

A causa del suo male, e del lavoro che a misura del male gli diventava più lungo e greve, il Vice non lo vedeva da almeno due mesi. E fu accolto con festosa cordialità, rallegrandosi il dottor Rieti di vederlo in buona salute. « Ho saputo che è stato male: me l'ha detto uno del suo ufficio, qualche sera addietro. Ma vedo che sta bene, ora. Un po' dimagrito, certo; ma dimagrire si dice sia di gran bene ».

« Ma lei non ne è convinto ».

« Lo confesso. Vedendo anzi, tra familiari e conoscenti, quel che si fa per dimagrire, e gli scompensi che ne vengono, sono del parere che gli inventori di diete, gli scienziati delle diete, sarebbero da considerare alla stregua degli spacciatori di droga... Ma lei di che male ha sofferto, precisamente? ».

« Precisamente di un male per cui dovrei essere in terapia da cobalto, o qualcosa di simile ».

« Non pensavo fino a questo punto ».

« Anche oltre: sto morendo », e lo disse con tanta serenità che all'altro si gelarono di falsità le parole che stava per dire. Sommessamente disse soltanto un « mio Dio ». Poi, dopo un lungo silenzio: « Ma una cura... ».

« Non voglio morire coi religiosi conforti della scienza: che non solo sono religiosi quanto quegli altri, ma strazianti in di più. Se mai sentissi il bisogno di un conforto, ricorrerei a quello più antico. Mi piacerebbe, anzi, sentirne il bisogno; ma non lo sento ». E con leggerezza, quasi con allegria: « Ha visto? In questo paese proprio non ci si annoia: siamo ora ai figli dell'ottantanove ».

« Già: i figli dell'ottantanove ». Con ironia, con malizia.

« Che ne pensa? ».

« Mi pare una storia campata in aria, una fantasia. E a lei? ».

« Anche a me ».

« Mi fa piacere che lei abbia la mia stessa opinione. Ma dai giornali pare che nei suoi uffici la prendano sul serio ».

« Sì, certo: vuole che lascino cadere una così bella invenzione? ».

« Già: mi pare sia stata inventata a tavolino; per gioco, per calcolo... Dove vanno a sbattere questi poveri disgraziati, questi poveri sprovveduti che vogliono ancora credere in qualcosa dopo Chruščëv, dopo Mao, dopo Fidel Castro e ora con Gorbačëv? Un'offa bisogna buttargliela: rimessa nel forno dopo duecent'anni, soffice, fragrante di celebrazioni, riscoperte, rivalutazioni: e dentro la solita cote, che vi si spezzino i denti ».

Sempre così, con Rieti: d'accordo nella valutazione dei fatti, nell'interpretarli, nel vederne l'origine e il fine. E il più delle volte parlandone svagatamente, per allusione, per parabole e metafore. Era come se nella loro mente ci fossero gli stessi circuiti, gli stessi processi logici. Computer della diffidenza, del sospetto, del pessimismo. Gli ebrei, i siciliani: atavica affinità della loro condizione. Di energia. Di difesa. Di dolore. Un toscano del '500 aveva detto che i siciliani sono di intelletto secco. E anche gli ebrei. Ma la guerra era scesa ora in loro: diversamente guerra, ma guerra.

« Le voglio fare, per la prima volta da che ci conosciamo, » – e con ciò alludendo al saper bene quale fosse la vera, occulta attività del dottor Rieti – « una domanda precisa: che rapporto correva tra Sandoz e Aurispa? ».

« Si detestavano ».

« Perché? ».

« Da qual punto fossero partiti, nella loro reciproca avversione, non lo so ed è comunque difficile stabilirlo, poiché, a quel che ho sentito, erano compagni di scuola. Ma so che si dedicavano con impegno, e sempre mantenendo rapporti di apparente amicizia, Aurispa a guastare gli affari di Sandoz e Sandoz, con più scarsi effetti, a guastare gli affari di Aurispa; sicché Sandoz, non rassegnandosi alla sconfitta, si era attestato sulla linea del ricatto, ma anche lì con scarsi effetti. Un mandato di arresto per Aurispa, magari di quelli che dopo un paio di mesi finiscono in un proscioglimento per mancanza d'indizi, era ormai il sogno della sua vita. Ma appunto un sogno ».

« Ma gli argomenti del ricatto? ».

« Credo che il meno irrisorio fosse quello di una ingente corruzione, e conseguente truffa, perpetrata da Aurispa a danno dello Stato e di cui Sandoz aveva, o credeva di avere, le prove. Ma non credo si sarebbe mai deciso a denunciarla: ne sarebbero venute reazioni da cui certamente non sarebbe uscito indenne, e della stessa specie. Aurispa poteva soltanto temere che Sandoz impazzisse, poiché da savio mai avrebbe osato smuovere quella colonna, col rischio di far crollare anche su di sé il tempio, il loro tempio, il tempio di tanti italiani che contano... Altri argomenti di ricatto riguardavano il privato: ed erano in ritardo di almeno trent'anni. Donne, cocaina: che impressione vuole che facciano, ormai? ».

« Ma i loro affari? ».

« La guerra, ogni tipo di guerra. Ce n'è tanta, nel mondo: di armi, di veleni... E vi si fanno tanti affari! ».

« Mi pare di capire che lei non veda, nell'assassinio di Sandoz, un mandato da parte di Aurispa. O meglio: che le minacce di Sandoz, il suo ricatto, potessero costituire motivo sufficiente per eliminarlo ».

« Esattamente ».

« Altra ragione, dunque ».

« Lei ha usato la parola giusta: sufficiente. Le minacce di Sandoz non costituivano motivo sufficiente a che Aurispa decidesse di toglierselo d'intorno. Ma ad un certo punto, affacciandosi altra esigenza, mettendo freddamente a punto un progetto che magari non prevedeva come necessaria l'eliminazione di Sandoz, ecco l'occasione, come proverbialmente si dice, di fare con un solo viaggio due servizi ».

« Lei vuol dire che la vittima poteva anche non essere Sandoz, ma altra, diciamo, di uguali requisiti: ma poiché Sandoz infastidiva un po' più di altre possibili vittime, la scelta è caduta su di lui ».

« Esattamente ».

« È anche la mia opinione. Subito dopo aver sentito Aurispa, al mio Capo, che ovviamente non ha tenuto in nessun conto il mio dilemma, ho detto: il problema è se i figli dell'ottantanove sono stati creati per uccidere Sandoz o se Sandoz è stato ucciso per creare i figli dell'ottantanove. E sono propenso ora a risolverlo nel senso, come lei dice, che con un solo viaggio hanno fatto due servizi: primario quello di creare i figli dell'ottantanove... Ma perché? ».

« Il perché, direi per antica premonizione e per meno antica ammonizione, lo sappiamo senza saperlo... Nella nostra infanzia abbiamo sentito, più che propriamente conosciuto, un potere che si può ora dire di integrale criminalità, un potere che si può anche dire, paradossalmente, sano, di buona salute: sempre, si capisce, nel senso del crimine e confrontato a quello schizofrenico di oggi. La criminalità di quel potere si affermava sopratutto nel non ne ammettere altra al di fuori della propria, vantata ed esteticamente decorata... Inutile dire che preferisco la schizofrenia alla buona salute; e credo anche lei. Ma di questa schizofrenia bisogna tener conto, per spiegarci certe cose altrimenti inspiegabili. Come pure bisogna tener conto della stupidità, della pura stupidità, che a volte vi si insinua e prevale... C'è un potere visibile, nominabile, enumerabile; e ce n'è un altro, non enumerabile, senza nome, senza nomi, che nuota sott'acqua. Quello visibile combatte quello sott'acqua, e specialmente nei momenti in cui si permette di affiorare gagliardamente, e cioè violentemente e sanguinosamente: ma il fatto è che ne ha bisogno... Spero che lei mi perdoni questa spicciola filosofia: ma non ne ho altra, riguardo al potere».

«Si può sospettare, dunque, che esista una segreta carta costituzionale che al primo articolo reciti: La sicurezza del potere si fonda sull'insicurezza dei cittadini».

«Di tutti i cittadini, in effetti: anche di quelli che, spargendo insicurezza, si credono sicuri... E questa è la stupidità di cui dicevo».

«Siamo, dunque, dentro una *sotie*... Ma tornando ai fatti di ora: benché i giornali non ne abbiano parlato, lei certamente sa dei biglietti che Aurispa e Sandoz si sono scambiati, come per gioco, a quel banchetto... Che opinione se ne è fatta?».

«Mi è parso un fatto non trascurabile ma su cui, al momento, non credo si possano formulare illazioni attendibili. Un fatto propriamente ambiguo: lo si può sciogliere soltanto nell'accertare il ruolo che Aurispa ha nella vicenda... Se da protagonista, se al vertice, avrà calcolato che col gioco di quei biglietti usciva subito di scena, per come è avvenuto; se da ausiliario, si può anche credere che non fosse informato sui tempi dell'azione: e quindi alla casualità di quel gioco, alla fortuita, e tutto sommato fortunata, coincidenza».

«Io mi muoverei sull'ipotesi che ne stia al vertice».

«Può darsi, può darsi...» disse Rieti: ma come per cortesia. Evidentemente, sapeva qualcosa di più; o credeva di sapere. Ma non conveniva insistere su quel punto; piuttosto: « Ancora una domanda, forse la più indiscreta che io possa farle: lei, diciamo nelle sue funzioni, nei suoi compiti (non più allusioni, ormai: era l'ora della verità anche per la loro conoscenza o amicizia), lei ha più interessi per gli affari fino a ieri di Sandoz o per quelli di Aurispa? ».

« Per gli affari di entrambi, purtroppo; ma più, come lei dice, fino a ieri, per quelli di Sandoz »: con una espressione in cui il disgusto per quegli affari era, forse, anche disgusto di sé.

Rientrò che tutto il palazzo ronzava come un alveare impazzito. Un figlio dell'ottantanove era stato preso, mentre telefonava. Uno di quei casi che assurgono all'inverosimile. Un sordomuto, seduto su una panchina in un giardinetto pubblico di periferia, aveva davanti, a tre o a quattro metri, una cabina telefonica: e dentro c'era un giovane che, facendo dei mezzi giri su se stesso, nervosamente, parlava. Per chiunque sarebbe stato come guardare un pesce in un acquario, ma non per un sordomuto adusato a cogliere il muto affiorare alle labbra delle parole. Nelle labbra del giovane che telefonava lesse perciò una diecina di volte *figli dell'ottantanove* e più volte le parole *rivoluzione* e *virtù*. Aveva, il sordomuto, in mano un giornale che appunto parlava dei figli dell'ottantanove; e in tasca una di quelle penne di grosso segno, d'inchiostro vermiglio. Sul giornale scrisse « figlio dell'ottantanove, cabina telefonica »; e si mosse in cerca di una guardia. Ne trovò una di città, un vigile urbano: che gli pendeva sì dal fianco una pistola, ma era quanto di meno idoneo ci fosse a quell'operazione. Il vigile si spaventò, infatti, nel leggere quella scritta; tentò di non prenderla sul serio, di scherzarci su, di congedare con un buffetto alla guancia il sordomuto: ma costui insistendo con gesti concitati e drammatici, il vigile si lasciò guidare alla cabina.

Il giovane era ancora dentro e ancora parlava: stava riassumendo, a beneficio del telefonista di un giornale, debitamente istruito a dar corda a telefonate simili, un capitolo della *Rivoluzione francese* di Mathiez che aveva appena letto. Poiché, a sua memoria, non era mai accaduto che la polizia riuscisse a prendere, per quanto lunga fosse la telefonata, uno che telefonasse a consumazione dei reati di terrorismo o sequestro di persona, si sentiva, benché nervosamente, al sicuro. Il vigile aspettò, dietro un tronco di magnolia, che finisse la telefonata; poi gli andò silenziosamente alle spalle, appoggiandogli fortemente, a fargliela inequivocabilmente sentire sul filo delle reni, la pistola: cui, per fortuna del figlio dell'ottantanove e sua, aveva dimenticato di togliere la sicura. E così, seguito dal sordomuto, lo condusse al posto di polizia più vicino; che non era però tanto vicino, sicché alla folla che andava formandosi dietro – un corteo prima di arrivare a destinazione – più volte fu costretto a dichiarare che si trattava di un presunto figlio dell'ottantanove; mai dimenticando, secondo diritto, il presunto: che come ognun sa è invece sinonimo, nel corrente linguaggio giornalistico, di colpevolezza certa. Al che ad un certo punto, dal vociare della folla dietro, gli avvenne di sudar freddo per la paura che si volesse far giustizia svelta contro la lenta giustizia, e magari facendo uscir malconcio anche lui, costretto a difendere la lenta giustizia.

Come dio volle, arrivarono al posto di polizia: dove tutti e tre, figlio dell'ottantanove, vigile e sordomuto, furono caricati su un furgone: e via alla centrale.

Ora il giovane era nell'ufficio del Capo. Aveva tentato di negare il contenuto di quella telefonata: ma il sordomuto stava lì, implacabilmente disposto a scriverne il testo, se pure con qualche lacuna. Finalmente lo ammise: ma che era stato uno scherzo. Non era ancora la verità, poiché con quella telefonata davvero aveva creduto di entrare tra i figli dell'ottantanove o almeno di candidarvisi; ma scherzo o maniacale affermazione di sé, bastava guardarlo per capire che con l'assassinio dell'avvocato Sandoz non aveva niente a che fare. Questo pensò il Vice, appena socchiusa la porta dell'ufficio del Capo. Il ragazzo era affranto; ma il Capo irradiava, come un'aureola intorno alla sua testa massiccia, la faticata felicità del podista arrivato primo al traguardo.

Richiuse cautamente la porta, nel cui spiraglio erano affluiti frenetici e avidi gli sguardi dei cronisti, aggrumati nel corridoio. Tra loro, rampante e schiumante come un purosangue capitato in una stalla di brocchi, era il Grande Giornalista. Dai suoi articoli, cui settimanalmente i moralisti di nessuna morale si abbeveravano, gli era venuta fama di duro, di implacabile; fama che molto serviva ad alzarne il prezzo, per chi si trovava nella necessità di comprare disattenzioni e silenzi.

Avviandosi il Vice verso il proprio ufficio, il Grande Giornalista lo fermò per chiedergli un colloquio: « breve, brevissimo », tenne a precisare. Il Vice fece un gesto più di rassegnazione che di assenso; e dalla turba intorno si levò un mormorio di protesta.

« Questione privata » disse il Grande Giornalista; e dalla turba si levarono gli increduli e ironici « come no? », « ma certo », « ma si capisce ».

Nell'ufficio, seduti di fronte – tra loro la scrivania ingombra di carte, libri e pacchetti di sigarette – e misurandosi l'un l'altro in silenziosa diffidenza, quasi una gara a chi più a lungo sapesse tacere, il Grande Giornalista cavò da una tasca il taccuino, da un'altra la matita.

Il Vice levò l'indice della destra, lo agitò in un no lento e definitivo.

« Puro gesto, tic professionale... Ho una sola domanda da farle; e non mi aspetto risposta ».

« E dunque perché farmela? ».

« Perché né lei né io siamo dei cretini ».

« La ringrazio... Ma venga alla domanda ».

« Questa storia dei figli dell'ottantanove l'avete inventata voi o ve l'hanno data già confezionata? ».

« E io invece le rispondo: non l'abbiamo inventata noi ».

« Ve l'hanno dunque consegnata già pronta? ».

« Forse... Ne ho il sospetto, ma soltanto il sospetto ».

« Anche il suo Capo? ».

« Credo di no; ma lei farebbe bene a chiederglielo ».

Il Grande Giornalista aveva ora un'aria diffidente, perplessa. Disse: « Mi aspettavo che lei non rispondesse alla mia domanda, e lei invece ha risposto; che lei negasse il mio sospetto, e invece vi ha aggiunto il suo. Ma che succede? ». La sua mente, gli si leggeva in faccia, era tutto un meccanismo di scarti, correzioni, ritorni ed inceppi. « Ma che succede? », angosciosamente.

« Nulla, direi ». E ad offenderlo: « Ha mai sentito parlare di amore alla verità? ».

« Vagamente ». Lo disse con ironia sdegnosa, quasi che il consentire cinicamente all'offesa fosse il solo modo di reagirvi: dall'alto, con così basso interlocutore.

Il Vice rincalzò con un « già, già ». E aggiunse: « Domani, comunque, spero di poter leggere un suo articolo con tutti i sospetti e i dubbi che io, per opinione personale, le ho confermato ».

Il Grande Giornalista era rosso di collera. Disse: « Lei sa bene che non lo scriverò ».

« E perché dovrei saperlo? Ho ancora tanta fiducia nel genere umano! ».

« Siamo nella stessa barca ». La sua collera fu attraversata da un lampo di cedimento, di stanchezza.

« Non lo creda: sono già sbarcato su un'isola deserta ».

Quel colloquio lo aveva innervosito, ma il dolore gli si era allontanato: stava come una bestia – piccola, feroce ed immonda – agguatata in un solo punto del suo corpo, del suo essere. Poteva dunque, dall'ultima battuta di quel colloquio, vagheggiare l'isola deserta, come su una mappa svolgervi antico sogno, antica memoria; per quanto antiche gli erano diventate certe cose dell'infanzia, dell'adolescenza. *L'isola del tesoro*: una lettura, aveva detto qualcuno, che era quanto di più si poteva assomigliare alla felicità. Pensò: stasera lo rileggerò. Ma ne aveva precisa memoria, avendolo tante volte riletto in quella vecchia e brutta edizione che una volta gli avevano regalato. Aveva perso tanti libri, nei suoi trasferimenti da una città all'altra, da una casa all'altra: ma non questo. Edizione Aurora: carta paglierina, che dopo tanti anni pareva aver prosciugato e sbiadito la stampa; e in copertina, malamente colorato, un fotogramma del film: che era in bianco e nero, piuttosto lezioso ed insulso Jim Hawkins, indimenticabile John Silver, Wallace Beery. Indimenticabile anche come Pancho Villa: e dopo aver visto l'uno e l'altro film, non si poteva più leggere il libro di Stevenson o quello di Guzman sulla rivoluzione messicana, senza che i personaggi si presentassero col fisico, i gesti e la voce di Wallace Beery. Pensò a quel che il cinema era stato per la sua generazione; e se aveva effetti paragonabili per la nuova, o se li avesse quel cinema rimpiccolito, a lui insopportabile, che offriva la televisione.

Ritornò all'isola. E gli si affacciò altro personaggio: Ben Gunn. La sua mente era così libera, così in vacanza e in vaganza, che da Ben Gunn, per un particolare che improvvisamente ricordò, passò a una considerazione sulla scienza pubblicitaria che alluvionava il mondo. Anche i produttori di formaggio parmigiano, certamente, pagavano la scienza pubblicitaria: ma mai che tal scienza si fosse ricordata della tabacchiera del dottor Livesey. Immaginò il manifesto che se ne sarebbe potuto fare, la pagina pubblicitaria: il dottor Livesey che offriva la tabacchiera aperta con dentro un pezzo di parmigiano: ai consumatori, come nel racconto a Ben Gunn, che aveva la passione del formaggio. « Un formaggio nutriente che si fabbrica in Italia » diceva il dottore; o qualcosa di simile.

Stava intanto guardando *Il cavaliere, la morte e il diavolo*. Forse Ben Gunn, per come Stevenson lo descriveva, un po' somigliava alla Morte di Dürer; sicché gli parve prendesse, la Morte di Dürer, un riflesso di grottesco. L'aveva sempre un po' inquietato l'aspetto stanco della Morte, quasi volesse dire che stancamente, lentamente arrivava quando ormai della vita si era stanchi. Stanca la Morte, stanco il suo cavallo: altro che il cavallo del *Trionfo della morte* e di *Guernica*. E la Morte, nonostante i minacciosi orpelli delle serpi e della clessidra, era espressiva più di mendicità che di trionfo. « La morte si sconta vivendo ». Mendicante, la si mendica. In quanto al diavolo, stanco anche lui, era troppo orribilmente diavolo per esser credibile. Gagliardo alibi, nella vita degli uomini, tanto che si stava in quel momento tentando di fargli riprendere il vigore perduto: teologiche terapie d'urto, rianimazioni filosofiche, pratiche parapsicologiche e metapsichiche. Ma il Diavolo era talmente stanco da lasciar tutto agli uomini, che sapevano fare meglio di lui. E il Cavaliere: dove andava così corazzato, così fermo, tirandosi dietro lo stanco Diavolo e negando obolo alla Morte? Sarebbe mai arrivato alla chiusa cittadella in alto, la cittadella della suprema verità, della suprema menzogna?

Cristo? Savonarola? Ma no, ma no. Dentro la sua corazza forse altro Dürer non aveva messo che la vera morte, il vero diavolo: ed era la vita che si credeva in sé sicura: per quell'armatura, per quelle armi.

In questi pensieri, ma come corsi da una vena di incandescenza, di delirio, si era quasi assopito; sicché il Capo, entrando, constatò: « Lei sta proprio male ». Ormai, da quando si era accorto del suo deperire e soffrire, se aveva da parlargli non lo faceva più chiamare: riguardo che il Vice apprezzava, ma non senza una punta di irritazione.

« Non al punto che vorrei » disse il Vice: in risveglio, ma in risveglio anche il dolore.

« Ma che dice? » finse di scandalizzarsi il Capo, avendo perfettamente capito che il punto cui l'altro voleva arrivare nel sentirsi male era quello in cui più non si sentiva alcun male. Ma era troppo contento, per lasciarsi aduggiare da pensieri altri; e dunque: « Ha visto? Che gliene pare? ».

« Certo, » disse il Vice con lenta e goduta cattiveria « una qualche punizione bisogna pur dargliela: un'imputazione, forse, oltre che di autocalunnia, di propalazione di notizie false e tendenti a turbare l'ordine pubblico... ».

« Ma che dice? », stavolta non formale, ma grido dell'anima.

« Dico quello che ho detto fin dal primo momento: se noi ci prestiamo al gioco dei figli dell'ottantanove, se diamo una mano a crearli, questa storia non finirà più, farà altre vittime: e non solo sotto specie di morti ammazzati, ma anche di personaggi come quello che lei ha avuto ora sottomano ».

« Ma che dice? », di nuovo, accorato e quasi implorante: « tra le mani abbiamo un anello della catena, e lei lo vuol lasciar cadere come niente ».

« Lei dice bene: l'anello di una catena. Ma è una catena di stupidità e di dolore, di segno esattamente opposto a quello che lei intende... Abbia pazienza, mi ascolti per un momento... Questo ragazzo continuerà a negare per oggi, forse anche per domani, per una settimana, magari per un mese: ma ad un certo punto ammetterà di aver fatto parte di un'associazione denominata i figli dell'ottantanove, rivoluzionaria, eversiva. Se ne dichiarerà pentito, pentitissimo e, col nostro aiuto, farà uno, due, tre nomi di sodali, di complici... Non so se li sceglierà tra i suoi conoscenti più simpatici o antipatici: è un meccanismo psicologico da studiare... Comunque, avremo altri anelli della catena... In questo momento, è del tutto facile immaginarlo, dei nostri agenti stanno interrogando professori, bidelli, baristi e gestori di discoteche e di paninoteche: parola nuova, questa; e mi fa rabbrividire: mi pare appesti insieme panetterie e biblioteche. Interrogano, si capisce, per avere quanti più nomi è possibile di coloro cui questo giovane abitualmente si accompagnava... Nel deprecabile caso che si ostinasse a non parlare, a non far nomi, dall'elenco che verrà fuori dall'indagine noi ne avremo tanti da cui sorteggiarne qualcuno... ».

« Lei sta proprio male ». E premuroso, persuasivo: « Si prenda una vacanza; uno, due mesi di congedo. Ne ha diritto; glielo accordo subito, se vuole ».

« La ringrazio. Ci penserò ».

« La morfina è bella; bisogna prenderla quando non se ne può più », lo aveva ammonito l'amico medico nel consegnargliene un pacchetto. Belli gli effetti della morfina, più se succedevano all'insopportabile sofferenza. Più forte la tempesta, più dolce poi la quiete. *La quiete dopo la tempesta, Il sabato del villaggio, Il passero solitario, L'infinito*: quali grandi e profondi sentimenti, con assoluta semplicità, e magari con immagini banali, quel poeta di felice infelicità aveva rivelato e indelebilmente impresso nella memoria degli italiani che si potevano ora dir vecchi: negli anni lontani della scuola, e da allora. Lo si leggeva ancora, nella scuola? Forse ancora; ma certo nessun ragazzo ne sapeva i versi a memoria. *Par coeur*, come diceva la professoressa di francese quando assegnava le poesie di Victor Hugo, quasi sempre di Victor Hugo. Le ricordava ancora: « Devant la blanche ferme où parfois vers midi Un vieillard vient s'asseoir sur le seuil attiédi... »; « Oh! combien de marins, combien de capitaines Qui sont partis joyeux pour des courses lointaines, Dans ce morne horizon se sont évanouis... »; e questa più *par coeur*, ormai. Bellissima espressione; e la traduceva « nel cuore, dal cuore, per il cuore ». Si scopriva sentimentale fino alle lacrime. Ma il medico intendeva soltanto sconsigliare l'assuefazione, con quella frase sibillina, contraddittoria.

Ma qual era il punto del non poterne più? Lo spostava sempre più in avanti, come un traguardo: della volontà in gara col dolore. E non per il timore dell'assuefazione, ma per un sentimento di dignità cui concorreva l'essere stato per gran parte della sua vita a difendere la legge, le sue preclusioni, i suoi divieti. Sapeva che cosa era la morfina nella farmacopea, in un ospedale, nella borsa di un medico, al capezzale di uno arrivato al punto di non poterne più: ma non riusciva del tutto a vederla nella luce del lecito, dall'ombra della trasgressione e del reato in cui l'aveva vista per anni. La legge. Una legge, pensava, per quanto iniqua è pur sempre forma della ragione: per conseguirne il fine di estrema, definitiva iniquità, quegli stessi che l'hanno voluta e che l'hanno fatta, sono costretti a prevaricarla, a violentarla. Il fascismo era anche questo: un sottrarsi alle stesse sue leggi. E anche il comunismo di Stalin, di più anzi.

E la pena di morte? Ma la pena di morte non ha niente a che fare con la legge: è un consacrarsi al delitto, un consacrare il delitto. Una collettività sempre, a maggioranza, dirà che è necessaria: appunto perché è una consacrazione. Il sacro, qualunque cosa avesse a che fare col sacro... L'oscuro fondo dell'essere, dell'esistenza.

La morfina, dunque. E gli venne un curioso pensiero, propriamente di curiosità: se nell'anno in cui Tolstoj raccontava la morte di Ivan Il'ič, la morfina, per quell'uso, la si conosceva già. 1885, 1886? C'era da credere la si conoscesse. Ma se ne faceva cenno, nel racconto? Gli pareva di no. E ne ebbe come un conforto: Tolstoj aveva allontanata la morfina dal suo personaggio forse per lo stesso suo sentimento. E pensando a quel racconto, cominciò a cercarne dentro di sé i riscontri. La morte come un quid, un quantum, che girava nel sangue tra ossa, muscoli, ghiandole: finché non trovava il piccolo anfratto in cui esplodere, la nicchia, la culla. Una piccola esplosione, un punto di fuoco, una brace, dapprima intermittente, poi di continuo e invadente dolore; e cresceva, cresceva al punto che il corpo sembrava non più contenerlo: e traboccava intorno su ogni cosa. Soltanto il pensare gli era nemico, con piccole, momentanee vittorie. Ma c'erano momenti, lunghi, interminabili, in cui cadeva appunto su ogni cosa, tutto deformava e oscurava. Su ogni piacere ancora possibile, sull'amore, sulle pagine amate, sui lieti ricordi. Perché anche del passato si impadroniva: come ci fosse sempre stato, come non ci fosse mai stato un tempo in cui non c'era, in cui si era sani, giovani, il corpo modulato dalla gioia, per la gioia. Accadeva qualcosa di simile all'inflazione, ma di atroce introversione: quel piccolo gruzzolo di gioia che in una vita si riusciva a mettere assieme, quel male efferatamente andava divorandoselo. Ma forse tutto nel mondo stava accadendo a somiglianza dell'inflazione, la moneta del vivere ogni giorno perdeva di valore; la vita intera era una specie di vacua euforia monetaria senza più alcun potere di acquisto. La copertura oro – del sentimento, del pensiero – era stata dilapidata; le cose vere avevano ormai un prezzo irraggiungibile, addirittura ignoto.

Senza averlo deciso, si era avviato a verificare se del suo piccolo gruzzolo qualcosa fosse restato. Camminava sul lungofiume, ogni tanto fermandosi a guardare l'acqua fangosa scorrere, il tempo, la vita.

Arrivò da lei molto stanco: una sola rampa di scala, vecchia scala dai gradini bassi e levigati; ma per lui era ormai affannoso ogni salire. Curiosamente, però, l'affanno metteva in fuga il dolore. Pensò che bisognava parlarne a un medico: chi sa non ci fosse una terapia dell'affanno; ne scoprono tante, se le rimangiano, le riscoprono, tornano a rimangiarsele. Il fatto è che come la natura, avendo a disposizione pochi elementi è capace di foggiare miliardi di facce diverse, inesauribilmente, così è per i visceri, oscuramente. Che può saperne, un medico? Anche a volergli comunicare quel poco che ognuno di noi ne sente – del cuore, dei polmoni, dello stomaco, delle ossa – lui non può che riferirlo alle astrazioni, agli universali: anche se si riesce a riferirglielo con la massima precisione, come Proust, nell'anticamera di un dentista, descrisse a Roditi il proprio mal di denti, Roditi avendo la consolazione di scoprirselo uguale.

Suonò il campanello: note da carillon, lontane; che gli davano ai nervi sempre, più acutamente ora. Lei venne ad aprirgli, come d'abitudine, dopo qualche minuto, in vestaglia: indossata, sapeva, in quel momento, per venire ad aprire la porta. *Non andartene in giro tutta nuda.* Ricordò, di molti anni prima, in un piccolo teatro di Roma (in via Santo Stefano del Cacco, dove c'era anche il suo ufficio e quello del commissario Ingravallo, don Ciccio Ingravallo: poiché gli pareva, tanta era la verità delle pagine di Gadda, di averlo conosciuto in quegli uffici e non in quelle pagine), ricordò Franca Rame camminare per la scena non nuda, ma in non trasparente camicia da notte: ché allora anche la trasparenza, e figurarsi la nudità, poteva essere ragione che un qualche suo collega, cingendosi di fascia tricolore, imponesse di calare il sipario. Oggi non più: ci si spoglia facilmente oggi, nel teatro come nella realtà: e nella sua infanzia lo spogliarsi era considerato il vertice della follia. « Si spogliò nudo »: ragione sufficiente, se nudo si faceva vedere, alla camicia di forza, all'ambulanza, al manicomio.

In casa, lei se ne andava in giro tutta nuda. Cosa che, indubbiamente, come nella commediola di Feydeau, deliziava i dirimpettai, ma a lui aveva dato momenti di divampante gelosia. Dentro di sé, ora, ne rideva: e perciò gli venne alla memoria una scenetta (ancora il teatro) dei fratelli De Rege: uno che si presentava con la testa bendata, un braccio ingessato, zoppicante; e ne dava causa alla gelosia. E tra i due il dialogo andava avanti sull'equivoco della gelosia della moglie, finché non veniva in chiaro che non di un sentimento quelle lesioni erano effetto, ma della caduta dall'alto di un'imposta, di una gelosia, di una persiana: infisso forse escogitato ad alleviare quell'omonimo e tormentoso sentimento, ma che con quel sentimento non aveva ormai nulla a che fare. Sentimento che pareva, negli ultimi anni, abolito; ma forse stava tornando. Non più carico di tragedia, pareva; di asettiche preoccupazioni, piuttosto.

Frammezzo a questi pensieri, che non si potevano dire pensieri, baluginanti e quasi simultanei com'erano, nell'attimo di esitazione di lei a riconoscerlo, nel suo stupore, egli si vide come in uno specchio. Ne ebbe, irragionevolmente, un greve fastidio: quasi che lei l'avesse fatto apposta, uno dei suoi soliti – una volta adorabili – dispetti. Fu, col rammarico di essere tornato a trovarla, un momento.

« Finalmente » lei disse. « Ma da dove vieni, ma che hai fatto in questi mesi? ».

« Sono stato prima in Svizzera; ti ho scritto... ».

« Una cartolina » precisò lei scontrosamente.

« Già, una cartolina... E in questi ultimi giorni in ufficio, con troppo lavoro ».

« I figli dell'ottantanove? ».
« I figli dell'ottantanove e altro ».
« Ma in Svizzera...? ».
« Un controllo medico. Molto faticoso ».
« E che cosa...? ».
« Nulla ».

Le si leggeva negli occhi che non ci credeva, al nulla medicale; ma ebbe l'accortezza, la delicatezza, l'amore forse, di non insistere per sapere. Cominciò svagatamente a parlar d'altro: ma di cose a lei accadute da quando non si erano più visti; sottaciuto il rimprovero per la sua assenza, per il suo silenzio.

La guardava indovinando sotto la veste leggera quel corpo conosciuto, che aveva desiderato ed amato per anni, e forse più quando lei aveva cominciato a sentire che la giovinezza se ne andava, che il suo corpo sfioriva; a sentirsene minacciata ed offesa come da un'ingiustizia, da un sopruso. Allora in lui era sorto un sentimento di tenerezza, che alimentava il desiderio e lo illimpidiva. Desiderio e tenerezza: tutto sereno, dopo la passione dei primi anni, quando i loro incontri erano pieni di difficoltà e davano luogo a malintesi e puntigli da cui la sofferenza e la disperazione si levavano come uragano. Poi, finite le difficoltà, era finita anche la passione. Niente più di quelle tortuosità e ossessioni di cui lei forse godeva e che lui invece viveva come una di quelle malattie in cui il calare della febbre e il crescere, la lucidità e il delirio, segnano alterne ore e giornate. S'incontravano sempre con gioia – la gioia dei corpi, la sola di cui reciprocamente potevano esser certi: e più non bisognava domandare; insieme facevano dei viaggi, a volte di imprevista lunghezza e varietà; ma sempre più raramente negli ultimi anni. Tutto si allontanava, era ormai lontano. Restava in lui un senso di tenerezza, e quasi era diventata pietà. Curioso come in lui, ora, ogni sentimento che era stato di amore o di avversione si mutasse in pietà. E ancora più curioso che la memoria trasfigurasse in bellezza quelle lontane sofferenze e disperazioni. Tutto mentiva, anche la memoria.

« Ma questi figli dell'ottantanove...? ».

« Se ne sentiva il bisogno ». Pensò al diavolo dell'incisione di Dürer. « Occorre che ci sia il diavolo perché l'acqua santa sia santa ».

«Mi pare che lei sia più sereno» disse il Capo.

«Oh, in quanto a serenità... Direi, piuttosto, che sono quasi arrivato, per quel che succede qui dentro, all'indifferenza... E mi scusi se le parlo così, con una sincerità da pari a pari: lei è il mio superiore diretto e...».

«Non lo dica: io l'ho sempre trattato da amico, e mi rendo conto di quel che le accade, delle sue sofferenze... E da amico voglio farle una domanda chiara e netta: che cosa vuole? Da me, da noi, da tutti quelli che stiamo a dar dentro a questo caso».

«Nulla. A questo punto, nulla. Vedo benissimo che non può andare che per come va; che è impossibile, nonché invertire la rotta, il fermarsi».

«Mi dica la verità: lei voleva un mandato di

cattura per Aurispa ». Il fatto che lo chiamasse Aurispa, non più il Presidente, era invece segno che quel vagheggiamento e vaneggiamento era suo: un mandato di cattura per Aurispa.

« Guardi: quando io, in altre sedi, fortunatamente non più in questa, ho dovuto eseguire mandati di cattura, mi sono sempre sentito come uno di quei biechi personaggi che, nelle Viecrucis delle chiese di campagna, si avvicinano a catturare Cristo. Per quanto ignobile fosse la persona da arrestare, questo era il mio stato d'animo... Era necessario eseguirlo, il mandato; spesso, anche se non sempre, giusto; ma non sono mai riuscito a sentirmene al disopra ».

« È un sentimento che le fa onore; ma il nostro mestiere... Mi scusi: ma perché non ha scelto di fare l'avvocato, invece che il poliziotto? ».

« Forse perché mi sono illuso che si potesse essere avvocati appunto facendo i poliziotti... Ma la consideri una battuta. Non è vero. Si mente sempre, non facciamo che mentire; e sopratutto a noi stessi... Comunque: no, non volevo un mandato di cattura per Aurispa; volevo ci si concentrasse un po' di più su di lui, sulla sua vita, sui suoi interessi. E, sopratutto, avrei voluto che si rimandasse a casa quel putativo figlio dell'ottantanove... Dov'è, ora? Immagino in isolamento, dentro una cella di due metri per tre ».

« E dove vuole che sia? ».

« In amicizia, se permette, con sincerità: davvero lei crede che quel ragazzo faccia parte di un'associazione eversiva che ha esordito ammazzando l'avvocato Sandoz? ».

« Non lo giurerei: ma nell'ordine delle cose... ».

« Nel disordine delle cose » corresse il Vice. E a metter fine all'inutile colloquio: « Ho seguito il suo consiglio: le ho portato una domanda di congedo. Per due mesi. Credo saranno sufficienti ».

« Sufficienti a che? » domandò il Capo: pronto a elargire conforti.

« Ma a farmi star meglio, si capisce ».

Passò dal suo ufficio, aprì i cassetti della scrivania: prese delle lettere, il piccolo Montaigne di Gide che sapeva quasi a memoria, un pacchetto di sigarette. Lasciò altre sigarette, altri libri. Si soffermò poi davanti all'incisione di Dürer, esitò se portarla via o lasciarla. Decise di lasciarla, con un certo divertimento fantasticò di quel che ne sarebbe avvenuto: i suoi successori l'avrebbero creduta dotazione di quell'ufficio, come la carta topografica della città e il ritratto del presidente della Repubblica; poi qualcuno si sarebbe accorto che era una *res nullius*, se la sarebbe portata a casa o da un rigattiere, qualcuno dal rigattiere l'avrebbe scoperta, si sarebbe ripetuto quell'itinerario per cui le cose approdano alle aste più o meno alte: agli amatori, dunque, all'amatore. Uno come lui, forse: amatore improvvisato, incompetente.

Vagò per la città con un senso di libertà che credeva di non aver mai provato. Ancora bella, la vita; ma per chi ancora ne era degno. Se ne sentì non indegno, e come premiato. C'era da gridare: « Iddio vi ha dato un volto, voi ve ne fate un altro »: non come Amleto alle donne, ai loro belletti, manteche e smalti, ma a tutti gli indegni, indegna massa di cui il mondo andava gremendosi; di gridarlo al mondo che andava assumendo questa sostanza: di essere indegno della vita. Ma il mondo, il mondo umano, non aveva sempre oscuramente aspirato ad essere indegno della vita? Ingegnoso e feroce nemico della vita, di se stesso; ma al tempo stesso aveva inventato tante cose amiche: il diritto, le regole del gioco, le proporzioni, le simmetrie, le finzioni, le buone maniere... « Ingegnoso nemico di me stesso »: Alfieri di sé, di sé l'uomo; ma anche ingegnoso amico, fino a ieri. Come sempre, però, quando arrivava allo sconforto dell'oggi, alla disperazione del domani, si domandò se nel rammaricarsi per l'indegnità in cui il mondo correva non ci fosse il rancore di stare per morire e l'invidia per coloro che restavano. Forse sì, pur nella dilagante pietà che sentiva per tutti quelli che restavano; tanto che in certi momenti, incattivito, gli avveniva di ripetersi nella mente, a modo dei presentatori di avanspettacolo della sua adolescenza, un « signore e signori, buon divertimento »; come un saluto, beffardamente. Ma nella coscienza che il divertimento non ci sarebbe stato, era pur sempre, scontrosamente, pietà.

Camminava ora per il parco. I bambini, ecco: così graziosi, tanto meglio nutriti che un tempo (l'infanzia gracile e affamata di quelli ora vecchi), forse più intelligenti e certamente, di tutto, molto più informati; ma ne aveva grande apprensione e compassione. Ci saranno, pensava, nel 1999, nel 2009, nel 2019: e che cosa il susseguirsi di questi decenni avrebbe portato per loro? E si accorse, così pensando, di essere arrivato come al cancello della preghiera, intravedendola come un giardino desolato, deserto.

Si soffermava a seguire i loro giochi, a sentire quel che si dicevano. Erano ancora capaci di gioia, di fantasia: ma li aspettava una scuola senza gioia e senza fantasia, la televisione, il computer, l'automobile da casa a scuola e da scuola a casa, il cibo ricco ma dall'indifferenziato sapore di carta assorbente. Non più, nella memoria, la tavola pitagorica, « La donzelletta vien dalla campagna... », « Scendeva dalla soglia... », « I cipressi che a Bolgheri... »: sevizie del passato. La memoria era da abolire, la Memoria; e quindi anche quegli esercizi che la rendevano duttile, sottile, prensile.

Nei piccoli paesi c'era ancora, per i bambini, la libertà di una volta; ma nelle città tutto era, per necessità e per scienza, da pollaio. E c'era chi si preparava a farli nascere come mostri, magari prodigiosi, per un mondo mostruoso. « Quello che noi facciamo » gli aveva una volta detto un famoso fisico « è da considerarsi rose e fiori, in confronto a quello che fanno i biologi ». Un po' si perse dietro l'espressione « rose e fiori », come se la rosa, per forza di letteratura, si spiccasse dalla genia dei fiori. Le rose che non colsi, pensò. Ma non era vero, non è vero che la vita è fatta di occasioni mancate. Nessun rimpianto.

Un cane, un lupo dall'aspetto bonario e stanco, si era avvicinato alla carrozzina in cui un bambino biondo placidamente dormiva. La ragazza che doveva custodire il bambino si era distratta a parlare con un soldato. D'impulso andò a mettersi tra la carrozzina e il cane. La ragazza lasciò di parlare col soldato, gli sorrise rassicurante e guardando teneramente il cane disse che era buono, vecchio e affezionato. Si allontanò facendo ora attenzione ai tanti cani che andavano per il parco, gli venne da contarli. Tanti cani, forse più dei tanti bambini. E se gli schiavi si contassero?, si era domandato Seneca. E se si contassero i cani? Tra le sue carte era un giorno affiorato l'orrore di un bambino dilaniato da un alano. Il cane di casa: forse buono, vecchio e affezionato come il lupo della ragazza. Dei tanti bambini che correvano per il parco, dei tanti cani che parevano accompagnarsi ai loro giochi o vigilarli, ricordando quel fatto ebbe una visione da apocalisse. Se la sentì sulla faccia come una vischiosa, immonda ragnatela di immagini: e mosse la mano a cancellarla, ammonendosi a morir meglio. Ma i cani stavano lì, troppi: e non erano di quelli che, suo padre dilettandosi di caccia, si era trovati intorno nell'infanzia. Piccoli cani, quelli, bastardume cirneico; sempre festosi, scodinzolanti, con la gioia della campagna più che della caccia. Questi invece alti, gravi, quasi sognassero boschi irti ed oscuri, pietraie impervie. O campi di concentramento nazisti. E diventavano troppi dovunque, a pensarci bene. Ma anche i gatti. Ma anche i topi. E se si contassero?

Da un pensiero all'altro, nell'attenuarsi di quella ossessione, passò a ricordare i cani della sua infanzia, i loro nomi, la valentia di alcuni, la pigrizia di altri: così come ne discorreva, con altri cacciatori, suo padre. E mai ci aveva pensato, ora improvvisamente: nessuno di loro era morto in casa, nessuno di loro avevano visto morire o trovato morto nella cuccia di paglia e vecchie coperte. Ad un certo punto della loro età o della loro bronchite, li si vedeva stanchi, senza più voglia di cibo e di ruzzo: e scomparivano. Il pudore di sé morti. Come in Montaigne. E gli apparve sublime, affermato quasi come l'imperativo kantiano, come un modo di quell'imperativo, il fatto che una delle più alte intelligenze dell'umanità, nel desiderio che lontano da quelli che in vita gli erano stati vicini gli avvenisse di morire, e meglio se in solitudine, avesse meditato e ragionato quel che il cane istintivamente sentiva. Il che valse, tramite la grande ombra di Montaigne, a riconciliarlo coi cani.

L'indomani, dopo una notte più delle altre tranquilla, il dolore che lo svegliava alla fine di sogni in cui qualcosa o qualcuno al fianco, alla spalla o alla nuca lo percuoteva, passò la mattinata tra giornali, riviste e libri. Il Grande Giornalista aveva scritto un articolo in cui aspramente accusava servizi di sicurezza e polizia di aver fatto ricrescere la malapianta del terrorismo accorgendosene soltanto all'obitorio, davanti al cadavere del povero avvocato Sandoz; e la rivista cattolica « Il Pellegrino » pubblicava un lungo articolo sul maledetto ottantanove e su questi, di ora, suoi benedetti figli. Non proprio benedetti, in verità li si diceva nell'articolo: ma dal momento che sparavano, una qualche comprensione e indulgenza bisognava elargirgliela, ad anticipazione del perdono.

Il dolore si era come appannato, si poteva

assomigliare a un che di lattiginoso, di un bianco sporco. Finì di rileggersi *L'isola del tesoro*: qualcosa, ancora, che somigliava alla felicità. Stava per rimetterlo nella libreria, quando arrivò la donna che veniva ogni mattina a rassettare quel poco che c'era da rassettare. Non si aspettava di trovarlo a casa: domandò se stava male o se si era messo in vacanza.

« In vacanza, in vacanza ».

« Buon per lei » disse la donna: c'era stato, nella mattinata, un omicidio, un fatto grosso pareva; e si poteva immaginare che da fare avesse la polizia.

Domandò dell'omicidio, al tempo stesso che si precipitò ad aprire la radio. La donna disse che era stato ucciso un amico di quello che era stato ucciso una settimana addietro, ma non ricordava il nome.

Nel ventaglio di musiche e voci che la radio dispiegava, non una voce che desse notizie. Spense.

A compensare il silenzio della radio sull'omicidio, la donna si sforzò di ricordare quel nome. « È un nome » disse « di paese della bassa Italia ».

« Rieti ».

« Sì, sì, Rieti » si illuminò la donna. E pensò: questi qui le cose le sanno prima che accadano. Anche lei, non della bassa Italia ma fieramente dell'alta, di duro giudizio nei riguardi della polizia.

Amico di quello che era stato ucciso una settimana addietro, il nome di un paese della bassa

Italia: aveva subito pensato a Rieti. Ora, prima che di pena, più che di pena, un sentimento di sconfitta lo agitava. Si sentiva come dentro uno di quei romanzi polizieschi il cui autore usa ed abusa, nei riguardi del lettore, di una slealtà grossolana, senza precauzione, nemmeno furba. Ma in questo caso la slealtà era un errore, un suo errore. Ma era stato anche un errore di Rieti? O Rieti gli aveva nascosto quella parte di verità effettuale cui era più direttamente interessato?

Ci pensò per ore, come giocando un solitario interminabile in cui qualcosa sempre non andava: una carta che non trovava posto, uno spazio in cui la carta vagante non poteva esser posta.

Uscì di casa che calava, intrisa di nebbia, la notte. Si avviò, senza averlo deciso – come un mulo alla stalla, pensò quando se ne accorse – verso l'ufficio.

Gli spari li udì incommensurabilmente prima, gli parve, di sentirsene colpito. Cadde pensando: si cade per precauzione e per convenzione. Credeva di potersi rialzare, ma non ce la fece. Si sollevò su un gomito. La vita se ne andava fluida, leggera; il dolore era scomparso. Al diavolo la morfina, pensò. E tutto era chiaro, ora: Rieti era stato ucciso perché aveva parlato con lui. Da qual momento avevano cominciato a seguirlo?

Il gomito non lo sostenne più, ricadde. Vide il volto bello e quieto della signora Zorni animarsi di malizia; lo vide poi dissolversi, nella fine del tempo di cui stava varcando la soglia, nei titoli dei giornali dell'indomani: *I figli dell'ottantanove colpiscono ancora. Ucciso il funzionario di polizia che sagacemente li braccava.* Pensò: che confusione! Ma era già, eterno e ineffabile, il pensiero della mente in cui la sua si era sciolta.

FINITO DI STAMPARE NEL DICEMBRE 1989 IN AZZATE
DAL CONSORZIO ARTIGIANO « L.V.G. »

Printed in Italy

FABULA

VOLUMI PUBBLICATI:

1. Milan Kundera, *L'insostenibile leggerezza dell'essere* (20ª ediz.)
2. Ingeborg Bachmann, *Il trentesimo anno* (5ª ediz.)
3. Guido Morselli, *Dissipatio H.G.* (6ª ediz.)
4. Thomas Bernhard, *Il soccombente* (3ª ediz.)
5. Bruce Chatwin, *Sulla collina nera*
6. Milan Kundera, *Lo scherzo* (9ª ediz.)
7. Aldo Busi, *Seminario sulla gioventù* (4ª ediz.)
8. Ingeborg Bachmann, *Tre sentieri per il lago* (5ª ediz.)
9. Anna Maria Ortese, *L'Iguana* (3ª ediz.)
10. Danilo Kiš, *Giardino, cenere*
11. Guido Morselli, *Roma senza papa* (6ª ediz.)
12. Leonardo Sciascia, *1912 + 1* (4ª ediz.)
13. Ingeborg Bachmann, *Malina* (4ª ediz.)
14. Milan Kundera, *La vita è altrove* (6ª ediz.)
15. Guido Morselli, *Contro-passato prossimo* (3ª ediz.)
16. Clarice Lispector, *Vicino al cuore selvaggio* (2ª ediz.)
17. Vasilij Grossman, *Tutto scorre...*
18. Leonardo Sciascia, *Porte aperte* (5ª ediz.)
19. Anna Maria Ortese, *In sonno e in veglia*
20. Giampaolo Rugarli, *La troga* (2ª ediz.)
21. Thomas Bernhard, *Perturbamento* (2ª ediz.)
22. Danilo Kiš, *Enciclopedia dei morti*
23. Robert M. Pirsig, *Lo Zen e l'arte della manutenzione della motocicletta* (10ª ediz.)
24. Leonardo Sciascia, *A ciascuno il suo* (3ª ediz.)
25. Milan Kundera, *Amori ridicoli* (3ª ediz.)
26. Ingeborg Bachmann, *Il caso Franza*
27. Andrzej Szczypiorski, *La bella signora Seidenman*
28. Leonardo Sciascia, *Il cavaliere e la morte* (2ª ediz.)
29. Thomas Bernhard, *Il respiro*
30. Milan Kundera, *Il valzer degli addii* (2ª ediz.)
31. Ruve Masada, *Il principio della piramide*
32. Leonardo Sciascia, *Il Consiglio d'Egitto* (3ª ediz.)
33. Fleur Jaeggy, *I beati anni del castigo* (2ª ediz.)
34. J. Rodolfo Wilcock, *Lo stereoscopio dei solitari*
35. Bruce Chatwin, *Utz*
36. Guido Morselli, *Divertimento 1889* (5ª ediz.)
37. Thomas Bernhard, *Il nipote di Wittgenstein*

W0279590

Über dieses Buch Läßt sich zum uralten Menschheitsthema »Liebe« etwas Neues sagen? Der Autor versucht es auf einer langgereiften Basis philosophischer Handlungstheorie. Zentral ist die Unterscheidung der Liebesstufen (sexuelle, erotische, kommunikative und spirituelle Liebe). Auf die tausendfältigen Spielarten ihrer Bezüge kommt es an, will man die üblichen Einseitigkeiten vermeiden, will man als Einheit erfassen, was das Wort »Liebe« alles bedeuten kann. Heinrichs denkt erfahrungsnah, konkret, ohne Rezepte geben zu wollen oder zu moralisieren. Die alphabetische Aufschlüsselung in Stichworten erlaubt ihm zugleich die Entfaltung seines literarischen Talents: eine poetisch lockere Bearbeitung der Gedanken, eine jedem denkenden und literarisch aufgeschlossenen Zeitgenossen zugängliche Lesekost, ein auch nebenbei jederzeit wieder aufnehmbarer Faden. Man kann sich im Gestrüpp der gesammelten Klarheiten verstricken wie in der Liebe selbst. Alte und neue Autoren kommen unter den überraschenden Perspektiven des originellen Gesamtkonzepts gleichfalls zu Wort. »Sollen nicht endlich uns diese ältesten Schmerzen fruchtbarer werden?« (Rilke).

Der Autor Johannes Heinrichs gehörte 15 bzw. 18 Jahre lang dem Jesuitenorden an, gab aber aus Gewissensgründen seine Philosophieprofessur in Frankfurt am Main und in Rom auf. Er lebt zur Zeit als freier Schriftsteller in Köln. Seine philosophischen Bücher reichen von bekannten Studien über Hegel und Kant zu eigenen systematisch-konzentrierten Entwürfen: Systemtheorie der Gesellschaft, Handlungstheorie, Sprachtheorie. Literarisch trat er bisher als Lyriker und Essayist hervor.

Johannes Heinrichs

Die Liebe buchstabieren

Stichworte zu einem Menschheitsthema

Fischer
Taschenbuch
Verlag

»Du möchtest dir ein Stichwort borgen
allein bei wem?«
(Gottfried Benn, Verlorenes Ich)

Originalausgabe
Veröffentlicht in der Fischer Taschenbuch Verlag GmbH,
Frankfurt am Main, Dezember 1987
© 1987 Fischer Taschenbuch Verlag GmbH, Frankfurt am Main
Umschlaggestaltung: Jan Buchholz/Reni Hinsch
Satz: Fotosatz Otto Gutfreund, Darmstadt
Druck und Bindung: Clausen & Bosse, Leck
Printed in Germany
ISBN-3-596-23867-6

ABC: Wer über Liebe redet, rührt an ein Menschheitsthema, an das Menschheitsthema. Lebensfremde Erbaulichkeiten beleidigen die an ihr Leidenden. Die Sehnsüchtigen und Enttäuschten verlangen nach Einblick in die Logik von Gerechtigkeit und Ungerechtigkeit der Liebe.
Die Glücklichen verweisen auf die Magie der Liebe. Ihnen liegt nicht an Gerechtigkeit und Logik und Ordnung. Sie finden die Liebe in Ordnung, solange sie Glück spendet.
Zwischen den Leidenden und den Glücklichen pendeln wir – die Fragenden, bereit zur zeitweiligen »Teilnahme an der leidenschaftslosen Stille der nur denkenden Erkenntnis« (Hegel). Offen für Logik und Magie. Darauf gefaßt, daß beides zur Liebe gehört.
Erleben und Logik, widersprechen beide sich? Wo liegt das Logische, an der Oberfläche oder in der Tiefe?
Oberflächenlogik: Buchstaben mit ihrer kargen Ordnung machen zum Beispiel Reichtum und Sinn der Sprache nicht aus; aber sie fangen ihn ein. Eine Oberflächenordnung für die Tiefenlogik der Sprache, die grammatischen Strukturen. Aber auch diese sind längst nicht alles.
So hier. Die Liebe buchstabieren nach einem oberflächlichen ABC,um tieferen Ordnungsstrukturen Ausdruck zu geben – ohne diese allein herrschen zu lassen. Oberfläche verbündet sich mit der Tiefe: Hinter den Strukturen steht, in ihnen verläuft nochmals der ganze chaotische Reichtum des Erlebens.
Chaos der Oberfläche – Ordnung der Oberfläche.
Ordnung der Tiefe – Chaos der Tiefe.
Das ist die Kreuzstellung von Erleben und Erkennen, der wir Rechnung tragen sollten. Hilft zwischen der Erlebnisoberfläche, dem Willkürchaos des Buchstabens und seiner Ordnung, zwischen der Logik und dem Geheimnischaos des Geistes die Einsicht der »nur denkenden Erkenntnis«? Streichen wir das »nur«: Es gibt poetische Erkenntnis. Sie könnte sich mit der denkenden vertragen. Zusammen reichen sie vielleicht weiter hinein in Poesie und Grausamkeit des Konkreten der Liebe.
Rilke sagt irgendwo (in den »Aufzeichnungen des Malte Laurids Brigge«), im Leben gebe es keine Klassen für Anfänger. Das erwachende Bewußtsein ist von Anfang an ins Ganze geworfen. Das gilt von der Liebe. Noch weniger gibt es Klassen für fertige

Absolventen: Man buchstabiert sie sein Leben lang. Derselbe Deuter der Liebe, zum Schluß der achten Duineser Elegie:

> »Uns überfüllts. Wir ordnens. Es zerfällt.
> Wir ordnens wieder und zerfallen selbst.«

Dies als Herausforderung genommen. Bewußtsein des Wagnisses und Mut sind angebracht, Resignation nicht. Allerdings, Verzicht auf *philosophische* Deutung würde uns weiter dem Chaos psychologischer Schulen allein und ihren Einseitigkeiten ausliefern. Genug an Vorrede.

ABHÄNGIGKEIT: Das an der Liebe, was sie unbeliebt macht.
Einmal die grundsätzliche Angewiesenheit auf den anderen, die Miteinanderleben und -arbeiten, Gespräch, Verstehen und alles kennzeichnet.
Sodann aber, viel gefährlicher: Laß ich mich auf Liebe im Sinne von LEIDENSCHAFT ein (was immer das sein mag, bis zu diesem Stichwort sollte es geklärt sein!), dann kann ich nicht mehr abschalten, wann ich will. Selbst die Einsicht, es wäre besser, Schluß zu machen, kommt nicht so schnell gegen Abhängigkeit an.
Leidenschaft ist nicht das einzige, was abhängig macht. Es kann eine reiche Geschichte der Kommunikation sein oder einfach die Gewöhnung – wenn wir über die verbreitetste Form schamvoll schweigen im Zusammenhang von Liebe: von der wirtschaftlichen Abhängigkeit.
Bist du einmal richtig in einem System von Zweien drin, gehört es zu dir mehr als ein Körperteil. Den könntest du – biblisch übertrieben – abschlagen, wenn er dich ärgert. Aber das, worin du bist, darüber verfügst du nicht mehr, nicht soviel wie über deine Körperteile. Es läßt sich auf Risiko und Gefahren ein, wer sich auf Liebe einläßt. Und wenn er sich tausendmal vergewissert hat, nur freiwillig abhängig geworden zu sein – er bleibt es nicht freiwillig, sonst wäre er nicht abhängig.
Bestünde die größte FREIHEIT darin, sich selbst (die Freiheit als bloße Selbstbestimmung) aufzugeben? Dann hinein in die Dialektik! Wir sollten aber bedenken: *Frei* aufgeben kann man etwas nur, sofern man es hat.

ABSCHIED: Getrennt-werden. Trennung wäre die aktivere Art. Abschied wird auferlegt, mehr oder weniger vom Schicksal, was immer das sein mag. Was heißt Willen, was Zustimmung, wenn einer fürs Vaterland an die Front zieht oder für Wissenschaft oder Ehre oder fürs Geld oder mönchisch gehorchend?

Das Elend (Ausland) der Abschiede bezeugt wie nichts, worum es geht: Zusammengehören. Die größten Schmerzen der Welt, seit sie Menschenwelt ist. Liebe im Negativ: »Was einer ist, was einer war, im Abschied wird es offenbar« (Volksweisheit). Nirgendwo sonst so.

Will ich wissen, was Liebe ist, muß ich Abschiede erleben – mindestens miterleben. Mit ihren Keimen von Wahnsinn, vor denen ich mich wohl hüte. Sage mir, wie deine Abschiede sind, und ich sage dir, wie du liebst. Der Probierstein der Liebe.

Liebe ich zuversichtlich? Dann nehme ich mit Zuversicht Abschied. Liebe ich schmachtend-unerhört, so gehe ich schmachtend, ängstlich. Liebe ich siegeshoffend (das Wort »siegesgewiß« weckt Verdacht), strahle ich Hoffnung zurück. Liebe ich zögernd? Dann erwarte ich Klärung vom Abschied. Schwelge ich im Reichtum von Gewißheit und Gegenseitigkeit? So weiß ich, was zu verlieren ist, und fürchte sonst nichts. Geh ich im Streit? So werde ich keine Ruhe finden, bis ich schreibe, zum Beispiel.

Abschied, die Begegnung der Sterblichen als solcher. Außersichsein, Sichselbstentzogensein, diese geheime Übereinkunft von Liebe und Tod – im Abschied wird sie greifbar, ergreift. Aus dem Beieinander scheint die kommende Ferne unvorstellbar wie der Tod: nur als ein Zerreißen, Verunglücken. Aus der plötzlichen Ferne erlebe ich aber die verstorbene Nähe – vielleicht anders, als Tote es können. Die immer erneute Frage: welche Nähe lebte und starb ? »So leben wir und nehmen immer Abschied« (der Schluß der schon zitierten achten Duineser Elegie). So *lieben* wir und nehmen immer Abschied.

Hier damals
ein Denkmal alles
jetzt hier.
Man sucht Übergänge
nochmals zu springen
zu stolpern zu fallen.

Sind auch im Nachhinein
nicht zu fassen.
Nur Gestorbensein rettet
mit Engelsschwingen.
Das verblutete Sehnen
(Hölderlin)
spricht verwundert
danke.
Gedenktag des immer noch nicht
zu denkenden
Abschieds.

(Nur Gestorbensein rettet)

ABWECHSLUNG: Der joviale Abschied. Jupiter (Jovis) braucht Menschen. Der Alltag der Freundschaft, der Partnerschaft wird dir lang. Das schönste Spiel verbraucht sich. Du brauchst andere Beziehungen. Nicht notwendig sexuelle, oder siehst du das Spiel vornehmlich auf dieser Ebene? Siehe AUSSCHLIESSLICHKEIT.

ACHTUNG, das ist, gemäß Kant, die eine Wesenskomponente der Liebe – neben der ZUNEIGUNG. Der Königsberger hegte eine Vorliebe für diese Komponente, weil die andere, die Zuneigung, subjektive und sinnliche »Neigung« enthalte und daher die sittliche Reinheit gefährde, die allein aus der Achtung vor dem sittlichen Gesetz und der Pflicht hervorgehe. Zweifellos bleibt Achtung etwas kühl, wo der philosophische Affekt fürs sittliche Gesetz weniger heiß entwickelt ist als bei dem Weltweisen. Ich kann jemand als hervorragenden Geschäftsmann oder Klavierspieler achten und zugleich von Herzen verabscheuen.
Man muß sich zudem – über Kant hinaus – fragen, ob nicht Achtung selbst, als Komponente der Liebe verstanden, schon etwas anderes ist als Achtung für sachliche Leistungen. Wen ich nicht zutiefst achte im Innersten seiner Person, den kann ich kaum lieben. Mißachtung, gar Verachtung vertragen sich nicht mit Liebe. Achtung, eine zwar nicht hinreichende, jedoch notwendige Bedingung von Liebe. Doch solche Achtung bezieht sich nicht auf geschäftliche noch künstlerische Fähigkeiten, sondern? Das ist die Frage.

Jene Achtung ist vorpersonal, leistungsbezogen, ebenso wie die Achtung für Menschenwürde allgemein im Wesen des Menschseins begründet liegt: etwas bloß Allgemeines, was den anderen als Rechtsperson auszeichnet.
Liebe aber schließt, je lebhafter sie ist, um so mehr, BEWUNDERUNG ein. Hier ist es mit bloßem Respektieren der allgemeinen Menschenwürde nicht getan. Hier bedarf es Erkennen des Einzelnen. Wo der Einzelne in seinem unverwechselbaren Einzelsein geachtet wird, dort wird er bewundert, sagen wir – mehr oder weniger bildhaft – als Gottes unverwechselbares Geschöpf. Nur solche streng individuelle Achtung gehört »notwendig« zur Liebe, ob von »hinreichender« Zuneigung trennbar oder nicht.
Eine Definition der Liebe: die Fähigkeit, den anderen Menschen, konkret in seiner Einzelheit, als Wunder zu begreifen. Somit wäre »Liebe« durch »Wunder« definiert . . .

ÄSTHETIK, meist akademisierender Ausdruck für SCHÖNHEIT, eigentlich aber für jeglichen Ausdruckswert der Erscheinungswelt. Im Zusammenhang Liebe geht es um leibliche Erscheinung. Auch das verfallene, zerfurchte Gesicht eines alten, auch das schmerzentstellte eines leidenden Menschen hat, wenn nicht Schönheit im Sinne von Reiz und Harmonie, seine Ästhetik. Alles hat Ausdruckswert, alles ist Zeichen, zumal für den – auf welcher Ebene der Liebe auch immer – zur Liebe Disponierten.
Nach Friedrich Schiller besagt Schönheit Äußerung der »Freiheit in der Erscheinung«. Auch Unfreiheit aber hat ihre Ästhetik der Ausdruckswerte: der von Kampf mit Körper, Natur und Gesellschaft gequälte, geknechtete, durch Konventionen zurechtgestutzte Mensch. Zu unterscheiden, ob Freiheit oder Unfreiheit in der Erscheinung sich ausdrücken – das ist ein eigen Ding. Ein weites Feld für den Freiheits-, sprich Gesellschaftsphilosophen. Oder für das »unverbildete«, sagen wir besser lebenskräftige Schönheitsempfinden. Und manche Erscheinung scheint diesem zu schön, um wahr zu sein.
Zum Ästhetischen gehören (schon für Schiller) sowohl ANMUT, also Harmonie der Bewegung, wie die ruhende Schönheit der körperlichen Erscheinung, zum Teil verfestigte Spur der bewegten Ästhetik. Bewegt Ästhetisches wird aber in einer unharmonischen Welt auch anderen Ausdruck als anmutigen,

zum Beispiel unmutigen, umfassen – ebenso wie die ruhende Schönheit zu ruhendem Ausdruckswert überhaupt zu erweitern ist.
»Was wär das Wesen, wenn es nicht erschiene!« (Goethe). Schon recht, doch was ist Erscheinung ohne Wesen? Schein. Eine alte Liebesfalle, das Spiel von Erscheinung des Wesens und Schein. Siehe SCHÖNHEIT!
Ruhende wie bewegte Erscheinung kann durch Kleidung bekanntlich einen bedeutsamen Schein gewinnen.
Ist wahr, daß nur die Harmonie der Schönheit zur Liebe führen könne? Von Heiligen wird berichtet, daß sie durch die Erbarmungswürdigkeit einer Menschengestalt so hingerissen wurden, daß man von einer eigenartigen Verliebtheit sprechen könnte. Siehe AGAPE, ganz im Unterschied zur ästhetischen Liebesstufe, dem EROS.

AGAPE, der vor allem im Neuen Testament gebrauchte Ausdruck für Liebe. An der wechselseitigen Agape soll man erkennen können, daß die später sogenannten »Christen« Jünger, Nachfolger Christi seien. Wer sagt, er liebe (agapein) Gott, und zugleich nicht den Bruder (die Geschwister) liebt, sei ein Lügner. Denn GOTT ist die Agape!
»Gott ist die Liebe«(1. Johannesbrief 4, 8). Stellt sich mithin die Frage, wie Agape zu dem ganzen Komplex von »Liebe« steht. Ist »Liebe« etwa ein unzulässig vieldeutiges Wort für ganz verschiedene Strebungen des Menschen? Siehe dazu ARTEN und STUFEN DER LIEBE. Da wird erörtert werden, es handele sich doch um eine innere, wenn auch sehr wohl gegliederte Einheit, was im Deutschen (wie in den anderen europäischen Sprachen) unter »Liebe« laufe.
Übersetzen wir Agape als »spirituelle« oder »religiöse Liebe«, scheint das einerseits in Ordnung: Sie ist die Liebe zu Gott und um Gottes willen, wie immer du Gott verstehen magst. Anderseits dürfte Gott, die Agape, keinesfalls als eine »Sache« für sich verstanden werden, abgetrennt von der Weltwirklichkeit, abgetrennt von den anderen Liebesarten und -stufen. So geschieht es allzuoft, nach dem heimlichen Motto: Hoch lebe Gott, daß wir hier mit ihm nichts zu tun haben! Die Liebe zu Gott soll sich, in ursprünglich christlicher Sicht, vorzüglich zwischen Menschen vollziehen: eine durch Agape, spirituell geprägte Freundschaftsliebe. Stehen EROS

und SEXUALITÄT dazu in feindlichem Gegensatz? Siehe dort.
Was heißt nun »spirituell«? Wörtlich: »geistlich«. (Nicht nur »geistig«. Den alten Geist-Leib-Gegensatz vergessen wir besser, sofern es gelingt, brauchbarere STUFEN zu benennen.) Und was soll »geistlich« heißen? Die Gedankenverbindung zum Geistlichen als Kleriker wird sich bereits eingeschlichen haben. Also gehen wir zu »spirituell« zurück.
Gemeint sei damit hier: der Bezug des Menschen aufs Ganze. Den hat jeder, erstaunlich genug. Ich brauche nur darüber nachzudenken, daß ich den Gedanken »Alles« denken kann, um über mich selbst und meinen Universalkontakt zu staunen. Bloß gedacht sei nicht viel? Doch, in dem Fall schon: die bloße Tatsache, daß ich den Gedanken fassen kann, läßt tief blicken in das, was der Mensch ist: das zu diesem Gedanken fähige Wesen. Die Fähigkeit, sich aufs Ganze zu beziehen, hat mit seiner Liebesfähigkeit zweifellos eng zu tun.
Bezug aufs Ganze: Philosophen und Theologen sprechen vom Unbedingten. »Wir suchen überall das Unbedingte und finden immer nur Dinge« (Novalis, Blüthenstaub). Wobei dem Dichter zu den »Dingen«, in diesem logischen Zusammenhang, auch einmal die Menschen, auch seine Geliebte zu zählen erlaubt sei. Ein Theologe nennt Religion die Betroffenheit von dem, was uns unbedingt angeht (Paul Tillich). Diese Betroffenheit wäre also die Antenne fürs Spirituelle, eigentlich die Grundlage für »Spiritualität«. Damit wird meist ein gewisser »spiritueller« Lebensstil gemeint, aber das ist schon wieder etwas Sekundäres, Konventionelles, etwas für spirituelle Profis wie Mönche, Ordensschwestern und Pfarrer, denen womöglich das Eigentliche über ihren Formen verlorengeht. Bleiben wir dabei: Spiritualität als Betroffenheit, womöglich durchgehende, vom Ganzen, vom Unbedingten, meinetwegen Betroffenheit vom Göttlichen.
Die Kraft, power, dieser Spiritualität, das ist Agape. Die Einheit, die ich da suche und mehr oder weniger erfahre, darum geht es der spirituellen Liebe. Nicht unbedingt abgehoben, sondern weltlich, in der Menschenliebe, auch Naturliebe.
Die früheste und konkreteste Charakterisierung der neutestamentlichen Agape gibt Paulus im neutestamentlichen »Hohenlied der Liebe«, wie Kapitel 13 seines ersten Briefes an die Korinther genannt wurde:

»Die Liebe ist großmütig, freundlich ist die Liebe und ohne Neid. Sie prahlt nicht und bläht sich nicht auf. Sie benimmt sich nicht anmaßend und sucht nicht den Vorteil. Sie läßt sich nicht aufreizen, trägt das Böse nicht nach. Sie freut sich nicht über das Unrecht, sie freut sich mit an der Wahrheit. Alles umhüllt sie milde, alles glaubt sie, alles hofft sie, alles duldet sie. Die Liebe hört niemals auf ...« (Verse 4-8).
In der kirchlichen Tradition wurde die Agape kurzerhand mit dem lateinischen »amor«, folglich mit »amore«, »amour«, mit der deutschen »Liebe« usw. gleichgesetzt. Auf diese Weise führt das schöne Gedicht des mystisch begeisterten, liebenden Paulus zu einem Marzipanbild der Liebe, dem widersprochen werden muß. Kein Wunder, wenn die Männer während solcher Liebespredigt lieber vor die Kirchentür gingen. Heute könnten es sich auch die Frauen erlauben. Nicht um dem heiligen Paulus und dem Neuen Testament zu widersprechen, sondern den Herrschaftsansprüchen, die keine Unterscheidungen und Stufen an der Einen Liebe zulassen wollen.
Wer die spirituelle Liebe, griechisch Agape, einfachhin mit dem Ganzen der Liebe gleichsetzt, als gäbe es weder Eros noch Begierde noch Freundschaftsliebe (philia), vergreift sich an diesem Ganzen, am Menschen. Wer sich aber am Geschöpf vergeht, beleidigt dessen Schöpfer – am meisten vielleicht mit den frömmsten Worten. Agape bildet die Krönung der Liebe. Doch gibt es einen Baum, der nur aus Krone besteht?

ANBETUNG: Im wörtlichen Sinn der ausdrückliche Vollzug der GOTTESLIEBE. Im übertragenen Sinn bete ich einen geliebten Menschen an. *Je t' adore*, wie es den Franzosen geläufig ist. Dort besagt es – durch häufigen Gebrauch abgeschwächt – eindeutiges Mögen, tiefverwurzelte Sympathie, nicht notwendig die LEIDENSCHAFT und ERGRIFFENHEIT - wovon es ursprünglich herkommt. Heißt es im Deutschen »Ich bete ihn/sie an«, so sind diese Komponenten angesprochen. Leidenschaft und Ergriffenheit, typischerweise ununterscheidbar.
Heißt es in der dritten Person von jemand, »Er betet sie an/ Sie betet ihn an«, dann schwingt allzuoft die – minder wohlwollende – Behauptung von Abhängigkeit als Unterwürfigkeit mit. Wurde schon bemerkt, daß das Kostbarste am leichtesten zu banalisieren ist – ähnlich wie die Korruption des Besten die

schlimmste aller Korruptionen? Diesen Gedanken sollten wir bei allen Stichworten im Auge behalten.
Anbetung – inhaltsleeres Hallelujasingen oder mystischer Transport des unsagbaren Inhalts aller Inhalte? Wir müssen uns darauf gefaßt machen, daß Liebe ihren Wesensgehalten nach am Ende nicht faßbar sein könnte. Worüber sinnvoll zu sprechen bliebe, wären Strukturen: Figuren des Vollzugs, der außerhalb seiner Aktualität, von außen, sich der Sagbarkeit entzöge. Das gilt für die Hingerissenheit vom Göttlichen wie zum Menschlichen. Wenn deren Zusammenhang, unbewußt in der Regel, eigentlich angesprochen würde in der Anbetung, als Verehrung des Unsichtbaren im Sichtbaren?
»Du sollst dem Herrn, deinem Gott, dienen und ihn allein anbeten« – bekanntlich die Antwort des Nazareners auf die Zumutung des diabolischen Versuchers. Ist Anbetung in der Menschenliebe Götzendienst – oder unter Umständen Gottesdienst? Zumindest für die Agape sieht die christliche Bibel den Zusammenhang positiv: »Meine Lieben, wenn Gott uns so geliebt hat, so sind auch wir es schuldig, einander zu lieben. Niemand hat Gott je gesehen; wenn wir aber einander lieben, so bleibt Gott in uns, und die Liebe zu ihm ist in uns vollkommen« (1. Johannesbrief, 4. Kap.). Möglicherweise entscheidet der Gehalt an Agape über Wert und Recht der Anbetung des geliebten Menschen.
Oder ist »Anbetung« einfach Redensart für Verliebtheit, Besessenheit, Leidenschaft, Hingabe (alles Stichworte, die nachkommen)?

ANDROGYNIE: Nicht sosehr die seltene biologische Zweigeschlechtlichkeit, die bei manchen Menschen den Wunsch nach Geschlechtsumwandlung wachruft, sondern: *der gesamtmenschliche Aspekt der BISEXUALITÄT*, welche sich – zum Ärger der »naturrechtlich« (herrschaftlich) argumentierenden Moraltheologen und anderer Moralisten – sogar auf den tierischen Bereich erstreckt. Streift man die biologische und mythische Ausnahmestellung vom »Androgynen« ab, dann bezeichnet das Wort die wunderbare, nicht nur sexuelle, nein *gesamtmenschliche* Polarität von YIN und YANG innerhalb eines jeden Menschen, nicht erst zwischen Menschen verschiedenen biologischen Geschlechts.
Charlotte Wolff, Bisexualität, dt. Frankfurt 1981 (Fischer),

248 f: »Selbst wenn sich dies in ihrem täglichen Leben und ihren Haltungen nicht offen manifestiert, sind sich alle bisexuellen Menschen ihrer männlich-weiblichen Geschlechtsidentität bewußt und besitzen daher noch einen Funken der androgynen Magie der Liebe, von der die Sage des Hermaphroditus ein so schönes Beispiel gibt. Dem Bewußtsein der eigenen zwiegeschlechtlichen Identität wohnt auch eine Art von kosmischem Bewußtsein inne. Androgynie oder *die im Selbst enthaltene Bisexualität* ist die Basis kreativer Energie.Es ist unmöglich, die kreative Energie eines Individuums von der kosmischen Energie zu isolieren, die alles und jedes durchdringt. Sie offenbart sich im Menschen in mannigfaltiger Weise: in der Liebe, in der RELIGION, in der Kunst und Literatur, in Gedanken, menschlichen Beziehungen und in vielen Formen der EKSTASE. Durch diese Erfahrungen berühren sie die Sphäre dessen, was allgemein als SPIRITUALITÄT bezeichnet wird und was nichts anderes als die Suche nach etwas Dauerhaftem bedeutet... Androgynie liegt in der Natur des Künstlers, insbesondere, was den Schriftsteller betrifft. Wie könnte ein Romancier sonst Figuren des anderen Geschlechts zum Leben erwecken?«

ANGST habe nicht Raum in der Liebe, die vollkommene Liebe vertreibe die Angst, heißt es in jenem reichhaltigen Kapitel 4 des 1. Johannesbriefes. Das gilt zunächst einmal von der AGAPE, dieser für Vollkommenheit zuständigen Liebesart.
Denn aller Erfahrung und Beobachtung nach löst Liebe ganz im Gegenteil mancherlei ihr gerade eigentümliche Ängste aus: die extremen Ängste, den anderen aus inneren oder äußeren Gründen zu verlieren, sich trennen zu müssen oder zu wollen, allein zu sein und zu bleiben; die anfänglichen, oft unterschwelligen Ängste: nicht beachtet zu werden, zu gefallen, nicht zu genügen, nicht liebenswert zu sein, zu viel oder zu wenig zu sagen, mißverstanden zu werden, mißzuverstehen, nicht zu verstehen, nicht helfen zu können, dem Anderen zur Last zu fallen, nicht genug geliebt zu werden, nicht genug lieben zu können, die Liebe zu verlieren, die schon dem Kind alltägliche Angst vor Liebesentzug, nicht zuletzt die Angst, dieLiebe könne sich als Irrtum, die Bindung als Schlinge erweisen.
Schließlich die Angst vor der Liebe selbst, nicht nur vor der Abhängigkeit, auch vor der Festlegung – vor der Festlegung des Glückes, vor dem Glück selbst?

Deine Angst damals
als ich dir ganz nahe kam

erstmals wie wir ersehnten:
die Angst damals
vor dem Untergehen
der alten Welt
ins fragile Glück einfachhin.

Angst vor Glück
wenn die Würfel zu
ihm schon gefallen
- bin ich ein falscher Spieler? -
vor der allentscheidenden Überfahrt
wie wir vielleicht nur noch eine
erleben erleiden ersehnen.

(Angst vor Glück)

Angst hat nicht Raum in der Liebe? Offenbar kann man selbst die göttliche Agape nicht für sich allein betrachten, wenn man über Liebe spricht. Liebe ist – neben dem Tod und zusammen mit ihm – Angstquelle Nummer eins, gerade weil menschliches Grundnahrungsmittel. Dem ist ins Auge zu sehen und nachzufragen, wie »vollkommene Liebe« die Angst vertreiben könnte. Und menschheitlich heute zu bedenken: *Die vollkommene Angst vertreibt die Liebe*!

ANKUNFT, heute der Gegenbegriff zu »Abschied«, nüchterner, vorsichtiger als das frühere »Willkommen«. Sie kann vom Empfangenden wie vom Ankommenden so verschieden und doch so gleich erlebt werden, manchmal tief wie Abschied.

Auch Ankunft gibt' s
dann und wann
noch nicht bei mir
auf den Odysseen
doch heute wie gestern
bei dir.

(Ankunft)

ANMUT: Vergleiche ÄSTHETIK, wo Anmut (Grazie) die Schönheit der Bewegung genannt wurde. Man vergesse dabei vor allem nicht die schnelle Bewegung des BLICKES, und nicht die hörbare Gestik, der Sprachlaute insbesondere, auch nicht die der unbewußten Gestik beim Essen und Trinken, beim Gehen und Stehen, Sitzen und Liegen. Alles mutet an, weil Gemüt darin ist.
Warum kann man von der Anmut der TIERE sprechen? Weil ihre Bewegungen das Schönste an der bewegten Schönheit enthalten: das Unwillkürliche. Beim Menschen kommt leicht Ziererei, Selbstgefälligkeit, Förmlichkeit, Exaltiertheit (Übertreibung) in die Bewegungen hinein. Auf der Bühne, im Film mag ein Darsteller zum Verlieben sein – in Natura oft nicht, und warum? Weil seinen Bewegungen das Unwillkürliche, Selbstverständliche fehlt. Manche Menschen könnten etwas für die Anmut ihrer Bewegungen tun. Anderen würde jene animalische Spontaneität gestört, die allein schon ihren Reiz hat. So kompliziert scheint das mit der Anmut. Ein Glück, daß unmittelbar bloß der EROS, nicht die ganze Liebe an ihr hängt.

> »Wir sehen, daß in dem Maße, als, in der organischen Welt, die Reflexion dunkler und schwächer wird, die Grazie darin immer strahlender und herrschender hervortritt. – Doch so, wie sich der Durchgang zweier Linien, auf der einen Seite eines Punkts, nach dem Durchgang durch das Unendliche, plötzlich wieder auf der andern Seite einfindet . . .: so findet sich auch, wenn die Erkenntnis gleichsam durch ein Unendliches gegangen ist, die Grazie wieder ein; so daß sie, zu gleicher Zeit in demjenigen menschlichen Körperbau am reinsten erscheint, der entweder gar keins, oder ein unendliches Bewußtsein hat, d.h. in dem Gliedermann oder in dem Gott« (Heinrich von Kleist, Über das Marionettentheater).

ARTEN DER LIEBE. Wichtig ist, etwas »Artiges« über das große Thema zu sagen, weil es sonst schier unzugänglich bleibt allem Sagen und zugleich ausgeliefert jeglicher Willkür des Geredes. Der Papst meint dies mit Liebe, der Punk jenes. Der eine will seine unmerkliche HERRSCHAFT über die Gewissen und Liebeserfahrung der Menschen retten, der andere vor allem verschont bleiben von der alterbaulichen Verlogenheit, dem Lobpreis der hehren Liebe in unseren hehren Verhältnissen. Denken aber heißt, verschiedene Gedanken gehörig zusammenzubringen – wozu sie wiederum gehörig unterschieden werden müssen. Sonst geht alles ins Einerlei unter, sei' s herrschaftserbaulich oder abgebrüht-obszön.

Menschenliebe, Gottesliebe, Naturliebe, Tierliebe, Selbstliebe, Kunstliebe, Wahrheitsliebe, Vaterlandsliebe usw.: alles Liebesarten, nach ihrem »Gegen-stand« sortiert. (Das Wort »Gegenstand« wirkt nirgends so schief wie in diesem Zusammenhang, und daher geht' s schon wieder.) Über manche dieser Zusammensetzungen wird sich etwas zu sagen lohnen.

Eine andere Reihe von Arten: Sexualität, Eros, Freundesliebe, spirituelle Liebe. Diese bilden STUFEN und Komponenten, der Menschenliebe vor allem – vorausgesetzt, es gibt ein gemeinsames Thema all dieser Arten.

Oder ist der gemeinsame Ausdruck »Liebe« der deutschen und anderer Sprachen nur geschichtliches Produkt des Zufalls und vager Analogien? Gibt es eine innere Einheit »der« Liebe – oder höchstens Familienähnlichkeiten zwischen sehr verschiedenen seelischen Phänomenen? Angesichts der Vieldeutigkeit des massenhaften Liebesgeredes haben wir allen Grund, hier mißtrauisch gegen die Sprache zu sein.

Haben alle Sprachen ein Einheitswort für die Arten der Liebe wie die unsere? Ein Sprachenvergleich wäre, könnten wir ihn durchführen, hochinteressant – und doch nicht entscheidend. Antwort kann nur eine philosophische Sinnanalyse des Gemeinten bringen, die hinter die Sprache dringt.

Bis zum Stichwort EINHEIT möge die Antwort in der Schwebe bleiben. Das alphabetische Schlangestehen mag Zeit fürs unbefangene Beobachten gewähren.

AUFKLÄRUNG: Das Ereignis, das es in aufgeklärtem Umgang mit Kindern nicht mehr zu geben braucht. Es gehört dunklen Zeiten der Geheimnistuerei und Sexualverklemmung an. Aufklärung über Liebe hingegen: ein lebenslanger Prozeß.

AUSDRUCK: Eine der wesentlichsten Dimensionen des Menschseins. Liebe, die keinen Ausdruck findet, erstickt. SEXUALITÄT, selbst eine Liebesstufe, gewinnt Tiefgang, eigentliche Faszination, Lust an Dauer, wo sie Ausdruck der anderen Liebesstufen wird. Sie ist – Achtung Dialektik – der schönste spielerische Selbstzweck nicht als Selbstzweck, sondern als Ausdruck von Verbundenheit, von Freude am Mitein-

ander, von FREUNDSCHAFT, ZUNEIGUNG, VERTRAUEN.
Zumal EROS sucht unablässig neuen Ausdruck. Seine Hauptbeschäftigung ist, sich in ästhetischem Ausdrucksspiel zu ergehen: Galanterie, Tanz, Kleidung, um die konventionelleren Formen zu nennen. Selbst die AGAPE sucht sich ihren Ausdruck in Gesten, kultischen Handlungen, Bräuchen. Mögen Worte das hauptsächliche Material der KOMMUNIKATIVEN Freundschaftsliebe sein, so werden sie selbst auf der spirituellen Stufe – nicht in der Breite der Inhalte, doch in der Intensität des Zeichenseins – von den Ausdruckshandlungen übertroffen.
Zu unterscheiden: frei erfundene Ausdruckshandlungen von konventionellen. Die Liebe ist erfinderisch, ohne deshalb alle konventionellen Formen verachten zu müssen. Noch könnte sie es. Die ruhige Freundschaft sucht gern bekannte Formen: den Blumenstrauß, den bemessenen Kuß, die Umarmung, die Zeilen aus dem Urlaub, das Geburtstagsgeschenk, bestimmte Anlässe. Diese Liebesart hegt Abneigung gegen Aufsehen und Erklärungen. Sie bedient sich gern bestimmter Formen, solange ihr auch das Unkonventionelle offensteht, solange sie Anlässe und Formen mit der Freiheit des Künstlers erfinden darf, wie es die große Erfinderin LEIDENSCHAFT nicht anders kann.
Eine besondere Stufe des konventionellen Ausdrucks: sozial und kirchlich normierte Formen wie zum Beispiel und vor allem: die feierliche EHE-Schließung. Hier stößt Liebe an ihre Grenze und ihren Widerpart, das Recht, und versucht, sich mit dessen Hilfe zu stabilisieren. Würde man die feierlichen Formen mehr als soziales Ausdruckshandeln erkennen denn als bloße Rechtsetzungen – das soziale Sakrament könnte Liebenden wieder appetitlicher werden. Informell findet Liebe besser ihre sakramentalen Zeichen in tausendfachem Ausdruck.

AUSSCHLIESSLICHKEIT: Als sexueller Besitz des Partners eine Einrichtung, die zuletzt im Besitzbürgertum ihre Triumphe feierte, abgesegnet durch ein juridisches, durchaus »sachliches« Eheverständnis (»Recht auf den Leib der Frau ...« – von gelegentlichen Abtretungen dieses Rechts an den allerchristlichsten Landesherrn in feudalen Zeiten abgesehen). Juridisch: wo ich mein Auto parke, da kannst du, darfst du nicht parken.

Im höheren Sinn gibt es Ausschließlichkeit aufgrund der Einmaligkeit der Beziehungen als solcher. Diese EINMALIGKEIT ist eine erweiterte Individualität, also die Unverwechselbarkeit, für die den Individuen ein staatlicher Identitätsausweis ausgestellt wird. Das ist für die Einmaligkeit oder Ausschließlichkeit von Beziehungen nicht üblich, außer sie würden fortan EHE genannt. Indessen kann kein Landesherr und Landstreicher die gewachsene Ausschließlichkeit antasten. Das heißt nicht, für solche Identität-zu-zweien (oder mehr?) müsse nichts getan werden. Weil das Gegenteil der Fall ist, gibt es sogar berechtigte EIFERSUCHT.

Ausschließlichkeit als Einmaligkeit und Identität des Beziehungslebens bildet Grundlage der TREUE. Sie verbindet sich mit der sexuellen Ausschließlichkeit, als wesentlicher Teil der sogenannten KEUSCHHEIT, entweder ganz von selbst und innerlich – oder aber auf das ganz andere, sachhafte Besitzdenken von außen her abgestützt. Das Werturteil »Besser keine Ausschließlichkeit als eine so bornierte, unpersonale« legt sich nahe. Wie aber beide, ebenso gegensätzlichen wie miteinander verschlungenen Motivationen unterscheiden?

BEGEHREN/BEGIERDE. Als Paulus von Tarsus im 13. Kapitel seines Briefes an die Korinther das neutestamentliche »Hohelied der Liebe« verfaßte (er wußte aber nicht, daß er das tat), schrieb er ihr großartige Eigenschaften zu: vergleiche AGAPE. Von Begehren war nicht die Rede. Darin lag kein Fehler des Paulus, weil die Agape spirituelle Sehnsucht und Seligkeit umfaßt, nicht das Begehren, das normalerweise als sexuelles verstanden wird.

Begehren ist nicht bloßes Habenwollen, wie Erich Fromm, der bekannte Kenner der »Kunst des Liebens« zu meinen scheint. Bei tieferem Hinsehen – wozu Hegel bereits in seiner »Phänomenologie des Geistes« (in Zusammenhang mit der berühmten Herr-Knecht-Dialektik) anregen wollte – richtet sich das Begehren gerade auf die Begierde des anderen, aufs Begehrtwerden, ist Begierde nach Begierde. Deshalb fällt jede Polemik gegen Begierde als bloßer Egoismus auf die zurück, die Begierde zu einseitig-simpel wie Hunger und Stuhldrang verstehen.

Menschliche Sexualität unterscheidet sich vermutlich von aller tierischen grundlegend darin, daß sie nicht einfach sexueller

Hunger ist, sondern, wenn man schon den unzulänglichen Vergleich mit der Nahrungsaufnahme ziehen will: Hunger nach Hunger. GEGENSEITIGKEIT spielt schon bei der sexuellen Begierde die zentrale Rolle. Deshalb genügt einseitige Bedürfnisbefriedigung nie und nimmer, reißt sie vielmehr die Wunde der ungestillten Begierde (nach Begehrtwerden) tiefer auf.
Nicht einmal sexuelle Lust ist eine Ware, die man haben kann. Haben im Gehabtwerden: hier hebt sich das Haben von selbst ins »Sein« auf, und Fromms humanistische Predigt erginge vor leeren Stühlen, sollte er Sexualität innerhalb des Schwarz-Weiß-Gegensatzes »Haben oder Sein« (so der bekannte Titel eines anderen seiner Bücher) dem Haben zuordnen wollen. Seine genauere Intention geht denn wohl dahin, Liebe einschließlich der Sexualität aus dem verdinglichenden Konsumdenken zu befreien.
Die Ordnung der Liebe bedarf keines herrschaftlichen Moralismus, der Begierde unter Verdikt stellt, sondern: der Anerkennung der einfach-komplexen Strukturen, die nur HERRSCHAFT als Gegenteil von freier Gegenseitigkeit ausschließen. Wir brauchen keine Herrschaften, die Begehren und GEILHEIT diffamieren, sondern *Verhältnisse, in denen sie nur als gegenseitige Spaß machen*. Dann wären sie von vornherein menschlich, und verbunden mit den anderen Stufen der Liebe. Diese haben, abgewandelt, dieselbe Gegenseitigkeits-Struktur: Begierde nach Begierde; Genuß im Genossenwerden (Eros), Erwartung von Erwartungen (Freundschaft), verehrende Bejahung im Bejahtwerden (Agape).

BEKENNTNIS/LIEBESERKLÄRUNG: »Sieh dir die Liebenden an,/ wenn erst das Bekennen begann,/ wie bald sie lügen« (R. M. Rilke, Lied in den Aufzeichnungen des Malte Laurids Brigge). Warum das? Wie kommt es vom Bekennen zum Lügen, wenn das Bekenntnis aufrichtig ist? Weil eine allzu heilige Erklärung dem Alltag kaum standhält, seinen vielfältigen Unzulänglichkeiten und Verdunkelungen. Der Maßstab des heiligen Liebesschwures hingegen bleibt. An ihm gemessen müssen Alltag und Krisen wie Verfall und Lüge erscheinen. So gilt es, die angebliche Lüge zu kaschieren, um das große Bekenntnis nicht Lügen zu strafen: und damit beginnt das Lügen. So etwa verstehe ich Rilkes Satz und: daß er die Herzensdinge gern im Indirekten, im Angedeuteten, in der Schwebe lassen will.

Allein, die meisten Liebenden lassen nichts, gern in der Schwebe. So werden Bekenntnisse von unwandelbarer, unsterblicher, unüberbietbarer Liebe aller Voraussicht nach weiter aktuell bleiben. Zumal das ICH LIEBE DICH muß, soll, wird, kann nicht aussterben.

Zynismus ist nicht angebracht: Besser durch Empfindung geheiligte Beteuerungen, Vorsätze, gar Versprechen, als gar nichts Heiliges.

Allerdings halte ich es mit Zarathustra: »Ich liebe die, die goldene Worte ihren Taten vorauswerfen und immer noch mehr halten, als sie versprechen.« Das Zweitbeste: Nicht viele Worte im voraus, aber immer noch mehr halten. Das Drittbeste: Einiges aufrichtig vorauswerfen – und halten.

Die verbleibenden Möglichkeiten schließen alle ein Nichthalten ein, z. B. Viele goldene Worte voraus – und einiges halten. Sie verdienen kaum Siegerehrung, manche dennoch Respekt: den vor dem unheroisch Menschlichen.

BESESSENHEIT

»Du hast Wohnung in mir genommen«
sagst du.
Aber du tust es.
So besessen irre ich
ruhelos in Exilen.
Wo den Kopf hinlegen
wenigstens zum Vergessen?

»Du sprichst betest denkst aus mir«
schreibst du.
Und besetzt meine Gedanken.
Aber das Schweigen
das Meer – wie
ihm ein Stück Land abgewinnen
und darauf bauen?
(Wohnungssuche)

BESITZ ist das, von dem betont werden muß, daß es in der Liebe selbst keinen Platz hat. Selbst im sexuellen »Besitzen« geht die BEGIERDE ebensosehr auf das Besessenwerden – und hebt damit geordnete Besitzverhältnisse aus den Angeln. Noch mehr auf den anderen Liebesstufen.
Wenn der Liebhaber in Schuberts »Schöner Müllerin« jubelt: »Die geliebte Müllerin ist mein, ist mein!«, kann man dieses Mißverständnis bereits als den Anfang des bitteren Endes verstehn. Die wohlwollendere Interpretation: Er drückt in besitzbürgerlichem Jargon mit der Metapher »Besitz« das Wunder aus, das sich (zumindest vermeintlich) ereignet hat: das der Gegenseitigkeit des Erwählens im Erwähltwerden.
Das besitzanzeigende Fürwort ist nämlich, nicht allein im Deutschen, so metaphorisch-mehrdeutig, daß die Unterschiede in der Art der Zugehörigkeit in Vergessenheit geraten: »meine Frau, mein Freund« wie »mein Haus, meine Schuhe«. Es gibt nichts, was Besitz und Haben entgegengesetzter wäre, obwohl das freie Angehören eines freien Wesens zu einem andern nach außen, phänomenal, wie ein Besitzverhältnis erscheinen kann. »Angehören, Zugehörigkeit«: bewahren die Worte eine Erinnerung an wechselseitig freiwillige »Hörigkeit« – oder nur Hörigkeit als Auslieferung des einen Wesens wie einer Sache an den anderen? Von außen betrachtet sind beide zum Verwechseln ähnlich.
Seit alters wurden die Ansätze von gemeinsamer Freiheit als Liebe dem Besitzverhältnis geopfert. Mag die Frau im Alten Testament zuerst, im Buch Genesis, als Gefährtin des Mannes in Blick kommen – bei den zehn Geboten erscheint sie unter dem Besitz: »Du sollst nicht begehren deines Nächsten Haus. Du sollst nicht begehren deines Nächsten Weib, Knecht, Magd, Rind, Esel noch alles, was dein Nächster hat« (Exodus, Kap. 20, Vers 17). Siehe EHE. Es bedurfte nicht des neuzeitlichen Besitzbürgertums, um solches »partnerschaftliche« Besitzdenken zu etablieren. Im Gegenteil, das Bürgertum war von Anfang an angekränkelt durch den Erzfeind solider Besitzverhältnisse: die Liebe als Freiheitsverhältnis.

BEWUNDERUNG: Die Intensivform der ACHTUNG für den Einzelnen als eines unverwechselbaren, wunderbaren Wesens. Bewunderung erblickt den Einzelnen als Wunder, nicht als allgemeinen Würdenträger Person. Eine Täuschung der

VERLIEBTHEIT oder Offenbarung? Könnte es sein, daß Verliebtheit hierin nicht täuscht, sondern klar sieht? Daß der Irrtum der Verliebten darin liegt, solche Offenbarungserkenntnis als Besitz hegen zu können? Vergleiche zum Kontrast: IDEALISIERUNG.

BEZIEHUNG: Der Mensch ist Beziehungswesen, eine sinnvolle Übersetzung von »Person« übrigens, die sich grundlegend als SELBSTBEZIEHUNG im Bezug zu anderem und anderen vollzieht. Alles Zwischenmenschliche hat zum Baumaterial Geflechte von Beziehungen:»Alles wirkliche Leben ist Beziehung« (Martin Buber, Ich und Du).
Nun nennt man den Schrank nicht Holz und das Haus nicht Stein, wenngleich sie vornehmlich jeweils aus diesem Material erbaut sind. Warum es wichtig sein könnte, das anzumerken? Weil viele kunstvolle Beziehungsgeflechte mit diesem Ausdruck zur Black Box einer undefinierbaren und doch dinghaften »Beziehungskiste« werden. Das nicht Objekthafte wird selbst leicht zum abstrakten Über-Objekt, die in GEGENSEITIGKEIT gesteigerte Freiheit von Zuwendung und Abwendung wird zum Gestell der Unfreiheit.
Wer das erkennt, wird mit »Beziehung« vorsichtiger umgehen als derzeit üblich. Andere Ausdrücke kommen oft weniger verschleiernd an die »Sache« heran: mein Gefühl für dich, dein Verständnis für mich, dein Ärger auf mich, mein Mißtrauen gegen dich, mein »Hunger« auf dich (BEGIERDE), mein Bekenntnis zu dir und vieles mehr an Beziehungsereignissen.
Wie meinte und mahnte Buber schon vor sechzig Jahren? »Man suche den Sinn der Beziehung nicht zu entkräften. Beziehung ist Gegenseitigkeit.«

BISEXUALITÄT: Der sexuelle Aspekt von ANDROGYNIE, der sich – wie schon Charles Darwin 1868 mit der Einführung dieses Wortes feststellte – auch auf den tierischen Bereich bezieht. (Ob auch der Papst das für »natürlich« erklärt, mögen seine Fans abwarten. Unsere Hunde nehmen sich inzwischen einfach die Lizenz, auch an Geschlechtsgenossen sexuelles Interesse zu finden.)
Charlotte Wolff legt in ihrem Buch »Bisexualität« Wert darauf, diese von dem urtümlicheren, sagenverwobenen Wort »Andro-

gynie« zu unterscheiden. »a) Bisexualität bezieht sich auf die Lebensweise einer beträchtlichen Anzahl von Menschen, Androgynie dagegen nicht. b) Bisexuelle Menschen brauchen keine androgynen Körperteile aufzuweisen. Tatsächlich unterscheiden sie sich in ihrem Aussehen nicht von sogenannten normalen Menschen, das heißt, sie variieren in ihrem Aussehen ebenso wie diese.«

In der Tat: Unter »androgynen Menschen« sucht man noch immer mann-weibliche Erscheinungen, zwischen Halbgöttern und Halbmenschen anzusiedeln, bisexuell aber ist fundamentaliter jeder Mensch. Verstünde man indessen – nicht fundamental, sondern oberflächlich – unter Bisexualität die Lebensweise, mit Personen beiderlei Geschlechts sexuellen Umgang zu haben – dann würde man den Sachverhalt besser mit dem umfassenderen Begriff »androgyn« ausdrücken: Jeder Mensch sei androgyn. (Die einzelnen Worte machen es, hier wie sonst, nicht; nur ihre mehr oder weniger sinnvolle Verwendung im jeweiligen Gedankenzusammenhang.)

Hier sei Bisexualität nicht als losgelöste Verhaltensweise, sondern fundamental verstanden: als bisexuelle Natur des Menschen, als sexueller Aspekt der Androgynie. Der individuell unterschiedliche Anteil von HETEROSEXUALITÄT oder HOMOSEXUALITÄT liegt in lebensgeschichtlichen Faktoren – nicht zuletzt in dem Maße, wie sich der Einzelne des kulturell unerlaubten (homosexuellen) Anteils bewußt wird oder ihn verdrängt.

Der ausgeprägt Bisexuelle ist sich dieser inneren Polarität, folglich seiner Affinitäten zu beiden Geschlechtern, bewußter als der derzeit »normale«, bloß »an sich« bisexuelle, der seine Präferenz hetero- oder homosexuell festgelegt sieht, natürlich durch verinnerlichte gesellschaftliche Normen. Zu unterscheiden nochmals: integrierte Homosexualität und Heterosexualität von ZWANGSHETEROSEXUALITÄT/ZWANGSHOMOSEXUALITÄT!

Kleine Nachbemerkung: »Ich bin überzeugt, daß die Atombombe uns alle zerstören wird, wenn wir nicht rechtzeitig eine alternative, d.h. bisexuelle Gesellschaft entwickeln«, schreibt Charlotte Wolff (Bisexualität, 140). Diese Überzeugung teile ich. Jedes Herz ist eine Zeitbombe – leider keine Formulierung von mir –, und die Frage der bisexuellen sowie androgynen Natur des Menschen hat sehr mit dem Herzen zu tun.

BLICK: Nach Sartre das Zentralsymbol der Objektivierung, Vergegenständlichung des anderen. Seine Art von »Phänomenologie« spricht aber eher von der Art, wie *er* zu blicken meint und sich erblickt fühlt: ertappen und ertappt werden. Sie verfehlt das gestische Geschehen des Blickens von Auge zu Auge mit doktrinärer Vollkommenheit. Zumindest müßte das äugelnde Geschehen der Gegenseitigkeit mit seiner ungeheuren Fülle von Ausdruckswerten von dem beobachtenden, fixierenden Blick, den es auch gibt, zum Beispiel im Zoo oder bei entsprechenden Ausstellungen von Menschen »in Gesellschaft«, grundlegend unterschieden werden. Der kritisierte Schriftsteller mag sich philosophierend der Möglichkeit bewußt werden, den Menschen mit dem Blick zu vergegenständlichen wie Dinge und Tiere, als einer der Freiheit ganz unangemessenen Fixierung. Er mag seine Kindheitserinnerungen von Eingesperrtwerden durch Beobachtung darin aufarbeiten. Indessen, Beobachten und Fixieren sind nicht Anblicken und Blickwechsel, nicht die »Augenblicke«, die mit Begegnung und Liebe so zentral zu tun haben. Was geschieht im Blick?
Ich sehe dich an, dir in die Augen und in ihr Umfeld, »Gesicht« genannt. Ich sehe aber nichts Dingliches für sich, mag ich auch die »ruhenden« Schönheiten deines Gesichts en passant wahrnehmen: Würde ich sie fixieren, würde ich aus dem Blickwechsel herausfallen. Anblickend aber sehe ich ein Tun, dein Blikken (1).
Dein Blicken ist nicht nur Tun, sondern hat Richtung und »Gegenstand«, vielmehr Gegenüber: Ich sehe dich blicken zu mir, meinen Blick suchend, findend, in ihn einhakend. Wie ich dich sehe als mich sehend, so siehst du mich sehen als dich erblikkend: eine erste, fundamentale Gegenseitigkeit und Spiegelung: REFLEXION (2).
Diese erste Gegenseitigkeit bliebe lediglich unausgewertete Tatsache, wenn sie beiderseits nicht wahr-genommen, nicht bedacht würde. Denken gehört zum Blick: Reflektieren, ohne stehenzubleiben, ohne sich umzuwenden als in sich selber, en passant. Solches Sichumwenden zu sich selbst scheint zum Leben des Selbstbewußtseins unabdingbar zu gehören: sein gelebter SELBSTBEZUG.
Wir gehen also weiter in den Blick hinein, ohne jede Unterbrechung des spielerischen Lebens: Ich erblicke dich als mich anblickend mit deinem Wissen, daß ich dich anblicke. Du er-

blickst mich als dich anblickend mit meinem Wissen, daß du mich anblickst: eine bedachte, lebend weiterreflektierte Gegenseitigkeit (3). Wird nicht erst hier der Blick zur KOMMUNIKATION? Die erste Reflexion, Spiegelung wäre mir auch mit dem Spiegel möglich: Ich erblicke mich, als mich sehend. Doch wäre kein realer Unterschied, kein echter DIALOG zwischen dem Hinblickenden und dem Zurückblickenden möglich. Das macht den Spiegelblick, die Selbstbespiegelung auf Dauer so unbefriedigend. Im echten Gegenüber des Blickens wird aus der bloß tatsächlichen (2) oder bloß scheinbaren Gegenseitigkeit eine beiderseits als solche gewußte. Jeder hat das Wissen, daß der andere wissend blickt.
Kann sich das fortsetzen? Wird es noch komplizierter? Muß man wegblicken, um nicht einen irren Blick zu bekommen? Den wissenden Blick des anderen zu erblicken, das würde nur in einem leeren Kreis laufen, wenn es nicht zweierlei Abwandlungen gäbe: erstens *bestimmtes* Wissen im Blick des anderen außer dem bisher genannten bloß formalen Wissen um mein Blicken auf ihn; zweitens *Stellungnahme* zu meinem Blick sowie zur Gegenseitigkeit des Blickens. Die erste Abwandlung gehört noch auf die dritte Stufe, die der kommunikativen Gegenseitigkeit: der andere kann freundlich blicken oder feindlich, gelangweilt oder erwartungsvoll, mitteilsam oder leer, ehrerbietig oder herablassend. Eine vierte Stufe aber erklimmt der Spiegelungskreis des Blickes – und das alles möglicherweise in Sekundenschnelle –, indem einer von uns oder jeder von uns Stellung nimmt zum Blick des anderen wie zum eigenen Blicken, somit auch zu der vorherigen Gegenseitigkeit (4).
Stellungnahme zur bloßen Tatsache des Blickwechsels und seiner sich im Augenblick anreichernden Gegenseitigkeit: jeder von uns kann wegblicken oder weiterblicken, den Blickwechsel mit dem anderen als lästig, unbedeutend, überflüssig abtun, es beim rein Praktischen zur Verständigung über Vorfahrt und Vortritt und dergleichen belassen, so daß die vorhergehende Spiegelung sogleich wieder vergessen ist.
Wir können aber auch den bisherigen Blickwechsel ratifizieren, ihm Bleiben verleihen, ihn wiederholen: eine gelebte, nichtverbale Meta-Kommunikation (Kommunikation über Kommunikation, nicht Geschwätz über Geschwätz). Dabei gewinnen die inhaltlichen Unterschiede ihr volles Gewicht: Was fällt dir ein, mich so zudringlich, feindlich, herablassend, erwar-

tungsvoll anzusehen? Oder: schade, daß du mich so leer, gelangweilt, unaufmerksam, herablassend ansiehst; ich hätte gern einen Kontakt mit dir aufgebaut. Oder gar: wie schön, daß du mich so freundlich, sympathiegewinnend, interessiert, aufmerksam anblickst – ich zögere keinen Moment, das zu erwidern!

Solche positive Stellungnahme kann leicht gegenseitig werden, kann aber auch jetzt vom anderen abgewiesen werden und somit unsymmetrisch ausfallen, indem der andere denkt und signalisiert: Ich fand dich zwar ganz sympathisch anzusehen, aber dabei soll's bleiben, engagieren will ich mich nicht, ich möchte kein Techtelmechtel mit Blicken. Oder auch: Ich möchte es schon, habe aber Angst, weil ich nicht darf, weil es doch nicht weiterführt, weil ich eines so interessanten, gutaussehenden Menschen nicht würdig bin und so weiter, und so weiter.

Die Vielfalt dessen, was durch den Blick in einigen Sekunden geschehen kann, läßt sich nicht ausschöpfen. Eine Möglichkeit verdient aber besondere Aufmerksamkeit: die LIEBE AUF DEN ERSTEN BLICK. Gibt es sie? Ist sie nicht sehr geheimnisvoll? Und selten? Oder die normale, beste Startvoraussetzung für eine große, dauerhafte Liebe?

Daß es sie gibt, mag nach dem Vorhergehenden verständlich sein: Da ist eine spontan freundliche, sympathische Gegenseitigkeit des Blickes, mit auch inhaltlich entsprechenden, einander ergänzenden Erwartungen. Daher wird der spontane kommunikative Blick (3. Stufe) von beiden Seiten positiv ratifiziert (4. Stufe) – und schon beginnt ein Kreislauf immer neuer Kommunikationen, mit Worten und Blicken, und womöglich erneuter, immer gewagteren Stellungnahmen, das heißt Zusagen, geheimen Verabredungen. Stellt sich da kein Hindernis in den Weg, zum Beispiel die berechtigte oder unberechtigte Angst des einen oder anderen oder beider vor zuviel Bindung (Engagement), vor zuviel Selbstenthüllung, dann wird die Liebe auf den ersten Blick perfekt.

Geheimnisvoll ist sie wegen und trotz dieser ganzen, hier mühsam, im Leben mühelos durchlaufenen Blickstruktur. Wegen: weil diese Struktur der Gegenseitigkeit in sich faszinierend, abenteuerlich, entscheidungsreich genug ist. Trotz: weil über die Erkenntnis der Struktur hinaus die Liebe auf den ersten Blick geheimnisvoll bleibt: warum sich gerade diesmal, in der Begegnung dieser beiden Menschen dergleichen fügt.

Diese Frage der FÜGUNG erhebt sich um so drängender, je differenzierter, anspruchsvoller die beteiligten Menschenkinder mitsamt ihren sozialen Verhältnissen sind. Schlichtere Gemüter in schlichteren Verhältnissen haben es leichter, dergleichen Fügungen zu erleben und zu glauben.
Erst das nachfolgende Gelingen und GLÜCK auf Dauer gibt vollen Grund zu solchem Fügungsglauben. Umgekehrt läßt sich kaum begründen, daß dauerhaft gelingende Liebesverhältnisse – wie immer man das Gelingen statistisch erfassen könnte – durch Liebe auf den ersten Blick ein besonders günstiges Fundament erhalten hätten. Denn der Kreislauf der ersten Blicke erweist sich oft als trügerisch, weil illusionsgebunden. Die wortlosen Schwüre der ersten Blicke verleiten leicht zu einem Engagement, das über mancherlei Bedenken hinwegfegt.
Man sollte die leichtfüßige Tiefe des Blickes nicht überfordern. Am schönsten erscheint er als die Domäne des EROS und seiner spielerischen Anmut. Dessen erstes Grundsymbol mag er genannt werden, vor dem zweiten, dem Kuß. Und wie die Küsse unappetitlich würden, wenn sie einem »Objekt« gelten würden, mindestens so auch der Blick, Monsieur Sartre!
»Die Erfahrung lehrt, daß Liebe nicht darin besteht, daß man einander ansieht, sondern daß man gemeinsam in gleicher Richtung blickt«, meint Antoine de Saint-Exupéry (Wind, Sand und Sterne, 1959, 329). Scheint mir wichtig, der Bezug auf sachliche Gemeinsamkeit – sofern aber persönliche Gemeinsamkeit schon »erblickt« ist. Einander anschauen bleibt fundamental.
Der begehrlich-abschätzende, der erotisch-spielerische, der kommunikativ-verständige, der werturteilende und beteuernde Blick: schwerpunkthafte Ausprägungen der Stufen, die jeder volle Augen-Blick durchläuft, Vorbildungen der STUFEN DER LIEBE.

BRIEFE:

Deine Briefe zur Süße kauen
wie das Abendmahlsbrot
wie wir miteinander aßen
und unser Atem *ein* Geist war.

Unausgeschöpft liegen die Tage
versunkene Schiffe auf ihrer ersten Fahrt
die Blicke die Augenblicke
auf nie ergründetem Grund.

Trauer der Zeit.
Kein Warten erlöst.
Wie du aber danke schreibst
faß ich Hoffnung

und lasse Ewigkeit ein
die Fülle kauend:
Stoffwechsel mit der Natur
kommender Worte –
und danke.
(Erinnerung)

BRUDERLIEBE, der traditionelle und patriarchalische Ausdruck für geschwisterliche Liebe im übertragenen Verständnis. (Vergleiche MENSCHENLIEBE, NÄCHSTENLIEBE, zum wörtlichen Verständnis hingegen GESCHWISTERLIEBE.)

CARITAS: In der lateinischen Übersetzung des Neuen Testaments der Ausdruck für AGAPE. Im profanen Sprachgebrauch jener Zeit mehr Ausdruck für die auf Wertschätzung beruhende Liebe (ursprünglich der hohe Preis, Wert). Beinhaltete die griechische Agape noch mehr die Liebe zu Gott und von daher die spirituelle Beflügelung der menschlichen Liebe zu einer heiligen Geschwisterlichkeit, meint Caritas im lateinischen Westen hauptsächlich die Liebe zum Nächsten um Gottes willen, schließlich die religiös motivierte Wohltätigkeit. Das hat mit der organisatorischen, institutionellen Kanalisierung der christlichen Spiritualität zu tun.
Menschliche Gegenseitigkeit, somit erlebbare Verbundenheit als Fundament der religiös geprägten Liebe drohen ständig zu entweichen, sobald der Dienst am Hilfsbedürftigen primär Organisationen anvertraut wird. Das personale Prinzip müßte zumindest dem organisatorischen übergeordnet bleiben, das heißt, Organisationen müßten subsidiär (unterstützend) bleiben.
(Nicht die Rede ist von Aufgaben der Gerechtigkeit und Für-

sorge, die den Gemeinwesen als solchen obliegt und welche mit Recht die frühere caritative »Liebestätigkeit«, z. B. Almosengeben, abgelöst haben.)
Die caritative Liebe verblaßte vielfach zum bloßen Mitleid, gar zum Opferdienst mit Hoffnung auf göttlichen Lohn – ohne die Wärme echter Zuneigung. Dies braucht bei der wirklich charismatischen, das heißt geistbegabten, spirituellen Liebe keineswegs der Fall zu sein. Für diese personal-ganzheitlich bleibende, den hilfsbedürftigen Einzelnen als solchen meinende Liebe, für die manche Menschen besondere Begabung und Berufung haben, ist der Ausdruck »caritative Liebe« leider geschichtlich verbraucht.

CHRISTENTUM – die Religion der Liebe? Richtig ist, daß es im Urchristentum wesentlich um eine Einheit von Gottes- und Nächstenliebe geht: um die Offenbarung Gottes und des Christus-Lichtes mitten unter den Menschen, um Liebe als Geschwisterlichkeit und zentraler Ort der Offenbarung. Der Einmaligkeit Gottes als Person und Gemeinschaft zugleich (Dreifaltigkeitslehre) entspricht die betonte Einmaligkeit des Einzelnen-in-Gemeinschaft (Personalität-in-Sozialität). Solche »Gottmenschlichkeit«, deren Realsymbol der Nazarener mit seinem scheinbaren Scheitern an Liebe und Wahrheit ist, zeichnet das Christentum ganz eigentümlich aus. Was daraus geworden ist, steht auf vielen anderen Blättern.
Die Frage: ob die – trotz kirchlich-autoritärer Entstellungen – noch immer vitale christliche Bewegung heute ihren Beitrag zu einer neuen Kultur der Liebe zu leisten vermag.
»Religion der Liebe« meint mehr als Religion einer verwaschenen »Mitmenschlichkeit«, eines »Seid nett zueinander«, dem die Leidenschaft sowohl für den Einzelnen wie für das ansprechbare Ewige Du fehlt. Es meint spirituelles Schöpfen aus dem über-gegenseitigen Liebesabgrund aller menschlichen Gegenseitigkeit. Liebe als Spiritualität, aber ganzheitlich: Freundschaft, Eros, Sexualität INTEGRIEREND.
Dieser Beitrag sähe ganz anders aus als die verbietenden Gesten, die wir seit Jahrhunderten von großen und kleinen Kirchen gewohnt sind. Die autoritären Verbote ohne spirituelle Integrationskraft sind es, welche die Eine Liebe zerschneiden, sie mit frommer Empörung selbst der Verwilderung preisgeben – um sie dann, schuldzuweisend, zu beklagen.

»Wenige wissen
das Geheimnis der Liebe,
Fühlen Unersättlichkeit
Und ewigen Durst.
Des Abendmahls
Göttliche Bedeutung
Ist irdischen Sinnen ein Räthsel;
Aber wer jemals
Von heißen, geliebeten Lippen
Athem des Lebens sog,
Wem heilige Gluth
In zitternde Wellen das Herz schmolz,
Wem das Auge aufging,
Daß er des Himmels
Unergründliche Tiefe maß,
Wird essen von seinem Leibe
Und trinken von seinem Blute
Ewiglich.
. . .«

(Novalis, Hymne)

DANK: Auf spiritueller Ebene heimlicher Inbegriff der gelebten (nicht notwendig institutionellen) Religion. Sein Dasein verdanken, alles Begegnende verdanken können, das ist keine Selbstverständlichkeit, sondern Lebensaufgabe. Das können heißt, in aktiver Verbindung stehen zum schöpferischen Ursprung. Religiöse Liebe ist, neben Anbetung, wesentlich Dank.

Dank wird Anbetung, wo sein Inhalt die göttliche Wirklichkeit rein als solche ist. »Wir danken Dir für Deine große Herrlichkeit« (das altkirchliche »Gloria«). Sonst unterscheidet sich Dank von der Anbetung durch das selbst-bezogene Lob des Anderen: des *Teilhabens* an der Herrlichkeit, der Selbstmitteilung des Göttlichen, sodann aller anderen empfangenen Gaben, vor allem des Selbstseins. Religiöses Danken ist Selbstbejahung (SELBSTLIEBE) in der Bejahung des Göttlichen.

»Alles prüfe der Mensch, sagen die Himmlischen,
Daß er, kräftig genährt, danken für alles lern«.

(Friedrich Hölderlin)

Gleicherweise zwischen Menschen ist Haupt-»Gegenstand« des Dankes immer die Selbstmitteilung des anderen, erst von daher aller anderen Geschenke. Ohne Liebes-Freiheit des Schenkens (im Unterschied zur Nötigung) keine Freiheit des Dankes, ohne Freiheit des Dankes entstehen Ressentiments, gerade dem Wohltäter gegenüber. Dank ist Frucht der Liebe von Schenkendem und Beschenktem oder Beet der Ressentiments, der heimlichen Rachegefühle unfreiwilliger ABHÄNGIGKEIT, Angewiesenheit, Bedürftigkeit.
Die Bedürftigkeit selbst will verdankt werden – das ist nur aus Liebe möglich und näherhin aus beiderseitigem spirituellem Bewußtsein, sich restlos dem Schöpfungsursprung zu verdanken. Ohne spirituelle (religiöse) Komponente verkümmert Dank zu Schuldner- und Unterwerfungsbewußtsein.
Aber können Liebende sich nicht einander verdanken? Sie wollen es sogar. Gleichzeitig wollen sie jeweils ohne Gegenleistung schenken und beschenkt werden. Anders wird gegenseitiges Verdanken zum heimlichen Tauschgeschäft – ohne das charakteristische UMSONST. Liebe ist der Tausch ohne jede Währung, aber ein »Danke« kann reines Gold sein.
»Jeder, der ehrlich Dank annehmen kann, ohne Verlegenheit, ist reif, denn er weiß um die eigene Endlichkeit ebenso wie um die des anderen, und er erkennt in dem gegenseitigen Dankesopfer die Bestätigung der eigenen Geschöpflichkeit und der des anderen « (Paul Tillich, Das Ewige im Jetzt, 1964, 168).

DENKEN-AN: Liebe ist Denken, wenngleich kein argumentativer »Diskurs«, wenngleich Denken mit starker Gefühlsresonanz – doch auch GEFÜHLE sind ein gelebtes Denken -, wenngleich als Sehnen oder Erfülltsein des Strebens.
Kontinuierliches Denken an den anderen: als sexuelle Besessenheit, als erotische Faszination, als freundschaftliche Zuneigung und Sorge, als spirituelle Verbundenheit und Ergriffenheit, als leidenschaftliche Verbindung einiger oder aller dieser Ebenen – immer dieser eine, allesdurchdringende, mal lähmende, mal beflügelnde Gedanke an sie oder ihn.
Nichtstillstehendes, bejahendes Denken an den anderen: eine Definition der Liebe.
Nicht unbedacht bleiben müssen dabei andere Menschen. Sie können im Gegenteil EINSCHLIESSLICH bedacht werden.

Mitternachts wach ich
suche ein Wort für dich
von vielen die
unter die Räder gefallen.

Dich finden
unter endlich gefundenem Dach.
Wir werden dort atmen
und Worte sammeln und
vorläufig wie die Hoffnung
sie wie alles vertiefen.

(Nachtwache)

DIALOG: Dieses in einer monologischen Welt zur Mode gewordene Wort meinte bei den Urhebern der Dialogphilosophie mehr als das übliche Pingpongspiel mit Worten: das schöpferische, erfinderische Hervorbringen gemeinsamen SINN-Bestandes im Zusammenspiel freier Wesen. Schöpferisch wirken nur Worte, die aus der Liebe kommen. Sie bauen das ZWISCHEN auf, etwas in-über den Beteiligten. Die richtigsten Informationen können zerstören, verstören, blockieren, zumal wenn sie auch von Spezialisten des angeblich wissenschaftlichen Diskurses kommen.
Was heißt hier Liebe? Die Freiheit aller Beteiligten. Also Symmetrie der Kräfte? Symmetrie kann als falsche Gleichheit verstanden werden, als ob jeder Beitrag gleiches Gewicht haben müsse. Symmetrie als Freiheit ist gleiche Chance der Äußerung: Teilnahme und Teilgabe nach den spontanen Wünschen der einzelnen, die sich auf die Spontaneität der anderen einlassen. Sofern ihre Teilnahme auch Hören ist und das Hören gehört wird.

- Du sprichst von Utopie. Wie soll Spontaneität aller möglich sein – ohne Zurückstecken einzelner, ohne Ordnung der Rede?
- Sprechen wir erst vom eigentlichen Dialog zu zweit, vom Zwiegespräch: Das »Zurückstecken« ist freiwilliges Hören, die Ordnung finden wir nur im Wechsel von Hören, das ein Sprechen ist, von Sprechen, das ein Hören ist.
- Das ist ein Ideal. Wo wird man dazu erzogen?
- Aber wozu dient sonst die Erziehung, die jahrelange, durch Eltern und Schule?

– Wie sollen Eltern, Lehrer zum Dialog erziehen, die ihn selbst nicht gelernt haben?
– Wir müssen anfangen, üben. Es gibt keinen anderen Weg gemeinsamer Freiheit, auch nicht der Liebe. Kennen wir schon einmal den Weg, kommen wir schnell weiter.
– Aber die Gesellschaft! Schon bei dreien fängt sie an, und bei sechs kommen wir nicht mehr ohne Diskussionsleiter aus, wenn wir deinen Maßstab anlegen.
– Wenn wir Dialog geübt haben, werden wir auch zu sechst sprechen können, wo es um Allgemeines geht. Wir werden, müssen sensibel dafür werden, falsche Dominanzen abzubauen, ebenso wie den Leerlauf bloßer Selbstdarstellung. Nochmals, es gibt keinen anderen Weg. Hauptsache, wir wissen die Richtung.
– Und bei der Sachdiskussion, bist du nach allen Erfahrungen da auch so optimistisch?
– Ja, da brauchen wir allerdings einen »Konzertdirigenten«, das ist wahr. Warum nicht, wenn auch das geübt wird?
– Dann wäre die Menschheit ja noch am Anfang damit, ihr dialogisches Potential auszuschöpfen, warum das?
– Meinst du, wir könnten jahrtausende alte Herrschaftsstrukturen und falsche Autoritätsreflexe in ein paar Jahrzehnten Demokratisierung verwandeln?
– Schon wahr. Aber wie kamen wir auf diese sozialphilosophischen Sachen? Wir sprachen doch von der Liebe –
– ja, und vom Dialog als ihrer ganz alltäglichen Form!

DU, dies Wörtchen meint, philosophisch ausgehorcht: antwortfähige Freiheit eines anderen; seine Fähigkeit, frei auf mich hin zu handeln, zu erleben, zu antworten oder nicht. »Wer Du spricht, hat kein Etwas, hat nichts, aber er steht in der Beziehung« (Martin Buber, Ich und Du).

Weil *Du* »ein Nichts« ist im Sinne der Gegenstandswelt, hat die Philosophie ihm lange keine Aufmerksamkeit geschenkt. Auf der anderen Seite ist es ein bestimmteres Nichts als das numinose, unbestimmte – mit dem sich trefflicher, kostenfreier spekulieren ließ. Das unbestimmte »Nichts« aller bestimmten Dinge läßt sich *bereden,* wie man will. Es unterscheidet sich nur durch Unbestimmtheit und subjektive Willkür von den Gegenständen sonstigen Sprechens.

»Du« läßt sich nur ansprechend sagen und bestimmt, auf Antwort hoffend. Es ist die Grenze meines Ich, viel unverrückbarer als die von mir manipulierbaren Dinge, zugleich aber mein möglicher Freiheitsraum: Ich kann nicht allein sprechen, sondern nur mit Du-artigen Wesen. Meine FREIHEIT wird konkret als unsere gemeinsame. Auch das Besprechen der Dinge empfängt seinen Handlungssinn aus dem ungegenständlichen Ansprechen, das ein Mithandeln vom Anderen erhofft.
»Du« ist das Wort der Zusammenarbeit. Aber mehr: das Grundwort der Liebe, darin urtümlich wie kein anderes. Mit seinem Nichts an Inhalt sagt es Alles, führt allen Inhalt in die Grundsituation: das Gegenüber von Du und Ich. Auf den Weg möglicher Einheit dieser für immer Getrennten.

EHE. Die Liebesehe sei kulturgeschichtlich neu, belehren uns Historiker. Manche Soziologen erblicken in der Verbindung von Ehe und Freundschaft die eigentliche sexuelle Revolution (z. B. Andrew Greeley in »Erotische Kultur«). Jedenfalls ist sie in unserem Kulturkreis nicht mehr anders denkbar. Die enorm gestiegenen Scheidungsziffern bestätigen das auf ihre Weise: Wo Liebe nicht mehr erlebt wird, hält man die Ehe oft nicht für sinnvoll fortsetzbar, wird der Ausstieg oft unter erheblichen materiellen Opfern gesucht, meist allerdings mit dem Wunsch nach neuer, dauerhafterer Liebe, oft mit der konkreten Aussicht auf solche.
Ist Liebe institutionalisierbar? Nein. Sie kann allenfalls durch Institutionen (gesellschaftlich sanktionierte Normen) geschützt und gestützt werden. Das ist, auf Liebe bezogen, der Sinn des ehelichen Treueversprechens samt der Einwilligung in die Institution Ehe: die Absicht, dem Versprechen institutionellen Ausdruck und äußeren Rückhalt zu geben. Institutionalisiert wird also der Wunsch nach dauerhafter Liebe, der *Wunsch* nach TREUE und das *Versprechen* zu ihr, wie immer man sie versteht. Nicht die Liebe selbst. Liebe und Treue sind bekanntlich unterscheidbar. Der Blick auf viele »alte« Ehepaare zeigt es konkret.
Ist Treue, hier verstanden als mehr oder weniger äußeres Zusammenhalten ohne aktuelles Liebeserleben, sinnvoll? Unter Umständen ja. Denn manchmal kommt auch die Liebe, wie immer man sie versteht, wieder wie ein ausgeflogener Vogel. Da hätte sich das institutionelle Korsett als hilfreich erwiesen.

Oft auch – wie oft eigentlich? – bietet die institutionalisierte Treue den Partnern einen Lebensrahmen, den sie ohne beiderseitigen Schaden nicht mehr sprengen können.
Wie oft erweist sich die institutionalisierte Treue als hilfreich, wie oft als hinderlich? Das als Frage rein vom Gesichtspunkt der Liebe, wohlgemerkt. Schon manchem flog die Liebe davon, just als er sie im ehelichen Taubenschlag festsetzen wollte. Aber die Liebe ist nicht alles in unserer Gesellschaft. Sie führt in ihr ein Schattendasein, trotz aller Lippenbekenntnisse.
Ein scheinbares Bekenntnis zur Liebe ist das zur Ehe in unserer freiheitlich demokratischen Rechtsordnung. Würde man sagen, worum es in der Ehe geht, sagen wir zum Schutz der Kinder und andere sinnvolle Berechenbarkeiten, dagegen wäre nichts einzuwenden. Oder daß Liebe selten und zerbrechlich sei, das Zusammenhalten aber ein großer Wert, darüber ließe sich reden.
Liebe würde anderen Schutzes bedürfen und könnte ihn sogar finden – nicht zuletzt des Schutzes vor zwanghaften Ehevorstellungen. Hätten wir einmal zwei Generationen ohne die staatlich-kirchlich sanktionierte Besitzbürgerehe gehabt, wenigstens Trennung des weltlichen Dinges (so Luther), heute Steuervergünstigung und so weiter, vom geistlichen, heute inneres, sozial manifestiertes Treueversprechen aus Liebe, könnten wir unbefangener über Sinn und Wert dieser Einrichtung sprechen.
Die »Ehe ohne Trauschein« als Übergangsform, als Initiative von unten zur Befreiung der Liebe? Liebe mit oder ohne Treue, das ist nicht die Frage. Die meisten suchen sie mit. Die Fragen lauten: Treue mit oder ohne ausdrückliches Versprechen? Sodann: mit oder ohne gesellschaftliche, kirchliche, staatliche *Privilegien und Sanktionen* vor der Heirat und nachher.
Was also Ehe von einer informellen Partnerschaft unterscheidet, ist: *innerlich* die Ausdrücklichkeit des Versprechens, das auch binden kann, wenn einem nicht danach ist; *äußerlich* jene Privilegien und Sanktionen.
Mit Liebe hat jenes Versprechen zu tun. Auch mit spirituellen Grundlagen, das muß trotz des Mißbrauchs dieser Grundlagen durch Gesetzesreligiosität gesagt werden. *Was nämlich im Göttlichen* – durch Gott, wie immer du ihn verstehst – *verbunden ist, das soll der Mensch nicht trennen*. Das gilt für alle ganzheitliche Liebe, der das Spirituelle nicht fehlen kann, eben wegen der Ganzheitlichkeit. Es sollte daher der Ehe nicht fehlen.

Die menschliche Substanz der Ehe, aber nicht das sie Unterscheidende der Partnerschaft und des Versprechens, ist: FREUNDSCHAFT.

EIFERSUCHT: Eine der am meisten dementierten, weil am meisten ausgeübten »Untugenden« in der Liebe, seit die Selbstverständlichkeit der ehelichen Besitzverhältnisse samt den vorehelichen Wettkämpfen verlorenging. Damit starben scheinbar auch das selbstverständliche Recht der Eifersucht, wenn nicht gar die Pflicht zu ihr aus. Scheinbar.

In unseren sexuell nachrevolutionären Zeiten gibt's Eifersucht also somit nur noch unter der Hand, als leider noch nicht ganz ausgerottete Untugend, aller coolness widersprechend. Sie kommt, so wissen wir nun, nicht nur aus Besitzanspruch, sondern auch aus Unsicherheit, Verlustangst. Folglich muß sie, im Unterschied zu früheren klaren Verhältnissen, in den Untergrund, in die gesellschaftliche Illegalität, geschickt werden.

»Du bist doch wohl nicht eifersüchtig?« Mit diesem Satz werden heute mancherlei Klagen und Ängste abgeschmettert, zumindest zum Stillschweigen gebracht.

Es ist überhaupt ein Rätsel, warum jene Untugend sich in so lichten, permissiven (soziologischer Ausdruck für: alleserlaubenden) Zeiten hält. Ein Rätsel auch, ob sie eigentlich etwas einheitliches ist.

Da neidet der eine dem anderen die Partnerin, weil er selbst keine oder keine vergleichbar gute »hat«: Eifersucht als Neid. Zweifellos ein unschöner Zug wie der meiste Neid – nicht aller übrigens, da Ungerechtigkeiten berechtigte und gesunde Neidgefühle wecken können. Mit Neid ist die erste Art der Eifersucht aber noch nicht erfaßt, da sie sich auf die ganz bestimmte Individualität des »Neidobjektes« richtet: Eifersucht (dieser Stufe) ist der Neid, der von der Vorstellung lebt, gerade die geneidete Person könne mit mir, dem Neider, in einer (natürlich besseren) Liebesbeziehung stehen statt mit dem anderen, dem Beneideten. Insoweit wäre Eifersucht Neid auf Personbesitz, im Hinblick auf die Individualität der geneideten Person. Kurz, Eifersucht als individualisierter Objektneid oder einfach: *neidende Eifersucht* (1). Ist sie immer verfehlt? Gibt es womöglich auch hier schon einmal berechtigten Neid?

Eine weitere Art der Eifersucht ist nicht Neid, sondern Verlustangst dessen, der im »Besitz« einer von anderer Seite umworbenen oder umworben geglaubten Person steht: der eifersüchtige Ehemann, die eifersüchtige Partnerin, feste Freundin. Diese *wachende Eifersucht* (2) ist bekanntlich oft nicht mehr als subjektive Einbildung, manchmal freilich sehr wohl begründete Antwort auf die neidende Eifersucht eines Dritten, Vierten, unbestimmt vieler.

Sie kann – kurioserweise – auch wechselseitig sein: Beide einander an sich »besitzenden« Partner sind sich mit Eifersucht zugetan, weil wechselweise einander nicht sicher. Das Übel, liegt es in der Eifersucht selbst, oder ist diese nicht Anzeichen des eigentlichen Übels: der Unsicherheit – und diese womöglich Symptom des in sich faulen Besitzdenkens? Wie ist echte Sicherheit, VERTRAUEN der Partner bezüglich ihrer Begegnung mit anderen zu gewinnen? Hier liegt das Problem! Die Verdrängung, das modische Herunterspielen des Symptoms nützen nichts, sowenig wie Kurieren an Symptomen in der Medizin.

Wenn keiner in »Besitz« oder klarem Vorteil ist, kann es *konkurrierende Eifersucht* (3) geben. Mag man die erste, neidende, als häßlich und niedrig, die zweite, wachende, als dumm und schwächlich, zumindest als Folge mangelnder Attraktion des eifersüchtigen Partners etikettieren, so kann man der dritten ihre Berechtigung nicht absprechen, sofern man Individualität und daher AUSSCHLIESSLICHKEIT der Liebesverhältnisse für wertvoll hält. Die Frage ist zwar auch zu stellen, ob mit der Ausschließlichkeit auch eine EINSCHLIESSLICHKEIT auf der Ebene freundschaftlicher Kontakte einhergeht.

Offenheit für andere und deren Einbeziehung ist durchaus ein Gütesiegel von Liebesverhältnissen. Doch lassen wir uns nicht täuschen: auf ein und derselben Ebene, sei es auf der sexuellen, sei es in der Intensität und Werthaltung der Freundschaft, besteht – Gleichzeitigkeit vorausgesetzt – fast immer, fast notwendig zunächst Ausschließlichkeit und konkurrierende Eifersucht. Noch immer haben Liebeswerben und (möglicherweise wechselseitige) Eroberung des Partners bis zum partnerschaftlichen Zusammenschluß mit Kampf, Siegen und Unterliegen, mit Zögern, Zuspätkommen und Bedauern zu tun, und ein Ende der konkurrierenden Eifersucht ist unter Menschen noch weniger abzusehen als in der Pferdehaltung, wo aus weiser menschlicher Vorsehung die Hengste weniger zahlreich geworden sind.

Damit hat eine bedingte Ehrenrettung der Eifersucht vor unserem aufgeklärtesten aller Zeitalter bereits begonnen. Eine weitere, vierte Art sogenannter Eifersucht ist nicht mehr von Konkurrenz, sondern von den inneren Anforderungen der Liebe bedingt: Liebe bedarf der Zeit, der Konzentration, ist zeitweise KAMPF, aus dem keiner ohne Schaden für das Gemeinsame flüchten darf. Liebe ist anspruchsvoll, und dies nicht allein im Bett, nicht allein auf dem Tanzboden und anderen gesellschaftlich-erotischen Parketts, sondern im Austausch der Gedanken, im Ausdruck der Gefühle, der künstlerischen Wertungen, schließlich in bezug auf letzte Stellungnahmen zu Schicksal, Weltgeschehen, Lebensfragen.
Wie leicht geschieht es, daß ein Partner oder wechselweise beide Partner den Ansprüchen der Liebe und ihres Wachstums ausweichen wollen – zum Beispiel in die unmittelbar erholsamere, unverfängliche Plauderei und Abwechslung mit netten Menschen hinein. Die netten Menschen sind leichter als der anspruchsvolle Liebespartner. Die Flucht vom anspruchsvollen Einen weg in die Vielfalt der Kommunikatiönchen. Der Eine aber kann, im Maße seiner eigenen Wachheit und Sensibilität, süchtig werden aus *Eifersucht des inneren Anspruchs* (4). Diese Sucht und geistige Leidenschaft geht auf Liebeswachstum. Die Liebe ist das herausfordernde und überfordernde. Wer sich diesem »eifersüchtigen Gott« (Bücher Moses) in eigener oder anderer Sache nicht zu stellen wagt, sollte wenigstens davor schweigen. Hier liegt eine Schwäche unserer Halbaufklärung – wie überhaupt die Flucht vor berechtigten Ansprüchen des Partners zu anderen eine wenig beachtete Gefahr für das Wachstum von Freundschaften und Partnerschaften darstellt.
Ich plädiere für Eifersucht als einer der liebevollsten Süchte (neben der SEHNSUCHT), nicht jedoch für die des Besitzbürgers, allgemein nicht für die Regelung der Liebesdinge durch staatliches Recht und Gesetzesmoral; am wenigsten für die Fixierung auf körperlichen »Besitz« einer anderen Person. Im Umkreis solcher Einstellungen häufen sich seit Jahrhunderten und Jahrtausenden – im mißbrauchten Namen der Liebe – die Eifersuchtsmorde. Liebe garantiert nicht Fehlen von Eifersucht, nicht die Harmonie. Sie selbst aber ist es nicht, die zu Verzweiflungstaten anleitet, sondern ihre gesellschaftlichen Zwangsjacken.
Und die Gretchenfrage: Sind mehrfache Liebesbeziehun-

gen auf gleicher Ebene vereinbar? Vergleiche z.B. AUSSCHLIESSLICHKEIT, EINSCHLIESSLICHKEIT, EINMALIGKEIT, FREUNDSCHAFT, LEIDENSCHAFT oder kurz:

EINE KARTE. Lieben heißt, alles auf eine Karte setzen: sagt die Leidenschaft, aber auch die partnerschaftliche Treue.
Lieben heißt, auf jede Karte setzen, sagt die spirituelle Menschenliebe.
Liebe heißt, auf einige bevorzugte Karten setzen, sagt der Eros und, ganz anders, die Freundschaft.
Einigen wir uns: Lieben heißt, mit vielerlei Karten spielen, aber im richtigen Moment – für immer, jedenfalls wie für immer – auf die EINMALIGKEIT der Einen setzen zu können.
Über den »richtigen Moment« kann's leider ZWEIFEL geben.

EINHEIT, das Grundthema der Liebe. Geht es doch in ihr um die »Wiedervereinigung des Getrennten«, wie die Philosophen des deutschen Idealismus, sie an platonische Gedanken anknüpfend, sahen. Welches Getrennte? In erster Linie die ganz und gar vereinzelten, weil SELBSTBEWUSSTEN Wesen: Personen, Menschen. Daher möchte ich lieber von *Wiedervereinigung der Vereinzelten* sprechen: eine seinshafte (ontologische) Definition der Liebe.
Denn nur durch Freiheit, und zwar liebende, kann, wenn überhaupt, die Wiedervereinigung vereinzelter Wesen geschehen. Oder ist deren Vereinzelung hoffnungslos endgültig, und – da offensichtlich wider Willen und SEHNSUCHT der Betroffenen –, ein tragischer Konstruktionsfehler der sogenannten Schöpfung?
Je mehr der Mensch er selbst ist, um so mehr wird er sich seiner seinshaften EINSAMKEIT bewußt – desto mehr sehnt er sich nach Vereinigung mit anderen, mit allen und allem. Sehnt er sich nicht somit nach seinem Tod?

> »O, daß wir unsere Ururahnen wären.
> Ein Klümpchen Schleim in einem warmen Moor.
> ...
> Schon ein Libellenkopf, ein Möwenflügel
> wäre zu weit und litte schon zu sehr.«
>
> (Gottfried Benn, Gesänge I)

Groß und oft besprochen, die Verwandtschaft von Liebe und TOD, weil in beiden die hautabgeschlossene Individualität in Einheit untergeht. Alles kommt aber darauf an, die Weisen solcher Einheit zu unterscheiden, um Kurzschlüsse zu vermeiden. Ist Einzelsein tatsächlich nur um den Preis seiner Rücknahme, der Auflösung des vereinzelten Wesens, mit Wiedervereinigung zu vereinen? Das hätte wahnsinnige Folgen.
Aufgrund mangelnder Denk- und Vorstellungsschulung denken wir Einheit meist nach dem Muster stofflicher Einheit, mag sein ganz feinstofflich wie Teilchen und Energiefelder der neuen Physik, wie das Licht – solange man sich dabei noch etwas vorstellt, statt sich auf mathematische Relationen zu beschränken. (Die Philosophen haben freilich den allerfeinsten Stoff erfunden: »Sein« genannt. Für manche haben die »seienden« Personen nichts anderes im Sinn, als ins »Sein« einzugehen.)
Tatsächlich gibt es stoffliche, somit körperliche Einheit als Thema der Liebe, vielmehr einer ihrer STUFEN: die SEXUALITÄT sucht Eintauchen und Unterjauchzen in der leiblichen Einheit, Überwindung der hautabgeschlossenen Individualität der leibhaften Personen als körperlicher Organismen (1).
Außer dieser körperlichen Einheit gibt es aber für personale, selbstreflektierte Subjekte die Möglichkeit, sich selbst und alles andere in sich zu spiegeln. Und diese ideelle, rein vorstellungshafte Einheit ist Thema der Liebe in der Gestalt des EROS (2).
Verbleibt der Eros seinem Wesen nach im Spiel der subjektiven Vorstellungen und Empfindungen, geht die KOMMUNIKATIVE LIEBE oder FREUNDSCHAFT einen anderen Weg, die Einheit zweier selbstreflektierter Wesen herzustellen: sie baut durch Wechselspiel der Spiegelungen (vergleiche BLICK und GEGENSEITIGKEIT), der Erwartungen und Mitteilungen, einen gemeinsamen Sinn, ein ZWISCHEN, auf. Dieses gewährleistet Einheit, analog zu der stofflichen, doch wesentlich anders: eine Gemeinsamkeit, an der die Partner in ihrer Einzelheit je verschieden teilhaben (3).
Daß Sinnschöpfung als Vereinigung vereinzelter Wesen durch freie Gegenseitigkeit möglich ist, dies allein löst möglicherweise die Tragik, die im Einzelsein von Personen als solchen zu liegen droht: Die Ursache der ganzen Schwierigkeit, die personale Vereinzelung, erweist sich zugleich als deren einzige Lö-

sungsmöglichkeit. Der Schlüssel, der schließt, ist derselbe, der allein öffnen kann.

Diese Lösung hat allerdings eine nochmals tiefere Einheitsform zur unabdingbaren Voraussetzung: die Einheit muß bereits als über-gegenseitige SINN-Einheit potentiell vorgegeben sein. Alles wechselseitige Sprechen zum Beispiel schöpft aus einem Sinn-Vorrat, der den Beteiligten und ihrem Wechselspiel schon vorgegeben sein muß. Diese Sinnvorgabe darf nicht verwechselt werden mit der materiellen Einheit, sosehr man solches Sinn-Licht unwillkürlich wiederum wie einen feinen Stoff vorstellen mag. Um diesem Zwang der Vorstellung nicht zu erliegen, mag man das Sinn-Licht lieber für einen bloßen Gedanken halten – obwohl es als gemeinsame und als Kraftquelle aller gegenseitigen Zuwendung unendlich mehr ist als bloß subjektive Idee und Projektion. Aus der Einheit des Sinn-Vorrats schöpft die spirituelle Liebe oder AGAPE (4).

Damit sind die STUFEN DER LIEBE schon ausdrücklich zur Sprache gekommen, unter dem Aspekt der verschiedenen Einheitsweisen und -strukturen: stoffliche Einheit, subjektive Einheit, interpersonal hergestellte Einheit, interpersonal vorausgesetzte Einheit. Der Aspekt »Einheit« bleibt der entscheidende jener Stufung, was immer zu dieser noch zu sagen bleiben mag. Anders wäre Liebe nicht Wiedervereinigung des Vereinzelten.

Der ahnungsvolle Leser mag absehen, daß es bei einer bloßen Hierarchie von Stufen allein nicht bleiben kann, daß womöglich gerade die erste, einfachste Stufe, die körperliche Einheit, zum Realsymbol der letzten, der spirituellen Vereinigung, werden kann. Solche kreislaufartigen Zusammenhänge einen die unterschiedenen Einheitsweisen selbst nochmals.

»Wer hat des irdischen Leibes
Hohen Sinn erraten?
Wer kann sagen,
Daß er das Blut versteht?
Einst ist alles Leib,
EIN Leib,
In himmlischem Blute
Schwimmt das selige Paar.«
(Novalis, Hymne)

EINMALIG ist für den Liebenden der geliebte Mensch: So wie diese(n) gibt es keine(n) zweite(n) mehr auf der Erde. Ist das optische Täuschung oder tieferer Blick für die Wirklichkeit?
Oder wäre erst die BEZIEHUNG zweier verschiedener individueller Wesen einmalig im Sinne der AUSSCHLIESSLICHKEIT, der gesteigerten Individualität? Woher ergäbe sich aber solche Steigerung,wenn nicht die Basiselemente der Verbindung einmalig wären?
Einmalig ist jeder Wassertropfen schon im numerischen Sinne, jedes Fliegenei, mag ein Philosoph wie Leibniz auch fordern, daß erst qualitative Unterschiede die numerische Unterscheidung seinsmäßig möglich machen. So wäre die Einmaligkeit der menschlichen Individuen eine Trivialität? Nicht mehr wäre gesagt als über die Einzelheit eines Wassertropfens, eines Sandkornes, eines von Abermilliarden Mikroorganismen?
Es soll aber mehr gesagt sein, wenn von der Einmaligkeit des Geliebten die Rede ist. »EIN Wesen fehlt mir, und die Welt ist mir entvölkert«, heißt es in Frankreich. (Ich weiß nicht, auf welches dichterische Individuum die unübertreffliche Formulierung zurückgeht: Nur einmalige Wesen kreieren dergleichen.) Das trifft die Einmaligkeit, wie sie jeder Liebende empfindet. Daher die strenge Unersetzlichkeit des Einen. Ein lieber Hund wäre mir nach einiger Zeit, trotz der für seinen Vertrauten merklichen Einmaligkeit seines Charakters und der Einmaligkeit der gewachsenen Beziehung, doch ersetzbar. Ein geliebter Mensch erst durch lange Trauer hindurch, und dann immer noch nicht, allenfalls vergeßbar.

Die Wunde geliebter
Mensch Jahre alt
will nicht heilen.
Nicht Kurorte Wechselbäder
samt Liebesbalsam
bringen Vergessen
oder die Heilung
Dich.

Den Sonntagnachmittag
sterbe ich unter Stadtgewittern
bei Kaffee und Kuchen unter Musik

weiß wie du halb weißt
und gleichsinnig sehnst
weiß nicht den Virus zu nennen
der fasziniert
und fad macht
aber weiß wie ein Todgeweihter
der unendlich zu schaffen
irgend die Kräfte sammelt.

(Sonntagsnachmittagssterben)

Das Einmalige seines Erbes, seiner Geschichte, das Einmalige unserer gemeinsamen Geschichte. Und doch weiß ich nicht, ob es mit all dem benannt ist. Ob Liebe nicht erst eine Einmaligkeit setzt oder die vom Schöpfer gesetzte aufdeckt oder gar mit ihm zusammen setzt und aufdeckt, ob ihr Wille eine Aura der Einmaligkeit schafft. Die Aura eines Kunstwerks liegt in jeder Äußerung des geliebten Anderen.

Unsere, jedenfalls meine Begriffe kapitulieren, immerhin willig. Sie haben genug gesagt für ihre Begriffe, doch nicht für das Gefühl des Liebenden. Ist es vielleicht der Blick der Liebe, der überhaupt erst Wirkliches erkennt, indem er Einmaliges wahrnimmt? Und dieses als Träger des Ganzen von Wirklichkeit? Dies ist eine Vermutung, sie übersteigt das Begründen.

Soviel läßt sich sicher sagen: Wenn überhaupt Individualität Sinn und Wert hat, über die Unterschiedenheit der Wassertropfen, Sandkörner, Mikroorganismen hinaus, dann als Stoff der Liebe: als Quelle von Freiheit und von Beziehung von einer Freiheit zur anderen. Das ZWISCHEN allen Beziehungslebens wäre nichts wert, wenn es nicht aus dem Selbstsein der Einzelnen als einmaliger käme und dahin ginge und von Einzelnen allein, wenn auch auf die Weise der EKSTASE, genossen würde.

Kann ich nicht je-einmalig viele lieben, nicht nur mit der allgemeinen EMPATHIE der Geschwisterlichkeit, sondern mit Leidenschaft? Theoretisch und endzeitlich wohl, doch in der irdischen Praxis der Liebe haben wir mit Einem oder wenigen (auf verschiedene Weisen: als Partner, Freund, Kind, Mutter, Vater) alle Herzen voll zu tun, um die radioaktive Kraft der Einmaligkeit zu befreien. Auch wenn jeder einmalig ist, kann er nicht je-einmalig von allen geliebt werden. Daher hat

EIFERSUCHT, unter dort besagten Voraussetzungen, vorerst so Unrecht nicht.

EINSAM. Jörg genoß mit dreißig Jahren sein Singledasein in vollen Zügen. Er war ein geselliger Mensch. Manchmal fragte ihn einer aus unserem Freundeskreis, ob er sich nicht doch etwas allein fühle, als einziger ohne Partnerin oder Partner. Er dementierte das glaubhaft und wies darauf hin, wie frei und vielfältig er sich bewegen und interessante Kontakte pflegen könne.

Auf einmal änderte sich das schlagartig. Jörg begann, über Einsamkeit zu klagen. Es sei für ihn furchtbar, allein in seine Wohnung zu kommen. Er halte es vor allem abends nicht mehr bei sich aus. Seine Geselligkeit war umgeschlagen in Flucht vor Alleinsein. Zudem vertraute er mir an, daß er sich neuerdings mitten unter netten Menschen einsam fühle. Ein Dilemma: bleibe er allein zu Hause, fühle er sich einsam. Gehe er aus, sei es dasselbe – »außer wenn man mal ganz vertraulich sprechen kann wie jetzt mit dir«, fügte Jörg hinzu, mich geradezu einladend, weiter in ihn zu dringen. Das fiel mir denn auch nicht schwer. »Du erinnerst dich«, erzählte er jetzt, »daß ich da im letzten Urlaub eine getroffen hab, mit der ich mich unheimlich gut verstand. « – »So etwas erzählst du öfter«, erwiderte ich, »wieso ist das ein Grund, jetzt einsam zu sein.« – »Diesmal geht das eben tiefer, beiderseits.«- »Auch schön, warum seht ihr nicht zu, daß ihr bald in derselben Stadt wohnt. Für den Übergang sind die zwei Stunden Fahrt ja auch nicht zu lang, um am Wochenende zusammenzusein.« – »Das geht eben nicht«, antwortete er, wir waren an dem Schmerzpunkt: »Die ist gerade dabei, sich zu verheiraten, wegen eines kommenden Kindes hauptsächlich. Viel Liebe ist wohl nicht dabei, aber jetzt will sie ein normales Familienleben.« – Ich schwieg betroffen und meinte dann: »Wär's dann nicht besser, du nähmst entschlossen Abstand?« – »Das haben wir beide schon mehrmals versucht, mit allerhand Hin- und Hergeziehe. Aber wir hängen zu stark zusammen. Wenn sie ihre Richtung nicht noch ändert, wird's nicht anders gehen. Nur ..., jetzt weißt du, warum ich nicht mehr allein sein kann.« Jetzt wußte ich es, in der Tat.

Einsamkeit, die mit Liebe zusammenhängt – und nur diese Art interessiert hier – kommt nicht vom Alleinsein, sondern aus der SEHNSUCHT, mit dem geliebten Menschen zusammenzusein. Doch diese allein könnte süß sein, wäre sie der Erfüllung einigermaßen sicher. Das bloße WARTEN und DENKEN-AN macht noch nicht einsam. Die bittere Einsamkeit entsteht aus dem Gefühl frustrierter Sehnsucht. Diese sucht sich andere Wege zur Erfüllung. Selten aber kann eine Fülle von Kontakten den Einen, vermißten Menschen »ersetzen«. Dieser setzt nun ständig den Maßstab für das, was Zusammensein wäre, und vergällt alles andere.

Am Morgen danach
bleiben Spuren.
Wirbelsturm raste im Wald
Gedankenmassen ungebändigt
aus Sehnen in Angst.
Nichtweiterwissen und -wollen
vergebliches Rufen
gegen paarweise Mißverständnisse
die in Übermut Junge zeugen
derweil du allein liegst.
Hirnzerfall
unwiederbringliches Roden.

Aus der Ohnmacht
deiner Gebete erwacht
aus dem Erlösungsschlaf
wieder allein
hältst du mühsam
den Sturm
an der Morgensonne gefesselt.

(Schwere Nacht)

Ein gefährlicher Zustand, behutsam zu behandeln wie eine Krankheit. Bleibt, mit guten Freunden zu überlegen, ob die Heilung nach vorne oder nach rückwärts zu suchen ist: durch Kampf um den »fernen Geliebten« oder durch entschiedeneren Rückzug, konsequente TRENNUNG.

Erst die unerfüllte Liebe läßt uns das Einzelnsein schmerzlich spüren, als Einsamkeit. Sie vergällt selbst und gerade die schönen Erinnerungen, die uns sonst als unverlierbarer Schatz gelten: »Ich besaß es doch einmal,/ Was so köstlich ist!/ Daß man doch zu seiner Qual/ Nimmer es vergißt« (Goethe, An den Mond).

Ganz anders die Vereinsamung kontaktarmer Menschen. Wieder anders die der alten, sofern diese aus ihren mehr oder weniger verklärten Erinnerungen leben. Zu »ihrer Qual«? Nur wenn die Sehnsucht nach »Wiedervereinigung der Getrennten« überstark ist, wird sie der Liebes-Einsamkeit vergleichbar.

EINSCHLIESSLICHKEIT: Die innerliche, nicht auf Besitzansprüchen beruhende AUSSCHLIESSLICHKEIT verträgt sich sehr wohl mit dem Einschluß anderer Menschen in die Grundbejahung. Die Aufmerksamkeit der liebenden Menschen öffnet sich im Maße des Niveaus (STUFE) seiner Liebe. Die Liebe als DENKEN-AN erweitert sich auf Gemeinschaft, gar auf die Menschheit hin, ohne sich ins Allgemeine zu verdünnen.

Nicht ins Leere stieren
sondern auf Schönheit
die überall aufwacht
wie du sie mir
wieder zeigst.
Die Plätze im Licht besehen
und Ecce homo:
Seht da der Mensch
wie du.
Die zweibeinigen Herdentierschemen
beleben sich
je einzeln
unsterblich sterbend.
Wir morden sie vorweg
augenlos millionenfach
Mangel an Liebe
an Denken.

(Menschen wie du)

EKSTASE, dazu sei die Kurzinformation im »Lexikon der Psychologie« (Freiburg 1976) nicht verschmäht: »Verzückungszustand, der sich durch Verminderung der Selbstkontrolle, Überschäumen der Gefühle und oft durch Bewegungsüberschuß charakterisiert. Primäre Formen lassen sich in Wutanfällen und im Orgasmus beobachten; sekundäre und abgeleitete Formen zeigen sich in massenpsychologischen Erscheinungen

und in gewissen Delirien, deren Ursprung spontan-religiös (unio mystica) oder spontan-pathologisch sein mag bzw. die hervorgerufen werden durch die Verwendung von Rauschgiften.«
Es wird dort auch, mit einem dem Nichtphilosophen unverständlichen Zitat von Sartre, auf dessen und Heideggers Schreibweise »Ek-stase« hingewiesen. Diese Denker erinnerten daran, daß der Mensch das nach Vergangenheit und Zukunft hin aus sich herausstehende Wesen ist und daß dieses Herausstehen aus sich selbst (Ek-stase) gerade durch das Insichstehen des Menschen, seinen Selbstbezug, eine ganz andere Qualität bekommt als bei nicht-selbstbezüglichen Wesen. Dies nicht allein in den obengenannten Momenten der Ekstase im engeren Sinne. So erkennt Rilke den ABSCHIED als eine Art von Ekstase, Sichselbstentzogensein als Wesenszug des Menschen:

»Wer hat uns also umgedreht, daß wir,
was wir auch tun, in jener Haltung sind
von einem, welcher fortgeht? Wie er auf
dem letzten Hügel, der ihm ganz sein Tal
noch einmal zeigt, sich wendet, anhält, weilt –,
so leben wir und nehmen immer Abschied.«

(Schluß der 8. Duineser Elegie)

Wohlgemerkt: *was wir auch tun*, wir sind in dieser ekstatischen Haltung, je bewußter wir Menschen sind, und – je mehr wir lieben. Ekstatisch nicht allein in einzelnen Momenten, etwa im Orgasmus, sondern als insichstehendes Wesen aus sich herauszustehen zum einzelnen geliebten Menschen hin, zu diesem als Mittler aller anderen Wirklichkeit, – das ist kontinuierliches Wesen der Liebe.
Der Mensch, der liebt, kreist nicht sich um sich allein, sondern darin um den anderen, die anderen. Sein Wesen ist elliptisch: mit jeweils zwei Brennpunkten, die sich nicht stören (im Sinne der altunwürdigen Entgegensetzung von SELBSTLIEBE und Liebe zum andern), sondern einander rufen. Auf allen Ebenen der Liebe äußert sich starkes Selbstsein ekstatisch. In diesem Sinn fragt Rilke in der zweiten Elegie die Liebenden nach »uns«, nach dem Wesen des Menschen, im Hinblick auf den ORGASMUS.

Zwar gibt es vorübergehend auch die selbstsüchtige Ekstase des monologischen Genießers, doch wird der »Gegenstand« des Genusses sich ihm auf Dauer entziehen oder fade werden. Die Dauerekstase der Liebe ist dialogisch.

EMPATHIE: Oft bloß ein gelehrterer Ausdruck für Einfühlungsvermögen und -bereitschaft, als Form der Liebe die aus der ideellen und spirituellen Dimension der Liebe (AGAPE) herrührende Art von SYMPATHIE. Sie beruht somit nicht sosehr auf freundschaftlichem Austausch und Kommunikation, sondern auf Gemeinsamkeit der ideellen oder spirituellen Quellen. Erst recht von ästhetisch-erotischen Qualitäten ist Empathie nicht abhängig. Das begründet ihre Fähigkeit, Unterschiede des Alters wie des individuellen oder nationalen Aussehens zu überbrücken und gerade zwischen sehr verschiedenen Menschen ein Gefühl der Geschwisterlichkeit (früher: Brüderlichkeit) zu stiften.
Empathie entsteht und wächst im Maße der ideellen Verbundenheit, erreicht aber erst in einer gewissen Unabhängigkeit von den ausdrücklich geäußerten Ideen ihre spirituelle Reife: Wer dich in gedanklichen wie gruppenideologischen Konflikten fallenläßt – ein Phänomen, das beim Verlassen religiöser Gruppen (Orden, Kirchengemeinschaften, Sekten) zu beobachten beziehungsweise zu erleben ist –, war dir eher ideell als spirituell verbunden. Mehr im ausdrücklichen und gesteuerten als in seinem gelebten Denken und Wollen.

ERGRIFFEN wird der liebende Mensch von GEFÜHLEN, subjektiv betrachtet. Das Subjekt ergreift sich jedoch nicht selbst. Es *wird* ergriffen. Die »überwältigenden« Gefühle sind Ergebnis des Zugriffs. Wovon? Von seinem eigenen Unbewußten oder (zugleich) von geistigen Mächten, von MEDIALEN Wirklichkeiten. Dieser letzte Gedanke scheint dem Ausdruck in der Tat zugrunde zu liegen – und vielleicht ist er nicht falsch?
Spätantike Stoiker meinten zwar: »Niemand wird verletzt, außer durch sich selbst.« Entsprechend ließe sich stoisch vertreten: »Niemand wird ergriffen, außer durch sich selbst.«
Ich gebe dies zu bedenken, um das Gegenteil nahezulegen. Ergriffenheit: ein treffender Ausdruck dafür, daß der Mensch als »Persona« (ebenfalls römisch: die Theatermaske) Sprachrohr

geistiger Kräfte und Mächte ist. Ergriffenheit ist der EKSTASE verwandt, gerade im Heraustreten des Subjekts aus seiner lieben, kleinen Subjektivität, doch stiller und passiver als diese. Sie ist das (durch eine bestimmte Gefühlfärbung durchwirkte) Innewerden dessen, was der dreißigjährige Rilke im Stundenbuch anspricht:

»Wie ist das klein, womit wir ringen,
was mit uns ringt, wie ist das groß!«

Ergriffen wird das Kind, wenn es über einer Erzählung zu weinen anfängt, nicht aus Trauer oder Angst. Ergriffenheit ist ein ernstes Gefühl, doch kein trauriges: Innewerden von Großem. Sie stellt eine der kostbarsten, vielleicht eine der selteneren Gefühlsseiten der Liebe dar, keineswegs allein der GOTTESLIEBE.

ERINNERUNG

Um der Erinnerung willen
geh ich die alten Wege.
Ruft alles zu leise
dem wissenden Rückblick
höre ich lauter fragen
faßt du es heute besser
als ein anderer
jetzt?

Oder noch immer
selbst Wegsein und Aufbruch
durch die Zeiten ängstende Burg
unter wechselndem Himmel
währendes Fragen Hoffen
immer noch etwas Mut
und deine alte Liebe?

Immer noch
nur mehr Wunden
wie viel mehr Dank.

(Immer noch)

EROS wurde unter dem Stichwort EINHEIT als diejenige Liebesstufe charakterisiert, auf welcher der (die) Liebende die (den) Geliebte(n) in sich spiegelt und so eine *vorstellungsmäßige* Einheit mit ihm herstellt oder zumindest erprobt: Der Andere wird in seiner ruhenden Schönheit und seiner bewegten Anmut wahrgenommen, so daß der ÄSTHETISCHE Sinn des Wahrnehmenden, von Kant zu Recht als Gefühl der LUST und Unlust charakterisiert, Stellung nimmt: Ob diese Erscheinung ihm gefällt, auf irgendeiner Ebene ihm entspricht.
In Betracht kommt als erstes und vor allem die leibhafte Entsprechung, also körperlicher Bezug – nicht notwendig als ausdrückliche oder auch nur unbewußte sexuelle Phantasie. Ein alter Mensch, ein gleichgeschlechtlicher Mensch kann erotische Anziehungskraft für den »normalen« Heterosexuellen haben, ohne daß eigentlich sexuelle Vorstellungen ins Spiel kommen. Selbst die KÖRPERLICHE LIEBE als Weise des Einheitsstrebens reicht ja weiter als die SEXUALITÄT im engeren Sinne, vor allem die genital geprägte Sexualität.
Der erotische Sinn imaginiert körperliche Bezüge, die nicht sexuelle, *unmittelbar* leibhafte Einheit meinen, sondern: Bezüge zweier Wesen als körperlicher in derselben Körper*welt.* Dies eröffnet weite Gebiete erotischer Vorstellung und Aktivität, die nicht unmittelbar sexuell und doch körperbezogen sind. Man denke an Tanz und körperliche Spiele. Auch die kaum thematischen »Gesellschaftsspiele« sich aufeinander zu und voneinander weg bewegender, gelegentlich festlich gekleideter Personen, bei einem Empfang, beim Gewimmel auf städtischen und dörflichen, höfischen oder betrieblichen Plätzen stellen erotische Spiele dar.
Die oben (wie auch schon unter EINHEIT) versuchte Begriffsbestimmung des Erotischen wird neu sein auch für Kenner der Philosophiegeschichte. Warum soll es nicht auch für diese ältesten Fragen neue Sichten und Fortschritt an Einsicht geben? Dies trifft zu, obwohl der Eros schon bei Platon einen Ehrenplatz einnimmt, insbesondere in den Gesprächen des »Gastmahls«. Eros ist bei Platon bekanntlich das Zentralwort für Liebe überhaupt. Es gibt für ihn einen ins Sinnliche einerseits und einen anderseits über die körperliche Erscheinung weiter zur geistigen Liebe und zum Guten überhaupt führenden Eros. Ob und wie Platon die beiden real zu unterscheiden beabsichtigt, überlassen wir hier seinen Spezialisten.

Der Mittelstellung und Mittlerrolle des Eros können wir vom Blick auf die Weisen der Einheit jedenfalls zustimmen. Der Eros führt der Möglichkeit nach zum Sexuellen und/oder ins KOMMUNIKATIVE der FREUNDESLIEBE, aber auch zur Spiritualität der AGAPE. Jeder weiß, daß erotische Phantasie, das ist der ästhetische Reiz der Schönheit oder des Ausdrucks überhaupt, Initialzündung und willkommene Nahrung der Freundschaft ist, auch wo Sexualität nicht in Betracht kommt. Ebenso wußten die Menschen seit Anbeginn, daß Schönheit und Ausdruck den Geist (die Vorstellungskraft) zum Göttlichen, zur spirituellen Liebe erheben. Die Kunst aller Zeiten legt davon ein überwältigendes Zeugnis ab.

Und doch bildet Eros nicht nur Begleitmusik und Initialzündung der anderen Liebesarten, sondern eine eigene, ausgeprägte Stufe der Liebe. Daß dies kaum irgendwo klar erkannt wurde, gereichte der Menschheit nicht zum Segen – wie alles Dunkel in wesentlichen menschlichen Dingen höchst existentiell und praktisch einschneidende Folgen hat.

Der Eros wurde, weniger bei Platon selbst als bei seinen »akademischen« und kirchlichen Interpreten, zu sehr spiritualisiert: die körperliche Schönheit habe eigentlich nur den Sinn, zum Geistigen zu führen. Vor allem die von ihm gepriesene Knabenliebe konnte ja wohl nur »platonisch« zu verstehen sein. Nur ein paar Renaissance-Päpste schienen ihren Platon (ob sie ihn kannten oder nicht) ganz anders zu interpretieren und hielten sich ihre Lustknaben oder Mätressen – während den meisten Geistlichen und Beichtkindern ein anderes Platonverständnis zugemutet wurde.

Bei dem vorplatonischen griechischen Dichter Hesiod (753 bis 680 v. Chr.) war der göttliche Jüngling Eros noch der allesbefruchtende Mittler zwischen Himmel und Erde. Platon selbst (428 – 348 v.Chr.) hat mit seinem denkerischen Dualismus von körperlicher Erscheinungswelt und geistiger Ideenwelt, zwischen denen der Eros seine Mittel- und Mittlerstellung einnahm, den Weg dazu bereitet, daß hauptsächlich die verklemmten, uneingestandenen, unausgelebt schmachtenden Liebeswünsche »platonisch« genannt werden konnten. Erst im Rahmen der Alternative von geistig und sinnlich-körperlich wird es zum Jammer, wenn der Eros nach unten statt nach oben mitreißt. Warum eigentlich nicht in beide Richtungen zugleich?

Im Lauf der abendländischen Sprachgeschichte wurde das Erotische anderseits immer »unplatonischer« mit dem Sexuellen gleichgesetzt – so daß heute die Stätten der gröbsten, am wenigsten ganzmenschlichen, am meisten vermarkteten Sexualität »Eros-Center« heißen können. Im Englischen wie auch im Französischen meint das Wort: Sexualität – Ironie der »Geistesgeschichte«. Wo der Mensch zum Engel werden will, wird er bekanntlich zum Tier, ohne die unschuldige Spontaneität des Tieres natürlich (siehe TIERLIEBE).
Neuere deutschsprachige, insbesondere katholische Autoren wie Johannes B. Lotz (»Die Stufen der Liebe«, in neuer Auflage »Der Dreiklang der Liebe«) fassen das Verhältnis von Eros und Sexus so, daß Sexualität eine Form des Eros sei, natürlich die gröbere, weniger ganzheitliche. Im »Katholischen Soziallexikon« von 1980 findet sich, offenbar an Lotz' Dreistufung anknüpfend, aber gedanklich verwaschen, sogar die Vierstufung: »In der typischen Beziehung der Geschlechter können mehrere Schichten unterschieden werden: *Eros* (die körperlich-seelische, sinnlich-triebhafte Liebe), *Sexus* (deren bes. Ausprägung und Steigerung, bei der das Körperliche im Vordergrund steht), *Philia,* die umfassende personale Liebe, die mehr schenken als empfangen will; für den gottverbundenen Menschen zur *Agape* erhöht« (Art. »Sexualethik« von K. Hörmann).
Bei einem einzigen Autor, dem evangelischen Theologen Paul Tillich (1886 bis 1965), fand ich Sexualität und Eros als eigene STUFEN der Liebe von Sexualität unterschieden (in: »Liebe, Macht, Gerechtigkeit«, zuerst 1954, jetzt in Gesammelte Werke, Bd. XI, bes. S. 158 – 164). Doch selbst dieser große, originelle Denker bringt nicht die verschiedene Strukturgesetzlichkeit beider Liebesstufen zur Sprache – obwohl er den auch hier leitenden Gesichtspunkt der Liebe als Wiedervereinigung des Getrennten kennt, folglich die Liebesformen als Stufen der EINHEIT analysieren würde und daher als einziger auch die hier vertretene Vierstufung nennt.
Von daher fällt ein Licht auf den schon unter EINHEIT getanen Schritt: im Unterschied zur körperlichen Einswerdung als Thema der Sexualität meint Eros die jeweils inner-subjektiv bleibende Einheit der Vereinzelten durch *vorstellungsmäßige* Spiegelung ineinander. Von daher hatte Platon eigenartig genau recht, wenn er den Eros mit den Ideen in Verbindung

brachte. Nur preßte er seine Beobachtung in ein alternatives Schema.
Der Raum des Eros ist ein Spiegelsaal, in welchem nicht sosehr die Wände, sondern die umeinander sich bewegenden Personen selbst allen anderen ihren persönlichen Spiegel bieten. Zum Glück aber sind die Anziehungskräfte zwischen den einzelnen nicht gleich. Auch herrschen dort (anders als im Raum der AGAPE) arge Ungerechtigkeiten, aufgrund des Ansehens, sprich Aussehens der Person. Sie werden gemildert durch Verschiedenheiten des ästhetischen Geschmacks.
Ferner gibt es im Eros-Saal einseitiges Gefallen bis hin zum Faszinieren, aber bisweilen gegenseitiges Sichsteigern und Versteigen der Blicke ineinander. Es gibt die Anziehung durch ruhende und bewegte Schönheit, durch freie Körperlichkeit und verhüllte, durch Verhüllung und Schmuck als Steigerung wie als Dämpfung – wer könnte beides stets unterscheiden! – Begeisterung bis zu Rausch und EKSTASE durch gemeinsame Bewegung im Blicken, Gehen, Tanzen, schließlich den erotischen Genuß durch Begegnung in Medien wie: Speisen, Trinken, Musizieren und, last not least, Sprechen.
Zumal beim Sprechen ist Denken nicht ausgeschlossen, und keiner unterschätze den Eros in Gestalt des Miteinanderdenkens, gerade wo es sich über den konventionellen small talk zu erheben vermag. Eros ist Selbstgenuß-im-Fremdgenuß, ästhetischer Selbstbezug-im-Fremdbezug. Darin liegt seine Nähe zum Denken und dessen Freiheitserfahrung. »Im Denken *bin* ich *frei,* weil ich nicht in einem Andern bin, sondern schlechthin bei mir selbst bleibe« (Hegel, Phänomenologie des Geistes, S. 152). Das gibt dem Eros seine spielerische Kühle, noch im Hingerissensein vom Anderen – solange er nicht zur LEIDENSCHAFT wird: zur Mitte, in der sich Sexus und der spirituelle Sinn fürs Unbedingte kurzschließen zu einem explosiven Gemisch.
Platon kannte die Agape noch nicht für sich, wohl aber die Spiritualität des Eros selbst als eines »göttlichen Wahnsinns« und einer nicht endenden Sehnsucht nach dem Wahren. Derselbe Platon wußte aus Erfahrung, warum er das philosophierende Gespräch zwischen Meister und Schüler zum Muster der nicht »wahnsinnigen« erotischen Liebe machte. Da wurde Wahrheit gesucht, wie sie sich in der hinreißenden Frische jugendlicher Schönheit, der Grazie der Körper, der Gestik der Blicke, der

Laute, der Gedankenbewegungen selbst zeigt. Jugend: soeben entdecktes Einzelsein, mit Schrecken, Kraft, Stolz. Nur ein Schritt ist es für die erotisch Forschenden zur Kommunikation im freundschaftlichen Vertrauen (zur nächsthöheren Liebe). Doch zwischen Meister und Schüler herrscht seltener zugleich eigentliche Freundesliebe.
In andere Landschaft würde ein nächster Schritt in die andere Richtung bringen: zur sexuellen Berührung der Körper. Auch sie aber führt aus der Erotik des Miteinandersuchens hinaus. Die Distanz der Achtung wie die bedachte Sache lassen die Einzelnen einzeln bleiben: reine Spiegel füreinander. Mag beides, die Freundschaft wie den Sexus, anschließen können – das Strukturgesetz des Eros selbst aber ist ein eigenes: die unendliche Faszination der Spiegelung ineinander, sinnliche Erscheinung und Ideensinn ganz ungetrennt dabei.

›Warum huldigest du, heiliger Sokrates,
Diesem Jünglinge stets? kennest du Größeres nicht?
Warum siehet mit Liebe,
Wie auf Götter, dein Aug auf ihn?‹

Wer das Tiefste gedacht, liebt das Lebendigste,
Hohe Jugend versteht, wer in die Welt geblickt,
Und es neigen die Weisen
Oft am Ende zu Schönem sich.

(Friedrich Hölderlin, Sokrates und Alkibiades)

Hätte doch unser derzeitiger Lehr- und Forschungsbetrieb etwas mehr vom pädagogischen Eros bewahrt! Er wäre, gerade in den Geisteswissenschaften, weniger steril geworden. Hätte überhaupt unser öffentliches Leben, zumal in nördlicheren Ländern, mehr Sinn für das erotische Spiel, das weder in die kommunikative Vertraulichkeit noch in leibhafte Einheit hineinführen muß! Bei Deutschen muß solche Einsicht wohl über den Kopf gehen. Daher mein Analysieren und Argumentieren.
Es ist barbarisch, auch unter der wissenschaftlichen Miene der Psychoanalyse barbarisch, aus dem Spiegelfest des Eros bloße Vorstufe der sexuellen Libido machen zu wollen. Nur weil der Sexus benachbart ist und die Übergänge schnell. Wie von Sinn zu Unsinn der Übergang schnell ist. Folge bürgerlich-kirch-

licher Unterdrückung des Sexus: daß auch der Eros nicht mehr frei spielen und sich entfalten kann. Zur Heuchelei wird er erklärt wegen seiner Mittelstellung: von den Heuchlern selbst. Weil sie mögliche Übergänge fürchten, verbreiten sie Furcht vor ihnen: setzen entgegen oder ebnen ein. Erotische Kultur wäre erst wieder zu lernen, und sei es auf dem leichteren Umweg über die sexuelle Revolution.

Oft mag der Eros Durchgang sein zu den anderen Liebesformen. Doch er ist zugleich eine Stufe mit eigenem, unersetzlichem Wert, die sich ausgliedern muß im Ganzen der Liebe, die daher bleibt und wiederkommt, wenn die andern durchlaufen sind. Eros stellt nicht für sich eine Vollendungsstufe dar, wird aber gern AUSDRUCK einer ersehnten Vollendung des Ausdruckswesens Mensch.

ERWARTUNGEN. Die eine Position: Erwartungen zerstören das UMSONST, das freiwillige Geben, das Schenken und Beschenktwerden in der Liebe. Sie stören das Spiel der ÜBERRASCHUNGEN.

Die andere Position: Erwartungen sind der Baustoff aller zwischenmenschlichen Beziehungen. Liebe lebt wesentlich davon, daß Erwartungen nicht nur da sind – zum Beispiel die Erwartung, vom andern umsonst (gratis) beschenkt zu werden –, sondern geradezu erwartet werden: Erwartungserwartungen.

So lebt zum Beispiel Vertrauen nicht allein in der Erwartung, daß der andere sich zuverlässig verhält, indem er über eine vertrauliche Mitteilung Schweigen bewahrt, sondern auch in der (Erwartungs-)Erwartung des anderen, daß ich diese (Verhaltens-)Erwartung zuversichtlich an ihn hege. Er erwartet, daß ich nichts anderes von ihm erwarte, als daß er den Mund hält über meine vertrauliche Mitteilung; in meinem Erwarten liegt mein Vertrauen, und er erwartet es mehr oder weniger zuversichtlich, das heißt mit einer höheren Stufe von Vertrauen, einem bereits gefestigten Vertrauen.

Aber: ein Geschenk, das erwartet wird, ist weniger Geschenk als ein unerwartetes, höre ich den Vertreter der ersten Position, den wir als »Erwartungsgegner« ETIKETTIEREN können. Und das Leben der Liebe besteht wesentlich aus Schenken.

Das muß ich zugeben, und so bin ich zum Differenzieren gezwungen, um des Dialogs willen. Offenbar haben wir beide recht – solange wir uns nicht einseitig undifferenziert auf unseren jeweiligen Aspekt versteifen, die Etiketten austeilen und basta.

Weil einem leicht schwindelig wird beim Nachdenken über die möglichen Spiegelungen (interpersonalen Reflexionen), die im Erwarten ebenso wie schon im BLICK liegen, schlage ich in der systematischen »Handlungstheorie« (Heinrichs, 1980) nach. Da findet sich unter »Kommunikatives Handeln« folgende Stufung:

- Eingehen auf einfache Wünsche, sachliche Bedürfnisse des anderen, z. B. unerwartete Hilfe, unerwartetes Schenken
- Eingehen auf Verhaltenserwartungen des anderen, z. B. daß ich ihm helfe oder daß ich Schweigen bewahre
- Eingehen auf Erwartungserwartungen, z. B. daß ich dem anderen vertraue, Schweigen zu bewahren, wie er es erwartet
- Eingehen auf Normerwartungen, daß ich eine bestimmte Rollenerwartung nicht verletze, z. B. die Schweigepflicht eines Arztes oder eines Priesters.

Wir können den Streit beilegen: *Tatsächlich besteht das zwischenmenschliche Vertrauen und Lieben wesentlich aus Erwartungen. Aber es gibt die Ebene des Wartens und Wünschens, die mir entweder gar nicht bewußt ist oder auf der ich nicht damit rechnen kann, daß überhaupt jemand und gerade du darauf eingehst.* Da bin ich wie ein blinder Bettler, der meist umsonst dasitzt, und plötzlich nimmt ihn jemand an die Hand und geht mit ihm spazieren und schenkt ihm obendrein etwas. Dieses erwartungslose Beschenktwerden und Schenken, das Überraschen, hat seinen unübertrefflichen Reiz.

Aber sieht der »Erwartungsgegner«, frage ich, halb einlenkend, halb Recht behaltend, sieht er denn nicht, daß dieser Reiz der unerwarteten Hilfe, des unerwarteten Geschenks, nochmals ein Phänomen aus dem Themenkreis des Erwartens ist: eben als das Unerwartete – während sonst die kostbarsten Dinge zwischen Menschen auf Erwartungen und Erwartungserwartungen antworten? Und warten die unausgesprochenen, ja unbewußten Wünsche nicht ebenfalls?

Selbst von »Freundschafts- und Liebeserwartungen« zu reden, ist durchaus lebensecht. Ich wünsche und erwarte, daß du mich morgen und übermorgen noch als Freund betrachtest oder liebst. Dieses Erwarten heißt zwar besser HOFFEN und

WÜNSCHEN. Darin liegt nicht das Fordernde wie in »Erwarten«. Dieser Begriff klingt emotionslos-sachlich. Eben als solcher aber hat er seinen Wert als bewußtseinstheoretischer Oberbegriff. Und kommt er nicht von einem überaus alltäglichen, konkreten Phänomen und Wort: WARTEN? Das Warten auf die Liebe, in der Liebe, das enthalten ist noch in ihrer Gegenwart.

ETIKETTIEREN: Sich ein Bildnis machen vom anderen und dieses festhalten – was Liebe tötet. Liebe ist Strömen von Freiheit zu Freiheit. Weil der Mensch frei ist, weil er sich jeden Tag und Augenblick ändern kann – sofern er Freiheitswesen ist, nicht sosehr in seiner körperlichen Erscheinung –, sollte das alttestamentliche Bilderverbot nicht nur für Gott gelten, sondern gleicherweise für sein Ebenbild.
Aber ich weiß doch, was ich erwarten kann vom andern, nachdem ich ihn so lange schon kenne! – Weißt du es sicher? Besteht nicht allenfalls eine gewisse Wahrscheinlichkeit? Zugegeben, du kannst dich darauf gefaßt machen, doch bleibe skeptisch aus Liebe: Der Spalt zwischen Sicherheit und Wahrscheinlichkeit, den du offenhältst, nur er gibt dem anderen die Chance, sich zu ändern, dich zu überraschen und sich selbst dabei, sich darin neu zu erfahren als Wesen schöpferischer Freiheit.
Ich selbst weiß, daß ich mich ändern kann, sofern du mir die Chance dazu gibst – mich nicht fixierst durch die fertigen Etiketten. Wie gern würde ich mich verwandeln, wunderwirkend – wenn du mir diese Wege nicht versperren würdest durch dein »Ich kenne dich doch!« Kann ich es nur im kräfteverschleißenden Trotz?
Sage ein offenes DU zu mir und nicht Du-Soundso, und du gibst mir Raum und Weite, ein anderer zu sein, dir und mir selbst ein anderer.
Täglich ein anderer sein zu können, das hebt die Konstanz, die Verläßlichkeit auf? Nein, als derselbe ein anderer sein, ist die Art des Lebendigen. Wer nicht mehr von innen her anders wird, wird alt und stirbt. Die Selbigkeit des Lebendigen liegt in Bewegung, Veränderung. Und was vom Einzelnen gilt, hat um so mehr Geltung fürs Beziehungsleben, für diese gesteigerte Individualität. Es gilt nicht nur für das WARTEN, sondern auch für die Gegen-wart von Ich und Du. Dem alltäglichen Wunder ist Raum zu geben.

Nicht müde werden,
sondern dem Wunder leise,
wie einem Vogel,
die Hand hinhalten.
(Hilde Domin)

Das Wiedersehen
Ein Mann, der Herrn K. lange nicht gesehen hatte, begrüßte ihn mit den Worten: ›Sie haben sich gar nicht verändert.‹ ›Oh!‹ sagte Herr K. und erbleichte.
(Bertolt Brecht, Geschichten vom Herrn Keuner)

FASZINATION erlebt nicht sosehr der sexuell Gierige: Geilheit ist etwas anderes, sexuelle EKSTASE ebenfalls. Auch die Phänomene der kommunikativen Liebe bis hin zur Ergriffenheit kennen als solche kaum das Unruhige der Faszination, und die Ekstasen der spirituellen Liebe gehen ihrerseits über den Rahmen der Faszination hinaus.
Sie selbst scheint vielmehr im Eros beheimatet: eine Ekstase schon, jedoch eine solche der Vorstellung. Das heißt nicht, daß sich das erotisch ekstatische Vorstellungsmoment namens Faszination nicht in die anderen Liebesarten einmischen kann: ins Sexuelle, in Freundschaft und andere kommunikativen Liebesarten, in die mystische Hingerissenheit.
Bloße Fragen um Worte? Sicher, Benennungs- und Verständigungsfragen, doch willkürliche, geschmäcklerische nicht.
Verzauberung, enchantment im Englischen, enchantement im Französischen gehen in die gleiche Richtung, vorausgesetzt, man nimmt sie auf die leichte Weise, die im Französischen bis zur Höflichkeitsformel bei Vorstellungen geht: »Enchanté, Madame!« Das können wir zwar nicht übersetzen: »Ich bin fasziniert von Ihnen, Madame!«, aber es ist bloß Sache der Konvention und des Sprachencharakters, daß man's dort routinemäßig sagen kann, hier keineswegs, man mag das bedauern oder nicht. »Enchanté« bestätigt aber auf seine Weise, daß Faszination ein erotisches, von daher in Grenzen gesellschaftsfähiges Vorkommnis ist.
Der Faszination haftet als erotischer etwas Ästhetisches und Theoretisches an. Daher die ihr scheinbar widersprechenden Hemmungen: dem faszinierenden Gegenüber zu nahe zu kommen und »praktisch« im kommunikativen oder sexuellen Sinn

zu werden. Wer hätte das noch nicht erlebt: Von einem Menschen fasziniert zu sein, und zugleich Angst haben, ihn anzusprechen, obwohl man Hunderte weniger »interessanter« Menschen ohne Bedenken auf der Stelle anspräche? Solche Ängste gehen nicht nur auf psychologische Minderwertigkeitsgefühle zurück, sondern ebenso auf Spielgrenzen des Eros.
Manchmal aber kommt es zum bedeutsamen BLICK-Wechsel, geschieht das kleine Wunder der gegenseitigen Liebe auf den ersten Blick. Nur eine wunderbare Initialzündung. Tragischer- oder komischerweise wird dieses kleine Wunder zu oft mit dem großen der GEGENSEITIGKEIT verwechselt.

Unbeschriebene Blätter
mit ihrer auflebenden Fähigkeit
alles zu sein und zu sagen.
Überschrift und die ersten Zeilen
öffnen dir alles
klingen ins Weite
nach Hoffnung –

Bis die Blätter sich füllen
eins fürs andere
Buchstaben und Grammatik
und andere Menschlichkeit.
Alles wurde Fragment und
wenn die Hoffnung bleibt
ein sehr gutes.

(Begegnung)

FLIRT, der erotische Grenz- und Erkundungsgang: Was ist drin, wieviel Faszination, wieviel sexuelle Bereitschaft, wieviel an kommunikativer Gemeinsamkeit?
Der Duden definiert Flirt: »1.Bekundung von Zuneigung durch das Verhalten, durch Blicke und Worte in scherzender, verspielter Form. 2. unverbindliches Liebesabenteuer, Liebelei.«
Geht der Flirt über das erkundende Bekunden rasch hinaus zu sexuellen Signalen, ist die eigenartige Hemmschwelle der Faszination, die Schwelle vom EROTISCHEN zum SEXUELLEN, entweder schon überwunden – oder sehr niedrig. Wie leicht und schnell der einzelne den Übergang mag zur zweiten

Bedeutung von Flirt, zu sexuellem Spiel, ist hier nicht zu beurteilen. Zudem hat jede Begegnung ihren eigenen, ihr sozusagen angemessenen Geschichtsverlauf.
Der Eros baut spielerisch seine Grenzwälle, doch mehr zur einen Seite (Sex) als zur andern (eigentliche Kommunikation) hin, weil er von dieser überbietend aufbewahrt (aufgehoben) wird, von der Sexualität jedoch nur heil gelassen wird, wenn er schon genügend ausgeprägtes Eigenleben hat.
Das Eigenleben des Flirts: der typisch erotische Selbstgenuß-im-Fremdgenuß; ich sehe mir bei diesem Spiel selbst zu, wie jeder Schauspieler, genieße meine Wirkung oder bange um sie, mindestens sosehr, wie ich die Wirkung des Anderen auf mich koste.
Daher, nicht aus Prüderei oder konventioneller Gesetzlichkeit, ist Vorsicht angebracht, die Grenzen unbedacht zu überschreiten. Zumal manche solchen gleitenden Übergang nicht mögen, weil sie die Verschiedenheit beider Liebesstufen deutlich empfinden – sei das nun konservativer oder nachaufklärerischer Stil.

FREIHEIT kann Liebe bedeuten oder Selbstbehauptung, egoistischen Alleingang. Freiheit gründet in der Fähigkeit des Menschen zur denkend gelebten SELBSTBEZIEHUNG. Sie ist deren aktive und praktische Verwirklichung. Doch dieser Selbstbezug steht in notwendiger Einheit mit Bezug zum anderen Menschen, vom Bezug des Ungeborenen zur Mutter angefangen. Freiheit ist dialogisch: Selbstbezug-im-Fremdbezug. Daher gelingt Freiheit grundsätzlich wie auf Dauer nur als positive Gemeinsamkeit, als Liebe.
Wohl stimmt es, daß das Selbstsein streckenweise, nein ständig, seine Muskeln trainieren muß. Ein Mensch, der seine Freiheit nicht als Selbstbehauptung und Tapferkeit, als Schwimmen gegen den Strom und Alleinsein in der Entscheidung aktiviert, wird zu ausgewachsener Liebe nicht fähig sein. Die Kraft des Einzelseins ist innere Voraussetzung der Gemeinsamkeit als Freiheit – wie umgekehrt.
Im Zusammenhang von Liebe kann nicht genügend Gewicht auf den dialogischen Freiheitsbegriff gelegt werden, auch wenn wir das soziale Umfeld von Liebe hier nicht voll ausleuchten können. Alle Freiheitsbegriffe, die am dialogischen Wesen der Freiheit vorbeisehen, bleiben abstrakt, lebensfern einseitig.

Dazu gehört leider auch das antik-klassische und deutsch-klassische Verständnis von Freiheit als *Selbstbestimmung*. Nicht falsch, nur verhängnisvoll einseitig. So daß altabendländische Schulmeister, Pastoren und Festredner schleunigst »Bindung« hinzufügen müssen. Für ein »klassisches« Verständnis begrenzt die Bindung die monologische Freiheit. Fängt man einmal mit dem Begrenzen an, dann ist kein Ende mehr auszumachen. (Pastoren, nicht mehr alle, begrenzen gern durch »Bindung« an Gott – als ob nicht gerade das Gegenüber zu ihm pure Freiheit sein sollte.) Versteht man Freiheit als dialogisches Beziehungsleben, geht es nicht um Begrenzung, sondern immer nur um Entfaltung, um konkrete Gestaltung: alle Gemeinschaft will, sollte Freiheitsgestalt sein, Freisetzung, nicht Begrenzung der Einzelfreiheit.

Wenn Freiheit selbst dialogisch verstanden wird, wird klar: das »und« zwischen »Freiheit und Bindung« kommt zu spät, ist fehl am Platz: Zeichen, daß man sich durch guten Willen und Sprüche Denken ersparen will, wo es aber unerläßlich ist. Es sind die bequemen Sprüche und scheinbaren (das heißt ideologischen) Selbstverständlichkeiten, die einem »Fortschritt im Bewußtsein der Freiheit« (Hegel) und von daher in der Praxis der Freiheit ständig entgegenstehen. Wer immer schon weiß, was gerecht ist und daß wir schon ein Höchstmaß an Gerechtigkeit haben, dem geht »Bindung« ebenso wie das »und« leicht über die Lippen.

Freiheit, die große Frage aller Sozialphilosophie – obwohl dort meist mit jenem unzulänglichen, für sich genommen falschen Freiheitsbegriff operiert wird. Das soziale Freiheitsproblem ist identisch mit dem Gerechtigkeitsproblem. (Zum dialogischen Freiheitsverständnis und seinen Folgen vergleiche ausführlicher vom Verfasser: Freiheit – Sozialismus – Christentum. Um eine kommunikative Gesellschaft, Bonn 1978.)

Nur für die Sphäre des *Rechts* ist es angebracht, es als Regel der gegenseitigen Begrenzung der Freiheiten (Kant) zu verstehen. Denn Rechtsordnung erfordert, die Freiheiten der einzelnen bloß subjektiv und monologisch (egoistisch) *vorzustellen*. Doch kaum eine Gemeinschaft ist *bloße* Rechts-Gemeinschaft. Selbst die staatliche Gesellschaft, heute primär rechtlich gegründetes Sozialwesen, kann nicht ausschließlich als Rechtsgemeinschaft verstanden werden. Bleiben wir jedoch im Intimbereich des Sozialen, der Liebesgemeinschaft, wo das Rechtliche eine ganz untergeordnete Rolle spielt.

Liebe kann gemeinsame Freiheit der Partner sein oder jeweilige Unfreiheit, gegenseitige Versklavung. Mit »klassischer« Begrenzung der Selbstbestimmung durch Bindung ist hier nicht viel anzufangen. *Es geht primär um Entgrenzung beider subjektiven Freiheiten.* Liebe ohne Freisetzung deiner und meiner Freiheit zugleich ist keine, sondern als Schein von Liebe eine Katastrophe.

Das Zugleich ist nicht Einschränkung, sofern Befreiung der GEGENSEITIGKEIT von freien Wesen gelingt. Wäre es nicht lächerlich, zu sagen, daß mir beim Sprechen jemand zuhört, nach dem ich mich richten muß, schränkt meine Freiheit ein? Gewährt nicht im Gegenteil der Hörende dem Sprecher die Freiheit seines Sprechenkönnens?

Daß ein Großteil des eigentümlich menschlichen Wirkens nur als Gegenseitigkeit möglich ist, das ist der springende Punkt. Einschränkungsregeln mögen auch notwendig sein. Sie treffen aber nicht den Wesenszusammenhang von Freiheit und Liebe, sind sekundär. Wie es sekundär gegenüber dem Grundphänomen ist, daß ein bestimmter Zuhörer mich beim Sprechen hemmen kann.

Wie Freiheit ihre Bereiche hat, die nicht *ohne weiteres* Gemeinschaft und Liebe sind, so kennt auch die Liebe ihre Gebiete, wo die Freiheit in Schwierigkeiten kommt. Die SEXUALITÄT kann sich verselbständigen. Sie ist nicht von vornherein integriert (INTEGRATION), und im nachhinein noch immer nicht ganz. In der ausgewachsenen LEIDENSCHAFT wählt der Sexus sich das Geistigste zum Komplizen, was es im Menschen gibt: den Hang zum Unbedingten. Dann legt die Freiheit sozusagen sich selbst in Ketten. Sie kommt nur selten ebenso selbstherrlich wieder heraus ins Freie.

Leidenschaft ist die große Freiheitsfalle. Eine andere ist: gewachsene Bindung, die aufhörte, Freiheitsgestalt zu sein. Hier wird's kompliziert. Doch ich schreibe nicht über Eheberatung.

Gewaltige Ausnahmeklippen bestätigen die goldene Regel: im Kern ist Freiheit selbst Liebe, ist Liebe selbst Freiheit. Im Kern. Zwischenmenschliche Unfreiheit, Frustration bestätigen diesen Kern auf ihre negative Weise – und werfen den leidenden Menschen auf Freiheit als Selbstbeziehung zurück.

»Freiheit, wer das Wort verstünde, es ist ein tiefes Wort.
. . . Wer auf sein Elend tritt, steht höher. Und das ist herrlich, daß wir erst im Leiden recht der Seele Freiheit fühlen«

(Hölderlin, Hyperion II,1).

FREUDE gehört zu dem, was beim Lesen darüber leicht Schaden leidet, und beim Schreiben noch leichter. Man müßte vollziehen, was man denkt. Jede Anstrengung stört. (Das unterscheidet sie hoffentlich vom Generalthema Liebe.)
Mit gebildeten, wenngleich nicht durchdringenden oder mitreißenden Ausführungen zur Freude der Liebe erfreut den Liebhaber abendländischer Überlieferung: Josef Pieper, »Über die Liebe« (München 1972). In einem anderen seiner Büchlein, wohl »Zustimmung zur Welt«, las ich: die Übersetzung eines schönen Satzes des Thomas von Aquin: »Wo die Liebe sich freut, da ist ein Fest«.
Und wo freut Liebe sich? Überall, wo sie zum Zuge, wenn auch nicht voll zur Erfüllung, gelangt. Diese Einsicht müßte unseren Festen das Überlebt-Steife nehmen. Das Steife kommt nicht von Brauchtum und Geschichte als solchen in die Feste, sondern von HERRSCHAFTLICHEN Zügen darin, die sich mit Liebe nicht (mehr) vertragen. Wenn Gemeinschaften nicht mit Liebe die hergebrachten Feste begehen können, sollten die informellen Feste der Liebe dort begangen werden, wo sie lebt. Da werden Tisch und gegebenenfalls Bett flink nebenbei bereitet, oft »ins Angesicht derer, die mich bedrängen« (Psalm 22/23).
Freude und Liebe gehören enger zusammen als Liebe und Glück. Freude mag man die Alltagsform des Glücks nennen, auch wenn diese schlichte Form nur im Glücksfall alltäglich ist – in unserer fortschrittlichen Gesellschaft . . .
»Die Freude ist ein Gott zu erweisender Kult«, bemerkte der spirituelle Georges Bernanos. Das hieße, auch die Kultformen wären weniger monopolisiert, als es scheint . . .
Jede Liebesstufe kennt ihren Freudenkult. Beim Genuß des Sexus, das erotische Vergnügen mit seiner Faszination, das stille Glück der Freundschaft bis hin zur Seligkeit der spirituellen Liebe. Alles zusammen wäre luxuriöses GLÜCK. Immer einer dieser Kulte im Alltag: das erschwingliche, manchen geschenkte Dauerfest der Liebe.

FREUNDSCHAFT. Das Lob der Freundschaft geht einhellig durch die Jahrtausende, vom altchinesischen »I Ging. Buch der Wandlungen« über Aristoteles und den arabischen Dichtertheologen Al Ghazzi bis zu Nietzsche. Nicht zu vergessen das alttestamentliche Buch Jesus Sirach, das unter vielen Freunden berühmte Kapitel 6: »Ein treuer Freund ist eine starke Burg, wer einen solchen findet, hat einen Schatz gefunden. Für einen treuen Freund gibt es keinen Preis, nichts wiegt seinen Wert auf ... Wer den Herrn fürchtet, hält rechte Freundschaft, und wie er selber, so ist auch sein Freund.«

Gegenwärtig erleben wir wahrscheinlich einen Verfall der Freundschaft, über den spätere Jahrhunderte naserümpfend den Kopf schütteln werden. Die Zeitkrankheit Opportunismus hat auch die Freundschaft den Gesetzen des Marktes unterworfen. Nicht nur bezüglich des »Do ut des – Gibst du mir, dann geb ich dir« zwischen sogenannten Freunden. Geschäftsfreunde bleiben auch die Personen, die innerlich markt- und machtkonform, Mitläufer sind. Mitläufertum und Freundschaft schließen sich beinahe aus, es sei denn, jemand könne vollkommen doppelte Buchführung zwischen öffentlicher und privater Sphäre halten.

Zur Freundschaft taugt der bloß außengeleitete Typ nicht. Mag der dezidiert innengeleitete Mensch, der Gewissenstyp früher Jahrhunderte deutscher und religiöser Innerlichkeit, seine Engen gehabt haben, zur Freundschaft war er weit fähiger. Denn zu dieser gehört, wie zu aller Liebesgemeinschaft, auch Freiheit als Bezug zu sich selbst sowie zum Göttlich-Unbedingten: Ich muß zum Freund halten können, auch wenn ihn alle verkennen, verleumden und verleugnen würden. Erst dann zeigt Freundschaft ihre Eigenständigkeit als eigenes Gemeinwesen. Sonst bleibt es nur beim gemeinen Wesen des persönlichen Marktwertes, den Zufälligkeiten der Bekanntschaft, bei Kameradschaft.

Freundschaft – eine Liebesgemeinschaft? Ja, das ist es, was vergessen wurde über der ungeheuren SENTIMENTALISIERUNG der Liebe. Ihr verdankt sich zum Teil die – besonders im Französischen geläufige – Entgegensetzung von Liebe und Freundschaft, amour und amitié. Freundschaft kann als der Zentralbereich der KOMMUNIKATIVEN Liebe gelten, der dritten der großen Stufen der Liebe. Wie für Platon Eros das große Stichwort, so für seinen Schüler Aristoteles die Philia: die

Freundschaftsliebe. Aristoteles imponierte die ruhige Gegenseitigkeit und Selbstzwecklichkeit (siehe ZWECKFREIHEIT) der Freundschaft mehr als das Prickelnde des Eros.
Freund/Freundin ist auch für mich – ein Mensch, mit dem die Gemeinschaft beiderseits um ihrer selbst willen gesucht wird. Wo ich mich ohne dauernde Einschränkungen der Offenheit als der geben kann, der ich bin. Wahre Freundschaften sind solche, die aus Unbedürftigkeit, Überfluß, Freude am Miteinander (nicht notwendig am steten Beieinander) leben – nicht aus Not und Bedürftigkeit.
Wohl lassen Not und Krisenzeiten Menschen näher zusammenrücken, sich gegenseitig Hilfe leisten, einander schützen und stärken. Dieselben Zeiten lassen auch unterscheiden: »Des sicheren Freundes wirst du im Ungewissen gewiß« (Cicero: *Amicus certus in re incerta cernitur*). »Freunde in der Not . . .«, reimt der deutsche Volksmund in freier Übersetzung.
Freundschaften sind kein Haben, kein Seinsbestand, sondern Werden, ein Wachsen – oder Schrumpfen. Manche Freundschaft besteht die Prüfungen nicht, die notwendig in sie eingebaut sind. FREIHEIT auf dem Wege, auch als gemeinsame, ist Prüfungsprozeß. Wie Gold im Feuer soll sie befunden werden. Man beachtet zuwenig den Unterschied zwischen dem geprüften und ungeprüften Gold der Freundschaft.
Der PARTNER bringt die Aufgipfelung dessen, was in aller Freundschaft den Wert ausmacht: Austausch, der alle Zwecke hinter sich läßt, obwohl er das Notwendigste und oft das Fruchtbarste ist; GEGENSEITIGKEIT, die kein Tauschgeschäft bleibt, SELBSTLOSIGKEIT des Füreinanderdaseins und Dienens, bei dem jeder sein Selbst vertieft.
Auch die EHE ist mehr als ein Institut des Rechts: Freundschaft, ihrer geistigen Substanz nach. Will sie mehr sein als Freundschaft, weil nicht »einfach« ständig neues Erwählen, sondern Ruhen im gegenseitigen Partnerschaftsversprechen, weil gegründet im Spirituellen, so muß sie doch erst Freundschaft sein.
»Die Liebe gebar Jahrtausende voll lebendiger Menschen; die Freundschaft wird sie wiedergebären. Von Kinderharmonie sind einst die Völker ausgegangen, die Harmonie der Geister wird sie wiedergebären« (Hölderlin, Hyperion I/2).
Zuvor aber muß der Geist der Freundschaft selbst wiedergeboren werden.

Freundschaft ist keine allgemeine »Brüderlichkeit« oder, weniger patriarchalisch ausgedrückt, Geschwisterlichkeit. Sie beruht auf Wahl und Unterscheidung, auf Faszination oder Tiefenblick für die unverwechselbare Einzelheit des Einzelnen. Dies aber bringt für alle Herrschenden, und sei es der Markt, etwas unkontrollierbar Sprengendes.

Freundschaft ist ein Gut der Freiheit. Freundschaft und HERRSCHAFT sind ebensosehr entgegengesetzt wie Freundschaft und Feindschaft. Nochmals Hölderlins »Hyperion« (II,1): »O wie hatten die alten Tyrannen so recht, Freundschaften wie die unsere zu verbieten! Da ist man stark, wie ein Halbgott, und duldet nichts Unverschämtes in seinem Bezirke!«

Gegenwart der anderen Liebesstufen in der Freundesliebe? Fangen wir »oben« an: Lange, ausgereifte Freundschaft ohne spirituelle Liebe (AGAPE) kann ich mir nicht denken. Der spirituelle, übergegenseitige Fundus ist es, woraus jeder Freund immer wieder schöpfen muß, damit aus der Gegenseitigkeit kein Tauschgeschäft wird: UMSONST, Initiative, Verzeihen sind anders nicht möglich durch alle Wechselfälle hindurch.

Der EROS? Er liefert nicht notwendig, aber oft die Initialzündung für lange Freundschaft, wo immer er selbst dann bleiben mag. Er gibt der Freundschaft gern Fröhlichkeit wie Wein den Mahlzeiten. So schleicht sich weniger leicht freudlose Opfergesinnung ein.

Freundschaft hat ihre eigene Freude, durch Eros aber wird alles heiterer: Gefallen finden aneinander, in Blick und Gestik und Spiel oder Sport, ab und zu fliegt Faszination über die alte Vertrautheit und gibt viel zu ahnen vom Wunder Mensch.

Schließlich KÖRPERLICHE LIEBE. Als körperliches Zusammensein auf der Wanderschaft, im Teilen des Raumes und der Zeit miteinander, im Kriegerdasein (um die Sache so archaisch zu benennen, wie sie ist), auf der Jagd, beim Sport, selbst bei der körperlichen Arbeit spielt sie eine selbstverständliche, oft unbemerkte Rolle für die Verbundenheit oder auch das Auseinanderdriften der Menschen. Schicksalhafte Kameradschaft bleibt meist vorpersonale Freundschaft, wurde aber oft zum Namen für eine auch körperliche Freundesliebe. Daß diese Erfahrungen noch zuwenig untersucht oder beachtet wurden, liegt nicht zuletzt daran, daß körperliche Liebe einseitig und angstbesetzt als sexuelle gesehen wurde.

Was körperliche Liebe als SEXUALITÄT angeht: Selbstverständlich verträgt sie sich mit Freundschaft. In dieser allein ist sie auf Dauer gut aufgehoben – wobei sie dann zur Partnerschaft drängt, sich totalisieren will. Denn die körperliche Ganzheit wird, ob man es wahrhaben will oder nicht, Symbol der personalen Ganzheit und damit dessen, was hier »Totalisierung« genannt wird. Wann ist solche umfassende Ganzheit sinnvoll und möglich, nur einmal oder mehrfach? Hier stehen wir vor einer der brenzligsten Fragen im Leben der Liebe. (Man verwechsle sie, bitte, nicht mit der banaleren Frage, wann sexueller Kontakt »erlaubt« oder ethisch sinnvoll sei!) Eine allgemeine Antwort wird weder an dieser Stelle noch unter TOTALISIERUNG möglich sein. Möglicherweise kann wenigstens die bisher nicht geläufige Klarheit der Fragestellung etwas Entscheidungs- und Verständigungshilfe bieten.
Das Gegenteil von Totalisierung: *Differenzierung*, das heißt Unterscheidung der Liebesebenen, und zwar nicht im Kopf und auf Papier, sondern im Leben. *Die Vielfalt von Freundschaften ist ohne Differenzierung der Liebesebenen nicht möglich.* Zur Freundschaft im tieferen Sinn ist nur fähig, wer einerseits Liebesenergien zum Einsatz bringt, anderseits die Ebenen der Begegnung zu unterscheiden vermag. Damit sind hier in erster Linie die großen Liebesstufen gemeint, aber auch sonst alles, was zur gelebten »Definition« der Beziehungen gehört.
Hier gewinnt die Entgegensetzung von *Freundschaft und Liebe* doch praktischen Sinn und Wert, der nicht nur auf sentimentalem Liebesverständnis beruht: »Liebe« meint dann die totalisierte Freundschaft, bei der keine Ebene ausgespart zu werden braucht, während Freundschaft die Reserve der Differenzierung in Ebenen und damit einen Vorbehalt meint. Der Vorbehalt betrifft keineswegs nur die Sexualität, sondern die Ganzheitlichkeit des Vertrauens, der Leidenschaft, der gemeinsamen GESCHICHTE. Beteiligung aller Liebesebenen bedeutet voll entfesselte, jedenfalls entfesselbare Intensität.
Was die »Definition« der Freundschaft angeht, darf allerdings die Gemeinsamkeit der Freunde nicht so bereichsspezifisch sein, zum Beispiel fast nur Sport, fast nur gemeinsames Musizieren oder gelegentliches Schwelgen in Jugend- und Jugenderinnerungen beinhalten. Solche bereichsspezifischen Freund-

schaften sind eigentlich nur *Kameradschaften*. Das Unterscheidende: Freundschaft, wenngleich als solche nicht »totale Liebe«, hat ihre eigene Art von Ganzheitlichkeit des Vertrauens und Helfens. Sie mag ein bestimmtes, zeitlich begrenztes Begegnungs-Terrain haben, doch sie zielt von ihrer Liebesebene, der kommunikativen nämlich, die Ganzheit des jeweils Anderen an. Einfach gesagt: ein richtiger Freund ist, mit wem du – grundsätzlich, d.h. von Situationen und bestimmten Rücksichten abgesehen – alles besprechen kannst. Nicht nur theoretisch könntest, sondern es auch tust, wann immer möglich.

Eine notwendige Ergänzung zur Sexualität. Freundschaft ist bekanntlich zwischen gleichgeschlechtlichen wie zwischen verschiedengeschlechtlichen »Partnern« möglich. Insofern das Moment der *Gleichheit* zwischen Freunden eine große Rolle spielt – bei Aristoteles gehört Gleichheit der Freunde geradezu zur Definition der Freundschaft –, wird man sogar sagen müssen, daß der auf Gleichheit beruhende Anteil des Freundschaftsgefühls zwischen gleichgeschlechtlichen Partnern größer ist. Es könnte nicht selten dieses psychische Motiv sein, daß manche Menschen, Frauen wie Männer, die gleichgeschlechtliche Freundschaft vorziehen läßt: die Suche nach einem Gleichen.

In beiden Fällen oder, wenn man lieber will, in allen drei Fällen (Mann – Frau, Mann – Mann, Frau – Frau) ist sowohl sexueller Ausdruck wie auch Totalisierung der Freundschaft zur Liebe im umfassenden Sinn möglich. Vor HOMOSEXUALITÄT hat Freundschaft von innen her nie zurückgescheut – nur daß die Geschichte ihrer sozialen Unterdrückung lang und beschämend für unsere Kultur ist. (Dazu: Gisela Bleibtreu- Ehrenberg, Homosexualität. Die Geschichte eines Vorurteils, Frankfurt 1981.)

Gleichgeschlechtliche Freunde/Freundinnen müssen sich allerdings dieselbe Frage stellen wie verschiedengeschlechtliche: ob die sexuelle Begegnung als AUSDRUCK Sinn ergibt, gleich ob dies nun zur Partnerschaft führt oder nicht, oder ob sie nur zwanghaft ist.

Nur als sinnhaftes, nicht zwanghaftes Ausdrucksgeschehen kann ihre Art der Sexualität Teil solcher Freundschaft sein, wie sie heute als Beitrag zur Erneuerung oder Fortentwicklung einer Kultur der Freundschaft vonnöten wäre.

Zur Freundschaft zwischen Mann und Frau meinte Nietzsches

Zarathustra – in dem großartigen Abschnitt »Vom Freunde« – noch vor hundert Jahren bemerken zu müssen:

»Bist du ein Sklave? So kannst du nicht Freund sein. Bist du ein Tyrann? So kannst du nicht Freunde haben.

Allzulange war im Weibe ein Sklave und ein Tyrann versteckt. Deshalb ist das Weib nicht der Freundschaft fähig: es kennt nur die Liebe.

In der Liebe des Weibes ist Ungerechtigkeit und Blindheit gegen alles, was es nicht liebt. Und auch in der wissenden Liebe des Weibes ist immer noch Überfall und Blitz und Nacht neben dem Lichte.

Noch ist das Weib nicht der Freundschaft fähig: Katzen sind immer noch die Weiber, und Vögel. Oder, besten Falles, Kühe.«

Ist das blanker Antifeminismus? Oder hellsichtige Kritik an einer abendländischen Gesellschaft, die schon in der Antike Freundschaft nur den Freien und den Männern reservierte, nicht viel anders in der christlichen Epoche – natürlich nur noch unter der Hand, trotz einer offenkundig anderen Lebensart des Jesus von Nazaret? Wohl leicht beides. (Vgl. Günter Schulte, »Ich impfe euch mit dem Wahnsinn«. Nietzsches Philosophie der verdrängten Weiblichkeit des Mannes, Frankfurt 1982.) Antifeminismus allein läßt sich jedoch beim Weiterlesen ausschließen:

»Noch ist das Weib nicht der Freundschaft fähig. Aber sagt mir, ihr Männer, wer von euch ist denn fähig der Freundschaft?

Oh über eure Armut, ihr Männer, und euren Geiz der Seele! Wie viel ihr dem Freunde gebt, das will ich noch meinem Feinde geben, und will auch nicht ärmer damit geworden sein.

Es gibt KAMERADSCHAFT, möge es Freundschaft geben!«

Diese Antwort hat verschärftes Recht bekommen in der weiteren Verfallsgeschichte der Freundschaft. Vielleicht hat die Emanzipationsbewegung der Frauen – in der Tiefe zusammenhängend mit derjenigen der Schwulen – zumindest schon einmal einen Aufstieg der Freundschaft unter Frauen erbracht?

FÜGUNG

Wie wählen
wie wissen?
Gewähltwerden entscheidet
auch nicht allein.

Entscheidend wäre
Fügen unseres Freiseins
in Fügung hinein
wie verfügt
wenn daß es sie gibt
sich fügt.

(Fügung)

GEFÜHL. Jemand hat Gefühle für einen anderen – das ist gleichbedeutend mit Liebe, genauer mit der Liebe im modernen, SENTIMENTALEN Verständnis. Grund genug, das Phänomen genau zu betrachten, auch ohne länger in einen allgemeinen Diskurs über Gefühle zu versinken.

Nur soviel Diskurs: Gefühl ist das an der Liebe, was sich dem rationalen Diskurs nicht erschließt. Richtiger: was sich bloß in seiner *allgemeinen Struktur* erschließen kann, nicht aber in seinem besonderen, *einmaligen Gehalt*. Erinnern wir uns genau an die gestufte Struktur des BLICKES. Das ist die Gangart des zwischenmenschlichen Lebens allgemein, wenn wir die Begrenzung auf den Augenkontakt fallenlassen: eine leicht kompliziert werdende, wenngleich im Grundansatz beschreibbare Struktur der wechselseitigen Spiegelung (Reflexion). Die Stufungsstruktur ist zwar abschließbar und schnell durchlaufen, deren wiederholende Abwandlung und Füllung jedoch eine unendliche Geschichte.

Im Gefühl nun erlebt der einzelne sich selbst in seiner Beziehung zum anderen, das heißt den anderen bezüglich seiner Beziehung zum Erlebenden und das heißt die Einheit von Selbstbezug-in-Fremdbezug. Er erlebt sie als ein Ganzes mit seinen tausend Nuancen. Auf diese Facetten kommt es dem Gefühl entscheidend an, nicht auf die allgemeine Grundstruktur der Spiegelung. (Für Angehörige der philosophischen Zunft: Beides bleibt »Diskurstheoretikern« verschlossen – weil sie diese »Dinge« linear, im Nacheinander des Durchlaufens, *discurrere,* zu sehen belieben statt Figuren zu unterscheiden und diese von dem Nicht-Figurativen, Formalen: die Gefühlsgehalte von ihren Strukturen. Am Ende bleibt beides embryonal, die Theorie wie die Gefühle.)

Gefühle sind nicht im Nacheinander der Rede einzufangen, weil wesentlich ein Knäuel ineinander verschlungener Kreise: womit die Struktur des Gefühlsknäuels in einem kahlen Bild angedeutet ist. Die Gefühle kommen aber selten kahl daher. Im allgemeinen sind sie reich gekleidet, bunt und verwandlungsfähig. Sprechen wir nur vom Gefühl der Liebe.

Gibt es *das* »Gefühl der Liebe«? Nein, was man so nennt, ist ein vielfarbenes Knäuel von Gefühlen und oft ein Knäuel von Knäueln. Eines bewirkt, daß solch ein Knäuel mit »Liebe« benannt, oft vorschnell ETIKETTIERT wird: Daß alles äußerst positiv für den anderen Menschen gesehen wird – bejahend, mit der Gefahr der IDEALISIERUNG.

»Und oft will man mit der Liebe nur den Neid überspringen«, bemerkt Nietzsches Zarathustra, Beispiel für das, was im Liebesknäuel alles stecken kann.

Ein zweites ist diesem »Gefühl der Liebe« eigentümlich, wenn es einmal richtig zu kursieren begonnen hat: Es läßt sich sobald nicht mehr auflösen – allenfalls umdeuten. Der bekannte, wenngleich nicht notwendige Umschlag von Liebe in HASS, wenn sich ein Leben der Liebe als unmöglich herausstellt. Sei es, weil das Nötigste an Gegenseitigkeit der Intensität fehlt, sei es, weil die gegenseitigen Gefühle und Interessen zu widersprüchlich sind, so daß keine beiderseits befriedigende oder zumindest erträgliche »Definition« der Beziehung möglich ist. Dann wird das vorher unter positivem Vorzeichen stehende Gefühlsknäuel oft selbst umdefiniert, und leichter ins Gegenteil hinein als knapp neben das Gelingen.

Fast immer wird das Liebesgefühl gebildet von ganzen Bündeln von Knäueln der Gefühlskomponenten. Einmal den Liebesstufen gemäß. Wer könnte stets definieren, wie groß der Anteil an sexueller Lust, an erotischer Spielfreude, an kommunikativer Offenheit, an spiritueller Ergriffenheit bei sich selbst ist? Und dann beim anderen? Sie will mit mir freundschaftlich-harmonisch musizieren, ich aber »liebe« sie. Was heißt das nun? Führt das zu tieferer Harmonie oder zu deren Zerstörung?

Hinzu kommen auf jeder Ebene die Vor-urteile, Wünsche, Erwartungen, Interessen. Und alles nur ausmachbar im Gefühl

des einzelnen jeweils . . . Kein Computer wird die freundschaftlichen und partnerschaftlichen Entsprechungen besser entwirren können als die Gefühle der Beteiligten. Diese aber sind befangen, oft blind . . . So daß ein Computer, der ein paar tausend Daten speicherte (sagen wir astrologische, psychologische, soziale, kulturelle), mehr wüßte von den Chancen des Gelingens – und doch nicht von den Gefühlen.
Was nützt denn Wissen über Liebe, wenn man dem undurchschaubaren Gefühlscomputer so hoffnungslos ausgeliefert bleibt? Die Frage ließe sich für Leben überhaupt stellen. Meine Antwort: Ausdrückliches Wissen hilft, die Aufmerksamkeit auf Wichtiges zu lenken, hilft oft, sich zu stabilisieren, hilft allein, sich zu verständigen. Sowohl Erfahrungserkenntnis der Erfahreneren wie Strukturerkenntnis von Philosophen und Psychologen.
Gefühle bedürfen gleichermaßen der Kultivierung und Klärung wie Gedanken. Sie haben nicht das Privileg von Wahrheit vor diesen – auch wenn sie spontaner und lebensechter sind, tiefer reichen. In der Tiefe der Seele liegen jedoch auch die großen Irrtümer, nicht nur Wahrheiten. Ein Hitler dachte nicht nur falsch, er fühlte falsch, und wer weiß, was ursprünglicher war? Das wäre in gruppendynamischen Sitzungen ebenso zu beachten wie im partnerschaftlichen Streitgespräch: Bloße Berufung auf Gefühl, als wäre es unfehlbare Instanz, reicht nicht. Das Benennen gibt aber die Möglichkeit, Wahrheit und Wert von Gefühlen genauer zu prüfen und behutsamer.
Gefühle sind selbst gelebtes Denken, komplexer als das ausdrückliche, doch nicht immer wahrer. Die Entgegensetzung von Denken und Fühlen hat verhängnisvolle deutsche Tradition. Verdächtig ist es, beide gegeneinander auszuspielen, sei es als »Gefühlsmensch«, sei es als »Verstandesmensch«. Sich selbst oder andere solchen Klassen zuzurechnen, gleicht einer seelischen Amputierung. Zumal in Liebesdingen gilt es: die Intelligenz der Gefühle zu bilden. Wo lernt man das? Bei denen, mit denen, die schon weiter sind, bei denen auch, die den »großen geborgenen Vogel« der Erkenntnis in die »Ortschaft der Worte« zu locken vermögen.

»Ausgesetzt auf den Bergen des Herzens. Siehe, wie klein
dort siehe: die letzte Ortschaft der Worte, und höher,
aber wie klein auch, noch ein letztes
Gehöft von Gefühl. Erkennst du' s?

ausgesetzt auf den Bergen des Herzens. Steingrund
unter den Händen. Hier blüht wohl
einiges auf; aus stummem Absturz
blüht ein unwissendes Kraut singend hervor.
Aber der Wissende? Ach, der zu wissen begann,
und schweigt nun, ausgesetzt auf den Bergen des Herzens.
Da geht wohl, heilen Bewußtseins,
manches umher, manches gesicherte Bergtier,
wechselt und weilt. Und der große geborgene Vogel
kreist um der Gipfel reine Verweigerung. – Aber
ungeborgen, hier auf den Bergen des Herzens . . .«

(Rainer M. Rilke)

GEGENSEITIGKEIT meint immer wechselseitigen Bezug von Beziehungspartnern aufeinander. Aber sie ist gestuft, und fürs DIALOGISCHE genügt es nicht, das bloße Minimum zu denken, wie wir es gewöhnlich schematisch tun. Wir erinnern uns, daß die Gegenseitigkeit des bloßen BLICKS viel zu denken aufgibt. Hier eine andere Beispielfolge.

Ich sehe einen Menschen. Irgendwann sieht dieser Mensch mich. Mir ist gleichgültig, ob er von meinem Blick Notiz nimmt oder umgekehrt: bloß faktisch-zufällige, unreflektierte Gegenseitigkeit. Die faktische Gegenseitigkeit der völligen GLEICHGÜLTIGKEIT (1).

Wenn zwei sich fremde Bergsteiger denselben Berg besteigen, zwei Autofahrer dieselbe Straße befahren, werden sie nicht gleichgültig voneinander Notiz nehmen, sondern sich vergewissern, daß der jeweils andere ebenfalls Notiz nahm. Somit nimmt jeder außer der ersten Notiz auch die Notiz von der Notiz des anderen. Wir können von einer *strategischen* Gegenseitigkeit sprechen (2), weil es für die Handlungsstrategie eines jeden wichtig ist, vom Wissen des anderen zu wissen.

Nicht immer notwendig ist, daß der andere nochmals meine Notiz von seiner Notiz notiert hat. Doch dann erst wird die entfaltete Gegenseitigkeitsstruktur erreicht: Jeder notiert, daß der andere von seiner Notiz Notiz genommen hat (3). So schon im normalen Blickwechsel: Jeder erblickt den anderen als solchen, von dem er angeblickt wird. Sprechen wir von *kommunikativer* Gegenseitigkeit, weil eigentliche Kommunikation diese Stufe des Wissens vom Wissen des anderen sowie des Erwartens von Erwartungen voraussetzt.

Das läßt sich endlos verlängern, ohne daß eine weitere Struktur erreicht wird. Die verlängerte kommunikative Gegenseitigkeit macht die Alltagskommunikation (zwischen Menschen, nicht mit Massenmedien) aus. Kommunikation, die diesen Namen verdient, beruht auf der Struktur einer doppelt gestuften Spiegelung.

Wenn schließlich die Beteiligten zur kommunikativen Gegenseitigkeit Stellung nehmen, wird die Struktur über-kommunikativ. Auf dieser neuen Ebene, Stellungnahme, fängt entweder einfach die mögliche Stufenfolge von (1) bis (3) erneut an – oder es kommt eine Gegenseitigkeit als Gemeinsamkeit zustande, eine Verabredung als Verständigung über bestimmte Normen des beiderseitigen Verhaltens (4): indem zum Beispiel die beiden Bergsteiger nunmehr zusammengehen und sich aufeinander verlassen, oder indem die beiden Autofahrer bestimmte Verkehrsregeln befolgen.

Wir erinnern uns, daß diese ganze Stufenfolge schon auf den berühmten ersten Blick der Begegnung durchlaufen werden kann.

Was ist der Ertrag für die Liebe? Liebe will, wo sie nicht in fragwürdiger Weise bloß caritativ bleibt, Gegenseitigkeit. Die Liebesstufen als Weisen der Einheit sind zwar zugleich solche der Gegenseitigkeit. Doch jede Stufe ist, sofern dem Ganzen der Liebe zugehörig und nicht isoliert, auf kommunikative und über-kommunikative Gegenseitigkeit ausgerichtet. Selbst die BEGIERDE ist, als menschliche, Begierde nach Begierde und hat die ganze Gegenseitigkeitsstruktur in sich.

UNGLÜCKLICHE Liebe beruht auf mangelnder Gegenseitigkeit. Deren Mangel auf der kommunikativen Ebene ist: Nichtverstehen, Mißverstehen. Es kann aber wunderbare kommunikative Harmonie gelingen, selbst wenn die Gegenseitigkeit des sexuellen Begehrens oder der erotischen Spiegelung verlorengeht, sei es, weil einer der Partner auf einmal »unsymmetrische« Wünsche entwickelt, sei es, weil solche Wünsche beim anderen einschlafen. Allzuoft jedoch wird die kommunikative Gegenseitigkeit durch Asymmetrien auf den anderen Ebenen in Mitleidenschaft gezogen.

Die caritative Liebe oder Agape ist an sich schon über-gegenseitig: der spirituell Liebende schöpft aus dem großen Reservoir von göttlichem Sinn und weiß sich von Gott geliebt. Doch gerade in dieser schönen Möglichkeit der SELBSTLOSEN Liebe lauert die Gefahr: daß der liebende Mensch sein Selbst verliert

und nicht mehr zugleich menschlich liebt, daß das Minimum an Freundschaft schwindet und der bloßen Aufopferung Platz macht.
Nicht allein für Menschen in caritativen Berufen ist jenes Schöpfen aus dem über-gegenseitigen Sinngrund stets mehr oder weniger spürbar notwendig. Gerade um der Gegenseitigkeit willen muß sie stets ins UMSONST überstiegen werden. Liebe ist das Leben der Gegenseitigkeit, das aus dem Übergegenseitigen lebt. Sie ist ein Geben und Nehmen, ja, aber kein »Do ut des«, kein Geben, um zu nehmen. Auch kein Geben, das alles Nehmen ausschließt. Nur wer auch nimmt, schenkt dem anderen das Schenkenkönnen.
An der Struktur der Gegenseitigkeit scheitern die alten Entgegensetzungen von SELBSTLIEBE und SELBSTLOSER LIEBE.

Ich hab es von dir empfangen
Du von mir wie du sagst.
Wir schöpfen unsre Geschenke
aus Meeren
die im Schöpfungswort
sich vom Trockenen scheiden.
(Schöpfungsworte)

GEIL: Als sexuell angeregter Zustand ein erfreuliches Zeichen von Vitalität. Allerdings haftet dem Ausdruck meist eine zu simple Auffassung von sexuellem BEGEHREN als bloßer Triebabfuhr an, auch von Trieb als schlicht biologischem Datum.
Solchen, die den Ausdruck zur positiven Selbstdarstellung gebrauchen (»ich bin ganz schön geil heute«), sollte ihre Offenheit mit Verständnis der sozialen Natur ihrer Oberaffengeilheit vergolten werden.
Solche, die *geil* herabsetzend gebrauchen, könnten sich einmal fragen bzw. gefragt werden, wo und warum ihr Verhältnis zur sexuellen Energie im Reigen der Liebesarten klemmt.
Solche, die ihn im übertragenen Sinn gebrauchen (für »Lust haben zu«: geil auf Beethoven, Piaff, Skifahren,'nen Trip), müßten sich solidarisch fühlen mit denen, die ihn gar nicht gebrauchen. Sonst ginge ja das Geile an der Rede verloren.
Nach »guter Sitte« ziemt sich Geilheit für Frauen nicht, »natürlich« nicht . . .

GESCHICHTE: Es gibt Liebesarten, die ganz auf Geschichte angewiesen sind, vor allem Freundschaft. Begehren, Leidenschaft, Verliebtheit, selbst der spirituelle Tiefenblick für einen Menschen, sie alle können blitzartig aufflammen und voll da sein. Freundschaft »auf den ersten Blick« kann zwar aufflakkern als Begeisterung, Ahnung, Vorgriff, doch nicht als beständige, ruhige Quelle von Wärme und Licht.
Freundschaft ist wesentlich die kommunikative Beziehung, die sich schichtet aus vielerlei Erfahrungen auf der Zeitlinie. Sie *ist* ein zeitliches Ge-schichte. Nicht jedes Geschichte zwischen Menschen wird Freundschaft, weil nicht jedes kommunikativ ist. Ein langjähriges Angestellten- oder Kollegenverhältnis kann vorpersonal oder strategisch-berechnend oder auch, als »mitbrüderliches«, geschwisterlich-spirituell sein. Das/die kommunikative Geschichte ist Freundschaft.
Das Attribut »langjährig« hängt der Freundschaft nicht äußerlich an, es gehört zu ihrem Inneren. Oft wissen Freunde lange nicht, daß eine Freundschaft sich geschichtet hat. Freundschaften, die ruckartig geschlossen werden wie Verträge, sind höchstens Good-Will-Bekundungen; das Entschluß- und Vertragsartige macht Freundschaft nicht aus, kann ihr bestenfalls zusätzlichen Ausdruck geben oder zum Durchbruch verhelfen. Freundschaft wird nicht eigentlich geschlossen, sie wächst ins Offene. Der deutsche Ausdruck »Freundschaft schließen« hat etwas Humorvoll-Uneigentliches, sprachlich gegen den Strich der Sache Bürstendes, ähnlich wie »ein Kind machen«.
Zwei Mißverständnisse: Erstens, als sei die genannte »Zeitlinie« eine Gerade, wie es der physikalischen Zeitvorstellung entspräche. Diese Linie wäre vielmehr eine Spirale oder ein Mäander: sich immer wieder auf das Vorhergehende zurückbiegend, oft auch ins Künftige vorbeugend, es in die Gegenwart hineinholend. Freundschaft ist, wie alle eigentliche Geschichte, ein Reflexionsprozeß: durch Spiegelung des Vergangenen wie auch des Künftigen bildet sich Gegenwart.
Zweitens, als müsse die Schichtung krisen- und bruchlos sein: wie ein Fluß, der sich sanft durch eine Landschaft schlängelt. Nein, er fließt oft nur unterirdisch, manchmal mag er leer sein. »Wenn du in der Winternacht wütend überschwillst/ oder um die Frühlingspracht junger Knospen quillst« (Goethe, An den Mond) – immer bleibt es derselbe Fluß, die noch nicht abgebrochene Geschichte der Freundschaft.

Wieviel an Wandlung und Unterbrechung kann der Fluß aushalten und noch derselbe bleiben? Die Geschichte der Freundschaft bricht so lange nicht ab, behält eine Identität, als ein WIR-GEFÜHL der Freunde erhalten bleibt. Das Wir-Gefühl ist, im Stil der Kritischen Theorie der Gesellschaft gesprochen, das bleibende Subjekt der Freundschafts-Geschichte.
Wie in der partnerschaftlichen Liebe auch: Krisen müssen sein, damit sich die Freunde miteinander und somit die Freundschaft profilieren können. Eine Freundschaft, die nie eine innere Krise erlebte, weckt den Verdacht, oberflächlich zu sein – eher eine Kameradschaft oder eine wie die einstiger Schulfreunde.
Das alles sei auch von der Partnerschaft gesagt? In der Tat, sie ist ja eine TOTALISIERTE Art der Freundschaft: der Entschluß, nur noch eine gemeinsame Geschichte zu haben, in der die Einzelgeschichten der Subjekte aufgehoben sind.
Und Leidenschaft, hat sie keine Geschichte? O doch, eben dadurch grenzt sie sich von der vorübergehenden Verliebtheit aus, wird mehr oder minder zur Leidens-Geschichte des einen oder der anderen, vielleicht gar beider, manchmal als Wir-Geschichte derer, die zusammen nicht können kommen.
Zwischenmenschliche Geschichte ist die Schicksalsgestalt der Liebe selbst: deren Gestalt in und als Zeit. Natürlich nicht der physikalischen Zeit, sondern der Gegenwart eines ZWISCHEN mit stets umgeschichteter Vergangenheit und Zukunft. Leben heißt die Zeitgestalt des einzelnen Lebewesens, Liebe die Zeitgestalt eines Wir, und sei es nur eines ersehnten.

Der Herr Gott
erlaubt sich Scherze
gelegentlich
Arabesken krumme Figuren
worin sich bisweilen deutlich
Überfluß Laune höhere Zielbestimmtheit
erahnen läßt
die Inspiration des Genies.

Du und ich
in der Zeit und knapp
verstehn das vielleicht
ganz ohne Groll
wenn alles durchzittert ist
wie Reifeprüfung

aber schütteln uns
vor dem tränenreichen Rückblick
schon feierabends
vor Lachen.
(Er beliebt zu scherzen)

GESCHWISTERLIEBE: Elementare Verbundenheit aufgrund intimer Vertrautheit und Verbundensein in der Familiengeschichte, ohne daß volle körperliche Einheit wie die ursprüngliche zwischen Mutter und Kind, geschweige sexuelle Einheit, erlebt würde. Die Inzestfrage darf hier übergangen werden, da kein Lexikon der Sexualität beabsichtigt ist. Aber die Frage sei aufgeworfen, ob das Inzesttabu nicht auch darin begründet ist, daß zwischen Geschwistern bereits eine andere quasi körperliche, zumindest räumliche Einheit herrscht.
Das Gemisch, nein, die realsymbolische Verbindung von naturhafter, quasi körperlicher Liebe, und spiritueller Einheitserfahrung zeichnet die Geschwisterliebe vor allen anderen Liebesarten aus.
Naturhaft: weil die Geschwister leiblich verwandt sind und in derselben Familie sozialisiert werden, ohne einander gewählt zu haben. Weil sie – im Normalfall – in engem räumlichem und somit körperlichem Kontakt aufwachsen.
Spirituell: weil die soziale Verbundenheit eben deshalb eine über-kommunikative Einheit darstellt, weil sie sich von selbst ergibt, nicht auf eigener Wahl beruht. Von daher ist unausweichlich die Frage nach der über-kommunikativen Sinneinheit aufgeworfen, mit der die spirituelle Liebe zu tun hat. Die elementare, im Anfang zwang- und alternativenlose über-kommunikative Verbundenheit im »Familiengeist« wird leicht zum *Bild* für die Einheit der Menschen, sofern sie vor dem Göttlichen Schwestern und Brüder sind: Bild für spirituelle Verbundenheit überhaupt. Von daher gehören gemeinsame religiöse Vollzüge (wie auch immer verstanden und gestaltet) wesentlich zu einem liebevollen Familienklima.
Was ferner die Geschwisterliebe über das Naturhafte hinauswachsen lassen *kann* und zugleich ihren spirituellen Zug zur Gestalt von Freiheit macht: Freundschaft. Diese ist mit dem gemeinsamen Erleben der Familiengeschichte zwar nahegelegt, wird jedoch erst durch das Element der Wahl und des freigeschenkten Austausches realisiert. Das heißt, die Geschwi-

sterliebe wird möglicherweise veredelt durch Freundschaft, auch in ihrer »an sich« vorhandenen über-kommunikativen, spirituellen Substanz.
Von daher verstehen wir Hölderlins Bemerkung in einem Brief an seinen Halbbruder Karl, es gebe doch keine bessere Freundschaft als die zwischen Brüdern. Er ringt ebenso konkret wie denkerisch intensiv um den Zusammenhang von allgemeiner Liebe und Liebe des Bruders, von welchen beiden er sich durch eigene Schuld entfremdet fühlt:

> »Mein Karl! Ich fühle es, wir lieben uns nicht mehr, wie sonst, seit langer Zeit, und ich bin daran schuldig
> Ich bin der erste, der den kalten Ton anstimmte . . .
> Aber ich habe so lang fortgemacht, bis ich es recht erfahren hatte; ich habe es auch erfahren und habe mich herausgerissen, um es zu sagen, daß alles hin ist, wenn die Einigkeit, die heilige, die allgemeine Liebe, der die Liebe des Bruders so leicht wird, hin ist. *Es ist nur ein Streit in der Welt, was nämlich mehr sei, das Ganze oder das Einzelne.* Und der Streit widerlegt sich in jedem Versuche und Beispiele durch die Tat, indem der, welcher aus dem Ganzen wahrhaft handelt, von selber zum Frieden geweihter und alles Einzelne zu achten darum aufgelegter ist . . .
> Als wenn wir uns, wir beide, uns nicht lieben müßten, wie wir beide ein Höheres lieben, das doch wohl zweier Brüder und mehr als eines solchen Paares, das Geschwister genug, das eine Welt von Menschen bedarf, um ausgesprochen zu werden und seine Ehre zu haben«
> (Werke und Briefe, Frankfurt 1969, Bd. II, S. 934 ff).

Zu Hölderlins Problem, daß Liebe sich aufs Allgemeine und doch auf den Einzelnen richtet, vergleiche MENSCHENLIEBE.
Das Problem aber, das sich den meisten Zeitgenossen mit geschwisterlicher Erfahrung in unserer Zivilisation stellt, besteht darin, daß Hölderlins inniges Verhältnis zu seinem Bruder ebenso wie das zu seiner Schwester als Ausnahme erscheint. Auch von der herzlichen Ausdrucksweise würden sich die meisten überfordert fühlen.
Zwar wird man die obigen Bemerkungen über Geschwisterliebe nicht gerade leugnen wollen und können. Doch nicht umsonst war mehrfach von »kann« und »möglicherweise« die Re-

de, als die spirituelle sowie freundschaftliche Komponente der Geschwisterliebe angesprochen wurde. Wo werden diese Möglichkeiten noch einigermaßen unbeschädigt erlebt?
Daß und wenn dies nicht geschieht, wenn also im Geschwisterverhältnis die spirituelle und freundschaftliche Ebene nicht entfaltet werden, erleben die Geschwister dies immerhin als schmerzlichen Mangel: Weil die naturhafte Verbundenheit nun einmal da ist, muß sie auch geistig gestaltet werden. Wo dies nicht gelingt, schmerzt es, ob die Betroffenen davon wissen oder nicht. Oft spüren sie zumindest für eine Zeitlang sehr bewußt: Wie schön wäre es, wenn ich mich meiner Schwester/ meinem Bruder mitteilen könnte wie einem Freund! Wie schön, wenn das Verbundenheitsgefühl aus frühesten Tagen wirklich in die Tiefen ginge, die mich unbedingt angehen.
Stattdessen Verlegenheit, Gänsehaut, Scheu – wie vor den Eltern. Die verwandtschaftliche Nähe wird zum Hemmschuh schwesterlicher und brüderlicher Mitteilung in Herzensdingen. Dabei war schwesterliche Vertraulichkeit geradezu sprichwörtlich. Sie ist es heute nur noch unter »Schwestern« gewisser Szenen.
Meine Verwandten sind nun einmal nicht meine Wahlverwandten. Aber warum nicht? Es läge doch nahe, auch sie zu wählen, in einer Zeit, in der das Klima für Freundschaft nicht besser geworden ist. Für selbstverständlich kann das gerade in einer differenzierteren, komplexer gewordenen Gesellschaft nicht gelten. Mag sein, daß Bildungsstand und Interessen der Geschwister sich leicht zu sehr auseinanderentwickeln. Wo die Befangenheit zwischen Geschwistern aber zur Regel wird, da ist etwas faul – nicht bloß aufgrund individuellen Versagens.
Idealisieren wir nicht die traditionelle Familie. Die »guten alten Zeiten« gehören weithin der Märchenwelt an. Familie stellte früher mehr als heute auch Zwangsgemeinschaft dar, eine oft grausame Zwangsjacke für die Einzelnen. Und doch scheint etwas Wichtiges fürs Menschsein und für die Menschheit in früheren Zeiten mehr Chancen in der Familie gehabt zu haben: Geschwisterliebe.
Frei nach Zarathustra: Es gibt Kameradschaft der Geschwister, möge es deren Freundschaft geben! Und wo sollte sie anfangen, wenn nicht bei leibhaftigen Geschwistern? Moralische Appelle helfen allerdings nirgends, wo es um gesellschaftliche Struktu-

ren und Großwetterlagen geht. Der Appell zur Liebe, wo er über den zur Vernunft hinausgeht, hat ohnehin etwas von dem paradoxen Befehl: »Sei ganz spontan!«
Ein Teufelskreis: Wie könnte Geschwisterlichkeit blühen in einer Menschheit, in der »Brüderlichkeit« zur lachhaften Phrase von Festtagsrednern verkommen ist? In einer Menschheit, in der jährlich Hunderttausende kleiner Geschwisterchen allein an Hunger sterben – während das »Eiapopeia vom Himmel« (Heine) der beamteten Liebesdiener, Kindersegen predigend, ungerührt weitergeht? Aber welche Menschheit hatte Geschwisterliebe nötiger?

GESPRÄCH: Was die Vereinigung der Körper fürs Sexuelle, was der Tanz der Blicke, der Gesten, aller bewegten Anmut für den Eros, was Anbetung und Ergriffenheit für die spirituelle Liebe – das ist das Gespräch für die Philia, die Liebe als Kommunikation allgemein, die Freundschaft im besonderen.
Zwar beschränkt sich KOMMUNIKATION nicht auf Gespräch, weil es auch kommunikatives Handeln und nichtverbale Kommunikation gibt. Doch umgekehrt bedeutet alles Gespräch im eigentlichen Sinne des DIALOGS, in welchem sich ein ZWISCHEN aufbaut, reine Kommunikation schlechthin.
Daher das Stärkende, Belebende, das von ihm ausgeht.
Daher empfängt jeder Beteiligte die Energie, die er fast unmerklich hineingibt, potenziert zurück.
Daher kennt das gelungene Gespräch selten einen »Kater«, im Gegensatz zu anderen Begegnungsebenen.
Daher das Unverfügbare guten Gesprächs in seinem Zustandekommen: keiner kann es »machen«; es gibt Gespräche, die aus einem Nichts von Stoff sich entwickeln und solche, die sich unter einer Überfülle von Stoff nicht entfalten. Wer verfügt darüber? Das Gespräch ist nicht fernsehreif. Jeder Beteiligte kann nur seine Offenheit mitbringen, aber diese muß da sein, wenigstens entstehen.
Daher die Störanfälligkeit gerade des tiefen Gesprächs. Sind zwei im Gespräch, stört ein Dritter leicht. Sind mehrere ins Gespräch gekommen, kann doch einer allein es zerstören.
Daher hinwiederum kann das Gespräch allein die Brücken bauen von der Begegnung zu zweit zur Gruppe.
Daher bedarf es der Behutsamkeit eines jeden im Sprechen und

Hören. Behutsamkeit ist nicht Schüchternheit, Hemmung, Ängstlichkeit, am wenigsten jene ausdrückliche »Metakommunikation«, das psychologische Kommentieren auf Schritt und Tritt. Das Gespräch lebt von *vollzogener* Psychologie und stirbt am psychologisierenden Sezieren. Ausdrückliche Metakommunikation ist allenfalls nachher und vor neuen Gesprächsversuchen nützlich.

Daher fördert hauptsächlich eine gut entwickelte *unausdrückliche Metakommunikation* das Gespräch: Sichbeziehen auf die Mitte, auf den gemeinsam aufgebauten Sinn, kein psychologisches Fixieren meiner und deiner und seiner Person, meiner und deiner und ihrer Beiträge, sondern feinfühlige Aufmerksamkeit. Fixieren wäre nicht aufmerkendes Beachten. Wenn du aufmerkst, nimmst du den Ball auf und gibst ihn mehr oder weniger schlicht weiter, du nimmst ihn nicht – fixierend – unter den Arm, um Ego-Kapriolen zu starten, den Spielfluß zu unterbrechen.

Daher überrascht das Gespräch durch den Kontrast von Schlichtheit und Wesentlichkeit, von Rezeptivität und Produktivität aller. Jedes tiefere Gespräch überrascht und ist Geschenk.

Daher kann das Gespräch sich nur selbst regulieren. Für Diskussionen hingegen brauchen wir einen Leiter, sobald wir mehr als, sagen wir, sechs sind. Wenn man beides nicht unterscheidet, tut man beiden Begegnungsformen nichts Gutes. Gespräch ist kein Diskurs, sondern: Meditation zu zweit oder mehreren, mit Worten und Blicken, mit Gesagtem und Ungesagtem.

Daher besteht selbst im lebhaften Gespräch mindestens die Hälfte aus SCHWEIGEN, sei es im Hören auf den anderen, sei es im gemeinsamen Hinhören. Hören ist Mitsprechen in der Form des Schweigens.

Daher hat das Gespräch Eigenleben und Eigengesetz: auch über den Verlauf verfügt keiner. Das Wir wird als eigenes Subjekt, besser Wesen, geboren. Dieses Gesprächs-Wesen lebt von allen Beteiligten, hat aber nur Selbstbezug in jedem Selbstbewußtsein. (Subjektsein und Selbstbewußtsein haben, wäre somit auch für geistige Subjekte nicht dasselbe, sofern man den Begriff »Subjekt« für die eigene Wesens-Gesetzlichkeit benutzen will.) Das Wesen Gespräch ist Wir-Bezug im jeweiligen Selbstbezug. »Ich, das Wir, und Wir, das Ich ist«, wie Hegel bereits »Geist« analysierte (Phänomenologie des Geistes, Meiner-Ausgabe, 140). Der Gesprächs-Geist führt ein Eigenleben, wenngleich kraft der (sich aufeinander reflektierend ineinander verschlingenden) Beziehungen der Einzelnen, ganz wie der unverstandene Hegelsche »Weltgeist«. Würde man solchen Wesenheiten mehr Aufmerksamkeit widmen, hätte man schon mehr von ihren Gesetzmäßigkeiten erfaßt. Im Unterschied zu Weltgeistern, auch zum bleibenden Geist einer Freundschaft oder einer Familie, sind die Gesprächsgeister kurzlebiger. Sie sind die flüchtigsten Geister: das bloß aktuelle ZWISCHEN, von dem man nicht weiß, wann wo und wie es wiedergeboren wird.

Daher nehmen wir einen Gesprächsgeist mit seiner Gefahr und Chance erst im Vergehen wahr. Gefahr? Einmal die, ihn als Embryo wieder absterben zu lassen, so daß seine Wiedergeburt ganz ungewiß bleibt. Gespräche können am Windhauch eines falschen Zungenschlags oder einer sich öffnenden Tür sterben. Ferner die Gefahr, die produktive Kraft des Gespräches in destruktive Bahnen zu lenken. Wie Regen, Wind, Schnee sind die Gesprächsgeister gute Gaben. Aber können sie nicht ebenso vernichtend wirken wie diese? Kann die Offenheit im guten Gespräch nicht auch Freundschaften zerstören, bisher gutgehütete Geheimnisse und Haß entfesseln? Beispiele dafür bringen nicht nur »Die Dämonen« von Dostojewski. Doch spricht eine Gefahr nicht gegen die guten Kräfte. Manche Gefahr muß sein wie erprobendes Feuer.

Daher lebt unsere Gegenwartsgesellschaft in einer Haßliebe zum Gespräch. Sie bevorzugt die äußerlich ähnlichen Erscheinungen wie konventionellen small talk und Flirt – sosehr jedermann sich nach substantiellem Austausch sehnt. Wieviel an gesellschaftlichem Schein und Fassadenwerk und Rollenspiel aber würde zusammenbrechen, ließe man Gespräch zu, würde man es gar bei öffentlicher Kulturförderung ernsthaft bedenken!

Daher wurden in der kommerziellen Disko-Szene akustisch solide Riegel vor solchen drohenden Einbruch ins Konventionenspiel geschoben. Ob die alternative Bewegung zu einer Renaissance führt? Noch ist die Droge Gespräch absolut nicht in. Sie wurde – trotz »Kommunikationszentren« noch nicht öffentlich als solche entdeckt. Sie bleibt Geheimtip für eine neue Alltagskultur der Liebe.

»Viel hat erfahren der Mensch. Der Himmlischen viele genannt,
Seit ein Gespräch wir sind
Und hören können voneinander.«

(Friedrich Hölderlin, Friedensfeier, 3. Ansatz)

GEWOHNHEIT, ist sie Stütze oder Tod der Liebe? Die Frage läßt sich nur durch Unterscheidung der Liebesstufen beantworten. Bei steigender Liebesebene – so meine These – wird sie mehr und mehr von einer Gegnerin zur Verbündeten der Liebe, ja zur Dauer der Liebe selbst.
Daß lange Gewohnheit in der Sexualität deren Intensität steigern würde, behauptet kein Erfahrener. Am intensivsten erlebt sexuelle Lust der Hungrige.
Der Eros braucht Gewohnheit als Routine des Blicks in seinem verspielten Treiben. Aber er flieht jeden Dauerzustand.
Freundschaft hingegen, der Inbegriff der kommunikativen Liebe, ist ohne dauerhafte Vertrautheit und GESCHICHTE gar nicht denkbar.
Im spirituellen Bereich stellt Gewohnheit geradezu Voraussetzung alles normalen Fortschritts dar. Durch Ein-wohnung im göttlichen Bereich gewinnt die Lebenszeit geradezu ihren Sinn – für den betont spirituellen Menschen.
Der Tod bleibt auf der Lauer, solange wir auf der Wanderschaft wohnen (»in statu viatoris«). Die Gewohnheitsstruktur der Liebe bildet aber die andere Seite ihrer Hoffnungsstruktur: ihrer Hoffnung auf Dauer, gar auf Todüberwindung.
Wer die Sexualität geringer schätzt, weil sie *an und für sich* mit Gewöhnung abflacht, weil sie dem Tod zu nahe ist, vergißt: Sie soll Sache des ganzen, des intregalen Menschen sein (INTEGRATION): Teil eines großen Gesprächs, ja der Meditation. Darin liegt konkret ihre eigene und einzige HOFFNUNG, dennoch nicht langweilig zu werden.

GLAUBEN AN: Einem Künstler, der ahnungsvoll, nicht in bloß prätentiösen Krämpfen des Ehrgeizes, mit jener selteneren Mischung von Selbstgewißheit und Drang nach Bestätigung, sich sucht und sein Publikum, dem kann kein umfassenderes Wortgeschenk gemacht werden als dieses: »Ich glaube an dich!« Das heißt, ich glaube an die Wahrheit und Triftigkeit deines Ahnens, daran, daß du etwas zu sagen hast und deinen Ausdruck finden wirst, infolgedessen früher oder später auch dein Publikum.

Jesus erwartete nur eins von denen, die ihm begegneten: Gott die Ehre zu geben, indem sie an ihn glaubten. Das heißt an seine Berufung und Sendung, an das ihm selbst noch nicht rational klare Geheimnis seines Wesens. An ihn glauben hieß nicht, ein Dogma für wahr zu halten, sondern in der Begegnung mit ihm seine womöglich einmalige Transparenz (Durchsichtigkeit) auf den göttlichen Ursprung, den dialogischen Bezugpunkt seines Wesens zu erfassen.

Es soll hier nicht um religiösen, insbesondere christlichen Glauben als solchen gehen. Wohl ist von Bedeutung, daß mit dieser »christologischen« Struktur des Glaubens an Geheimnis und Berufung eines Menschen eine allgemein menschliche Grundstruktur angesprochen ist. In einem – wohlgemerkt – abgewandelten Sinne mag jeder Mensch seine einmalige Weise haben, sich auf die spirituelle Dimension des Unbedingten zu beziehen oder, sofern man das lieber umgekehrt sieht, von ihm betroffen zu werden.

Wenn der Bezug zum Unbedingt-Göttlichen zum Wesen des Menschen ebensosehr oder tiefer gehört als der zu den Dingen und zur Natur, tiefer gar als der zum anderen Menschen, dann ist er Teil seines SELBSTBEZUGS, seines Selbstverständnisses. Um dieses Selbstverständnis geht es, wenn wir einem Menschen sagen, nicht allein einem Künstlermenschen: Ich glaube an dich.

Ich glaube an die Richtigkeit und Gültigkeit deines Grundstrebens, deiner ganzen Existenz. Wenn ich das nicht wahrnähme, würde ich dich nicht lieben.

Ich glaube, daß du mich durch kein Handeln so enttäuschen wirst, als hätte ich mich völlig getäuscht. Selbst wenn ich über Einzelheiten enttäuscht sein müßte. Wenn ich das nicht glaubte, würde ich dich nicht lieben können und wollen.

Ich glaube, daß du mir gegenüber wahrhaftig bist, darin weder mich noch dich belügst, dich nicht fundamental über uns täuschst. Daß du hierin schon einmal nicht zur verlogenen Welt gehörst. Daß du also eine Rettungsinsel für mich bist, wenn ich dich liebe, kein Strudel, der mich gerade in das Unheil hineinreißt, für das auch ich so anfällig bin.

Ich glaube, daß du dich in deinem Selbstverständnis, bezüglich deiner Fähigkeiten und deines Auftrags in der Welt, nicht fun-

damental täuschst und überhebst. Den Weg im einzelnen werden wir Schritt für Schritt, soweit möglich, zusammen erkunden. Du wirst für meinen Rat dabei nicht taub werden.
»Ich glaube an dich«, das ist der weniger sentimentale, gedankenreichere, nicht notwendig weniger gefühlvolle, doch jedenfalls weniger verbrauchte und mißbrauchte Ausdruck des ICH LIEBE DICH.

GLEICHGÜLTIGKEIT des Geliebten ist das, was einen Liebenden bis zur Verzweiflung ins Unglück stürzt. »Wenn er/sie doch wenigstens hassen würde – dann käme ich mir wenigstens nicht wie nichts vor!« So betrachtet, ist Gleichgültigkeit eine Spielart der UNGLÜCKLICHEN Liebe, das wie immer bedingte Nichtzünden, Nichtantworten des anderen.
Formell logisch gesprochen, der *konträre* Gegensatz zur Liebe, wie Schwarz zu Weiß, wäre HASS. Gleichgültigkeit aber ist ihr privativer Gegensatz, wie farbig zu farblos, aber da, wo Farbe sein könnte oder gar gewünscht wird. Je nach Standpunkt: Für den Gleichgültigen ist sie das Fehlen von bloß Möglichem, nicht einmal Gewolltem, für den Liebenden das Fehlen von dringend Gesolltem, daher ein Übel (definiert als: Fehlen eines gesollten Gutes). Solche Standpunkt- und Wertungsverschiedenheit hat existentiellen Widerhall. Sie bringt den Liebenden zusätzlich zur Raserei.
Es kommt aber vor, daß der Gleichgültige eigentlich lieben möchte. Dann empfindet er den Mangel ebenfalls als Mangel, als emotionale Impotenz. Als Gefahr und vorübergehende Anwandlung soll es das in den besten Liebesverhältnissen geben: Kälteschauer.
Weiter logisch: Der *kontradiktorische* Gegensatz zu Lieben würde lauten: Nicht-Lieben, inbegriffen alles Denkbare, was nicht Liebe ist. Gott und die Welt, Sichtbares und Unsichtbares.
Genau die allerlogischste Möglichkeit des streng kontradiktorischen Gegensatzes »Alles außer Liebe«, noch schlimmer: »Alles außer Deiner Liebe«, *empfindet* der Verliebte als das Allerleerste, als ein Nichts. Denn sein Gefühl ist besetzt. Er kann nur das logische »Alles außer Deiner Liebe« in ein Nichts umwerten. Als einzigmögliche Beruhigung über den Gedanken, daß der andere nicht-liebt, obwohl er es doch könnte, als einziger Ausweg, erscheint ihm im Extremfall daher: der Hang zum Nichts.

Dies ist die Logik der Verzweiflung aus Liebe, besser: aus VERLIEBTHEIT. Es ist die Gefühlslogik des Menschen, der mit Wucht ins Leere, ins Nichts einer Antwort hineinliebt. Der verzweifelt Verliebte wünscht sich, gegenüber allem und jedem gleichgültig zu sein, weil der/die »Geliebte« es ihm gegenüber ist. Weniger abstrakt-logisch, aber logischer im praktischen Sinne wäre es, bloß dem/der Geliebten gegenüber gleichgültiger zu werden. Doch eben diese Verlagerung der Gleichgültigkeit von dem, der sie verdiente, auf Alles andere, gehört zur Umwertungslogik dieses Liebens ins Leere.

Was kann man jemandem sagen, der über der Gleichgültigkeit eines geliebten Menschen an allem gleichgültig wird? Daß zur Liebe auf Dauer zwei gehören! Das bloße Begehren ist keine ganze Liebe, auch nicht die Faszination und die ganze Palette der Verliebtheit. Gleichgültigkeit stellt in anderer Hinsicht – wenn sie nur immer so klar wäre! – , einen simplen Fall von unglücklicher Liebe dar. Die Lösung heißt dann: rasch weitergehen!

Ein anderer sagt: »Mir ist es gleich, ob der andere zurückliebt. Ich liebe für zwei.« Dieser Schwung schöpft eine Zeitlang aus dem spirituellen Reservoir – vergleiche GEGENSEITIGKEIT und dort die über-gegenseitige Liebe – oder einfach aus dem Rausch. Vielleicht gedeiht durch solche Vorgabe Freundschaft. Vielleicht aber nur ein Verhältnis der Betreuung. Liebt der Liebende auf Dauer den anderen oder seine SELBSTLOSIGKEIT? Solange er im Grunde Gegenseitigkeit wünscht, kann er nur im vorübergehenden Schwung gegen Gleichgültigkeit gleichgültig bleiben. Lediglich die ausgewachsene Agape »hört niemals auf« (1 Kor 13).

Kompliziert wird Gleichgültigkeit dann, wenn sie sich plötzlich einschleicht, wenn sie sich bloß öfter mal einmischt, wenn sie ungewiß ist, wenn sie nicht so kraß ist, nur ein bißchen ist und vor allem: unklar. Diese Quelle des LEIDENS, das Halb-und-Halbe, sprudelt allerorten.

GLÜCK: Der Mensch ist das zu seinem Glück gezwungene Wesen. Er kann nicht anders, als es suchen. Aber spätestens wenn er es sucht, geht es seinem Gefühl verloren. Ein sogenanntes Dilemma.

Von dort verstehen wir, ganz allgemein, den romantischen Wanderer Schuberts: »Dort, wo du nicht bist, dort ist das

Glück!« (Schmidt von Lübeck). Pessimismus? Nein, Realismus der Liebe, die ebenso oft UNGLÜCKLICH ist wie glücklich – solange wir Wanderer sind.
Wie kann sie, bei dem Dilemma, noch glücklich sein? Das löst sich logisch so: Du suchst, aber findest nicht. Da wird dir auf einmal das Gesuchte gebracht. Als Geschenk, und es ist anders, als du es suchtest.
Liebe und Glück kommen vom SCHENKEN – oder sie kommen nicht. Ob SUCHEN dennoch notwendig ist, darüber streiten sich die Gelehrten.
Schillers Härte in seiner Hymne »An die Freude« kann ich nur als rhetorischen Dank des Beschenkten verstehen:

»Wem der große Wurf gelungen,
Eines Freundes Freund zu sein,
Wer ein holdes Weib errungen,
Mische seinen Jubel ein!
Ja, wer auch nur eine Seele
Sein nennt auf dem Erdenrund!
Und wers nie gekonnt, der stehle
Weinend sich aus diesem Bund.«

GOTTESLIEBE: Die Liebe zur Liebe selbst – sofern es richtig ist, daß Gott die Liebe ist. Vergleiche AGAPE.
Ist Gott »die Liebe« als Prinzip, als universelle Kraft oder als Person für sich? Sollen wir den neutestamentlichen Satz »Gott ist die Liebe« theistisch (personal) lesen oder a-theistisch: »Die Liebe ist (wo immer, wie immer sie vorkommt) der Gott«? Darüber möchte ich hier nicht argumentieren. Am besten atheotheistisch. Schließt sich beides aus, das Energetisch-Universelle und das Personale? Auch die frühen Christen wurden von den Bewahrern antiken Götterkultes, also von Göttern menschlichen Musters, »Atheisten« genannt.
Überlebt hat sich der materialistische Atheismus Europas, jene Komplementärerscheinung zu einem dogmatisch verengten Theismus: Von beiden wird gefragt, ob das höchste Ding namens »Gott« wohl existiere oder nicht.
Unsere verdinglichenden Vorstellungen von Person als hautabgeschlossener, leibhafter Individualität müssen wir ebenfalls weglassen. Sie treffen nicht einmal auf endliche, menschliche Personen zu. Denn Person ist vor allem SELBSTBEZUG und darin Du: antwortfähige Quelle von Freiheit.

Wenn der Clou darin läge, daß die universale Energie der Liebe zum Selbstbewußtsein käme, von Anfang an dazu gekommen wäre, in diesem Sinne personal wäre?
Menschen, denen der Gottesname zuerst auf den Lippen verängstigter Eltern und autoritärer Kirchenleute begegnete, wird der unlösbar enge Zusammenhang zwischen Gotteserfahrung und dialogischer Freiheitserfahrung nicht leicht faßbar sein. »Der Mensch aber, der sich wirklich seiner Freiheit gewiß wird, wird sich zugleich Gottes gewiß. Freiheit und Gott sind untrennbar. Warum? Ich bin mir gewiß: in meiner Freiheit bin ich nicht durch mich selbst, sondern werde mir geschenkt ... Wo ich eigentlich ich selbst bin, bin ich gewiß, daß ich es nicht durch mich selbst bin .... Gott ist für mich in dem Maße, als ich in Freiheit wirklich ich selbst werde. Er ist gerade nicht als Wissensinhalt, sondern nur als Offenbarwerden für die Existenz« (Karl Jaspers, Einführung in die Philosophie, 4. Kapitel).
Martin Buber übersetzt das von HERRSCHAFTEN wie von Sklavenseelen aller Zeiten mißbrauchte Wort »Gott« mit »ewigem Du«. »Die verlängerten Linien der BEZIEHUNGEN schneiden sich im ewigen Du. Jedes geeinzelte Du ist ein Durchblick zu ihm. Durch jedes geeinzelte Du spricht das Grundwort das ewige an. Aus diesem Mittlertum des Du aller Wesen kommt die Erfülltheit der Beziehungen zu ihnen und die Unerfülltheit« (Ich und Du, Dritter Teil).
»Wo zwei oder drei in meinem Namen versammelt sind, da bin ich mitten unter ihnen« (Mattäus 18,20).
Das ewige Du hält das Zelt des ZWISCHEN über sich begegnenden Menschen: grundlegendste Grundlage ihres gemeinsamen Sinnbestandes, auch dessen, was wir Kultur nennen, worin die Zelte zu Palästen und Sportpalästen und Petersdomen werden. Im Kleinen ist Zwischen der Geist einer Gemeinschaft, schon eines GESPRÄCHES. Was wäre ich ohne Du, was wären du und ich zusammen ohne WIR? Sind wir nicht Wir-Wesen? »Ich, das Wir, und Wir, das (jeweils) Ich ist« (Hegel, Phänomenologie des Geistes, Meiner-Ausgabe, 140).
Und das ewige Du? Ist es einsamer Selbstbezug oder dürfen wir es als Wir-Wesen ansprechen? Aber sind wir, du und ich, ihm adäquates Gegenüber, um mit ihm eine Wir-Gemeinschaft zu bilden? Gott Wir-Gemeinschaft in sich selbst, wie das christliche Dreifaltigkeitssymbol es nahelegt?

Gewöhnlich wird Du getragen von einem Wir-Sinn dahinter: »Bedingung der Möglichkeit« und Medium des Du-Sagens. Wenn wir zur Bedingung der Möglichkeit selbst »Du« sagen, kann nichts mehr hinter ihr sein, es sei denn nochmals sie selbst.
Das unter dem Gottesnamen – angesprochene Du kann nicht wie ein menschliches Gegenüber sein. Meinen wir deshalb so leicht, es sei sinnlos, es als Du anzusprechen?
Trägt es solcher Erfahrung Rechnung, das ewige Du als ein Wir zu verstehen? Gott: ein ewiges Wir, das wir – aus Gründen menschlicher Grammatik – mit Du anreden! Weil wir anreden wollen, müssen – und doch die kindische Unzulänglichkeit spüren, Die Liebe mit Du anzureden.

Auch das DU bindet Dich
denn Du bist dreimal mehr
Meer
worin meine Wortpfeile münden
suchen Dich
also finden nicht
immer und irrend münden.

Mein frömmstes Wort
DU
will dich am meisten zwingen.
Das verschlagene Schweigen
fährt fort
bis es abläßt
von Dir.

Aber das sagende
singende DU
bist Du
findest Dich jenseits von Suchen
wagendes klingendes
sprachlos vollbringendes WIR
sind Wir
WIR bist Du
vor meinem Rufen
daß kein Freimut genügt
Deinem spielend wegschickenden
Anruf von

wieder ein Wort
Liebe
ewige Liebe
Du.

(Ewiges Wir)

Ist Gottesliebe also Beten? Keineswegs nur ausdrückliches Beten mit Worten. Wohl umgekehrt dürfte Gebet, sofern es etwas ist, sofern etwas fließt, Gottesliebe sein.
Gottesliebe: die Liebe zum unsichtbaren Wir in allem Du-Sagen aus Liebe. Die Liebe zum Unsichtbaren in allem Du. »Wer seinen Bruder nicht liebt, den er gesehen hat, kann Gott nicht lieben, den er nicht gesehen hat« (1. Johannesbrief 4, 20).

»Ich habe mich oft gefragt und keine Antwort gefunden,
woher das Sanfte und das Gute kommt,
weiß es auch heute nicht und muß nun gehn.«

(Gottfried Benn, Menschen getroffen)

Gottesliebe: die Verehrung fürs Unsichtbare. »Alles Wesentliche ist unsichtbar« (Antoine de Saint-Exupéry).
Das Gefühl der Wärme. Das Gefühl der Freude über alles und nichts, das sich wandelt wie die Wolken und schwindet, aber irgendwo bleibt, unfühlbar. Das Gefühl der Freude über alles und nichts als die paar Sonnenstrahlen, als den glitzernden Schnee, als den frischen Atemzug. Siehe NATURLIEBE.
Das Gefühl der unerschöpflichen Energie mitten im Ermüden. Das Gefühl der Geborgenheit inmitten der Gefühle, »ausgesetzt auf den Bergen des Herzens«. Das Gefühl der GEFÜHLE.

HASS: Daß er im Unterschied zur GLEICHGÜLTIGKEIT den konträren Gegensatz zur Liebe darstellt, wurde dort bereits gesagt. Daß er also wie Liebe ein Emotionsfundament voraussetzt und oft dasjenige der enttäuschten Liebe, das ist bekannt.
Bleibt die Frage, ob aller Haß Schwäche, gar Bosheit auf der Seite des Hassenden darstellt oder – ob es einen ethisch berechtigten, gar human wertvollen Haß gibt.
In den Psalmen heißt es: »Wie sollte ich die nicht hassen, welche Dich verachten!« Von Augustinus kommt jedoch, meines

Wissens, die weise Unterscheidung: die Sünde hassen, aber den Sünder lieben.
Allein, wie sich die Emotionen der Liebe nicht auf Ideen richten, sondern auf Personen, so wird die Unterscheidung auch beim Haß nicht realistisch sein, sobald ich nicht als »Seelsorger«, sondern als Privatperson betroffen bin.
Vielleicht gibt es rein emotional-irrationale Ursachen des Hasses. Doch dürfte das selten sein. Dies nämlich unterscheidet den Haß sehr grundsätzlich von der Liebe. Er ist eben nicht deren Spiegelbild, sondern deren eigenständige Negativform, was etwas ganz anderes ist. Für Haß bedarf es zusätzlicher Gründe, für die Liebe nicht mehr als das Dasein und Sosein einer Person. Finde ich einen Menschen in seinem Sosein nicht in Ordnung, werde ich ihn nicht hassen, höchstens verabscheuen oder bemitleiden.
Ist dann Abscheu nicht das konträre Gegenteil der Liebe, wie Schwarz zu Weiß? Doch, die europäische Sprachgewohnheit, stets Haß und Liebe zu kontrastieren, verführt, dies zu übersehen: Der Haß stellt eine Mischung von Abscheu und Zorn dar. In der verletzten Liebe zum Beispiel rast mehr der Zorn, während der Abscheu sich einfach abwenden würde.
Dem Haß geht subjektiv empfundener Angriff auf Werte voraus, die dem hassenden Menschen verteidigenswert erscheinen. So kann Neid, ein empfundener Angriff auf meine berechtigten oder unberechtigten Ansprüche, sich zum Haß weiterentwickeln. Oder Eifersucht, um im Bereich der Liebesangelegenheiten zu bleiben.
Demgemäß wird die Berechtigung von Haßgefühlen zu einer Gerechtigkeitsfrage: Wenn meine Eifersucht berechtigt sein sollte, kann auch mein Haßgefühl auf den unfairen Rivalen berechtigt sein. Ich denke nicht daran, es aus »christlichen Gründen« zu unterdrücken.
Ebensowenig unterdrücke ich meinen Haß auf jenen Klerikalfaschisten etwa, der mir die berufliche Zukunft vermauert. Hier spielen ideelle Bewertungen eine wesentliche Rolle. Und in den sachlichen Zorn mischt sich Abscheu vor der Person.
Immer aber bedarf der Haß hinreichend, nein übermäßig guter Gründe, die es rechtfertigen, ja notwendig erscheinen lassen, ihn weiterzunähren. Das ist sein Zorn-Anteil. Und immer geht er über die »guten« Gründe hinaus ins persönliche Engagement: die Abscheu-Komponente.

Zulassen im Sinne des faktischen Ins-Auge-Sehens, wovon Psycho-Hygieniker so gern sprechen, muß ich auch den »blinden« und irrationalen, miesen Haß – um ihn nach Kräften abbauen zu können. Bekanntlich kehren sich die nicht zugelassenen (berechtigten oder unberechtigten) Aggressionen gegen ihren inneren Unterdrücker. Haß ist innere Aggression, die sich in Wutausbrüchen (durchaus gewaltfrei) äußern kann.

Aber, das ist das selten Gesagte: Es gibt auch Haß, den ich *bewahren* muß. Den mir kein Christentum wird ausreden können noch dürfen, weil ich dadurch zahnlos würde und, übrigens, depressiv: Der berechtigte, notwendige Haß: eine Aggression zur Verteidigung dessen, was mir und vor allem den Gemeinschaften mit Recht wert und teuer ist. Dieser Haß ist eine Form der Tapferkeit. Und vielleicht ist *Feindesliebe* erst möglich, nachdem man solchen Haß, also Gegnerschaft, zugelassen, zugegeben hat?

Nietzsche warf dem Christentum vor, eine Kultur des Ressentiments heraufgeführt zu haben. Wenn daran etwas Wahres ist, dann: die Unterdrückung des Hasses, auch des notwendigen. Denn Ressentiment ist unterdrückter Haß. Daß die christliche Bewegung allerdings aus dem Geist des Ressentiments geboren wurde, bestreite ich. Nietzsche unterscheidet aus seiner historischen Perspektive nicht den Nazarener von seiner HERRSCHAFTLICHEN Vereinnahmung. Jesus war zumindest des Zornes offenkundig fähig. Ob große spirituell Liebende die Abscheu-Komponenten ganz in sich aufheben können?

Der Himmel bewahre mich davor, hassen zu müssen. Doch mehr davor, nicht von Herzen hassen zu können, wo not-wendig. Am meisten freilich, nach wie vor: zu hassen, wo nicht notwendig. Leider muß indessen mancherlei Not gewendet werden.

> »Man muß lieben lernen, gütig sein lernen, und dies von Jugend auf; wenn Erziehung und Zufall uns keine Gelegenheit zur Übung dieser Empfindungen geben, so wird unsere Seele trocken und selbst zu einem Verständnis jener zarten Erfindungen liebevoller Menschen ungeeignet. Ebenso muß der Haß gelernt und genährt werden, wenn einer ein tüchtiger Hasser werden will: sonst wird auch der Keim dazu allmählich absterben« (Friedrich Nietzsche, Menschliches, Allzumenschliches I, 601).

HERRSCHAFT: Wenn Liebe Gestalt der Freiheit ist, wenn zumal Gottesliebe auf Freiheitserfahrung gründet und wenn wir Herrschaft verstehen als mit Zwang, unnötigem Zwang verbundene Machtausübung – dann sind Liebe und Herrschaft Gegensätze wie Feuer und Wasser.

Auf einen Streit um Worte, ob »Herrschaft« nicht in einem positiven Sinne verwendet werden könne, wie etwa in »Demokratie = Volksherrschaft«, lasse ich mich hier nicht ein. Die Zeit einer zustimmenden Rede von Herrschaft ist abgelaufen, wo die letzten Herrschaften offiziell Recht und Macht verloren haben, freilich oft nur, um anderer Herrschaft Platz zu machen.

Selbst Theologen werden darüber nachdenken müssen, wieweit die Rede von Gottes Herrschaft nicht von feudalen Vorstellungen geprägt war, daher zumindest bewußt bildhaft verstanden, wenn nicht überhaupt verworfen werden muß. Wir sind empfindlicher geworden für den Unterschied zwischen Herrschertum und Schöpfertum. (»Auctoritas« heißt von der ursprünglichen Wortbedeutung her »Mehrerschaft«.)

Von Macht und Kraft und unbegrenztem Recht der göttlichen Liebe könnte in Zukunft gesprochen werden, ohne die herrschaftlichen Zustände aus Kindertagen der Menschheit als väterliches und im allgemeinen gottgewolltes Liebeswalten zu ver-herrlichen. Was hätte eine »Herrschaft« der Liebe zu tun mit dem, was die Menschheit durch die Jahrtausende hindurch an Herrschaften erlebt hat?

Wenn der »König der Juden« vor seinem Richter bekannte: »Ja, ich bin ein König«, muß er die bittere Ironie solcher Bildersprache, wie sie in der Kreuzinschrift hervortrat, schon in Liebesironie aufgehoben haben: Das Bekenntnis zum Königtum der Liebe meint Abschaffung aller Herrscherallüren. »Ihr wißt, daß die Herrscher die Völker knechten und die Großen sie ihre Macht spüren lassen. Nicht so soll es unter euch sein. Wer unter euch groß sein will, sei euer Diener« (Mattäus 20, 26). Dieses Wort hält ein Liebesgericht, nicht zuletzt über die vorgeblichen »Diener der Diener Gottes«.

Was hat Herrschaft sonst mit Liebe zu tun? Die beiden sind entgegengesetzt. Sie stehen in erbittertem Kampf miteinander. Und natürlich hat die Herrschaft nach Art dieser Welt die Oberhand. Was hier interessiert: Wie sie sich gerade der Liebesdinge annimmt.

Am leichtesten und zugleich wirksamsten ist der Zugriff auf die

SEXUALITÄT. Darüber wurde von Herbert Marcuse und der 68er Bewegung Wichtiges gesagt. Man versuche, sich ein besseres Mittel vorzustellen, Menschen äußerlich und innerlich zu gängeln als durch Sexualität. Durch Nahrungsrationierung? Das klappt nur in Knappheitszeiten und ist schwer kontrollierbar. Im übrigen geschah und geschieht es in verdeckter Form durch alle Arten ökonomischer Abhängigkeit: Wes Brot ich eß, des Lied ich sing. Doch der Eingriff in die Gewissen, die Manipulation durch unbewußte Ängste könnte über die Ernährungsregulierung bei weitem nicht so gelingen, weil Ernährung zwar noch elementarer, doch weniger geheimnisvoll, weniger emotionsbesetzt ist als die Sexualität, immerhin eine elementare Ausdrucksstufe im Ganzen der Liebe.
Die soziale Regulierung der Ausscheidungsvorgänge etwa würde an Willkür nicht hinter vielen geschichtlichen und gerade in »höheren« Zivilisationen wirksamen Sexualtabus zurückstehen. Allein, dort wäre solche Willkür leicht zu durchschauen, es fehlte die zwischenmenschliche, emotionale Tragweite, auch die Flexibilität, welche die sexuellen Bedürfnisse als gesamtmenschliche kennzeichnet. Kurz, man könnte kein Mittel finden, Menschen fast unmerklich bis in ihre intimsten Verhaltensweisen, Gedanken, Gefühle hinein zu beherrschen als über die Sanktionierung des sexuellen Verhaltens.
Mit diesem Gedankenexperiment behaupte ich nicht, daß alle Sexualregeln und -tabus auf willkürlichem Beherrschungswillen beruhten, als ob die Herrschenden die Zusammenhänge durchschauten. Sie wurden selbst durch Unkenntnis sowohl der biologischen und sozialen Zusammenhänge kaum weniger als die Beherrschten genarrt, gleich ob sie sich Lizenzen herausnahmen oder nicht. Das mindert jedoch nicht die tatsächlichen Herrschaftszusammenhänge.
Die abendländische Kultur, geprägt durch die immer autoritärer gewordene römische Kirche, hält nach Auskunft von Kulturgeschichtlern einen Weltrekord in der sexuellen Unterdrükkung inne. »Nichtchristliche westliche Gesellschaften hatten, mit verschiedenen Graden von Strenge, Ehebruch (üblicherweise), Empfängnisverhütung (selten), Abtreibung (manchmal), Homosexualität (manchmal) ... und Masturbation (niemals) verdammt. Die Kirche verdammte sie alle. – Andere Gesellschaften hatten es gewagt, entsprechende Frequenzen für den ehelichen Geschlechtsverkehr vorzuschlagen ... Die Kir-

che sagte: niemals, außer wenn man Kinder wollte. – Andere Gesellschaften hatten Sex als Vergnügen betrachtet, in jeder Position. Für die Kirche war sexuelles Vergnügen eine Sünde, und nur die Mann-oben-Stellung war akzeptabel. – Als die westliche Welt aus dem dunklen frühen Mittelalter heraustrat, hatte in der christlichen Moral die Sünde eine wichtigere, weil unmittelbarere Rolle zu spielen begonnen als sogar die Erlösung. Und von allen Sünden, die in dieser Moral eingeschlossen waren, hatten keine so weitreichende Anwendungsgebiete wie die Sünden der Sexualität . . . Bewußt oder unbewußt begannen Männer und Frauen mit normalen sexuellen Wünschen, von Schuldgefühlen verfolgt zu werden« (Reay Tannahill, Kulturgeschichte der Erotik, Wien 1982, 166).
Wo Menschen sich schuldig fühlen, sind sie selbst ohne äußerlich sichtbaren Zwang beherrschbar. Grundlose Schuldgefühle begründen die perfideste, menschenunwürdigste Herrschaft, die sich denken läßt. Eine bloß politische Herrschaft, ein Staatswesen – selbst wenn es zur offenkundigen Diktatur wird, kann so tief gar nicht die Freiheit selbst anrühren wie eine religiös-weltanschauliche Gemeinschaft es mit scheinbar gewaltfreien Mitteln vermag. Denn das Freiheitswesen Mensch ist durch Angst vor unausweichlicher Schuld im eigenen Inneren gebrochen. Wie könnte es zum Aufbau einer freien Gesellschaft taugen? Die Folgen erleben wir alle, auch nach der »sexuellen Revolution«. Auch der grassierende Opportunismus beruht auf tiefer Verstörung des Freiheitsbewußtseins.
Unübertrefflich wird die Perfidie dadurch, daß sie im Namen der spirituellen Liebe und der religiösen Kräfte des Menschen von Herrschern und Beherrschten vor den Betroffenen gerechtfertigt und verharmlost wird: als Herrschaft unerkannt bleibt oder geheiligt wird. Die Ausbeutung dieser besten Kräfte des Menschen durch manche Kirchen hält bis auf den heutigen Tag unvermindert an. Nicht, daß es in ihrem Bereich nicht auch echte Spiritualität gäbe. Der Skandal besteht darin, daß sich gerade spirituelle Menschen herrschaftlich vereinnahmen lassen und ein geistiges Unrechtssystem, gewollt oder ungewollt, mittragen. Denn gerade spirituell begabte Menschen neigen leicht zu unpolitisch-privater Haltung.
Zum Elend der zölibatären Amtsträger siehe näher ZÖLIBAT! Dieses Elend ist nicht allein ihr persönliches, sondern hat kirchenpolitische und somit gesamtgesellschaftliche Dimensio-

nen. Im Namen des Zeugnisses für den Gott der Liebe – denn diese »andere«, geistige Liebe soll Sinn des Zölibats sein – wird die herrschaftliche Unterdrückung einer künftigen Liebeskultur mitgetragen.

Die Verbindung von spiritueller und sexueller Herrschaft ist ein Aspekt. Ein anderer, damit einhergehender: die Monopolisierung der Spiritualität. Alles, was sich von unten regt, ohne sich den großkirchlichen Normen und Alleinvertretungsansprüchen zu beugen, wird als »sektenhaft« abgestempelt. Selbst evangelische Amtsträger vergessen leicht, daß die ganze christliche Bewegung als jüdische »Sekte« in den Augen der jüdischen oder römischen Zeitgenossen begonnen hat. Spirituelle Liebe läßt sich nicht monopolisieren, ohne Schaden zu leiden und steril zu werden. Sie kann allein durch den »Erweis des Geistes und der Kraft« (1. Korintherbrief 2, 4) den Nachweis ihrer Echtheit und Überlegenheit erbringen. Diese Kraft war immer das Gegenteil herrschaftlicher Unterdrückung.

Weniger herrschaftsanfällig erscheint der Eros, wenngleich genormt durch höfische, heute vorzüglich kommerzielle Spielregeln und Schönheitsideale. Als Mode unterliegt er in unserer Gesellschaft den Gesetzen des »freien Marktes« – eine neue Art der Herrschaft.

Freiheit einerseits, Herrschaft anderseits bilden ein unteilbares Ganzes. Deshalb war immer auch die Liebe als Freundschaft von anderer Unterdrückung mitbetroffen, und sie bleibt es. Noch einmal sei das großartige Wort aus Hölderlins »Hyperion« angeführt:

> »O wie hatten die alten Tyrannen so recht, Freundschaften wie die unsere zu verbieten! Da ist man stark, wie ein Halbgott, und duldet nichts Unverschämtes in seinem Bezirke!«

HINGABE: Zum Kernbereich ganzheitlicher (TOTALISIERTER) Liebe gehörig. Abhängigkeit, die innerlich bejaht wird. Ein Sich-abhängig-Machen. Aus dem Glauben an die Liebes-würdigkeit, meist zugleich aus der Hoffnung auf Gegenseitigkeit und Gelingen geboren, sagt die Hingabe: »Ich will dein sein – möglichst unwiderruflich.«

Eine paradoxe Selbstweggabe der Freiheit. Das Paradox haftet der Freiheit als dialogischer und zeitlicher an: »Zu meinem Selbstsein soll für immer der Bezug zu dir gehören, womöglich

Vorrang haben. Ich will mein Selbst in den Dienst unserer Gemeinsamkeit, ja in deinen Dienst stellen.«

Hier liegen Nuancen, die bemerkenswerte Unterschiede beinhalten: »in den Dienst unserer Gemeinsamkeit« klingt aufgeklärter, emanzipierter als »in deinen Dienst«. Es ist auch der philosophisch richtigere Ausdruck – wenngleich nicht der psychologisch näherliegende und geläufigere. Scheint es doch der geliebte Andere, der den Dienst an der Gemeinschaft motiviert. Doch hier liegt der gefährliche Schein, der die altunwürdige Entgegensetzung von SELBSTLIEBE und dienender, schenkender Liebe hervorgebracht hat. Erst wenn man ernst nimmt, daß der Andere »nur« als Teil der Wir-Gemeinschaft gemeint ist, als auf mich bezügliches Beziehungswesen gemeint sein kann, erst an diesem Ariadnefaden findet man zwar nicht heraus aus dem alten Labyrinth der leidenschaftlichen und ganzheitlichen Liebe, aber einigermaßen hindurch.

Der emanzipatorische Gedanke, daß Hingabe bedingungsloses Versprechen zum Dienst an der Gemeinsamkeit, nicht aber an den anderen Menschen ist, gibt die Möglichkeit, sie von Selbstaufgabe, Selbstpreisgabe (nicht nur verbal) zu unterscheiden. Er gibt die Möglichkeit, das Große an der Hingabe zu retten, ohne jene Parodie und Entartungsform mitzurechtfertigen. Keine Frage, daß es Grenz- und Gefahrenzonen gibt, die bleiben. Vielleicht kann gerade bei diesem Beispiel der Kopf den Gefühlen helfen.

Hingabe scheint immer noch vorzüglich Sache der Frau und wird es vermutlich in dem emanzipierteren Sinne auch nach deren Emanzipation bleiben. Das ist eine vielfältige Erfahrungsbeobachtung, kein metaphysischer Satz. Der Mann erobert, macht sich womöglich abhängig aus rasender Leidenschaft. Er gibt sich eher hin an Ideen und Ideengemeinschaften (Orden, Kirche, Universität, Beruf, Partei) als an den einzelnen Menschen, genauer in eine Zweiergemeinschaft. Wenn er es dennoch tut in unseren Breiten, sieht es eher nach Vollstreckung gesellschaftlicher Normen aus denn nach personaler Hingabe. Aber alles das ist nicht Hingabe: freier Wunsch, sein Zentrum im Anderen zu haben. Aus diesem Mangel an Fähigkeit und Willigkeit zur Hingabe scheitern folglich, vom gesellschaftlichen Bombardement abgesehen, die meisten zwischenmännlichen Liebesverhältnisse.

»Oh über eure Armut, ihr Männer, und euren Geiz der Seele!

Wie viel ihr dem Freunde gebt, das will ich noch meinem Feinde geben, und will auch nicht ärmer damit geworden sein« (Zarathustra, Vom Freunde).

Der Sichhingebende öffnet den Kreis seines Wesens zu einer elliptischen Existenz – wobei er den eigenen Brennpunkt so wenig in den Mittelpunkt stellt, daß diese Selbstvergessenheit nach Selbstpreisgabe aussieht. Doch diese Verwechslung beruht darauf, daß die Momente des Vertrauens und der Hoffnung übersehen oder fehlgedeutet und mißbraucht werden.

Hoffnung: daß besser für mich gedacht und gesorgt ist, als ich selbst es tun könnte, auch als ich es kurzfristig erleben kann. Aber das ist Sinn-Hoffnung, nicht Berechnung noch bestimmte Erwartung. Kein Nützlichkeitsdenken. Vergleiche UMSONST. Die Sinnhoffnung der Hingabe erwartet keinen Lohn, sie hofft nicht einmal letztlich auf den Anderen, sondern auf den Reichtum eines Sinngrundes. Wieder wird ein Moment der spirituellen Liebe in seiner alltäglichen und zwischenmenschlichen, keineswegs religiös »abgehobenen« Bedeutung sichtbar. Ohne dieses Moment würde Hingabe von triebhafter Hörigkeit und masochistischer Selbstaufgabe ununterscheidbar.

Ebenso das Vertrauen: Sehr gut, wenn die Hingabe beim Anderen Halt findet. Aber sie fragt letztlich nicht danach. Es handelt sich um Sinnvertrauen, ob man es spirituell nennen will oder nicht.

Es gehört zum Wesen der Hingabe, die Angst um das Selbst zu vergessen und »nicht auszurechnen, was es kostet«: Selbstvergessenheit, jedoch nicht Selbstpreisgabe. Letztere ist geheime Erpressung, subtiler Zwang des anderen, das Selbstopfer anzunehmen, damit es nicht umsonst war; Hingabe ist eigenwillig. Sie hört auf die Sinnerfahrung: Es ist gut, daß ich mich umsonst gebe, mit allem Risiko. Mag es in keiner Weise »gut« im Sinne von nützlich sein, so doch sinnvoll, hoffe ich, vertraue ich.

Ich will mit dem gehen, den ich liebe.
Ich will nicht ausrechnen, was es kostet.
Ich will nicht nachdenken, ob es gut ist.
Ich will nicht wissen, ob er mich liebt.
Ich will mit dem gehen, den ich liebe.
(Bertolt Brecht)

HOFFEN ist Erwarten ohne Anspruch. Wie stark ERWARTUNGEN auch das zwischenmenschliche Leben ausmachen, zur Liebe selbst gehört vor allem das anspruchslose Erwarten. Das Erwartbare, gar Einklagbare, gehört allenfalls zur Voraussetzung der Liebesordnung.
Das, worauf ich keinen Rechts- noch sonstigen Anspruch habe, kann mir dennoch das Notwendigste sein. (Traditionelle Theologen haben das nicht begriffen: Daß »Gnade« nicht den freien Charakter des Geschenkes verliert, wenn sie vom Menschen *naturhaft* als das ihm Notwendigste ersehnt wird.) Das Notwendende im Bereich von Freiheit und Liebe ist das, was gerade nicht mit gesetzmäßiger Notwendigkeit eintrifft.
Aufs gute Wetter können wir »hoffen«, weil wir die zufällige Überschneidung der Kausalketten nicht überblicken können. Hier wie oft wird das Undeterminierte, zumindest von uns nicht Bestimmbare zur Instanz einer Quasi-Freiheit.
Eigentliches Hoffen richtet sich auf das Dialogische der anderen Freiheit. Wie antwortet sie? »Ja, heißt das eine Wörtchen,/ das andre heißet Nein/ die beiden Wörtchen schließen/ die ganze Welt mir ein,« singt »Der Neugierige« in Schuberts »Schöner Müllerin«.Zwischen Ja und Nein gibt es freilich tausend Schattierungen und mancherlei ÜBERRASCHUNG. Das ist wichtig: Hoffen hebt Offensein für Überraschungen nicht auf.
Unsere Hoffnungen überhaupt, die Liebeshoffnungen insbesondere richten sich auch aufs »Schicksal«. Ist dieses das Resultat sinnlosen Zufallspiels, ähnlich wie wir das Wetter von morgen – zu Recht oder Unrecht – erleben, oder richtet sich die Hoffnung an eine Instanz der FÜGUNG? An dieser, wenn man will, religiösen, jedenfalls spirituellen Frage entscheidet sich der Charakter meines WARTENS und Hoffens.
Nur die Hoffnung, die Vertrauen auf eine liebevolle Fügungsmacht einschließt, gewährt Geborgenheit, befreit von Angst. Nicht vertrauende Hoffnung ist fast identisch mit ANGST: Angst vor der Leere, vor dem Scheitern. Und was die eigene Aktivität angeht: Läßt sich mit oder ohne Angst besser handeln, besser auch im Einklang mit spirituellen Mächten?
Der Mensch, der Liebe gefunden hat, bleibt ein auf den anderen Hoffender. Hoffnung bleibt Bestandteil der Liebe, auch der erfüllten, nicht nur der Sehnsucht. Denn sie gehört zum Erwarten von Freiheitswesen gerade als solchen, als überraschenden. Sogar von der Gewohnheit hieß es, sie sei in der Liebe die

andere Seite ihrer Hoffnungsstruktur. Hoffnung hört erst auf, wo Freiheit aufhört – also nie wie die Liebe, wohl nicht einmal nach diesem Nomadenleben.

Hoffnung ist Wohnung im Vorlaufen:
Jetztschon im Nochnicht
Geborgenheit des Unterwegsseins
Häuslichkeit von Nomaden.

Ihre Worte:
das Zelt
das wir abendlich
aufschlagen
unter offenem Himmel.

(Hoffnung)

HOMOSEXUALITÄT: Ein Jahrtausendskandal der abendländischen Zivilisation, inzwischen zumindest als eine Jahrhundertfrage von einer Minderheit (außer den Betroffenen selbst) erkannt.
Judendiffamierung geht nach den kurzvergangenen Greueln heute nicht mehr. Gerade faschistoide Mitläufer und Festtagsredner (gemeint ist nicht die Rede des Bundespräsidenten mit seiner Ausnahmerede zum 8. Mai 1985) bemühen sich nach Kräften, vom alltäglich latenten Faschismus in unserer Republik durch die im wesentlichen »erledigte« Judenfrage abzulenken. Abgelenkt wird von den beiden Judenfragen unserer Gegenwart: dem Ausländerproblem, noch mehr aber der latent weiter grassierenden Diffamierung der homosexuellen Mitbürger.
Im Unterschied zu den Gastarbeiterfamilien waren diese bereits in den KZs des Dritten Reiches vertreten. Im Unterschied zu ihren jüdischen Leidensgenossen erhielten sie, was nicht genügend wiederholt werden kann, keine Wiedergutmachung. Im Gegenteil, die Diskriminierung ging in der Adenauer-Ära voll weiter. Wer behauptet, es gebe sie heute nicht mehr, weil einige Schwule den Mut und die gesicherte Stellung, wenige gar Spaß daran haben, sich als solche zu bekennen und den Spießbürgerspieß umzudrehen, bezeugt damit nur seine Ahnungslosigkeit über das alltägliche Elend von Einsamkeit, lautlosen Attacken auf die Partnerschaften, Rollenunsicherheit und Außenseiterrolle der Schwulen, die zumal in Zeiten der Arbeitslosigkeit

keine bloß psychischen Belastungen bleiben. Von drohender Aids-Hysterie noch zu schweigen.
Noch in den achtziger Jahren kann ein Bonner Professor (freilich den katholischen »Konkordatslehrstuhl« für mittelalterliche Philosophie bekleidend), pikanterweise Vorsitzender der »Gesellschaft für christlich-jüdische Zusammenarbeit«, öffentlich und ungestraft, die Homosexuellen als »Krebsgeschwür der Gesellschaft« bezeichnen. Wie gesagt: früher waren es die Juden. Sich heute mit ihnen allerchristlichst auf akademische Weise zu verständigen, kann als einer der besten Persilscheine faschistoiden Denkens gelten.
Die bisher bloß zynisch bemunkelten Hintergründe des schnell vergessenen Wörner-Kießling-Skandals würden, wenn sie endlich ans Licht und zur Diskussion kämen, wahrscheinlich manchen die Augen öffnen. Es gibt ein Drama »Sicherheitsrisiko« das irgendwann doch – trotz Aids-Stimmung – auf deutschen Bühnen gespielt werden dürfte.
Vom Redakteur des »Gay Journals«, eines seriöseren unter den schwulen Getto-Blättern, wurde ich gebeten, einen Beitrag zum Thema »Homosexualität und Christentum« zu liefern. Ich fügte der Überschrift hinzu: »ein Jahrtausendskandal«. Aus Versehen wurde die Überschrift zu »Jahrhundertskandal« abgeschwächt – meines Erachtens ein Symptom dafür, wie die Dimensionen der Frage aus dem Blick entschwinden, wenn diese Frage auf bloße sexuelle Emanzipation reduziert wird – wie leider im homosexuellen Milieu üblich. Es geht aber um eine vertiefte »Metaphysik« der Geschlechtlichkeit und Liebe überhaupt. Als *entscheidend* versuchte ich dort herauszustellen:
Liegt das Schöpfungsgeheimnis in der Liebe eines Freiheitswesens als solchen zu einem anderen, welche dialogische Urpolarität (Dualgesetz) sich beim leibhaften Wesen auch im Geschlechtsunterschied einen schönen Ausdruck verschafft – oder ist dieser Geschlechtsunterschied selbst die entscheidende Schöpfungspolarität? Reicht der Unterschied von männlich und weiblich tiefer als das dialogische Verhältnis von Freiheit zu Freiheit, von Ich und Du? Oder ist diese Freiheitspolarität selbst das Entscheidende?
Bei unbefangenem Nachdenken (was freilich nicht Sache von Ideologen ist) wird man das letztere erkennen und damit auf das Fundament stoßen, von dem her auch die SEXUALITÄT als männlich-weibliche erst ihre menschliche Tiefe und Bedeu-

tung bekommt. Zugleich aber gewinnen auch die ganzheitlichen zwischenmännlichen und zwischenweiblichen Beziehungen ihren berechtigten Platz unter den menschlichen Liebesformen. *Ohne* Rückgang auf solche Fundamente wird die homosexuelle Emanzipation selbst bei denen, die sie tolerieren, immer eine Sache bloß herablassender Nachsicht sein. Die Schwulen werden dann stets bloß um ihr sexuelles und soziales Brot kämpfen, statt eine ihnen aufgetragene Liebesbotschaft zu vertreten: daß es auch bei leibhaften Wesen (nicht nur beim dreieinigen Gott in christlichem Verständnis) zuerst und zuletzt um Liebe von Person zu Person geht, und dies auf allen Ebenen der Liebe.
Dies freilich stellt Anforderungen auch an die »Szene« selbst. Überwiegend homosexuelle Frauen und Männer müssen die Öffentlichkeit davon überzeugen, daß ihre Liebesart mit Promiskuität und Pornographie nicht mehr zu tun hat als bei Heterosexuellen. Das sind hier wie dort Kehrseiten der Unterdrückung, also von den unterdrückenden Kräften selbst hervorgerufen. Immer noch aktuell: Nicht der Homosexuelle ist pervers, sondern die Gesellschaft, die ihn als pervers abstempelt. »Die Gesellschaft« besteht aber aus teilweise benennbaren Gruppen.

Von Liebe
war nicht die Rede
wo es ging um sie
um die Brücke
von Mund zu Mund
von Kopf zu Herz
von Herz zu Kopf
von Lied zu Lied
von Glied zu Glied
den spielend gespannten Körper
aus zweien
einsturzbedroht
durch Kirchen-Staats-Bomben

Statt singen das Lied überm Land
wurde verhandelt
ob wir uns nützen
nicht ob wir stützen
einer des anderen kühnen
gemeinsamen Bau.

(Unterdrücktes)

ICH LIEBE DICH: Die naheliegendste Form der Liebeserklärung, des Bekenntnisses. Nahegelegt wodurch? Durch gesellschaftliche Codes? Einfach durch die Sprache, deren sich das Gefühl der Liebe spontan bedient? Es gibt ein Drittes: durch beides, mit verschiedenen Gewichtsanteilen.
Auf die gesellschaftliche Codierung sollte man bei dieser Intimität des Inhalts verzichten können? Aber der Mensch ist ein Gesellschaftswesen. Daher liegt diese Formulierung zunächst näher als: »Ich fühle (viel für) dich«, »Ich bewundere dich«, »Ich begehre dich« beziehungsweise, Frage der Sprachebene, »bin ganz schön geil auf dich«, »Ich bin ganz ergriffen, wenn ich an dich denke«, »Ich denke dauernd an dich«, »Ich finde dich faszinierend«, »Du gehst mir nicht aus dem Kopf«, »Ich sehne mich schon wieder nach dir«, »Ich freue mich irre auf dich«, »Ich bringe alles mit dir in Verbindung«, »Ich bin dich noch immer nicht leid« und so weiter.
Das alles ersetzt nicht »Ich liebe dich«? Das muß wohl eine magische Formel sein. Oder die Ausführung eines gesellschaftlichen Handlungs-, Rollen- und Erwartungsmusters, vergleichsweise wie »Ich nehme dich hiermit zur Frau / zum Mann«: ausführendes Sprachhandeln? So scheint es.
Was wird ausgeführt? Viel Rollenverpflichtung scheint die Formel nicht mitzubringen. Man kann sie ohne Scheidungserklärungen vergessen machen, zumindest ins Gegenteil verkehren. Ausgeführt wird zumindest auch das Bild, das »man« sich macht von der Liebe. Wenn jemand dieses Bild auf sich angewandt wissen möchte, dann liegt es nahe, jene Formel zu gebrauchen.
Es mag Menschen geben, zumindest mich, die wollen ein solches Bild – mag es die Soziologen auch unter Titeln wie »Codierung der Intimität« beschäftigen – gar nicht mehr für sich verwenden. Ich muß daran denken, wie ich es als Siebenjähriger einer kleinen Freundin geheimnisvoll buchstabierte – mit meinen frischen Kenntnissen des ABC. Da war schon »die Gesellschaft« dabei, ich bin sicher. Denn Gefühle hatte ich kaum.
Fast dreißig Jahre später hatte ich Gefühle, die mich überraschten. Um sie zu bündeln, offenbar, um sie in einer ganz ungewöhnlichen Situation zu übermitteln, kam mir plötzlich diese Formel. Ich mußte ihre Gefühlsdeckung teuer bezahlen. Mich wundert im nachhinein, wie man dergleichen gewichtige Mit-

teilung mit einer solchen Gesellschaftsformel machen kann.
Beide Fälle scheinen sich täglich zu wiederholen, und vieles dazwischen. Mein Geschmack sträubt sich daher inzwischen gegen die Formel. Ich habe keinen Mangel an Umschreibungen, selbst nicht für das lebhafteste Gefühl.
Aber eins kann ich nicht ausschließen: daß es mir eines Tages, wenn ich ganz voll mich fühle oder ganz leer, ganz sicher oder ganz unsicher, wie zur beschwörenden Beruhigung eines Kindes – und beider Kinder – entfährt: »Ich liebe dich.«

Auf Schienen zwischen den Städten
Frankfurt – Paris
wo ich lebe zur Zeit
auf den Schienen
pflücke ich Blumen für dich
einen Strauß frischer Gedanken.

Das vom Erleben Geschnittene welkt
bis zu dem anderen Bahnhof.
Was zu sagen ist
fällt durch die Gitter
die Asche von Lebendem fällt
aus der Tageslichtwelt.

Bekanntlich muß man schweigen
worüber man nicht sprechen kann.
Es sei denn
du kommst mir entgegen
mit deinen Ohren mit deinen Augen
und frischestem Wasser.

(Auf den Schienen)

IDEALISIERUNG: Der andere, geliebte Mensch wird weniger als real denn ideal gesehen: als Bündel idealer Eigenschaften. Darin ist die Idealisierung meist Bestandteil der ILLUSION, zwar nicht direkt über die Qualität der Liebesbeziehung, aber über die »einmaligen, unersetzlichen« Vorzüge des Partners.
Die Gefahr der Idealisierung ergibt sich besonders in der einseitigen oder sehr verschieden intensiven VERLIEBTHEIT:

Der stärker Verliebte idealisiert den anderen, begehrten Menschen so sehr, daß er, der »Liebende«, sich selbst wie ein Wurm und ein Nichts vorkommt, da er sich selbst in seiner Realität, nicht in einer illusorischen Idealität erlebt. Je weniger symmetrisch die Leidenschaft oder Verliebtheit ist, desto gefährlicher wird diese *Selbstvernichtung vor dem idealisierten anderen.* Sie führt oft zu einer erheblichen Störung des Selbstwertgefühls.

Meist vermag der Verliebte den Bann der Idealisierung nicht selbst zu durchbrechen, besonders dann, wenn er vom Anderen nicht schroff zurückgestoßen und damit wachgerüttelt, sondern lauwarm zurückgeliebt wird. Dann wäre es ein Freundesdienst Dritter, den sich selbst Quälenden auf den Boden der Wirklichkeit zurückzuführen und den idealisierten Anderen realer zu zeichnen. Allein, die Schwierigkeit solchen Liebesdienstes liegt auf der Hand: zum einen darf keine Eifersucht und Animosität von seiten des Dritten im Spiele sein, er müßte den Anderen liebevoll realistisch zeichnen können, um den »Kranken« zu überzeugen. Zum andern riskiert er, für seinen Freundschaftsdienst schlecht belohnt zu werden und in Verdacht zu geraten. Dennoch: der sichere Freund bewährt sich im Unsicheren (»Amicus certus in re incerta cernitur«, Cicero).

Die Idealisierung ist deshalb eine um so heimtückischere Krankheit, als sie (von innen wie von außen) nicht leicht zu unterscheiden ist von begründeter BEWUNDERUNG. In dieser nimmt der Liebende das Wunder des Anderen wahr, wie es ohne den Blick der Liebe nicht leicht oder gar nicht wahrnehmbar ist.

Wie läßt sich also Idealisierung oder »falsche« Bewunderung von der »echten« unterscheiden? Dadurch, daß der Liebende auch die Grenzen und Fehler des Anderen realistisch erkennt und zu besprechen vermag – und zwar ohne zynische Herabsetzung. Diese letzte wäre wiederum Zeichen, daß er sich krampfhaft gegen seinen Hang zur Idealisierung wehren muß. Der echt Bewundernde kann dagegen Grenzen des Anderen benennen, ohne zu verletzen – weil diese Sicht seiner Bewunderung für das Einmalige am Anderen keinerlei Abbruch tut.

Ferner löst die eigentliche Bewunderung, auch bei unsymmetrisch erwiderter Liebe, keine Krise des Selbstwertgefühls aus, sondern hebt durch das Innewerden der eigenen Gabe zur Bewunderung, zur Sicht auf etwas Wunderbares.

Der Himmel schenke uns die Gabe der Unterscheidung, sogar als selbst Engagierten!

ILLUSION: Jedem Gefühl kann ich zusehen, zumindest nachsinnen, wenn es mich nicht gerade überwältigt. Ein erwünschtes Gefühl beobachte ich mit dem Wunsch, es möge stark sein und noch stärker werden. Das Gefühl der Liebe gehört meist zu den erwünschten Gefühlen. Also Vorsicht!
Ich wünsche die Liebe, ich ersehne sie oder bange um sie. Es gibt viele Gründe dafür: der Wille, dem Anderen zu antworten, wie er es verdient; Glücksgefühle, hundert Vorteile, und sei es nur der, nichts verändern zu müssen; das Gefühl der seelischen Kraft: Selbstgefühl. Ich liebe meine Liebe.
Aber lebt sie dadurch? Hier schleichen sich die Illusionen ein: ununterscheidbar wird mein Wunsch zu lieben von etwaiger Liebe selbst. Nicht daß der Wunsch zu lieben der Liebe je geschadet hätte – wohl aber der Erkenntnis.
Und erst der Wunsch, noch elementarer meist, zurückgeliebt zu *werden*! Die Sehnsucht nach Gegenseitigkeit! Der verschluckte Schrei nach Antwort und Gelingen! Jede Geste wird zum Zeichen der Gegenliebe, wird zum Samen im fruchtbar-furchtbaren Beet der Illusionen. Selbstgefühl und Hoffnung steigern die Illusion bis zum RAUSCH, der jeden Zweifel vergessen läßt, der seinen Wert in sich selbst hat – solange er nicht lebensgefährlich mit der Realität kollidiert.
Was kann heilen? Die Gegengifte der Skepsis, des ZWEIFELS, des Forderns? Diese sind giftiger als das Gift selbst.
Was kann abhelfen? Warten, Selbstkritik: nicht sosehr Skepsis dem Anderen als mir selbst gegenüber: ob ich das bestechende Flüstern der Wünsche höre oder die Sprache unbestochener Gefühle. In einem Klima allseitiger Korruption – Unbestechlichkeit üben.

INTEGRATION wäre mit »Ganzheit« bzw. »Verganzheitlichung« zu übersetzen – wenn dabei nicht der Glanz des Fachlich-Psychologischen wegfiele. Jede Liebesart und -stufe als eingegliederter, nicht losgelöster noch ausufernder Teil eines »organischen« Ganzen von Liebesleben – für wen wäre das nicht ein erstrebenswertes Idealbild?
Wie es mit allen Idealbildern geht: Werden sie nicht konkreti-

siert, bleiben sie unwirksam, entwerten allenfalls die Realität. Was ist hier konkret das Integrierte, was das Integrierende? Diese Fragen beantwortet die Psychologie bisher, meines Wissens, nicht.

Ich greife einmal mehr auf die Stufenlehre zurück – oder vielmehr vor. Mit ihr läßt sich eine psychologische Liebesutopie umreißen, ähnlich übrigens eine Realutopie des Sozialen. (Vergleiche vom Verfasser: Freiheit – Sozialismus – Christentum. Um eine kommunikative Gesellschaft.) Ihre Formel lautet *»Integration-durch-Differenzierung«* und will besagen: Jede Liebesebene sollte für sich ausgeprägt sein, aber jeweils der nächsthöheren Ebene untergeordnet: die KÖRPERLICHE und SEXUELLE der EROTISCHEN, diese der KOMMUNIKATIVEN, diese der SPIRITUELLEN LIEBE.

Leicht liest man diese »hierarchische« Reihenfolge im Sinne einer Herrschaft der oberen Ebenen über die Basisebenen. Das wäre genau die Einseitigkeit, wodurch die oberen Ebenen zum ideologischen Überbau würden. So in der traditionellen katholischen Sexualmoral, als Musterbeispiel für alle despotisch gewordene Ideologie in Liebesdingen: Sexualität läßt sich nicht vermeiden und ignorieren, doch sie muß ganz hingeordnet sein auf den »Ehezweck«, die Erzeugung von Nachkommenschaft. Der verwandte Eros ist teils gefährliches Vorspiel, teils sublimierender Ersatz und Ablenkung. Das Kommunikative, schön und gut, solange es der reinen »selbstlosen« Liebe, die eigentlich in der Liebe zu Gott und um Gottes und Christi willen liegt, untergeordnet bleibt. Das Menschliche nur nicht zu ernst nehmen.

Was in dieser bloß hierarchischen, strenggenommen gotteslästerlichen Liebesauffassung sich widerspiegelt, ist Herrschaftsanspruch. Der Fehler liegt in der bloßen Verzweckung, damit Versklavung der Basisebenen: der sexuellen und erotischen Lust, damit indirekt auch der Freundschaft als unmanipulierbarer Gegenseitigkeit von Freiheitswesen. Übrig bleibt auch von der spirituellen Liebe, des selbstvergessen glücklichen Schöpfens aus dem unendlichen Sinnmeer, nur eine Hülse: der Mensch als Mönch.

Traditionell ging es dabei nicht einmal um den Primat der welthaft ernstgenommenen spirituellen Liebe, sondern um den schlichten Dualismus von »geistiger« und »fleischlicher« Liebe. (Die Entgegensetzung von »geistig« und »fleischlich« bei Pau-

lus hat einen ganz anderen Sinn, etwa den von: »dialogisch-offen« und »in sich verschlossen«. Es ist falsch, Paulus für spätere Herrschaftsideologie verantwortlich zu machen.)
Gibt es spirituelle Liebe ohne vollentwickelte Freundschaft sowie die Basisebenen? Durchaus. Doch allzuoft entstellt, weil ideologisch abgehoben und unfrei, verklemmt. Vergleiche GEGENSEITIGKEIT. Auch die alle anderen integrierende Ebene bedarf selbst der Einbettung.
Nicht nur die spirituelle, sondern jede Liebesstufe läßt sich als dominante leben oder theoretisch ansetzen. So lief die Libidotheorie eines orthodoxen Freudianismus in der »sexuellen Revolution« Gefahr, zu einer Diktatur des Proletariats, will sagen der Sexualität, in Liebesdingen zu geraten – während Freud selbst noch zu resignierter Unterdrückung des an sich diktatorischen Anspruchs des Lustprinzips tendierte.
Doch, es gibt Unreinheit der sexuellen Liebe, auch ohne den Maßstab der alten ideologischen, selbst unreinen Reinheitsvorstellungen. Sexuelle Reinheit bedeutet ganzheitliche Integration dieser Ebene – in eigener Bejahung und Ausdifferenzierung, nicht in verklemmter Vermischung mit den anderen Ebenen. Es ist bedauerlich, wenn wertvolle Freundschaften zerbrechen, weil die sexuellen Wünsche nicht in Einklang zu bringen sind. (Freilich ist dabei nicht immer der Begehrende der Unreine; es kann auch der Ablehnende verklemmt und unwahr sein, das heißt doppelte Botschaften senden.)
Vorstellbar ist ferner eine Diktatur der ästhetisch-erotischen Liebeskultur – doch für uns näherliegend die Diktatur der kommunikativen Typen, gefährlicher, weil realistischer als die des diskursiven Sitzfleisches: die angeblich »kommunikative« Vermarktung und Veröffentlichung von allem und jedem im unendlichen Gerede der oberflächlichen Allerweltsbefreundung und Menschheitsverbrüderung, die Ebene der »letzten Menschen« (Nietzsche).

> »Was ist Liebe? Was ist Schöpfung? Was ist Sehnsucht? – so fragt der letzte Mensch und blinzelt. Die Erde ist dann klein geworden, und auf ihr hüpft der letzte Mensch, der alles klein macht; der letzte Mensch lebt am längsten. Wir haben das Glück erfunden – sagen die letzten Menschen und blinzeln. Sie haben die Gegenden verlassen, wo es hart war zu leben; denn man braucht Wärme. Man liebt noch den Nachbar und reibt sich an ihm: denn man braucht Wärme ... Man

hat sein Lüstchen für den Tag und sein Lüstchen für die Nacht: aber man ehrt die Gesundheit« (Zarathustras Vorreden, 5).

Daß Integration nur durch den Preis der Differenzierung ohne wesentlichen Verlust möglich ist, bedeutet: Die Spannungen zwischen den Liebesebenen bleiben! Liebe bleibt ein gefährliches Unternehmen. Wem der Kampf fremd ist, dem wird auch die Integration fremd bleiben – es sei denn, er lebe von vornherein sparsam, ohne Energieaufwand, wie es halböstliche Meditationslehrer öfter als Ideal preisen. Sie bieten just dem »letzten Menschen« sein spirituelles Fundament.

Wer unter Bedingungen der »Moderne« Spannungsfreiheit predigt, erweist sich schon dadurch als Ideologe. Integration-durch-Differenzierung stellt in Sachen Liebe wie in anderen Bereichen das Ideal der spannungsvollen, gewagten Einheit dar, den das Abendland unwiderruflich eingeschlagen hat.

So steht dem Prinzip der Integration – *»Jede Liebesart gewinnt erst vom Ganzen der Liebe her ihre gesamtmenschliche Bedeutung«* – das Prinzip der Differenzierung gegenüber: *»Jede Liebesart kann in einzelnen Begegnungen oder Phasen dominieren.«*

Nur für eine TOTALISIERTE, in besonderem Sinne ganzheitliche Beziehung gilt, daß alle Liebesebenen in ihr ausgeprägt enthalten sein können. Selbst dann, in ganzheitlicher PARTNERSCHAFT, kann eine Ebene durchgängig oder phasenhaft den Ton angeben: Eine Partnerschaft kann zeitweise überwiegend vom Sexuellen oder vom Erotischen oder vom Kommunikativ-Freundschaftlichen oder vom Spirituellen her geprägt sein.

In nicht-partnerschaftlichen und nicht-totalisierten Beziehungen ist es um der seelischen Hygiene willen absolut notwendig, die Liebesebenen zu differenzieren: Erst so wird vor allem Freundschaft in ihrer Vielfalt möglich. Bei weitem nicht jede freundschaftliche und kommunikative Liebe kann sexuell ausgelebt werden, ohne Schaden zu leiden.

Läßt sich das Umgekehrte auch sagen: Kann auch freundschaftsfreie körperliche Liebe menschenwürdig sein? Siehe den Versuch einer vorurteilsfreien Antwort unter SEXUALITÄT. Zu beachten: Die Beziehungen zwischen den Liebesebenen sind nicht symmetrisch. Nur die entwickelteren (in sich reflektierteren) Stufen der EINHEIT können die unteren inte-

grieren. Diese Basisebenen können und sollten die höheren wohl bereits in sich spiegeln, das heißt in sich vorwegnehmen. Um des Minimums an Ganzheit, Menschlichkeit willen.
In der Tat: Integration und Ganzheit müssen oft vorweggenommen, versucht werden. Sind nicht Liebesverhältnisse in ihrem Werden auf solchen Vorschuß angewiesen? Integration als Inhalt konkreter HOFFNUNG: Jetztschon im Nochnicht.

INTIMITÄT: Heute fast gleichbedeutend mit sexueller Handlung zwischen Menschen, die sonst wenig intim sind: »sich auf Intimitäten einlassen«. Sonst die allgemein soziale »Primärsphäre«, die der öffentlichen entgegengesetzt ist und fast nur durch peinliche PLAKATIERUNG ohne Not zu dieser hin überschritten wird.
Das Intime am Sexuellen besteht darin, daß es nicht in die Öffentlichkeit gehört – nicht mehr in einer Gesellschaft, in der die Kluft zwischen privater und öffentlicher Sphäre unwiderruflich wurde. So unwiderruflich, wie sich das Eigenleben des Individuums von dem der Gemeinschaft als Gesellschaft differenziert, abgesetzt hat. Öffentliche Einweihungen in sexuelle Handlungen, öffentliche Begattungen sind nicht mehr zu erwarten und nur von Wirrköpfen zurückzuwünschen.
Die Kluft von öffentlich und privat wiederholt die von Gesellschaft und Individuum, wenngleich das Private nicht vom isoliert Einzelnen, sondern von seiner primären mitmenschlichen Sphäre gebildet wird: in Partnerschaft, Familie, engem Freundeskreis geht es intim zu.
Es macht keinen vernünftigen Sinn, das Intime aufs Sexuelle zu konzentrieren – außer daß alles andere an Intimität öffentlich gleichgültig wurde. Intim ist alles Erleben, Ausdrücken, Austauschen in der besagten Intimsphäre. Die Küsse und Tränen und Gespräche, Ängste, Freuden- und Wutausbrüche, die wir nicht öffentlich verbergen, können ihre Intimität indessen durch öffentliche Gleichgültigkeit wahren, jedenfalls in der Großstadt. Sie werden allenfalls öffentlich dargestellt, damit ihre Privatheit um so mehr genossen wird – unterstrichen durch die Gleichgültigkeit der Öffentlichkeit.
(Nur wenn und insofern, als solche Gleichgültigkeit garantiert wäre, könnten sexuelle Handlungen etwa am Strand von normalen, das heißt hier: nicht exhibitionistische Ersatzlust suchenden Menschen, unter den Augen anderer genossen werden.)

Daß die Intimität der Liebe das gesellschaftlich Gleichgültige ist, hat den Doppelsinn von Liberalität und Entmenschlichung: Einerseits: Jeder besorgt seine Glückseligkeit selber (Kant). Anderseits: »›Was ist Liebe? Was ist Schöpfung? Was ist Sehnsucht? Was ist Stern‹ – so fragt der letzte Mensch und blinzelt« (Zarathustra).
Der Platz der Intimität, der Liebe somit, in der Öffentlichkeit ist neu zu gestalten, ohne daß die Trennung von privat und öffentlich verlorengeht. Bei der Gleichgültigkeit kann es sowenig bleiben wie beim indiskreten Klatsch der früheren Dörfer und Kleinstädte.
»Ehrfurcht« könnte die Richtung kennzeichnen: verständnisvolles Geltenlassen, Hochschätzen des Intimen ohne Indiskretion noch Gleichgültigkeit.

KAMPF: Unter den Arten der EIFERSUCHT begegnete Konkurrenz-Kampf im Werben um einen Partner, darüber hinaus die Eifersucht des inneren Anspruchs, die bereits zum Kampf der Liebe selbst führt. Liebe, so hieß es, bedarf der Zeit, der Konzentration, ist zeitweise Kampf, aus dem keiner ohne Schaden für das Gemeinsame flüchten darf.
Der Kampf der Liebe als Festhalten am inneren Anspruch führt weit und hört so schnell nicht zu toben auf – wenn die Ansprüche wechselseitig sind. Über berufliche Stärken und Schwächen wird man bald zum Waffenstillstand gelangen können: Er, der Politiker mit kunstgeschichtlichen Kenntnissen, betrachtet die Welt nun einmal anders als sie, die Malerin. Aber weiter: Er möchte Strenge in der kunstgeschichtlichen Einordnung von Werken, also auf ihrem eigenen Gebiet, sie aber betrachtet frühere und zeitgenössische Malerei weniger gelehrt und antiquarisch als intuitiv-empfindend und schöpferisch; außerdem ist sie, wenn auch wache Staatsbürgerin, eigentlich apolitisch, und wenn, denkt sie ihm viel zu rigoros ethisch über Politik.
Sie, eine Pädagogin, denkt intensiver über die Erziehung der Kinder nach als er, der Geschäftsmann. Nun meint er aber gerade da gefühlsmäßig eher ein Händchen und natürliche Autorität zu haben, wo sie mehr Genauigkeit der Begründung und ausdrückliche Verständigung mit ihm wie mit den Kindern wünscht.
Das alles kann sich ergänzen, aber auch zu nicht endenden Kämpfen führen. Oft herrscht Kampf im Unbewußten: als Feu-

erwechsel der Unterseeboote bei spiegelglatter See – bis halbe Wracks an die Oberfläche auftauchen.

Rezepte sind nicht möglich. *Beziehungsebene von Sachfragen zu unterscheiden*, auch nur ein technisches Hilfsmittel unter vielen. Warum werden denn Sachfragen so schnell und immer wieder zu Beziehungsfragen?

Auf »symmetrische Kommunikation« achten? Die Psychologen, die von Symmetrie sprechen (z. B. Watzlawick/Beavan/Jackson in ihrem bekannten Buch »Menschliche Kommunikation«) lassen im unklaren, ob sie damit *inhaltliche* Übereinstimmung der Redebeiträge, auch auf der Beziehungsebene, oder aber Machtgleichgewicht meinen.

Macht in der Liebe? Macht meint hier nicht HERRSCHAFT, sondern Kraft. Die Kräfte können, vor allem bereichsweise, sehr verschieden sein zwischen den Partnern.

Also muß sich einer unterwerfen? Nein, er muß die Wahrheit anerkennen, daß der Andere in einem oder vielen Bereichen mehr Kraft hat, durch Übung oder Naturell. Er muß dien-mütig, demütig sein. Demut heißt: Anerkennung der Wirklichkeit, insbesondere der zwischenmenschlichen Kräfteverhältnisse. Menschen, die dazu nicht fähig oder willens sind, pflegen den Anderen, der einen natürlichen Anspruch stellt und um der Wahrheit willen nicht anders kann, als hochmütig zu bezeichnen. Sie taugen nur für eine Partnerschaft des Herr-Knecht-Verhältnisses: des teils Unterwerfens, teils Unterworfenseins, nicht der freien Anerkennung, gerade in nicht-fachlichen Bereichen.

Und der/die Stärkere in einem Bereich? Auch er/sie braucht DEMUT: Mut, mit seiner größeren Kraft zu dienen, nicht zu herrschen.

Ich glaube, daß der Kampf der Liebe diese scheinbar altmodische »Tugend« erfordert, um glücklich ausgehen zu können: Demut als Anerkennung der größeren Kraft, der Überlegenheit des anderen von der einen Seite; von der Anderen Seite als Bereitschaft, die anerkannte Kraft in den Dienst des Anderen, somit der Gemeinschaft zu stellen. Demut als personale Form der *Sachlichkeit*.

Die Dienstbereitschaft der Nicht-Herrschaft setzt die andere der inneren Anerkennung voraus, zumindest in Form der Hoffnung. Umgekehrt: der Mut zur Anerkennung erfordert die Zuversicht, daß der Andere die anerkannte Macht nicht zur Herr-

schaft mißbraucht. Diese Zuversicht liegt ebenfalls irgendwo zwischen Gewißheit und Hoffnung.
Jörg Willi erklärt in seinem Buch »Die Zweierbeziehung« eine *»Gleichwertigkeitsbalance«* für wesentlich. Das Wort ist gefährlich. Gleichwertigkeit darf nicht mit Gleichgewicht im einzelnen noch im ganzen verwechselt werden: Es kann sein, daß eine nicht nur bereichsspezifische Überlegenheit eines der beiden Partner vom anderen anzuerkennen ist. Die Gleichwertigkeit kann allein dadurch gerettet werden, daß der »Schwächere« in der KRAFT DER LIEBE dem Anderen gleichwertig, womöglich überlegen ist. Aber diese Kraft der Liebe ist ein eigen Ding, geheimnisvoll. Keiner kann sie messen. *Solche* Gleichwertigkeit oder gar Überlegenheit, letztlich das Übersteigen all unserer begrenzten Maßstäbe geht durch die erste Anerkennung der Überlegenheit des Anderen hindurch. Es wäre verhängnisvoll und alles andere als heilend, diesen Zusammenhang einzuebnen.
Von Goethe ist der Ausspruch überliefert: Gegen große Vorzüge eines Anderen helfe nur die Liebe. Goethe lebte mit einer ihm in keiner wesentlichen Hinsicht gewachsenen Partnerin (Christiane Vulpius) zusammen. Wahrscheinlich nur durch die Kraft der Liebe konnte sie ihn ihrerseits beschenken, ihm Partnerin, nicht bloß Dienerin sein.
Das gilt nicht allein von solchem Extremfall. Auch jene zuerst genannten, normalen Überlegenheiten, bei denen noch an Ausgleich zu denken ist, leben von liebender Anerkennung im ganzen, die es gar nicht zur kämpferischen Verrechnung von Vorzügen und Nachteilen zwischen Partnern kommen läßt. Das wäre der Tod der Liebe, nicht teilweise oder gänzliche Überlegenheit und deren Anerkennung. Anerkennung, weder Verrechnung noch »großzügige« psychologische Nivellierung.
Es ist von großem Lebensbelang, zu erkennen: Liebe ist wesentlich, und nicht bloß beiläufig, ein Kampf der Freiheitswesen um wechselseitige Anerkennung. Doch keineswegs, wie leicht mißdeutet wird, in der pervertierten Form des Kampfes um gegenseitige Unterwerfung. Vielmehr: ein Kampf um wechselseitige Befreiung zum gemeinsamen Freisein, bei dem es nicht ohne Vorgaben aus Hoffnung geht, nicht ohne das Wagnis des UMSONST.
Liebe ist auch Kampf, nur leider nicht jeder Kampf ein liebender, und nicht jeder führt zur gegenseitigen Befreiung.

»Wenige sind in solcher Probe bestanden, und es ist nicht leichter, ..., als an der Götter Tische, wie Tantalus, zu sitzen. Aber es ist auch nichts Herrlicheres auf Erden, als wenn ein stolzes Paar, wie diese, so sich untertan ist.«

(Hyperion I/2, S. 349)

»Bist du ein Sklave? So kannst du nicht Freund sein.
Bist du ein Tyrann? So kannst du nicht Freunde haben.«

(Zarathustra, Vom Freunde)

KEUSCHHEIT bringe ich mit Ganzheit (INTEGRATION) eher in Verbindung als mit Enthaltsamkeit. Wenn man das alte, mißbrauchte Wort in seinem positiven Sinn retten will: Sie ist Wahrhaftigkeit in Dingen der Liebe, von daher auch der körperlichen.

Wie alle Wahrheitsliebe schließt sie *Disziplinierung* ein: in diesem Fall Beschneidung der ungeformten, sozusagen vorgesellschaftlichen Triebhaftigkeit. Die Liebe als ganze bedarf sodann zur Integration ihrer Ebenen notwendig der Schlichtung von Spannungen. Solche Schlichtung geschieht aber nicht allein durch Disziplin, sondern entschieden mehr durch positive *Kultivierung*.

»Man nennt den Zwang, wodurch der beständige Hang, von gewissen Regeln abzuweichen, eingeschränkt, und endlich vertilgt wird, eine *Disziplin*. Sie ist von der *Kultur* unterschieden, welche bloß eine Fertigkeit verschaffen soll, ohne eine andere, schon vorhandene,dagegen aufzuheben« (I. Kant, Kritik der reinen Vernunft, B 737).

Disziplin besteht etwa beim Lernen des Klavierspiels in korrekter Ausführung von Fingerübungen. Welchen Sinn haben sie, wenn der Schüler nicht rechtzeitig erfährt, was musikalischer Ausdruck ist und wie er seine Finger in dessen Dienst stellen kann?

Die Kultivierung von Keuschheit bestünde weit über die bloß negative Disziplinierung hinaus in der positiven Entfaltung der Liebesfähigkeit, *des Gespürs für das, was Sache ist in der Liebe*. Eben hier setzt die genannte Wahrhaftigkeit ein.

Und dies ist der Akzent, der in der traditionellen Keuschheitserziehung schon methodisch vernachlässigt wurde, abgesehen von, nein, abhängig von den fragwürdigen Zielvorstellungen, die sich aus dem schlechten Dualismus von Geistigem und Körperlichem ergaben. Wahrhaftigkeit in der eigenen Bewertung der höchsteigenen Gefühle war weder gefragt noch erlaubt. Sie hätte die festgelegten Normen (sexuelle Lust nur als geduldetes Beiwerk bei der Zeugung) auf natürlichem Wege in Frage gestellt.

Wie sieht Keuschheit aus? Will jemand ein Rezept? Dann hat er das Gesagte, bezüglich der Wahrhaftigkeit, noch nicht verstanden. Mit ungefähr gleichem Recht ließe sich fragen: Wie sieht »die« Wahrheit aus? So abstrakt fragen nicht Leute, die Wahrheit im Denken oder in Liebesdingen lieben.

Auch Jugendliche fragen anders, wenn sie nicht schon eingeschüchtert sind. Daß soziale Sexualität normalerweise in eine menschliche Ganzheit hineingehört, diese Grundregel ist ihnen ohne weiteres begreiflich.

»Keuschheit ist ein Reichtum, der einem Überfluß von Liebe entspringt«, bemerkt Rabindranath Tagore (Verirrte Vögel, 1960, 24) und trifft damit genau, was hier mit Kultur im Unterschied zur bloßen Disziplinierung gemeint ist.

Die Tatsache, daß man ein Wort wie Keuschheit kaum noch ohne Entschuldigung verwenden kann, ohne daß Ersatz zu finden wäre, zeigt an, wie weit das Abendland es mit der Kultur der Liebe gebracht hat. Trotz oder wegen jahrtausendelanger kirchlicher Disziplinierung?

> »Wahrlich, es gibt Keusche von Grund aus: sie sind milder von Herzen, sie lachen lieber und reichlicher als ihr. Sie lachen auch über die Keuschheit und fragen: ›was ist Keuschheit! Ist Keuschheit nicht Torheit? Aber diese Torheit kam zu uns, und nicht wir zu ihr. Wir boten diesem Gaste Herberge und Herz: nun wohnt er bei uns – mag er bleiben, wie lange er will!‹«
>
> (Zarathustra: Von der Keuschheit)

> »Als meine Keuschheit seiner Scheu begegnete, wurden unsere Körper toll.«
>
> (Christa Wolf, Kassandra, 1983, 101)

KINDER: »Jedes Kind ist eine sichtbar gewordene Liebe.« Es fragt sich, was für einer Liebe. Hat Novalis, von dem die Formulierung stammt, bei seinem Idealismus auch den ZUFALL in Betracht gezogen, wie er sich an Zwillingen und Mehrlingen besonders manifestiert? Käme es auf menschliche Liebe und Biologie allein an, wäre es um das Gemeintsein des Einzelnen

von der Liebe der Zeugenden nicht gut bestellt. Die sichtbar gewordene Liebe hat, auch im günstigsten Fall, ursprünglich kaum dem Kind gegolten. Dieses ist Zugabe, Geschenk, Drittes (MEDIUM) im Fluten von Liebe, nicht primär Gegenüber von Zuwendung. Tröstlich, daß hierdurch, wie durch den übermächtigen Zufall überhaupt, Gleichheit zwischen »gewollten« und »nicht-gewollten« Kindern besteht.
Die spirituelle Betrachtung bezieht die göttlich-schöpferische Liebe mit ein, schon beruhigender. Vor dieser Kraft wird auch das Mehr oder Weniger an Liebe in der elterlichen Begegnung unbedeutend für den neuen Menschen.
Die Liebe der Eltern zählt frühestens als seelische Investition in das gezeugte Leben, dann in wachsendem Maße als Zuwendung zum Geborenen, entfaltet sich vollends in der sogenannten Erziehung: eine zunächst einseitige Liebe, angelegt aber auf Selbstentmächtigung des übermächtigen Erwachsenen, auf wachsende Gegenseitigkeit. Die Erwiderung der Liebe ist begründetermaßen zu hoffen, nicht zu fordern, ebensowenig wie Dank.
Was bedeutet ein Kind für die Zweisamkeit derer, die es mehr oder weniger ausdrücklich und freudig ins Leben rufen? Ihre Partnerschaft bleibt nicht unberührt. Da nimmt das Zwischen ihrer Gemeinschaft eigene Fleischesgestalt und Lebendigkeit und unverfügbare Spontaneität an. Könnte das ohne Folgen sein für ihr Zwischen?
Vergleichen wir dieses Hinzukommen mit dem eines anderen Dritten: Da werden die drei jeweiligen elementaren Beziehungseinheiten von jeweils zweien in eine kleine Gruppe aufgehoben. Die große Zweierbeziehung von Partnern tritt zeitweilig in den Hintergrund. Beim Kind aber kommt etwas grundsätzlich anderes hinzu: Es tritt dem Paar als *Realsymbol ihrer eigenen Gemeinschaft* entgegen. Indem es lernt, sich zu regen und zu sprechen, spricht das Zwischen der Gemeinschaft, jedenfalls der früheren.
Sind es mehrere Kinder, dann spricht das Zwischen mehrfach und in verschiedenen Gestalten. Sichtbar werden dann die biologischen Faktoren, die nicht Aspekte des geistigen Zwischen sind, doch davon deutlicher unterschieden auch wieder diese Aspekte.
Die Gemeinschaft einer Partnerschaft spiegelt sich im Kind, in den Kindern selbst – lebt aber zugleich ihr eigenes Leben fort –

der Spiegelungsprozeß (Reflexionsprozeß) einer einzigartigen GESCHICHTE. »Die Menschen machen ihre Geschichte selbst, aber sie machen sie nicht aus freien Stücken« (Karl Marx, Der 18. Brumaire des Louis Bonaparte) – wo wird das noch so augenscheinlich wie in der Familiengeschichte?
Leidet die Partnerbeziehung notwendig durch ihre Selbstaufhebung in Familie? Wenn Aufhebung nur negativ verstanden und erlebt würde, nur als Verschwinden der Zweisamkeit, dann eben bliebe das Erlebnis der Bewahrung, gar Steigerung in der »Aufhebung« aus.
Es werden sich Zeitprobleme (manchmal auch Raumprobleme) für die Partner ergeben. Wo die Partnerschaft aber gesucht wird, wo sie lebenskräftig ist, kann sie sich steigern durch ihre Selbstverkörperung in Kindern.
Mein Großvater verkündete, eine Frau würde mit jedem Kind schöner. Vielleicht meinte er die Partnerschaft? Ein heißes Thema. Und Verallgemeinerungen, die über das Strukturelle hinaus aufs Individuelle gehen, sind an sich schon heiß.

> »Du bist jung und wünschest dir Kind und Ehe. Aber ich frage dich: bist du ein Mensch, der ein Kind sich wünschen *darf*?
> . . .
> Oder redet aus deinem Wunsche das Tier und die Notdurft?
> Oder Vereinsamung? Oder Unfriede mit dir?
> Ich will, daß dein Sieg und deine Freiheit sich nach einem Kinde sehne. Lebendige Denkmale sollst du bauen deinem Siege und deiner Befreiung.
> Über dich sollst du hinausbauen . . . Nicht nur fort sollst du dich pflanzen, sondern hinauf. Dazu helfe dir der Garten der Ehe.
> . . .Ehrfurcht voreinander nenne ich Ehe als vor den Wollenden eines solchen Willens.«
>
> (Zarathustra, Von Kind und Ehe)

KÖRPERLICHE LIEBE: Im allgemeinen, aber ungenauen Sprachgebrauch gleichbedeutend mit Sexualität. Doch diese bildet nur einen besonderen Ausschnitt *derjenigen Liebesstufe, die unter dem Motiv der EINHEIT der Getrennten im Medium der Körperwelt steht.*
Eine nicht-sexuelle körperliche Liebeseinheit bildet die von

Mutter und ungeborenem Kind. Für die psychisch einzigartige und lebensprägende Mutterbindung sind nicht bloß die nachgeburtlichen Kontaktformen, sondern bereits das körperlich-ganzheitliche Verhältnis vor der Geburt maßgebend.
Jeder Mensch weiß von Anbeginn um eine körperlich-ganzheitliche Einheit, lange vor bewußten sexuellen Wünschen. Dies erklärt einerseits den zentralen Stellenwert der Sexualität im psychischen Haushalt eines jeden, relativiert anderseits alle sexuelle Liebeseinheit als »schon gehabt«. Was wirklich neu ist, sind Kontext, Stellenwert, symbolischer Ausdruckswert der Sexualität im entwickelteren Liebesleben.
In den Blick kommen aus dieser (leider ungewohnt) weiten Perspektive vielen Weisen der körperlichen Einheit: räumliches Zusammensein, Miteinanderwandern, Zusammenarbeiten, Miteinanderspeisen, Miteinanderkämpfen und Gefahren bestehen, jemanden pflegen, ihm körperliche Hilfe bieten – Weisen, die schon unter FREUNDSCHAFT als elementare Grundlagen von Kameradschaft und als Nährboden einer oft anonym bleibenden Verbundenheit und Liebe erwähnt wurden.
Verständlicher werden auch deren symbolische Ersatzformen: Bilder, Erinnerungsstücke, Reliquien, bis hin zu deren magischen oder krankhaften Übersteigerungen wie Fetischismus.
Es ist sinnlos, alle Weisen und Symbole körperlicher Einheit auf Sexualität hin zu interpretieren. Mit diesen Versuchen ist bezeichnenderweise oft zusätzlich eine Verkürzung der Sexualität auf Genitalität verbunden. Vielmehr muß umgekehrt Sexualität vom Generalmotiv der körperlichen Wiedervereinigung des Vereinzelten her gedeutet werden: als symbolische Spielart, als eigenes psychophysisches Ausdruckshandeln der körperlichen Liebe.
Was in der Sexualität symbolisch ausdrücklich wird, geschieht in vielen Weisen der körperlichen Einheit un-scheinbarer, mit weniger Schein, doch nicht weniger real.

Daß wir mitsammen
wie Eines Blutes für immer
ruhiger gegeneinander
als die scheuen Freunde zuvor
die Eine geatmete Luft
ins einfache Lied gehoben
und Land Fluß Brücke
wie alles Gebaute

wurde unser darin
die Liebe selbst und der Abschied –
dies mein Freund
löst unsere Krämpfe
aus Unvermögen und Scheu
in die Umarmung von Brüdern
Söhnen des allerschaffenden Geistes
der Fleisch wird.
(Brüder)

KOMMUNIKATIVE LIEBE: Wie körperliche Liebe den weiteren Rahmen von Sexualität spannt, so gipfelt die kommunikative Liebe zwar in der Freundschaft, bleibt aber nicht in deren Grenzen. Denn zu Freundschaft gehört Gegenseitigkeit *gleicher* Partner, nicht aber zu aller kommunikativen Liebe. Es genügt die Intention auf Gegenseitigkeit freier Wesen: Herrschaftsfreiheit. Wie unter GEGENSEITIGKEIT und BLICK gezeigt, ist eine komplexe Struktur des gegenläufigen Einbeziehens der Intentionen gemeint, eine Struktur, die etwa mit zwei Pfeilen in entgegengesetzte Richtungen längst nicht symbolisiert ist.

Kommunikative Liebe bedient sich selbstverständlich der Sprache, diesem großen Medium menschlicher Kommunikation. Doch sie erschöpft sich bei weitem nicht im Sprechen. Man kann im Gegenteil sagen: Wo das Moment der handelnden und schweigenden Kommunikation verlorengeht, da verliert auch die Sprache ihre eigentlich kommunikative Bedeutung.

Es ist eine modische Irrlehre (»Unhintergehbarkeit der Sprache«), daß alle handelnde Welterfahrung bereits sprachlich oder sprachartig sei. Im Gegenteil muß die Sprache als ganz spezifische Form des Handelns verstanden werden. Wo die »Sprache« des Handelns nicht mehr vom eigentlichen Sprachhandeln unterschieden wird, geraten beide, Handeln und Sprache, zum unentrinnbaren Allgeschwätz – wovon ein Großteil der gegenwärtigen wissenschaftlichen Auslassungen zu ihrem Verhältnis einen beängstigenden Vorgeschmack gibt. (Näheres zu dieser nonkonformistischen Position in den Büchern des Verfassers zur Handlungs- und Sprachtheorie.)

Helfen ist der Basistyp des kommunikativen Handelns: Eingehen auf die (nicht notwendig ausgesprochenen) Erwartungen, Wünsche, Bedürfnisse des Anderen. Unter ERWARTUN-

GEN wurden weitere Stufen des kommunikativen Handelns genannt: Eingehen nicht nur auf sachliche Bedürfnisse, sondern auch auf Verhaltenserwartungen, und hierzu gehören Achtung, Anerkennen; ferner Eingehen auf Erwartungen des anderen bezüglich meines eigenen Erwartens (Eingehen auf Erwartungserwartungen): persönliche Wertschätzung, Zuneigung, Vertrauen des anderen, der dasselbe auch von mir wünscht, ohne es zur Bedingung zu machen. Schließlich stabilisieren normative Erwartungen die Kommunikation: der Wunsch nach Wahrhaftigkeit, Ausdruckswilligkeit, Verläßlichkeit, Konstanz (TREUE).

Ferner gibt es das ganze *Ausdruckshandeln*, das im Prinzip auf Kommunikation angelegt ist, allerdings ebensogut unkommunikativ mißbraucht werden kann. Hierher gehört die ganze sogenannte *nonverbale Kommunikation* wie Zärtlichkeit.

Erst als eine ganz spezifische und logisch späte Form des Ausdruckshandelns schält sich die *Sprache* heraus. All diese Komponenten gehören wesentlich zur Freundschaft, jedoch nicht allein zu ihr, diesem auf Symmetrie, Gegenseitigkeit von Gleichen, angelegten Verhältnis, sondern auch zur kommunikativen Liebe zwischen Ungleichen: dem Hilfsbedürftigen – Helfenden, Eltern – Kinder, Lehrer – Schüler, sogar zwischen Mensch und Tier (TIERLIEBE), womöglich der Natur im ganzen (NATURLIEBE).

Die helfende Zuwendung, wie sie in der elterlichen Liebe ihr Urbild hat, gehört der kommunikativen, auf Gegenseitigkeit des Miteinanderlebens angelegten Liebe an, ohne daß man von eigentlicher Freundschaft sprechen könnte. Kommunikative Erziehung besteht in einer fortschreitenden Ermächtigung der Kinder, »gleiche« Partner der Gegenseitigkeit zu werden. Sie arbeitet an der Aufhebung der Asymmetrie, indem sie ihr Rechnung trägt. Die Rede von »Freundschaft mit Kindern« (wie sich der durch Hubertus von Schoenebeck initiierte Förderkreis betitelt) zeigt treffend ein Ziel an. Der Weg müßte, pedantischer formuliert, kommunikativer Umgang heißen.

Es wurde schon mancherorts die Inflation der gegenwärtigen Rede von »Kommunikation« kritisiert. (Vergleiche von mir selbst: »Freiheit – Sozialismus – Christentum. Um eine kommunikative Gesellschaft«.) Bloße Informationsübertragung verdient nicht diese Bezeichnung, jedenfalls nicht im deutschen Sprachgebrauch, wo »kommunikativ« den Klang eines Höchstwertes hat. Mit Recht, denn eigentliche Kommunikation bildet die Substanz aller Kultur.

»Eigentliche Kommunikation« – das heißt in Kürze: Kommunikation als Alltagsform der Liebe; Sinn, der DIALOGISCH, als innere Gegenseitigkeit, nicht nur als äußeres Hin und Her des Nacheinanders, fließt. Die Rede von Kommunikationsmitteln und Massenkommunikationsmitteln ist trügerisch, ja gefährlich, solange sie nicht in ihrer Zweischneidigkeit voll durchschaut wird: von Ermöglichung und Zerstörung eigentlicher Kommunikation im selben Atemzug zu sprechen.

Mit aller Liebe teilt die kommunikative Liebe den Charakter der ZWECKFREIHEIT. Wenn sie etwas sucht, dann Sinnerfüllung, doch nicht strategisch-egoistische Zwecke. Liebe als Kommunikation, Kommunikation als Liebe haben ihren »Zweck« in sich selbst: in jedem Fragment Strömen des ganzen Sinnes, von einer Freiheit zur andern.

Anderseits: Der kommunikative Notstand scheint noch gewaltiger als der sexuelle.

> Darum bin ich allein
> die Ungeduld kommt daher
> wollen bersten die Knospen
> mitten im Ringen nach Licht
> wenn die Gestrüppe und Schatten
> noch übermächtiger werden
> und daß ich bei Kenntnis der Menschen
> nicht müde bin
> ihre Ehre zu suchen –
>
> muß Ahnung sein
> vom großen einigen Anerkennen
> Austausch und Strömen
> und wechselnde Ruhe.
>
> (Muß Ahnung sein)

KRAFT DER LIEBE: Hat es Sinn, einen solchen Ausdruck zu gebrauchen? Gibt es ein Mehr oder Weniger an Liebesenergie? Ist das, was so erscheint, nur ein Mehr an Ordnung, Bündelung, Konzentrierung, Integration? Oder werden gerade nicht-integrierte Leidenschaften als energisch erfahren? Fragen über Fragen.

Hängt die zur Erscheinung kommende Energie vom Bildungs-

stand ab – wie das Wirken von Denkenergie? Sicher nicht, sowenig wie von sonstigen Reichtümern und Kulturgütern. »Die Liebe ist das Genie des Armen« (Jean-Paul Sartre).
Aber nochmals: was heißt Genie hier? Gibt es einen Energie-Vorrat der Liebe, ähnlich wie Freud sich die Libido-Energie vorgestellt haben mag?
Die Alternative wäre: den Menschen als Gefäß kosmischer oder göttlicher Energien zu sehen. »Kelch des Geistes, kostbarer Kelch, Kelch der Hingabe« (Lauretanische Litanei) – der menschenbildliche Wahrheitsgehalt einer schnulzig gewordenen Marienfrömmigkeit?
Dann könnte jeder aus unendlichem Vorrat an kosmisch-göttlicher Energie schöpfen – sofern er nur zu schöpfen vermag. Kehrt die Frage wieder: Wer vermag es? Jeder, sofern er sich diese Freiheit nimmt! Was Freiheit und Schicksal angeht: kann irgendeine Schicksalskonstellation die einzelne Freiheit hindern, sich zu öffnen für die kosmische Liebe?
Kehrt die Frage wieder? Oder bleibt sie am Abgrund stehen: dem prinzipiell für endliche Erkenntnis unauslotbaren Geheimnis von Freiheit als Bejahung oder Verneinung; vor der schon dem paradiesischen Menschen einzig verwehrten Erkenntnis von Gut und Böse?
Wir sind im Bereich der Fragen, in »der Gipfel reiner Verweigerung«, die »der große geborgene Vogel« des Gedankens zwar sinnvoll spekulativ umkreist, die zu lösen wir jedoch nur handelnd, lebend vermögen: aus der Kraft der Liebe – »aber ungeborgen, hier auf den Bergen des Herzens« (Rilke, vergleiche GEFÜHL).

KRISE

Den zehnten Brief
beginn ich Dir heute.
Ob er wieder zerreißt
bestenfalls eingeht
ins Bruchtagebuch
der Monologe?
Wer schenkt mir die Sprache wieder
den Worten Flügel
und Zwischenraum
aus Vertrauen?

(Sprachlos)

LEIDEN: Der Zusammenhang von Liebe und Leid wurde oft zur Sprache gebracht, seit Menschengedenken, wo immer es ein individualisiertes Liebesempfinden gab: wo die Trennung der Vereinzelten als solche erlebt wurde.
Das ist das Paradox der Liebe und die Quelle alles Liebesleides: daß die Trennung just beim Versuch der glückhaften Wiedervereinigung in voller Schärfe spürbar wird. Daher die paradoxe ANGST vor Liebe und ihrem Glück.
Ist es die Liebe selbst, die leiden macht? Ist es der Mangel an Liebe? Jedenfalls Grenzen, die der Liebe endlicher Wesen nicht nur von außen, sondern von innen her kommen, besonders, wo einer des Wagnisses inne wurde: Einzelsein und doch vereint sein zu wollen.
Zu Wagnissen gesellen sich meist Schuldgefühle (»die Stimme der Herde«, Zarathustra, Vom Wege des Schaffenden). Zu Schuldgefühlen in aller Regel diejenigen, die sie – als Herdenhunde – ausnutzen . . .
Wer dem Liebesleid ein- für allemal entgehen will, kann es auf zwei Weisen versuchen: Auf gesteigertes Selbstsein verzichten und in Teilhabe an Gemeinschaft aufgehen. Oder auf Gemeinsamkeit verzichten. Der Irrweg des extremen Individualismus ist schwieriger, der Herdenweg, verbreiteter, auch in religiösen Formen. (Es geht auch ohne viele äußere Herdenorganisation, zum Beispiel über das populär-buddhistische »Bewußtsein ist Leiden«, sofern damit zu vermeidendes Leiden gemeint ist.) Im allgemeinen wird der Weg der Mischformen gegangen: ein bißchen Individualität, ein bißchen Gemeinsamkeit – also nur ein bißchen Leiden. Folglich nur ein bißchen Menschwerdung.
Der Weg Menschwerdung: Selbst-Verwirklichung in Wir-Verwirklichung.Ein Weg des Leidens, solange wir unterwegs sind. Ein Weg zwischen zwei Leidenslandschaften: Selbstsein ohne Wir-Teilhabe ist das bewußtere, Wir-Teilhabe ohne Selbstsein das dumpfere Leiden.
Sehr berufen schrieb unter der Dichtern »*der unglückliche Hölderlin*« (sein Freund Hegel) im Hyperion zum Leiden der Liebe (Seitenzählung nach der Insel-Ausgabe, Frankfurt 1969):

> »Und das ists, Lieber! Das macht uns arm bei allem Reichtum, daß wir nicht allein sein können, daß die Liebe in uns, so lange wir leben, nicht erstirbt«(304).

»Das eben, Lieber! ist das Traurige, daß unser Geist so gerne die Gestalt des irren Herzens annimmt, daß der Gedanke, der die Schmerzen heilen sollte, selber krank wird . . . das ist die Klippe für die Lieblinge des Himmels, daß ihre Liebe mächtig ist und zart, wie ihr Geist, daß ihres Herzens Wogen stärker oft und schneller sich regen,.. und darum, Lieber! überhebe sich ja keiner«(327).

»Der echte Schmerz begeistert. Wer auf sein Elend tritt, steht höher. Und das ist herrlich, daß wir erst im Leiden recht der Seele Freiheit fühlen . . . Ich bin so innigst angefochten, bin so unerhört gekränkt, bin ohne Hoffnung, ohne Ziel, bin gänzlich ehrlos, und doch ist eine Macht in mir, ein Unbezwingliches, das mein Gebein mit süßen Schauern durchdringt, so oft es rege wird in mir« (401).

»Muß nicht alles leiden? Und je trefflicher es ist, je tiefer! Leidet nicht die heilige Natur? ... Aber die Wonne, die nicht leidet, ist Schlaf, und ohne Tod ist kein Leben« (430).

Joseph Beuys äußerte sich in einem Interview ähnlich, zum Leiden allgemein:

»Es gibt also für des Menschen Intentionalität in bezug auf Schöpferkraft nur zwei Möglichkeiten: das *entschiedene Tun* oder das *entschiedene Erleiden*. Im entschiedenen Erleiden der Sache entwickelt sich für die Person mindestens so viel wie in der entschiedenen Form des Tuns. Derjenige, der am entschiedensten etwas erleidet, ist auch derjenige, der am entschiedensten etwas schafft. Wenn das nicht sofort und immer zu sehen ist, weil es ein offenbares Geheimnis ist, so enthält es doch die ganze Würde des Menschentums. Durchs Leiden entsteht etwas geistig Höheres. Durch Erleiden wird dem Menschen sehr viel geholfen« (in: Horst Schwebel, Glaubwürdig. Fünf Gespräche über heutige Kunst und Religion, München 1979).

LEIDENSCHAFT soll tatsächlich, nicht nur in Goethes Gedicht »Die Leidenschaft bringt Leiden«, vom vorigen Stichwort kommen. Sie ist das vitale, ganzheitliche, auf Leben und Tod kämpfende Verlangen nach Einheit mit dem geliebten Menschen.

Wer von Leidenschaft bloß im Hinblick auf sexuelles BEGEH-

REN, Geilheit spricht, verfehlt, was das Wort meint: eine wenigstens anfängliche, vorgreifende Ganzheit. Der Geile beruhigt sich, sobald die begehrte Person seinem Blickfeld entschwunden ist, der Leidenschaftliche hat Tag und Nacht keinen andern Gedanken, verbringt die Zeit am liebsten mit Briefeschreiben, sofern er sonst nichts unternehmen kann: Reisen und Nachforschungen, um dem »fernen Geliebten« irgendwie nahezukommen.
EROTISCHE Idealisierung paßt gut zur Leidenschaft, gehört meist dazu. Alles, alles, wird im Lichte des Angebeteten gesehen. Damit einher geht die spirituelle Komponente. Denn der allgemeinmenschliche Alles-Gedanke hat spirituelle Bewandtnis: »Alles«, das ist der unendliche Sinn-Horizont jedes Begegnenden. Der Mensch ist das zu dieser Unendlichkeit und Unbedingtheit fähige Wesen. Er stößt auf sie nicht ab und zu, sondern geht ständig mit ihr um. In allem Behauptung und Bestreiten, Fragen und Staunen, Ergriffensein und Sich-verantwortlich-wissen. Am fühlbarsten aber in dem Phänomen: Leidenschaft. Das zur Unendlichkeit fähige Wesen spürt, daß diese Unendlichkeit nicht die eintönige, erschreckende Endlosigkeit eines »unendlichen« Raumes ist, sondern die Unbedingtheit des An-spruchs vom Ganzen. Religion als Spiritualität ist »Ergriffensein von dem, was uns unbedingt angeht« (Paul Tillich).
Die Liebesstufe, die der Leidenschaft meist abgeht, ist die KOMMUNIKATIVE Gegenseitigkeit – indem sie zugleich so leidenschaftlich wie auf nichts anderes auf Gegenseitigkeit, auf Beachtung und Antwort des geliebten Wesens aus ist. Hierin liegt das tiefe Paradox, das die Leidenschaft so instabil macht: *Sie erstrebt ihre eigene Aufhebung*. Denn sobald die Gegenseitigkeit da ist, und zwar nicht allein die des Begehrens sowie Idealisierens, sondern die der kommunikativen Liebe, tritt Ruhe ein.
Die ruhige, erfüllte Liebe wird bezeichnenderweise nicht »Leidenschaft« genannt: aufgelöst ist der Stachel des Leidens, der Trennung und Unerfülltheit in einer kommunikativen Gemeinsamkeit. Wenn dann noch Intensität verbleibt, womöglich wächst, ist die Leidenschaft »aufgehoben« in dem, was die Franzosen gern, oft vorschnell »grand amour« nennen: in Liebe, die in allen Dimensionen Größe hat.
Also heißt Leidenschaft *dieser Kurzschluß der Basisebenen der Liebe mit dem spirituellen Moment der Unbedingtheit*. Das gibt

dieser BESESSENHEIT den Zauber, das Pathos der Größe. Wir kennen es aus Lied und Oper, aus der Literatur aller Zeiten und Völker. Derselbe Kurzschluß-Charakter läßt sie die instabile, zur Bewährung anstehende Art der Liebe sein: große Liebe auf Bewährung, vor der Bewahrheitung. Da Bewährung aber lange, nicht selten immer, ausstehen kann, wo leidenschaftlich Liebende nicht zusammenleben, kann Leidenschaft trotz ihrer inneren Instabilität doch eine eigene GESCHICHTE gewinnen: ein langjähriges Auf und Ab, von Ankünften und Trennungen, Hoffnungen, Erfüllungen und – Leiden.
Worin liegt der Unterschied zum VERLIEBTSEIN? In der Leidensbereitschaft, in der Größe, der KRAFT.

LIEBE AUF DEN ERSTEN BLICK, siehe BLICK.

LIEBESERKLÄRUNG, siehe BEKENNTNIS und ICH LIEBE DICH.

LOSKOMMENWOLLEN / NICHT LOSKOMMEN

Auf dem Bahnhof ins Weite
wird eine Gestalt
sekundenlang
zur Gestalt der deinen.
Ein Blitz
zwischen Innen und Außen.
Da ist die Liebe wieder
steigt ungefragt
aus der Verbannung
mit in den Zug.
Guter böser Engel
da ist er wieder
und sinnschwer
dein Lächeln vor mir.
(Da ist sie wieder)

LUST: siehe BEGEHREN/BEGIERDE, obwohl freilich zu unterscheiden ist: *Lust auf* (desire) und *Lust an* (pleasure). Die zweite Nuance soll hier nachgetragen werden . . .

Übrigens reicht das Wort über den sexuellen Bereich hinaus, wo es für Deutschsprachige seinen kräftigsten Klang hat. Ausgerechnet, obwohl diese durch den »Faust« zur Dialektik der beiden Arten von Lust vorgewarnt sind: »So tauml' ich von Begierde zu Genuß,/ Und im Genuß verschmacht ich nach Begierde.«

MEDIUM: Niklas Luhmann, einer unserer bundesrepublikanischen Großmatadore in »Theorie« (derzeit vielfach beliebter Titel für Gedanken, deren Folgen aus- oder unbestimmt bleiben), spricht noch lieber als sein Kontrahent Habermas von der *Liebe als Medium* der Kommunikation im Vergleich zum Geld als Medium der wirtschaftlichen Beziehungen.
Kritik: Unterschieden wird nicht zwischen Medium erstens als Handlungsdimension oder Sinnfunktion, *Sinnbereich überhaupt* – unter welcher Rücksicht sich wirtschaftliche Beziehungen von Liebesbeziehungen unterscheiden und mit ihnen vergleichen lassen –, zweitens Medium als *institutionalisiertem Code*, wie es Geld als Äquivalenzmaß und Zahlungsmittel ist.
(Ähnlich unverständlich-falsch werden *Macht* und Geld von beiden Theoretikern in einem Atemzuge als Medien bezeichnet, als müßte nicht erst einmal ein Zahlungsmittel der Macht, zum Beispiel Rechtsbestimmungen ausgemacht werden, damit der Vergleich sinnvoll wird und aus seiner Harmlosigkeit herauskommt. Ob diese theoretischen Unzulänglich- und Unzugänglichkeiten bereits dem von beiden ausgeschlachteten Pionier Talcott Parsons angekreidet werden müssen, tut hier nichts zur Sache.)
Luhmann hat dem »Medium Liebe« eigens ein Buch gewidmet: »Liebe als Passion. Zur Codierung von Intimität«, Frankfurt 1982. Er zeigt mit Akribie, wie in der Entstehung unserer glorreichen »Moderne« bestimmte Äußerungen der intimen und passionierten Liebe kulturell codiert, das heißt gesellschaftsfähig wurden. »In diesem Sinne ist das Medium Liebe selbst kein Gefühl, sondern ein Kommunikationscode, nach dessen Regeln man Gefühle ausdrücken, bilden, simulieren, anderen unterstellen, leugnen und sich mit all dem auf die Konsequenzen einstellen kann, die es hat, wenn entsprechende Kommunikation realisiert wird.«
Derartige Gesellschafts-Codes gehen in der Tat in Richtung

einer Vergleichbarkeit mit dem Geld: nicht die Liebe selbst jedoch ist Medium, sondern deren Interpretations- und Ausdrucksformen, die – wie aller sozial geformter Ausdruck – auf die Gefühle rückwirken. Nur können diese aktuellen Transport-Medien der Liebe nicht so langweilig sein wie die (Darstellung der) Regeln der galanten und passionierten Liebe an den Höfen und in den Salons der aufkommenden Moderne.

Zweiter Kritikpunkt also: Wenn statt nach *dem* Medium Liebe nach Medium oder Medien *der* Liebe gefragt wird, konkretisiert sich die Frage so, daß sozial-historische Untersuchungen über spezielle kulturelle Formen unzureichend werden. Wenn man nach der Bedeutung des Mediums Geld fragt, genügen ja auch keine numismatischen Untersuchungen.

Hat es sonstigen Sinn, von einem Medium oder vielen Medien *der* (für) Liebe zu sprechen, vergleichbar dem Geld für die Wirtschaft, der Sprache für die Kommunikation? Meines Erachtens ja, sofern die Ebenen innerhalb des ganzen Sinnbereiches Liebe wiederum unterschieden werden. Dabei denke ich nicht an bloße Übermittlungsmedien wie Bild (etwa Fotos) und Ton, auch nicht an die (womöglich künstlerischen) Ausdrucksarten, die jeder menschliche Sinnbereich hat, sondern an folgende, den Liebesstufen ganz eigentümliche Medien – wobei die menschlichen Sinne, diese medialen Körperorgane (Kommunikationsmedien des Körpers nach außen), eine wesentliche Rolle spielen:

Das *Medium der körperlichen und sexuellen Liebe* ist: *der Körper* einfachhin als ganzer und geschlechtlicher, für alle Sinne zugänglicher. Der menschliche Leib als Medium! Einzig die Liebe kann beanspruchen, der Körper einfach als solcher, vor jeder besonders erlernten Zeichensprache, sei ihr eigentümliches Medium. Wobei die gesellschaftlichen Konventionen der Annäherung sowie der erlaubten oder üblichen sexuellen Praktiken diese »Münze« prägen.

Grundsymbol des sexuellen Ausdrucksmediums: die Geschlechtsorgane sowie »der« Geschlechtsakt. Diese bleiben Medium, nicht deren gesellschaftlich variable Prägungen. Der bevorzugte Sinn der Sexualität ist der Tastsinn. (In Dampfbädern und an anderen Treffpunkten körperlicher Begegnung wird/wurde bezeichnenderweise der Blick ebenso wie das Gehör ausgeschaltet – was offenbar nicht allein der Anonymität der Begegnung dient, sondern auch der Konzentration auf die bloß sexuelle Ebene. Dem Tastsinn – oft auch am weniger anonymen Ort des Ehebetts – sind Dunkelheit und Stille gerade recht.)

Das *Medium der erotischen Liebe* bildet, unter »Aufhebung« und Voraussetzung der sexuellen Stufe, die *ästhetische Erscheinung* des Körpers in SCHÖNHEIT und ANMUT der Bewegung. Grundsymbole des ästhetischen Mediums: Blick und Tanz. Denn der Eros bedient sich vorzüglich des Gesichts- und Bewegungssinnes – wie die Sexualität des Tastsinnes.

Die gesellschaftlichen Codes gehören hier viel enger zur Sache als im Bereich der Sexualität. Bei der sogenannten »galanten Liebe« muß der gesellschaftliche Verhaltenscodex streng zum Medium dazu gerechnet werden, jedoch allein hier. Soweit ich das genannte Buch von Luhmann trotz seines Übermaßes an Spannung zu verstehen vermochte, handelt es von dieser gesellschaftlichen galanten Liebe, die vielleicht eine moderne Transformation der mittelalterlichen Minne genannt werden kann.

Stendhal über die gepflegte oder galante Liebe (l' amour goût), die nach seiner Beobachtung in Paris um 1760 überwog: »Sie gleicht einem Bild, auf dem bis in die Schatten hinein alles in rosigen Farben gemalt sein muß und auf dem unter keinen Umständen etwas unschön erscheinen oder gegen die Sitte, den guten Ton, das Feingefühl usw. verstoßen darf. Ein wohlerzogener Mann weiß von vornherein, welche verschiedenen Phasen diese Liebe durchläuft, und wie er sich in einer jeden zu verhalten hat. Weil dabei keine Leidenschaften und Überraschungen zu erwarten sind, hat sie oft mehr Feinheiten als die wirkliche Liebe, denn sie behält stets ihre geistige Überlegenheit . . . So sehr die leidenschaftliche Liebe unseren Vorteil außer acht läßt, so gut weiß die gepflegte Liebe ihn zu berechnen« (Über die Liebe, 43).- »Nichts zerstört eine galante Liebe so sicher wie Anwandlungen von Leidenschaft beim Partner« (ebenda, 322).

Vielleicht geht es Luhmanns Buch indessen um eine danach moderne Möglichkeit der leidenschaftlichen Liebe, die zugleich gesellschaftsfähig ist? Der Titel »Liebe als Passion« deutet darauf hin. Allein, der gesellschaftliche Code für leidenschaftliche Liebe blieb mir verschlüsselt. Leidenschaftlich Liebenden wäre aber viel mit einem solchen Code geholfen. Ihnen würde aus ihrer Unbeholfenheit und Verlegenheit herausgeholfen.

Das *Medium der kommunikativen Liebe* bildet vorzüglich die Sprache, dieses gesellschaftliche Medium zwischenmenschlicher Kommunikation überhaupt. Womit ich nicht zurücknehme, daß diese gesellschaftlich codierte Kommunikation nur einen Ausschnitt aus dieser bildet. Es wurde auch schon gesagt, daß Kommunikation nur als zweckfreie und daher liebende voll ihren Namen verdient. Gleichermaßen ist die nicht-instrumentalisierte Sprache Liebesmedium – das aber Schweigen und nicht-verbale Kommunikation mit zur Sprache bringt, diese kanalisiert. *Der besondere kommunikative Code besteht darin: alle gesellschaftlichen Codes zu übersteigen in ein ursprüngliches Gegenübersein.*

Eine »Sprache der Liebe« (so im deutschen Titel von Roland Barthes' »Fragments d'un discours amoureux«) gibt es nur im Sinne der kulturellen Versatzstücke, zum Beispiel der Verliebten-Sprache, angefangen vom berühmten ICH LIEBE DICH. Die Handlungs-Figuren, die teils der erotischen Galanterie angehören, teils kulturelle Verhaltenskonstanten aus dem Vorfeld individualisierter Kommunikation darstellen, können allenfalls im Französischen »Diskurs« genannt werden.

Nachdem der Handlungscharakter des Sprechens entdeckt wurde, fällt es – wie schon anläßlich KOMMUNIKATION bemerkt – vielen Fach-Leuten schwer, Handlung und Sprache zu unterscheiden. Und zumal jener besondere kommunikative Liebescode wird die Leute von den Fächern weiterhin, wie zu allen Zeiten, in Verlegenheit bringen.

Gibt es Codes der spirituellen Liebe? In bezug auf Gottesliebe und Vorstellungen von der sonstigen Liebe »um Gottes willen« stellen die institutionellen RELIGIONEN zweifellos Codes dar. Siehe dort sowie das nächste Stichwort.

Fazit: Die Rede vom Medium (der) Liebe muß bedeutend differenzierter ausfallen als in den nur komplizierten, aber lebensfern bleibenden Ausführungen der anfangs erwähnten Autoren. Für die Liebe ist leider, leider noch kein Äquivalenzmaß wie Geld für den Warenaustausch erfunden worden. Was würde doch eine solche Erfindung der Menschheit an Liebesleid ersparen!

Es hat hingegen theoretischen wie lebenspraktischen Sinn, die Medien der verschiedenen Liebesebenen *und* deren jeweils hinzukommenden kulturgeschichtliche Ausprägungen als Kanäle, meinetwegen im übertragenen Sinn auch als »Sprachen« der Liebe, zu erkennen.

MENSCHENLIEBE, allgemeine: Wie leicht wird die »Bruderliebe« von religiösen Institutionen zur salzlos-unverbindlichen, allgemeinen Menschenliebe heruntergeredet, dem der Einzelne im Grunde von Herzen gleichgültig ist! Es ist eine alte, doch in der Moderne vollends ideologisch gewordene Zumutung, prinzipiell alle Menschen oder zumindest alle Glaubensgenossen zu lieben – unter Verzicht auf besondere Zuneigung und Intimität mit dem einzelnen geliebten Menschen.
Im Namen solcher Menschenliebe können die Einzelnen herrschaftlich manipuliert werden, indem konkrete Wahl als »Bevorzugung« und »Partikularfreundschaften« zum Verstoß gegen die Gleichheit aller Genossen oder Mitbrüder erklärt wird. Am besten eignet sich als Zusatz eine Prise Homosexualitäts-Verdacht, natürlich unausgesprochen.
Im Namen solcher, für Fanatismus anfälligen, allgemeinen Menschenliebe können Menschen dazu gebracht werden, Einzelne als Hexen, Ketzer oder boshafte Feinde aus der allgemeinen »Bruderschaft« der Menschheit zu stoßen: in ihrer ohnehin unwichtigen Einzelheit zu tilgen.
Allgemeine Menschenliebe kann nur echt sein, wo der Einzelne in seiner Einzelheit ernstgenommen wird. Was auf viele Weisen geschehen kann, nicht nur auf die Weise der Verliebtheit. Was sich am klarsten manifestiert in der unbedingten Verbundenheit mit einem oder wenigen einzelnen Menschen. Ohne Manifestation an Einzelnen ist Mißtrauen angebracht.

Laßt mich
meine Brüder
so holt ihr mich.
Unentrinnbar
unbezwingbar
eingeholt sind wir
von ewiger Liebe.
Schaffend
lassen wir es geschehen.
Sie spricht
wo unsere Worte enden
in der Auferstehung
des Ungesagten
ins ausgefaltete einige Leben.
(Laßt mich)

MONOGAMIE: In ungebrochen patriarchalischen Verhältnissen der verräterische Ausdruck für sexuelle Ausschließlichkeit aus der Sicht des Mannes: offizielles Einfrau-Verhältnis. Das könnte nach Benachteiligung der Herren klingen, wenn nicht selbstverständlich vorausgesetzt wäre, daß die Frau ohnehin nicht »hat«, sondern »gehabt wird«. Siehe außer AUSSCHLIESSLICHKEIT auch TOTALISIERUNG.

MUTTERLIEBE hat ihre Wurzeln, was eigenartig gern übersehen wird, in der KÖRPERLICHEN LIEBE, gleich ob sie als Liebe der Mutter oder Liebe zur Mutter verstanden wird. In beiden Bedeutungen bedarf sie daher am meisten von allen Liebesarten der ganzheitlichen INTEGRATION. Normalerweise wird vorausgesetzt, sie sei ganzheitlich, weil sie so konkurrenzlos elementar ist. Darin liegt ein verhängnisvoller Irrtum: Weil sie elementar ist, gibt sie ein großes Versprechen, stellt sie bloß die Aufgabe der Integration.
Je liebebedürftiger und liebesfähiger ein Kind ist, desto tiefer verstrickt es sich in den Kindheitstraum einer ganzheitlichen Liebeseinheit – und reibt sich an der Wirklichkeit, die solchen Traum nicht schrittweise einholt und überbietet, die die frühen Versprechen des warmen Leibes, die bergenden Gesten nicht einholt in eine Wärme des Verstehens, in eine Sprache unverbrüchlicher Freundschaft.
Auch wenn die alten Komplizen, Mutter und Kind, zwischendurch verschiedene Wege gehen. Sie treffen einander und sprechen genug, um einander verschworen verschwiegene Mitwisser zu bleiben. Wissen sie doch noch von ihrer ersten Liebe, ungeteilt der Körper und Seelen, die nie vergeht, die kein Liebhaber vergessen macht – sofern sie nur weiterleben kann in der Freiheit der Freundschaft und auf spirituellen Fundamenten.
Spiritualität? Ja, solche saugt das Kind bereits mit der Muttermilch ein: als Angst und/oder als Vertrauen in die Lebensmächte, als Verehrung für den Führer oder einen Papst, der einem das eigene Denken und Fühlen abnimmt. Es spürt den Blut-und-Boden- wie den Wirtschaftswunder-Mythos. Es spürt, wie die Mutter Natur erlebt,wie sie Leib versteht und was in der Sprache mitschwingt, bevor es irgendein Wort kennt.
Diese und viele andere »spirituelle Fundamente« ahnt das Kind, ganzer Mensch mit allen Antennen, präzis vom Mutterleib an. Sie bleiben fundamental. Keine Mutter gab je nur die

Brust und das Fläschchen, ohne ihre Stellung zum rätselhaften Sinn des Ganzen mitzuteilen, und sei es ihrerseits rätselhaft-unbestimmt. Warum sollten diese grundlegenden Haltungen irgendwann einmal nichts mehr zu tun haben mit der alten Liebe? Warum soll nichts gewesen sein, wenn man in aller Freundschaft auch darüber sprechen könnte?

Der Mutter ist bekanntlich die Aufgabe gestellt: schrittweises Loslassen des heranwachsenden Menschen in die Selbständigkeit. »Loslassen« klingt jedoch verräterisch negativ: Warum spricht man nicht von einer wachsenden *Umwandlung der asymmetrischen Mutter-Kind-Beziehung in eine symmetrische Freundschaftsbeziehung*? Weil das noch allzu selten ist!

Was der Mutter das Loslassen, ist dem Heranwachsenden die »Loslösung«: eine ebenso negative Aufgabenstellung. Der oder die Heranwachsende bekommt inzwischen Hilfen unter Gleichaltrigen – aber immer noch keinen Ersatz für die einmalige Beziehung zur Mutter. Nach empirischen Untersuchungen ist die Stellung der Mutter im Gefühl der Vierzehn- bis Neunzehnjährigen auch heute erstaunlich stark.

Diese Stellung wird nun aber entweder in Freundschaft transformiert – oder sie bleibt eine innere Abhängigkeit oder eine Wunde oder, das ist das häufigste, beides zugleich. Wenn es gut geht, kommt es im Laufe der Jahre zur erwähnten je einseitigen »Aufarbeitung«. Was Liebe genannt zu werden verdient, bleibt dabei auf der Strecke. An deren Stelle ragen teils emotionsbesetzte, teils abgeklärte Ruinen. Verlegenheit auf seiten der Tochter, des Sohnes noch mehr, wenn von der sagenhaften Mutter- und Kindesliebe die Rede geht.

Es gibt auch je-einseitige Verarbeitung, weil die Beziehungspartner sie miteinander nicht, vor allem nicht gleichzeitig, leisten können. Vielleicht ist sie der Regelfall der »guten Ablösung«? Statistik solcher Art übersteigt (nicht nur) meine Möglichkeiten.

In früheren Zeiten wurden die Einzelbeziehungen, oft wenig individualisiert, in den größeren Familienverband »aufgehoben«. Die Pietät gegenüber den Eltern bedeutete im Regelfall nicht, daß die Kinder in ihrer emotionalen und wirtschaftlichen Abhängigkeit festgehalten und erdrückt wurden. Die Transformations- und Integrationsaufgabe stellt sich ganz neu, seit sich die alten Bindungen und Normen mit ihrer Selbstverständlichkeit auflösten.

Prophetisch wie die öffentlichen Moralinstitutionen nun einmal sind, haben sie diesen Prozeß sowenig rechtzeitig mitbekommen wie die Verherrlicher der deutschen Mutterschaft. Das Predigen der alten Pietät und Inbrunst wurde nirgends so unglaubwürdig wie in Deutschland. Es liegt auch in dieser Hinsicht tiefer in Trümmern als andere. Die Überlebens-Solidarität von Müttern und Kindern der Nachkriegszeit änderte daran nicht viel.
Das Wehklagen auf beiden Seiten des Generationengrabens ist heute unüberhörbar. »Das Drama des begabten Kindes« (Alice Miller) schreit nach »Elternaustreibung« (Volker E. Pilgrim). In einem haben diese verdienstvollen Partisanen der Kinderbefreiung jedenfalls recht: Den Vorsprung haben die Eltern, hat die Mutter. Sie haben, sie hat die erste Verantwortung dafür, daß die vielgepriesene Mutterliebe nicht zum emotionalen Gefängnis wird, zur Liebesfalle.
Entgeht die Mutter nicht am ehesten ihrer eigenen Gefahr, indem sie diese Verantwortung wahr-nimmt: der Gefahr, mit der Loslösung der Kinder in ein »Liebesloch« zu fallen, in eine emotionale Leere, ein Mutterseelen-Alleinsein?

MYSTIK: Fast gleichbedeutend mit GOTTESLIEBE, sofern es sich nicht um einen Gott vom bloßen Hörensagen handelt. Diese Liebe verbreitet ein eigenes Licht über alle Verhältnisse der Natur- und Menschen- und Ideenwelt.
Ausgeübte Mystik ist die Gabe des SCHWEIGENS als einer mächtigen Art von Sinntransport, nur noch der Kunst vergleichbar und über diese hinausgehend.
Liebe auf ihrer Höhe ist Mystik, in ihrer unabstreifbaren spirituellen Dimension immer, zumindest in Spuren. Daher »Magie der Liebe«: Die Geheimnisse des Ganzen stehen unerklärlich zur Debatte, in Schweigen.
Eines aber ist das *Erleben* der Magie, etwas anderes, zu ihr als Asyl der Irrationalität, der Denkfaulheit in Sachen Liebe zu flüchten.

NÄCHSTENLIEBE: Eine biblische Weisung, deren Darbietung als »Gebot« zunehmend unzeitgemäßer, ja unsachgemäßer wurde: »Du sollst deinen Nächsten lieben wie dich selbst.« Gebotene Liebe ist etwas höchst Paradoxes (noch paradoxer als die Weisung: »Sei spontan«), sobald man Gebot irgendwie juridisch-gesetzlich versteht.

Dadurch haftet der christlichen Rede von »Nächstenliebe« leicht etwas Sauertöpfisch-Freudloses an. Liebe ist jedoch immer übergesetzlich und freudig, selbst wo sie Opfer bringt.
Man kann Liebe nicht gebieten wie ein äußeres Verhalten. Man kann sie wohl wünschen, für wertvoll halten. Wer zu diesem schöpferischen inneren Verhalten autoritativ beauftragen kann, ist allein der Schöpfer. Man sollte diesen Auftrag (commandement) im Deutschen nicht mehr »Gebot« nennen.
Im neutestamentlichen Gleichnis vom barmherzigen Samariter wird die Frage »Wer ist mein Nächster« etwa so beantwortet: Der Mensch, an dem deine aufmerksame Menschenliebe nicht vorbeigeht, an dem sie konkret wird, nicht in der Gegenseitigkeit der Freundschaft, sondern als Hilfe. Sie ist zuerst ein »Gebot« der kommunikativen Gerechtigkeit , darüber hinaus aber der kommunikativen Liebe überhaupt, sofern keine adäquate Gegenleistung erwartet wird (siehe SELBSTLIEBE und SELBSTLOSIGKEIT).
Nächstenliebe ist, im ursprünglichen und besten Sinn verstanden, MENSCHENLIEBE mit dem Fundament einer spirituell verstandenen GESCHWISTERLICHKEIT.

NATURLIEBE: Ist das bloß bildliche Redeweise, Metapher für Wohlbefinden des Menschen in der Natur? Geht die Liebeserklärung an die Natur hinaus über ein »Ich fühle mich wohl bei dir, in dir«? Diese sozusagen kulinarische Art der Naturliebe mag unserem Touristenzeitalter entsprechen. Die Natur kann im Genuß ebenso verzweckt werden wie in der Nutzung.
Der Anfang von Liebe wäre hier wie sonst: *Ehrfurcht.* Wenn diese die körperliche Liebe zur Allumfangenden prägt, da erst wird das Wohlbefinden in ihr zur Liebe.
Naturschönheit – ist ihr Genuß eine Art von Erotik? In der Tat, wo ursprünglich erfahren wird, jenseits der Klischees.
Gibt es auch kommunikative Liebe zur Natur? Ist diese irgendwo kommunikationsfähig? Kann sie sprechen?
Diese Fragen wird nur bejahen können, wer in der Natur die Manifestation kosmischer, göttlicher Ideen, Gesetze, Kräfte erblickt. Die neuzeitliche Naturwissenschaft war befangen genug, sich von schlechten Theologen in die Opposition zu einer religiösen Naturauffassung drängen zu lassen. Als ob nicht jedes entdeckte Gesetz vom Walten des Logos zeugte, von einer kosmischen Vernunft, die zum Göttlichen jedenfalls in einem

innigen Verhältnis steht. Allerdings, als äußeres Ziel eines Naturstrebens konnte der transzendente Gott nie bewiesen werden. Eines solchen Zusammenhangs bedarf weder die Natur noch Gott.

Mögen doch die Theologen, statt ideologische Fronten aufzubauen, ihren Scharfsinn darauf verwenden, wie die kosmische Vernunft zu dem natur- und welttranszendenten Gott, den die biblischen Schriften verkünden, stehen mag. Kennt nicht die hebräische Bibel die »Weisheit«, die schon vor Beginn der Schöpfung vor Gott spielte? Beginnt nicht das Evangelium des Johannes mit der Meditation über das selbst göttliche »Wort«, in dem alles geschaffen war? Sind hier nicht goldene Brücken gebaut?

Wenn die Naturwissenschaftler selbst die spirituellen Grundlagen und Konsequenzen ihrer Forschungen nicht zur Sprache bringen können, ohne die in ihrem Sinne »exakten« Methoden zu verlassen, so lebt doch die ganzheitliche Naturerfahrung von der Manifestation des Göttlichen in der Natur. Erst das macht die Natur so faszinierend, aber auch erschütternd (fascinosum et tremendum), daß sie Bild, Manifestation, Ausdruck ist.

Von daher wird alle Spontaneität ihrer Bewegungen – und was in der weiten Natur wäre bewegungslos? – in der Tat zur Mitteilung, wird das Lauschen und Aufmerken auf sie vergleichbar mit der Kommunikation. Selbst kein Gegenüber wie ein Du, eher Medium, materielles Zwischen der menschlichen Begegnungen, weckt sie doch in einzelnen Stücken das Bedürfnis, sie anzusprechen, hierin nochmals vergleichbar dem »Ewigen Du, das seinem Wesen nach nicht Es werden kann« (Martin Buber).

Doch finden sich nicht gerade in der Natur die es-haften *Objekte*? Es stellt eine nichtbewältigte Aufgabe dar, das exakte Gegenstandsdenken mit der ganzheitlichen Naturbegegnung zu vereinbaren: den objektivierenden und verzweckenden Zugriff mit dem Begegnenlassen, die abendländisch-naturwissenschaftliche Denkweise mit der östlichen Naturspiritualität zu verbinden.

Beide sind sehr wohl vereinbar – ähnlich wie medizinische Behandlung des Menschen die Begegnung mit ihm als Du nicht ausschließt. Es muß nur klar sein, welche Haltung den Vorrang hat. Die Brücke zwischen beiden, zwischen Liebe und Sachlichkeit: Ehrfurcht.

ORDNUNG DER LIEBE/NORMEN: Ordo amoris, ein altehrwürdiger, von Augustinus her durch die ganze mittelalterliche Scholastik bis in neueste kirchliche Dokumente gelangender Ausdruck für das, was wir *innere Strukturgesetze* der Liebe nennen würden, eine Art von Naturgesetz der Liebe.
»Natürliche Ordnung« der Liebe wurde gemäß der »Natur« verstanden, das heißt »natürlich« nach Gutdünken der nach Gottes Willen und natürlicherweise Herrschenden. Zur sonstigen etwaigen Begründung beriefen die allerchristlichsten Obrigkeiten sich nicht etwa auf die personale Freiheitsnatur, sondern auf angeblich biologische Natur, zum Beispiel was das Verhältnis der Geschlechter angeht: die Frau als unvollkommener Mensch und sexuell wie sonst nach unten gehörender Mensch.
Ordnung: keine Denkaufgabe, sondern alter Väter Sitte und Selbstverständlichkeit. Das hat den Ordnungsgedanken bis heute in Mißkredit gebracht. Die scheinrationale Entgegensetzung von begehrender und wohlwollender Liebe diente überdies dazu, vor allem der Sexualität eine unwürdige Rolle zuzuweisen und sie zum Instrument der HERRSCHAFT zu machen.
Bei Augustinus selbst findet sich das großartige Wort *»Ama et fac, quod vis: Liebe und tu, was du willst«*, das bei ihm durch den Gedanken, die Denkaufgabe, des ordo amoris sozusagen seine Absicherung erfährt.
Der Gedanke einer Ordnung der Liebe *konnte* sich also, gegenüber der autoritär moralisierenden (fremdbestimmenden) Rede von »Normen«, bereits in der ausgehenden Antike, ebenso wie im Neuen Testament, verbinden mit der Sicht: Es gilt, innere Strukturgesetzlichkeiten von Liebe aufzudecken. *Weil diese selbst höchste Norm ist, darf sie nicht von außen normiert werden.* Äußerlich, durch Herrschaft auferlegte Normen widersprechen der Liebe als dialogischer Freiheit.
Solche nicht-moralisierende, vor-ethische, wenn auch ethisch konsequenzenreiche Sicht leitet den vorliegenden Entwurf: Es geht um *Handlungs-Logik der Liebe*. Als Hauptthemen zur Gesamt-Logik siehe: EINHEIT, INTEGRATION, STUFEN DER LIEBE. Es gilt vor allem, die Strukturgesetzlichkeit jeder Liebesstufe und deren Beziehungen zueinander zu erfassen. Daraus folgt mehr an freier Liebesethik, als autoritäre Moraltheologen in ihren schlimmsten Träumen fürchteten.

ORGASMUS: Die sexuelle Form der EKSTASE. Von der Frage nach dem Menschen, nach seinem ekstatisch-dialogischen Wesen, her gewinnt Rilkes eindringliche Deutung des Orgasmus ihr Gewicht, die er zu geben sich nicht scheute, wenngleich in der milde verschleiernden Art des fin de siècle:

»Ihr aber, die ihr im Entzücken des anderen
zunehmt, bis er euch überwältigt
anfleht: nicht *mehr* –; die ihr unter den Händen
euch reichlicher werdet wie Traubenjahre;
die ihr manchmal vergeht, nur weil der andre
ganz überhand nimmt: euch frag ich nach uns. Ich weiß,
ihr berührt euch so selig, weil die Liebkosung verhält,
weil die Stelle nicht schwindet, die ihr, Zärtliche,
zudeckt; weil ihr darunter das reine
Dauern verspürt. So versprecht ihr euch Ewigkeit fast
von der Umarmung . . .
. . . Wenn ihr einer dem andern
euch an den Mund hebt und ansetzt -: Getränk an Getränk:
o wie entgeht dann der Trinkende seltsam der Handlung.«
(Zweite Duineser Elegie)

PARTNERSCHAFT nicht etwa als Geschäfts- oder sonstige Interessenpartnerschaft, sondern als Liebespartnerschaft verstanden: eine stets aktuelle, ganzheitliche Wir-Gemeinschaft von Zweien, der sich die beiden Einzelnen unterordnen.

Erster Unterschied zur Freundschaft: Diese, selbst wenn sie konstant ist, kennt Zeiten der bloßen Latenz, wechselt ständig zwischen Latenz und Aktualität. Sie ist beständige Möglichkeit, keine beständige Wirklichkeit – es sei denn, sie werde zugleich Partnerschaft. Denn natürlich schließt Liebes-Partnerschaft Freundschaft ein.

Zweiter Unterschied zur Freundschaft: Die Freunde ordnen sich im besten Fall einander gegenseitig unter, nicht aber der Freundschaft. Jedenfalls nicht im Normalfall und erwartungsgemäß. Das Zwischen der Freunde wird keine Institution: kein Verhaltensmuster, das Vorfahrt vor den individuellen Mustern und Wünschen hat – es sei denn, sie werde zugleich Partnerschaft.

Partnerschaft schließt nicht Dominanz, aber Herrschaft aus. Herrschaft bedeutet hier, daß einer der »Partner« dem anderen normalerweise sein Gesetz des Verhaltens auferlegt. Daß beider Abstimmung überflüssig ist.
Die patriarchalische Ehe war aufgrund dessen keine Partnerschaft, im Normalfall. Wir haben solche erst zu üben begonnen, innerhalb oder außerhalb des überkommenen Musters EHE. Denn wie nicht jede Ehe partnerschaftlich, so nicht jede Partnerschaft ehelich – und das ist nicht bloß eine standesamtliche und soziale Frage, sondern eine innere Nuance: wie die Partner zur Geschichte jener Institution stehen. Partner, auch gleichgeschlechtliche, haben es sehr mit den feinen Unterschieden.

Gemeinsam in den Geheimnissen stehn
oder vertrocknen
oder zerbrechen.
Wählen wir
als Erwählte
uns nicht zu schonen.
Denn die Geheimnisse
schonen uns nicht.
(Wählen wir)

PERVERSIONEN des Liebeslebens setzt man gewöhnlich nur auf der sexuellen Ebene an. Darin ist soviel richtig, daß Sexualität leibhafter und somit auch triebhaft-symptomatischer Ausdruck des Ganzen von Liebe ist. Zum Verständnis von Perversionen – der *echten,* wie etwa zwanghafter Exhibitionismus und Fetischismus, oder *angeblichen,* wie einer nicht zwanghaften homosexuellen Komponente – ist grundlegend: die Einsicht in den nicht bloß physiologischen, sondern wesentlich symbolischen Charakter von Sexualität. *Sexuelle Handlungen sind Zeichenhandlungen.* Für das Verständnis angeblicher oder wirklicher (krankhafter) Perversionen müßte eine Zeichenlehre oder Semiotik des Sexuellen entwickelt werden: Wie Sexualität als Symbolik der Gesamtpersönlichkeit und ihrer Geschichte verstehbar ist. Die Psychologie steht – schwer faßbar – in der Deutung dieses uralten Bereiches erst am Anfang.
Vergleiche für Phänomenbeschreibungen von Perversionen das unter SEXUALITÄT angeführte Buch »Geschlechtsverwirrungen« von Magnus Hirschfeld sowie das »Taschenlexikon Se-

xualität« von Helmut Kentler, Düsseldorf 1982. – Während der Drucklegung erschien das Werk von Eberhard Schorsch und anderen, »Perversion als Straftat«, Berlin 1986, das den oben skizzierten Ansatz vom neuesten Stand der psychotherapeutischen Praxis her bestätigt.

PHILIA: Griechische »Freundesliebe«, doch über eigentliche FREUNDSCHAFT hinaus im weiten Sinn: »wohlwollende Liebe« (amor amicitiae, amor benevolentiae, wie sie in der mittelalterlichen Philosophie hieß), hier mit KOMMUNIKATIVE LIEBE übersetzt und vom Eros abgegrenzt, der bei Thomas von Aquin zusammen mit dem Sexus »amor concupiscentiae« (begehrende Liebe) heißt.
Philosophiegeschichtlich Interessierte seien hingewiesen auf den Artikel »Liebe« im »Historischen Wörterbuch der Philosophie«, an dem auch der Autor folgender Studie beteiligt ist: Helmut Kuhn, »Liebe«. Geschichte eines Begriffs, München 1975.

PLAKATIERUNG: Freiwillige Aufhebung der Schranke zwischen der Sphäre der eigenen INTIMITÄT und der Öffentlichkeit. Eine Art von geistigem Exhibitionismus, wenn nicht eine ganz bestimmte Aufklärungsabsicht leitend ist.

PROSTITUTION: Käufliche »Liebe« – hier brauchen wir nun doch einmal Anführungszeichen, trotz aller vielschichtigen Offenheit des Wortes. Denn Prostitution ist eine Karikatur von sexueller Liebe. Statt Ausdruck von Liebe als Freiheit mitsamt ihrer paradoxen Fähigkeit, sich in der Leidenschaft selbst wegzugeben, wird die käufliche Sexualität zum Ausdruck der Ausbeutung eines gesellschaftlichen Liebes-Notstandes. Zu schweigen vom ökonomischen Notstand der Prostituierten.
Prostitution ist die zur öffentlichen Unkultur der Liebe notwendige Subkultur. Sobald und solange es diese Subkultur in größerem Umfang gibt, ist sie untrügliches Anzeichen, daß in einer Kultur die Liebe Schaden leidet. Insofern ist das Naserümpfen anständiger Bürger über die unanständigen Individuen fehl am Platz. Prostitution stellt weniger individuelles Fehlverhalten dar, als vielmehr einen öffentlichen Notstand: In einer Gesellschaft stimmt Grundlegendes nicht, in der Menschen den wahnwitzig paradoxen Versuch machen müssen, sich Liebe zu erkau-

fen. Die Einzelnen, Käufer wie Verkäufer, haben mein verständnisvolles Mitleid. Die gesellschaftlich Tonangebenden und ihre Moralinstitutionen, die den verlogenen Notstand verlängern, verdienen weniger Nachsicht.
Die gewerbliche und quasi-gewerbliche Ausübung bildet nur einen Ausschnitt aus dem größeren Bereich der verdeckten, informellen Prostitution: Erpressung wirtschaftlich und sozial abhängiger Menschen zu sexuellen Handlungen. Wie von Vergewaltigung in der Ehe gesprochen wurde – meistens der Frau durch den physisch und sozial stärkeren Mann –, so muß auch von Prostitution unter dem Deckmantel gutbürgerlicher Eheverhältnisse die Rede sein.
Schließlich: Zwischen der Käuflichkeit der Geschlechtsteile und der Käuflichkeit anderer menschlicher Zuwendungen bis hin zu Überzeugungsdiensten, nicht zuletzt Diensten der Glaubensüberzeugung, besteht engste Verwandtschaft. Ich spreche nicht vom »Verkauf« der Arbeitskraft zu sachlichen Diensten, so problematisch auch diese auf Dauer sein mag. Ich meine Verkauf der Überzeugungen, der Gewissen, damit der Liebe auf kommunikativer und spiritueller Ebene (vergleiche WAHRHEITSLIEBE). Nur ein Beispiel aus dem kirchlichen Bereich: Wie viele Religionslehrer, zölibatsverpflichtete Priester, Professoren und viele andere im kirchlichen Dienst würden andere Lieder singen, wenn sie eines anderen Brot essen könnten?
Die Zeitkrankheit Opportunismus, von der wir befallen sind, kann man zutreffend als eine geistige Prostitution bezeichnen. Wir leben in einer Gesellschaft der unerhört florierenden Geistesprostitution. Das ist keine Subkultur, wie das daneben harmlose sexuelle Prostitutionswesen, sondern eine Krankheit der Kultur selbst, und diesmal ist nicht die Liebeskultur allein gemeint.

RAUSCH: Der dionysische Aspekt der ILLUSION, meinte S., der die Illusionen zu »apollinisch«, auf deutsch zu kopfig, ausgefallen waren. Ich folge zunächst ihren Notizen zum Rausch.
Trunkenheit vor Einbildungskraft. Sichhineinsteigern in eine illusorische, gewünschte, ersehnte Welt der Liebe, ideal und phantastisch – aber leider nicht real. Wo der kritische Verstand die Brücke zur Realität schlagen will, um den sich Berauschen-

den auf den Boden zu holen, wird er abgewehrt, nach Möglichkeit ausgeschaltet.
Intensivstes Erleben, aber in abgehobenen Liebesphantasien, für die ungeheure Kräfte freigesetzt werden, die auch neue Fähigkeiten, Persönlichkeitsaspekte des Berauschten an den Tag bringen.
Explosiv-kreativ, auf hauchdünnem psychischem Boden: eine grelle Blüte, deren Stengel fault. Alles andere, das sogenannte Reale, wird unwirklich, wie hinter einem Schleier erlebt.
Das Paradox: mitten im Liebesrausch die lauernden Augen totaler Einsamkeit. Um Momente der Angst abzuwehren, wird der Rausch noch gesteigert, bis das bittere Erwachen sich nicht mehr aufhalten läßt.
Soweit der *illusorische Rausch* oder die rauschhafte Illusion. Der andere Mensch kam bezeichnenderweise kaum darin vor.
Ich frage S., ob sie nicht auch einen *realistischen Rausch* der Liebe kenne.
»Aber dazu gehören zwei«, lacht sie.
»Und das ist noch keine Garantie dafür, daß er realistisch ist.
Man kann sich auch zu zweit rauschhaft was vormachen.«
»Entscheidend ist, glaube ich, ob man sich auch mit der Angst auseinandersetzt, es könnte nicht wahr sein, bloß geträumt.
Dann ist der Rausch ein anhaltendes Staunen und intensives Gefühl von GLÜCK.«

RELIGION ist Liebe.
Hegel sagt es so ungeschützt in seinen Jugendschriften, aber es stimmt, wenn wir ein paar Wenn und Aber anbringen.
Gemeint ist die »mystische« Substanz von Religion, das SPIRITUELLE, nicht Religion als soziales Formwerk – was sie ist, als Gemeinschaftsreligion: Einrichtungen, Normen der Moral und des Fürwahrhaltens, mehr oder weniger verbindliches Brauchtum bis hin zu öffentlichen Organen und institutionellen Machtmitteln.
Das alles ist nicht unserer Thema, sondern die Liebe als Innerstes der Religion: Gottesliebe, aber auch »Bruderliebe«, Menschenliebe, Nächstenliebe, Selbstliebe, nicht zuletzt Liebe zur Gemeinschaft, Gemeinsamkeit im Heiligen. Hier kommt vom Innersten der Religion her – sofern sie wesentlich *gemeinsame*

Teilhabe am Heiligen ist wie das Christentum – die andere, »äußere« Seite wieder hinein.
Der Unterschied in der Betrachtung ist also nur der: Entweder gehe ich *soziologisch* von Religion als sozialem Formwerk und Normennetz aus, oder ich setze *sinnanalytisch* und in diesem Sinn religionsphilosophisch beim Kern der religiösen Vollzüge des Einzelnen an.
Nur von der zweiten Betrachtungsweise her kommt man zu dem Satz und kann man ihn halten: Religion ist Liebe.
Damit wird offensichtlich ein ungeheuer anspruchsvoller Maßstab an alles Religiöse angelegt, auch und gerade an Religion als soziale Erscheinung. Dann wäre eine Kultur der Liebe zentrale Aufgabe von Religion.
So wurde es in der Tradition auch stets verstanden. Nur können wir frühere Kulturen der Liebe nicht mehr als verbindlich und vorbildlich ansehen. Und die bloß verbietenden Gesten traditioneller Religionsinstanzen nicht als konstruktiven Beitrag, gar zu einer *neuen* Kultur der Liebe.
Eine vergleichende Religionsbetrachtung könnte sich, wenn Religion im Innersten Liebe ist, mit Recht darauf konzentrieren, welche Liebeskulturen die einzelnen Religionen entwikkeln. Wohlverstanden: Liebeskulturen, nicht bloß Sexualnormen. Eine solche Religionsgeschichte wurde meines Wissens noch nicht geschrieben. Sie wäre indessen nützlicher, praktischer und zugleich theologischer, als viele anders ufernde Gelehrsamkeit auf diesem Gebiet. Allerdings wäre sie weniger vornehm als diese, nämlich: weitgehend Skandalgeschichte, Geschichte der religiös gesteuerten Liebesverwirrungen.
Solcherart Religionsgeschichte wäre zu sehr am Maßstab des Christentums orientiert? Mag sein, wenn es der Maßstab der Liebe ist. Doch welche Gemeinschaftsreligion hätte diesen Maßstab mehr zu scheuen als gerade die »Religion der Liebe«?
Da zöge man sich am liebsten auf Privatreligion zurück – wenn Liebe bloß privat sein könnte.

SCHAM: Ein Gefühl, das sich keineswegs nur auf den nackten Körper sowie körperliche Funktionen bezieht, sondern auf die Intim-Sphäre des Einzelnen überhaupt. Es gibt die Scham der Intim-Gemeinschaft gegenüber der Öffentlichkeit (siehe INTIMITÄT), aber auch eine Scham des Einzelnen noch innerhalb der Intimgemeinschaft.

Eigenartig, daß diese Scham des Einzelnen sich in geistigen Dingen am stärksten behauptet: die geheimen Gedanken, Wünsche, Gebete, Notizen, in die selbst der Partner nicht ungebeten und ungelegen eindringen darf.
Ferner das Bedürfnis, vor dem Vertrautesten immer noch etwas aus sich zu machen. Wenn der Mensch bloß »natürlich« sein könnte, müßte man im Hinblick auf Scham vom Wunsch zur Verstellung sprechen. Was aber heißt »natürlich« für ein Wesen, das wesentlich Verhältnis zu sich selbst, SELBSTBEZIEHUNG ist? »Natürlich« könnte heißen, daß dieses Wesen eine Vorstellung von sich selbst gibt, an die es selbst (mehr oder weniger spontan) glaubt. Dadurch unterscheidet sich die Selbstvorstellung von Verstellung, die Kleidung von der Maske.
Der junge Hegel deutete Scham als Sich-seiner-Individualität-Schämen, daß diese nicht einfachhin aufgeht in Gemeinsamkeit. Doch es gibt Individualität, die zu kleinlich ist, gemeinschaftlich zu werden, und andere, die gerade als stets überraschende Lebensquelle der Gemeinschaft unveräußerlich in Gegensatz zu ihr bleibt. Und diese kleinste Kluft ist, mit Zarathustra zu sprechen, am schwersten zu überwinden.
Die Kluft zwischen der Intimität des Einzelnen und der Liebesgemeinschaft *muß* ständig überwunden werden, doch *darf* es nie ganz. An der delikaten Grenze wacht die Scham.
Der Respekt von der Seite des Anderen heißt Diskretion – nicht bloß Tugend sich gegeneinander säuberlich abgrenzender Bürger, viel wertvoller in Freundschaft und Liebesgemeinschaft.

> »Du willst vor deinem Freund kein Kleid tragen? Es soll deines Freundes Ehre sein, daß du dich ihm gibst, wie du bist? Aber er wünscht dich darum zum Teufel!
> Wer aus sich kein Hehl macht, empört: so sehr habt ihr Grund, die Nacktheit zu fürchten! Ja, wenn ihr Götter wäret, da dürftet ihr euch eurer Kleider schämen!
> . . .
> Im Erraten und Stillschweigen soll der Freund Meister sein: nicht alles mußt du sehen wollen. Dein Traum soll dir verraten, was dein Freund im Wachen tut.«
>
> (Zarathustra, Vom Freunde)

SCHENKEN: Wir versuchen es zu Weihnachten, an Geburtstagen. Die *Institution des ÜBERRASCHENS* durch Geschenke – ein hölzernes Eisen? Gibt es noch Anlässe in der Wohlstandsgesellschaft, die nicht verdorben sind durch diesen Widerspruch?
Schenken ist, neben Helfen, die Grundgeste der kommunikativen Liebe: tätige Kommunikation und, mehr als Helfen, deren freier, leibhafter AUSDRUCK. Das Geschenk steht für den Schenkenden, für sein Selbst. Schenken ist Selbstmitteilung. Schenken kann dem Helfen voraus haben, unerwartet, überflüssig zu sein, ist aber zugleich: das Ersehnte, Notwendige schlechthin.
Zum Schenken gehört das UMSONST, das Geben, ohne zu zählen, aus dem unendlichen Vorrat schöpfend. Der Schenkende mag auf Gegenseitigkeit vertrauen, im Rahmen des allseitigen Beschenktseins als Mensch. Alles Erwarten darüber hinaus geht auf subtiles Tauschgeschäft. *Das Annehmen und Sichbeschenktfühlen des Anderen muß selbst als Gegenseitigkeit erlebt werden.* Auf Gegengabe hoffen verdirbt die Sache eigentlich. Man kann sie, die Gegengabe, nur als Möglichkeit zulassen.
Ein Großteil des sogenannten Schenkens heute ist Tauschen, bei dem lediglich das informelle, relativ großzügige Verrechnen vom eigentlichen Schenken übrigblieb. Bleibt immerhin Schenkenwollen, die Geste einer Geste. Oder vielleicht ist das die Lösung: Die schenkende Hand darf nicht wissen, was die andere tut. Sie dürfen nur tief innen zusammenkommen.
Insofern wäre, genau betrachtet, gegen Anlässe nicht viel zu sagen, wohl gegen die Kommerzialisierung, die aus der Selbstmitteilung einen Sach-Zwang macht.
Wir müßten neue Anlässe erfinden, damit sie frei bleiben vom Erwartungsdruck. Auf den Trümmern der kommerzialisierten, abgewirtschafteten Schenksitten sollten wir – aus der nonchalanten Freiheit der Liebe – allmählich eine neue Kultur des Schenkens beginnen. Ein neues Kapitel in der wahrscheinlich ungeschriebenen Kulturgeschichte des Schenkens eröffnen: »Neue Unschuld – jenseits des Warentausches«.

Ich hab es von Dir empfangen
Du von mir wie Du sagst.
Wir schöpfen unsre Geschenke
aus Meeren

die im Schöpfungswort
sich vom Trockenen scheiden.
(Schöpfungsworte)

SCHÖNHEIT und Liebe – stets wurden sie miteinander zusammen genannt, nicht allein in der erotisch geprägten Kultur des klassischen Griechenlands. »Das Mädchen war so schön, daß der Prinz sie sogleich lieb gewann« – so ähnlich geht es stereotyp bis in die Kindermärchen hinein, von Werbung und sentimentaler Kulturindustrie zu schweigen.

Das eigentümliche Feld der Schönheit ist nicht die Kunst, sondern der EROS. Unter ÄSTHETIK wurde bereits die Unterscheidung von Ausdruck überhaupt und Schönheit getroffen. Kunst hat es mit der Steigerung von Ausdruck, nicht notwendig mit Schönheit zu tun, wie es eine vorübergehende Epoche der »schönen Künste« und wie es eine inzwischen ideologisch gewordene, immer noch populäre Auffassung glauben macht.

Es gibt bekanntlich Naturschönheit sowie künstliche-dekorative Schönheit, die mit Kunst nicht viel zu tun haben, wohl aber: mit dem Eros. Naturliebe ist zum Teil eine erotische Liebe, ebenso Tierliebe.

Die leibhafte Erscheinung des Menschen, ruhend und bewegt, bildet das eigentliche Gebiet des Eros im hier verstandenen Sinn: In dieser Erscheinung mischen sich Naturschönheit, künstliche Schönheit (wie Kleidung, Make-up, Schmuck), möglicherweise künstlerische Schönheit und sonstiger Ausdruck (die Bewegungen eines Ballettänzers, die Stimmbewegungen einer Sängerin).

Im Mittelalter wurde Schönheit als »Glanz der Wahrheit« (Albert der Große) verstanden, in der Neuzeit zunehmend als »Freiheit in der Erscheinung« (Schiller): *So wäre die Schönheit eines Menschen Wahrheits- wie Freiheitsausdruck*?

Als Naturschönheit des jungen Menschen zunächst, dessen Körper noch ganz Natur ist: Ausdruck der Wahrheit, daß der Grund der Schöpfung hinreißende Liebe ist. Die Frömmigkeit des Eros.

Als menschlich kultivierte Schönheit des Körpers bis hin zur Kunst: Ausdruck des handelnden Freiheitswesens Mensch, körperliche Erscheinung der Liebesmöglichkeiten.

Gibt es auch körperliche Schönheit, vom künstlerischen Ausdruck abgesehen, die durch eigenes Handeln geprägt, daher

Freiheitsausdruck, nicht bloß Natur, ist? Das zerfurchte Gesicht alter Menschen kann man meist nicht schön nennen, aber oft ausdrucksvoll. Es ist Ausdruck, den sie selbst mitgeprägt haben.

Dennoch, es gibt die spezifische Schönheit des reiferen Menschen, die nicht bloß Natur ist. Um dreißig werden Menschen für ihr Gesicht langsam verantwortlich. Bei jungen Menschen liegt eigene Freiheit allenfalls in der ANMUT der Bewegungen. Erst beim voll erwachsenen Menschen kann sich sein eigenes Denken und Wollen, Tun und Lassen im Ausdruck des Gesichts und Körpers ablagern: eine Schönheit, die seltener vorkommt als die bloße Naturschönheit der Jugend. Aber welcher Erwachsene kann sich heute, in einer Gesellschaft der geistigen Prostitution, leibhaften Ausdruck von Freiheit leisten? Man wird suchen müssen.

Schönheit als »Freiheit in der Erscheinung« – nicht verwechselt mit Ausdruck überhaupt – gedeiht vielleicht leichter erst bei richtig alten Menschen.

Ein paar Folgerungen für Eros und Liebe: Die erotische Schönheit der Jugend wird von der Natur höchst ungerecht verteilt. Es setzt mit dem Erwachsenenalter so etwas wie ausgleichende Gerechtigkeit ein, wenn der Schmelz der bloßen *Naturschönheit* dahinschwindet und von der *Freiheitsschönheit* überhöht wird. Dann findet eine Umwertung der erotischen Persönlichkeitswerte statt – die ein wenig gerechter ist.

Was ist zu jener Ungerechtigkeit zu sagen? Vor allem dies gleicht aus, daß nur *ein* Bereich der Liebe durch körperliche Schönheit unmittelbar angesprochen wird. Möglicherweise sind sehr hübsche Menschen charakterlich, das heißt in ihren kommunikativen Qualitäten, gefährdeter.

Ferner, die erotischen Schönheitswerte werden sehr unterschiedlich wahrgenommen. Gottlob gefallen nicht dieselben Menschen allen am meisten. Die Schönheitswahrnehmung hängt viel stärker am subjektiven Geschmack als die Kunstwahrnehmung (die allerdings mehr voraussetzt).

In den Geschmack gehen tausend Vorprägungen ein, nicht zuletzt die anderen Spielarten der Liebe. »Liebe ist das Genie der Armen« – sagte jener Arme an Schönheit (Jean-Paul Sartre). Und Robert Musil formulierte die alte Weisheit neu, wodurch die erotische Schönheit die entscheidende Einordnung erfährt:

»Es gibt vielleicht auf der ganzen Welt kein anderes Mittel, ein Ding oder Wesen schön zu machen, als es zu lieben« (Der Mann ohne Eigenschaften, Hamburg 1958, 377). »Etwas lieben und es verschönen ist ein und dasselbe« (ebenda, 1274).

SCHWÄCHE

Du hattest keine
Ich hatte eine:
Ich liebte.

(Bertolt Brecht, Schwächen)

SCHWEIGEN: »Die Liebe ist vor allem ein Lauschen im Schweigen« (Antoine de Saint-Exupéry). Ihre offenbaren Geheimnisse bleiben unsagbar mit Worten, lediglich andeutbar. Alle wesentlichen Geheimnisse, im Unterschied zu Asylen der Denkfaulheit und Herrschaftsansprüchen, zu Diplomatenverschluß- und Privatsachen sind offenbare, allerdings unauslotbare.

Liebende Menschen selbst bilden füreinander ein Geheimnis. Ihr Sprechen und Schweigen darin läuft auf gemeinsame Verehrung des Unsagbaren hinaus, das gerade sie einander offenbaren, als »Geheimnisträger«.

Schweigen: Hören, Innewerden des Ganzen, Leerwerden für die Fülle, anstrengungsloses Bewegen der Sinnmassen aus der Ruhe.

Genaues Reden will gelernt sein, wieviel mehr das präzise Schweigen, worin der Sinn fließt.

Die für Sprachdidaktiker aus den sechziger und siebziger Jahren (als aufklärerische Rationalität gern flach ausfiel) ketzerischen Bemerkungen wurden bereits gemacht: daß zum kommunikativen Charakter der Sprache das Schweigen gehört und daß mindestens die Hälfte eines GESPRÄCHS aus Schweigen bestehen muß.

Die Faustregel »Reden ist Silber, Schweigen ist Gold« scheint in Liebesdingen goldrichtig – ein gesundes Verhältnis zum »Silber« vorausgesetzt.

SCHWUL: Seit hundert Jahren geläufiges Schimpfwort für »homosexuell«. Inzwischen stolze Selbstbezeichnung für Insider der Szene, eine Art Erkennungs- und Verbrüderungswort. Somit wäre es ein selten prägnantes Beispiel für Revolution der Denkungsart mittels Sprache – wenn nicht für Outsider alle Klangfarben möglich blieben: Von Adelstitel über flippig und sonderlich bis zum klerikalfaschistischen »Krebsgeschwür der Gesellschaft«. Was das mit Liebe zu tun hat? Siehe HOMOSEXUALITÄT, BISEXUALITÄT, ETIKETTIERUNG. Der Nachteil der Selbstbezeichnung: die Selbstetikettierung. Als sei jemand schwul oder nicht. Das bringt viele unnötig in gesellschaftliche Schwulitäten – womit ich die gnadenlose Gerüchteküche der »richtig Liebenden« meine. Gegen Gerüchte und Gerüche kann keiner sich mit Worten wehren.
Schutz finden »die Schwulen« niemals durch schwarzweiße Etikettierung und PLAKATIERUNG, die der bisexuellen Natur des Menschen sowenig gerecht wird wie die ZWANGSHETEROSEXUALITÄT.

SEHNSUCHT

Mehr noch auf Reisen
schlepp ich die Sehnsucht
mit mir herum
als meinen Verräter
Henker und Foltersknecht.

Du weißt sie nur
wenn du sie hast
du hast sie nur
wenn du sie weißt
in deinem fremden Daheim.
(Kassiber)

SELBSTBEFRIEDIGUNG: Das Lob der Selbstbefriedigung, wie es von Volker E. Pilgrim in »Der selbstbefriedigte Mensch« (1. Auflage 1977) unter der Rücksicht Patriarchatskritik gesungen wird, sei sogleich als Alternative zur öffentlichen Heuchelei um dieses Tabuthema hervorgehoben. Um eine unbefangenere Stellung zu ihm einnehmen zu können, sollte man als Gegengift zur gängigen Brunnenvergiftung des Empfindens die Thesen dieses Buches zur Kenntnis nehmen.

»Die Onanieverketzerung ist bisher nicht als Wahn erkannt worden. Er ist ähnlich überregional wie der Wahn vom jüdischen Blut oder der Hexenwahn ... Der Onaniewahn gehört zu dem Heimtückischsten und zugleich Umfassendsten, was eine patriarchalische Erscheinungsform zu ihrer Stützung sich ausdenken und verwirklichen konnte. Er verkrüppelte zumindest im 19. und in der ersten Hälfte des 20. Jahrhunderts allen ihm ausgelieferten Menschen den Trieb. Der Wahn war so geschickt eingefädelt, wurde als so tief verankert im Christentum vorgegaukelt und von ärztlicher Seite einzigartig wissenschaftlich abgestützt, daß niemand dachte, wahnbesessen zu sein, wenn er über Onaniebekämpfung grübelte, redete, schrieb und für sie handelte. Zwar haben sich immer wieder Jugendliche das Leben genommen, weil sie ... keinen Ausweg mehr wußten. Aber der Schaden ist über die Maßen groß und nie richtig erfaßt worden, der *allen* Menschen eineinhalb Jahrhunderte lang drohte und in der Regel zugefügt wurde. Er betraf das Innenleben des Menschen. Dieser Triebwahn ging und geht noch heute einher mit Angst und Selbstunwertgefühlen. Das will der Kapitalismus so ...« (Pilgrim 79). – »Ich bin davon überzeugt, daß die Gegenwart von dem Ausmaß der Problematik ›Selbstbefriedigung‹ nahezu ahnungslos ist. Man weiß nicht und konzentriert die Forschung nicht darauf, wieweit das Selbstbefriedigungs-Tabu bei der Verunstaltung des zeitgenössisch-patriarchalischen Menschen mitwirkt« (ebenda 140).
Die Kirchen wetteiferten in diesem Wahn, der den Hexenwahn zeitlich ablöste. Zum eigentlichen Durchbruch kam es im 18. Jahrhundert unter calvinistisch-kapitalistischem Vorzeichen. Die katholische Sexualpädagogik erwies sich, was Pilgrim als geborener Protestant kaum gebührend würdigen kann, mittels Beicht- und Kommunionpraxis, schließlich auch in dieser Sache als die wirksamere Zwangsjacke und das bis heute dauerhaftere Bollwerk.
Hier muß ein philosophischer Blick auf die Frage unter der strikten Rücksicht Liebe genügen. An sich wäre das zugleich der ethische und moraltheologische Gesichtspunkt. Doch können wir von Theologen, zumindest katholischen, noch immer keine Unbefangenheit erwarten – mit den bis in jüngste Zeit hineingehenden päpstlich-bischöflichen Dokumenten im Nakken. Bis weit in die sechziger Jahre hinein war die Selbstbefriedigung als »Todsünde« mit eventuell mildernden Umständen

ein Hauptgegenstand der Beichten von Menschen aller Altersstufen. Welches aufgestaute Potential an Schuldgefühlen und HERRSCHAFT im Gewissensbereich!
Selbstbefriedigung wurde früher mit Krankheiten wie Rückgraterweichung in Verbindung gebracht, als Drohung für die unwissenden Menschen. In der Tat, die Beziehung zum Rückgrat besteht: Menschen mit permanenten Schuldgefühlen muß das Rückgrat erweichen. Ein chronisch schlechtes und doppelspieliges Gewissen kann keine Genauigkeit den ureigensten Gewissenssprüchen gegenüber mehr entwickeln, vor allem, wenn das Gewissen ohnehin nicht selbsterkannten Grundsätzen folgt.
An Gewissen zu appellieren, die von vornherein autoritär indoktriniert, statt zu eigener Urteilsfähigkeit erzogen wurden, ist die Art, die in unserem Jahrhundert »totalitär« genannt wurde. In diesen kollektiven Kontext muß die unbewältigte Vergangenheit des »christlichen« Umgangs mit dem anstehenden Thema gestellt werden.
Als Folie einer eigenen Überlegung zunächst originale römische Lehrweisheit jüngeren Datums, aus der Verlautbarung des Apostolischen Stuhles *»Orientierung zur Erziehung in der menschlichen Liebe« vom 1. Dezember 1983*: »Die Selbstbefriedigung ist nach katholischer Lehre ›eine schwere sittliche Verfehlung‹, weil allem voran die Geschlechtskraft in einer Weise gebraucht wird, die ihrem inneren Ziel wesentlich widerspricht; sie steht nicht im Dienste der Liebe und des Lebens gemäß dem Plane Gottes« (Nr. 98).
Trotz der objektiv schweren Sündigkeit wird milde pastorale Schnüffelei dem Erzieher zur Aufgabe gestellt: »Ein tiefblikkender Erzieher und Ratgeber muß sich bemühen, die Ursachen dieser Verirrung festzustellen, um dem Heranwachsenden zu helfen, die Unreife zu überwinden, welche in dieser Gewohnheit liegt. Der Erzieher muß wissen, daß die Selbstbefriedigung und andere Formen der Selbsterotik Zeichen für viel tiefere Probleme sind. Diese führen zu einer geschlechtlichen Spannung, die der Betreffende durch das erwähnte Verhalten zu lösen sucht« (Nr. 99).
Die selbstgeschaffene Dramatik wird von der Mutter Kirche so barmherzig »entdramatisiert«, daß der sündige Jugendliche nicht anders kann, als sein Leben lang dankbar sein – sofern und solange er jene Schuldgefühle in sich einläßt. Das aber war

unausweichlich und selbstverständlich für Katholiken – bevor es einen gewissen »kritischen Katholizismus« gab, der das Doppelspiel von der Gewissensebene auf die institutionelle Ebene verlagerte und seit fünfzehn Jahren mit bestem Gewissen und schlechtem Erfolg »kritisch« an den hoheitlichen Ketten zerrt. Die Ketten aber halten, solange man sie nicht abtut. Auch ein großer Teil der »kritischen Katholiken« ist rückgratgeschädigt: *Pubertätskatholiken*, die den Abschied von der großen Mutter nicht wagen. Pubertätskatholiken nenne ich sie, solange sie ein Grundbedürfnis unserer Welt und der Jugendlichen vielleicht verstehen, aber nicht praktizieren wollen: institutionelle Aufrichtigkeit. Man kann auf Dauer nicht Institutionen stützen, die verseuchen, ohne selber verseucht zu werden. Man kann auch nicht aufrichtig über den ZÖLIBAT der paar tausend Priester reden und zum heimlichen »Laster« der isolierten, schuldgeimpften Millionen schweigen – als sei es schon lange kein Thema mehr. Man sollte nicht das Salz der Erde spielen, wenn man fade bleibt.

Das alles gehört zur Sache selbst, weil Selbstbefriedigung, Gewissensfreiheit und Liebesfähigkeit zusammenhängen. *Die zentrale philosophische Frage* lautet: Ist es richtig, daß Autoerotik und sexuelle Betätigung am eigenen Körper *dem Sinn der Sexualität zuwiderläuft, weil diese eine soziale, zwischenmenschliche Kraft ist*? Muß sich die Sozialität der sexuellen Energien abschwächen, wenn sie im Bezug zum eignen körperlichen Selbst ausgeübt und womöglich eingeübt werden?

Gegenfrage: Die Sprachfähigkeit des Menschen, die zweifellos noch mehr als die Sexualität auf Kommunikation angelegt ist, nimmt sie ab, wenn und weil der Mensch auch einen *inneren Dialog* mit Hilfe der Sprache führt? Hier leuchtet sofort ein, daß das Gegenteil der Fall ist: Die sprachliche »Kompetenz« zur zwischenmenschlichen Verständigung wird um so stärker entwickelt, als der Sprachteilnehmer mit sich selbst in einem inneren Dialog steht beziehungsweise Dialoge mit anderen innerlich imaginiert.

Um dies zu behaupten, bedarf es keiner Umfragen und Statistiken. Der positive Zusammenhang von *inter*personalem und *inner*personalem Gespräch ergibt sich einfach daraus, daß Menschen, um in Beziehung zu anderen stark und schöpferisch sein zu können, zugleich und zuvor ihre Beziehung zu sich selbst entwickeln müssen.

Damit entfallen jene Scheinargumente von der sozialen Natur der Sexualität her und enthüllen ihren Charakter als Herrschafts-Ideologie, mag man diese nun vorwiegend als kapitalistisch oder allgemeiner als patriarchalisch oder als Priesterbetrug oder als allgemeinsten Hang zur Ausbeutung des Menschen durch den Menschen sehen.
Der SELBSTBEZUG ist auf allen Liebesebenen wesentliches Moment von Liebe – auch auf der Ebene der körperlichen Liebe. Sind die Moralprediger nicht schnell bei der Hand mit Sprüchen wie: Nur wer allein sein könne, sei auch partnerschaftsfähig? Weisheiten dieser Sorte pflegen ebenso falsch wie wahr zu sein. Wahr aber ist: Auch das lustvolle, nicht gequälte Alleinsein mit sich als Körper bildet innere Voraussetzung für lustvolles sexuelles Zusammensein. Die sexuelle Selbstbespiegelung, die gute narzißtische Komponente der Sexualität, muß bereits erfahren sein, damit sie nicht erst im Zusammensein mit dem Anderen ausgelebt wird. Sonst würde der Andere sich als Zuschauer des sich selbst Entdeckenden fühlen. Er, der Andere, soll nun der Entdeckte sein, und das Selbst lediglich neu in Beziehung auf den anderen.
Der ausgelebte körperlich-sexuelle Selbstbezug macht unabhängiger, das ist wahr. Ebendeshalb ist er ein Dorn im Auge der Herrschenden, auf Unselbständigkeit Bedachten aller Couleurs. Der zur Selbstbefriedigung fähige Mensch nimmt nicht den ersten besten zum Sexualpartner und erklärt seinen sexuellen Notstand für Liebe. Er braucht seinen Trieb auch nicht als Aggression auszuleben, wovon Herrschaftsgebaren eine Spielart ist. »Make love, not war« – das gilt auch für die sexuelle Selbstliebe.
Der sexuelle Notstand läßt sich »provisorisch« beheben, sobald jemand sich selbst zu lieben vermag, auch körperlich. Was dann bleibt, ist der kommunikative Notstand sowie das Bedürfnis nach kommunikativem Sex. Doch dann gelten bereits die Maßstäbe kommunikativer Partnerwahl – und das entspricht der »Ordnung der Liebe«.
Sollen wir pubertierende Jugendliche also zur Selbstbefriedigung ermutigen? Dessen bedürfen sie nicht. Es genügt, wenn wir sie von pseudoreligiösen Schuldgefühlen verschonen. Die Generationen, die ganz davon frei sind, wenigstens in dieser Sache, wurden noch nicht geboren, aufs Ganze gesehen. Noch werden sie von den Komplexen der Erwachsenen vergiftet.

Das mag für unseren Zusammenhang zu diesem großen Thema der Sexualerziehung, besser: des Erfahrungsaustausches über Sexualität genügen. Lieber als Ideologien abgewehrt, hätte ich die Freiheit, über das Tabu-Thema positiv zu meditieren, so ähnlich (oder mit aufschlußreichem Bezug auf meine Erfahrungen in einem Priesterorden?):

»Ich fühle jetzt, daß Masturbation eine Form der Meditation über Selbstliebe ist. Wenn ich masturbiere, schaffe ich in der gleichen Weise einen Raum für mich selbst, wie ich es für einen besonderen Liebhaber täte – weiches Licht, Kerzen, Räucherstäbchen, Musik, Farben, Oberflächen, sexuelle PHANTASIEN, alles, was mich in Stimmung bringt, wenn ich meine Hand verwende . . .« (in: Pilgrim, 182).

Während der Drucklegung erschien ein Artikel von Benjamin Henrichs in der ZEIT vom 4. April 1986. Unter der Überschrift »Rotlicht« berichtet er, der Westdeutsche Rundfunk habe das heikle Thema kürzlich in seiner Hörfunkreihe »Rotlicht« mit Jugendlichen, einer Mutter, einem katholischen Jugendseelsorgereferenten und mit zwei Experten (»Experten wofür?«, fragt Henrichs) behandeln wollen. Der WDR-Hörfunkdirektor habe den Beitrag kurzfristig abgesetzt, verschoben, wie es heißt. Der Feuilletonist, sonst für anspruchsvolle Literatur zuständig, ergreift die Gelegenheit zu bemerken:

»Die sogenannte sexuelle Revolution hat nahezu alles zur Sprache und ins Bild gebracht: Vergewaltigung, Defloration, Pädophilie, das ganze Sodom und Gomorrha. An schonungslosen Beichten und kundigen Ratgebern herrscht wahrhaftig kein Mangel. Nur Onan bleibt eine Peinlichkeit, ärger vielleicht als je. Denn wo das offene Wort herrscht und die freie Liebe, wo also jeder den Sieger spielen möchte, darf es Verlierer gar nicht geben.«

»Rein statistisch und nur als Leibesübung betrachtet, ist Onans Spiel beliebter als Tennis und Fußball zusammen. Jeder tut es, und jeder weiß es, daß jeder es tut. Aber jeder möchte gern den Eindruck erwecken, als täte er es nicht, hätte nicht nötig, es zu tun.«

Damit jeder es weiß!

SELBSTBEWUSSTSEIN: Im *philosophischen* Sinn besagt das Wort soviel wie SELBSTBEZIEHUNG, die Fähigkeit eines Wesens zum Ich-Bewußtsein. Im *psychologischen* und alltäglichen Sinn sprechen wir von schwachem und starkem Selbstbewußtsein, was wiederum zweierlei heißen kann: von sich eine *hohe Meinung* zu haben, sich vielen überlegen fühlen, oder sich selbst, seine Mitte, gefunden zu haben, *in sich zu ruhen*.

Peter Lauster, Autor des Buches »Die Liebe. Psychologie eines Phänomens« (Düsseldorf 1980), verwendet das Wort offenbar im letztgenannten Sinn und kommt zu folgenden Thesen: »Eine Liebe, die aus der Problematik der noch nicht gelungenen Selbstfindung heraus entwickelt wird, ist meist keine Liebe, sondern ein verzweifelter Selbstheilungsversuch ... Liebe ist keine Therapie für mangelndes Selbstbewußtsein. Sie erfordert viel Selbstbewußtsein, damit sie sich realisieren kann, ohne etwas zu erwarten, ohne etwas zu bekommen. Die reife Liebe erfordert autonomes Selbst und Individualität ... Liebe ist voll entfaltetes Selbstbewußtsein, das keiner Bestätigung bedarf« (94 f).

Wenn das so gilt, wer ist dann zur Liebe fähig? Sind Psychologen noch immer so selbstsicher wie Gurus? Oder ist schreckliche Vereinfachung die neue Therapie? Wenn nur gesagt würde, was »Selbstfindung« heißt.

Daß »der Liebe« – was das ist, bleibt bei Lauster offen, »Magie« ist sein schönes Losungswort –, daß der Liebe auf allen Ebenen starkes Selbstsein, ja SELBSTLIEBE gut tun: einverstanden. Was Lausters Sicht vom Menschen, gerade bezüglich Selbstbewußtsein und Anerkennung, aber fehlt: das DIALOGISCHE und die GESCHICHTE, damit die Unruhe der Abhängigkeit, des fragenden, suchenden Unterwegsseins.

Schön, wenn wir aus der Mitte eines »gefundenen« Selbst heraus lieben können. Doch dazu brauchen wir lange. Und Selbstfindung – wenn sie mehr ist als *Fähigkeit* zur Selbstliebe – kann, ja muß immer wieder in Frage gestellt werden. Dürfen wir nicht inzwischen schon einmal anfangen zu lieben und einander zum tieferen Selbstbewußtsein verhelfen? Sollten wir uns nicht auch vor falscher Selbstsicherheit und »Ruhen in sich« bewahren, die vielleicht schlimmer sind als Unsicherheit? Sollten wir weniger Abenteurer und Sucher nach uns selbst sein, weil wir lieben?

SELBSTBEZIEHUNG ist das Vermögen einer Person, sich auf sich selbst zu besinnen, zuerst und vor allem unausdrücklich. Die ausdrückliche Reflexion hat zur Bedingung ihrer Mög-

lichkeit die viel umfassendere, aber viel verkannte, unausdrücklich-gelebte Reflexion: *Ich-sagen-können* überhaupt.
Kierkegaard: »Das Selbst ist ein Verhältnis, das sich zu sich selbst verhält« (Die Krankheit zum Tode).
Selbstbeziehung bedeutet also soviel wie gelebte (nicht erst nachträgliche) Selbstreflexion. Von diesem Vermögen her kann man *»Person«* geradezu definieren: ein der Selbstreflexion, folglich des Selbst-Bewußtseins fähiges Wesen. Wie stark jemand mit sich selbst eine ausdrückliche Beziehung unterhält, das heißt die ohnehin vorhandene Selbstbeziehung objektiviert, das ist eine andere Frage. Wie stark »man« es tun sollte? Eine hier nicht beantwortbare Frage.
Alle Phänomene des starken oder schwachen, gefestigten oder unsicheren SELBSTBEWUSSTSEINS im psychologischen Sinn beruhen auf dieser Grundlage. Ferner Freiheit als Entscheidungsfähigkeit, die wiederum Voraussetzung für soziale Freiheit ist. Ferner alle die Phänomene, die mit Selbstverständnis und Selbstdarstellung einer Person zu tun haben wie Scham, Ehre, Eitelkeit, Eifersucht und hundert andere. Nicht zuletzt: Selbstliebe.

SELBSTLIEBE ist, im Sinne von Selbstbejahung, ähnlich grundlegend für alle Liebesarten wie Selbstbeziehung und Selbstbewußtsein für alles personale Verhalten. Weil nur die unterschiedene, selbständige Person sich mit anderen wiedervereinen kann, kann man sagen, daß ohne Selbstliebe auch keine Liebe zum Anderen möglich ist. Schon die sexuelle Liebe setzt ein Verhältnis des Begehrenden zu sich selbst als Leibwesen voraus – wieviel mehr, nicht etwa weniger, die höheren Stufen der Liebe.
Wie konnte die Selbstliebe dann zu einem so schlechten Ruf kommen, daß das Wort noch immer oft gleichbedeutend mit »Egoismus« verwendet wird? Wodurch unterscheidet sich *Egoismus*, den man landläufig mit Recht nicht für gut hält, von guter Selbstliebe? Daß es die gute Liebe zu sich selbst gibt, setzt bekanntlich auch die jüdische und christliche Bibel voraus, wenn zugleich mit dem »Gebot« der Gottesliebe das diesem gleiche »Gebot« der NÄCHSTENLIEBE ausgesprochen wird: »Du sollst deinen Nächsten lieben wie dich selbst.«
Hier hat Liebe keinen sentimentalen, gefühlsmäßigen Sinn, sondern bedeutet: Annehmen, Anerkennen des anderen als

gleiches Geschöpf, Sorge tragen für ihn, sofern er es nicht selbst kann. Es leuchtet sofort ein, daß Selbstliebe auf dieser Ebene im Sinne aller ist: Wie lästig wäre es, wenn nicht jeder zumindest für sich Sorge tragen würde, so gut er kann – und es ihm zusteht.

Hier kommt also das Gerechtigkeitsproblem herein: Wo jemand für sich mehr sorgt und besorgt, als ihm zusteht, ist er ein Egoist.

So einfach ist das, daß Egoisten den Unterschied zwischen Selbstliebe und Egoismus nie verstehen werden. Sie brauchen allenfalls, wo man ihnen auf die Finger sieht, tausend Regeln der Gerechtigkeit, mit denen sie sich ein gutes Gewissen zu verschaffen suchen. *Ein Egoist ist ein Mensch, dem es an natürlichem Sinn für kommunikative Gerechtigkeit fehlt, der die Regeln kommunikativen Verhaltens zu vernachlässigen gelernt hat: die Wünsche des anderen mitzubedenken.*

Traditionell sprach man von kommutativer, d.h. tauschender Gerechtigkeit; aber so versteht man sie leicht einseitig wirtschaftlich, während die Gerechtigkeitsfrage zentral eine der KOMMUNIKATIVEN LIEBE überhaupt ist. Das wird in einem Zeitalter, in der kommunikatives Verhalten mit Massenblabla verwechselt wird, aus anderen als den früheren, herrschaftlichen Gründen leicht vergessen.

Zwischen Selbstliebe und Egoismus besteht kein gradueller Unterschied, wie ertappte Egoisten gern glauben machen – sowenig wie die Einstellung für oder gegen Gerechtigkeit eine Frage des Maßes ist. Die quantitativen Fragen – wieviel dem einzelnen von knappen Gütern zusteht – lassen sich, bei veränderter Einstellung zugunsten des gerechten Mitdenkens für andere, leicht lösen. Leicht wiederholt sich dann das Wunder der Brotvermehrung, das wir in Kommunikation als Liebe ständig vollziehen: das Mehrwerden von Sinn manifestiert sich im Ausreichen des Brotes. (Daß es weltweit heute nicht ausreicht, ist ein sinnwidriger Egoismus-Skandal, auch wenn wohlgenährte Politiker dem bestgenährten Volk das Gefühl einzureden suchen, im Grunde sei alles in recht guter Ordnung.)

Nochmals, wie konnte die Selbstliebe selbst in schlechten Ruf kommen? Ist das nur eine Frage der Benennung, eine sogenannte semantische Frage? Durchaus nicht: Der Egoismus hat alles Interesse daran, den Unterschied zwischen sich und der guten Selbstliebe zu verwischen, ihn so zu problematisieren, daß er unsichtbar wird.

(Wieviel an falscher Problematisierung ist Furcht vor der Wahrheit, die sich den Mantel der Furcht vor Irrtum anzieht!)

Nicht daß es keine Konflikte geben könne zwischen Selbstliebe und Nächstenliebe. Praktisch sind sie aber selten. Ich bin jedenfalls noch nicht in die Lage gekommen, daß eine rettende Planke nur noch mich tragen, ein Stück Brot nur noch mich retten konnte und dergleichen. *Konflikte zwischen Selbstliebe und Nächstenliebe erlebe ich am ehesten im Umgang mit dem knappen Gut Zeit*. Doch sagt das Gefühl nicht meist, was hier gerecht ist?

Bei geistigen Gütern selbst kommt Knappheit an sich nicht auf, da sie sich wunderbarerweise mitteilen lassen. Wohl gibt es dort die vermeidbare *Knappheit an Fairness und Gerechtigkeitssinn*. Da sind wir aber im Bereich des Egoismus, nicht der Selbstliebe.

Egoismus und Nächstenliebe schließen sich aus. Egoismus und Selbstliebe ebenso. Man sollte die beiden nicht vermischen.

Das egoistische Verschleierungsinteresse bildet indessen nur den einen Grund für die Verwechslung. Der andere ist vornehm geistesgeschichtlich. Schon Platon findet den Gegensatz von *begehrender* und *sorgender* Liebe vor. Er versucht, ihn in seiner Eros-Lehre zu überwinden. Jedoch, im Neuplatonismus, spätestens bei Augustinus und damit fürs ganze Mittelalter, wird die Kluft zwischen Begehren und »reiner« Hingabe der Freundschaft (amor consupiscentiae, amor benevolentiae vel amicitiae) wieder aufgerissen. Pascal, als philosophischer Repräsentant der frühen Neuzeit in Sachen Liebe, setzt streng »amour propre« und »amour pure« einander entgegen: eine bis heute nachhallende Diffamierung der Selbstliebe, die undialektisch ist. Sie trägt nicht dem notwendigen Anteil des Selbst im »rein« bejahten Andern sowie des Andern im »unrein« begehrenden Selbst Rechnung. Schon das BEGEHREN enthüllte sich als Begierde nach der Begierde des Andern. In der Liebe geht es um Formen der Wiedervereinigung, der EINHEIT von Selbst und Anderem, nicht um einen von beiden.

Einen tiefergehenden Einwand gegen Selbstliebe, genauer gegen die Vieldeutigkeit des Wortes, bringt Paul Tillich vor: »Wenn Liebe der Drang nach Wiedervereinigung des Getrennten ist, hat es wenig Sinn, von Selbstliebe zu sprechen. Denn innerhalb des Selbstbewußtseins gibt es keine wirkliche Trennung, die der Trennung eines in sich geschlossenen Selbst von allen anderen Wesen vergleichbar wäre ... Selbstliebe ist eine Metapher und sollte nicht wie ein Begriff gebraucht werden. Der Mangel an begrifflicher Klarheit in der Verwendung des Ausdrucks ›Selbstliebe‹ zeigt sich darin, daß er in drei verschiedenen und teilweise sich widersprechenden Bedeutungen gebraucht wird. Man verwendet ihn, um die natürliche *Selbstbejahung* zu bezeichnen (etwa im Sinne der Wendung: seinen Nächsten lieben wie sich selbst). Er wird zur Benennung von *Selbstsucht* gebraucht, d.h. des Strebens, alle Dinge an sich zu ziehen. Schließlich braucht man ihn auch im Sinne der *Selbst-Annahme*, d.h. der Bejahung seiner selbst, so wie uns Gott bejaht. Es wäre für die Klärung unserer Begriffe sehr dienlich, wenn man den Ausdruck ›Selbstliebe‹ überhaupt aus unserem Wortschatz streichen würde, um ihn je nach dem Zusammenhang durch Selbstbejahung, Selbstsucht oder Selbstannahme zu ersetzen (Liebe, Macht, Gerechtigkeit, in: Gesammelte Werke XI, 164).

Möglicherweise hat Tillich Recht. Dann sollte hier von *Selbstbejahung* die Rede gewesen sein. Mit diesem Wort zielt der große Theologe offenbar die Stellung zu den als positiv erfahrenen Seiten des Selbst an, während die *Annahme seiner selbst* wohl die Grenzen und negativen Komponenten akzentuiert.

Wem aber der *Dialog mit sich selbst* und die *Sorge für sich selbst* wichtige Bedeutungskomponenten sind, die ihm in «Selbstbejahung» nicht gut untergebracht scheinen, der wird auf das Wort «Selbstliebe» nicht verzichten wollen. Wir sollten uns allerdings – mit Tillich – zur Klarheit der Verwendung entscheiden.

Ein letzter Einwand: Gibt es nicht auch schlechte *«Selbstverliebtheit»*, oft *«Narzißmus»* genannt? Es gibt sie, wie jede positive Liebeskomponente in ihrer Einseitigkeit hängen bleiben kann. Die Selbstverliebtheit wird man als allzu ausgeprägte, vielmehr nicht integrierte, *erotische Selbstliebe* charakterisieren können: überzogenes *Selbstgefallen*, wie es das Entsprechende auf der kommunikativen Ebene gibt, und gar nicht selten: *Selbstgefälligkeit*.

Angesichts solcher Erscheinungen bleibt wichtig: Der Mißbrauch von Gaben darf die Gaben nicht verteufeln, das heißt ihr Abgleiten ins Negative geradezu provozieren. Genau darin liegt das Vergiftende der herkömmlichen Rede von «Selbstliebe».

SELBSTLOSIGKEIT kann, nach dem Vorhergehenden, nicht im Verzicht auf Selbstbeziehung und Selbstliebe bestehen. Selbstlose Liebe meint zunächst einmal das Gegenteil von Egoismus: die Fähigkeit, für den anderen ebenso zu denken wie für sich selbst. Im Blick auf knappe Güter: Liebe aus Gerechtigkeitsgefühl. Im kommunikativen Bereich ist es Einfühlung, nicht das vielbenannte Vermögen, sondern dessen seltenere Betätigung.
In beiden Bereichen kann Selbstlosigkeit jedoch hinausgehen über das einfühlsame oder gerechte Denken vom Standpunkt des Anderen her. Sie kann zum *Denken für den Anderen* (das Kind, den Freund, die Geliebte, den Gatten) werden, bei dem die Sorge um das eigene Selbst völlig zurücktritt – nicht aber die recht verstandene SELBSTLIEBE als Selbstbejahung. Der Mangel an Sorge für einen selbst kommt dann nicht aus Antriebsmangel, was gegen die Selbstliebe wäre oder ein vitales Versagen des Überlebenswillens in Notlagen. Der »selbstlose« Mangel an Selbstsorge beruht vielmehr auf ekstatischem Überschuß.
Wie alle EKSTASE der Liebe hat Selbstlosigkeit eine dialektische Struktur: In ihr verwirklicht sich das Selbst, indem es sich fallen läßt, vergißt. *Selbstvergessenheit*, die Intensivform der Selbstlosigkeit, das Wort benennt den Kern des Phänomens.
Man kann Ekstase nicht moralisch erwarten oder anordnen, ebensowenig Selbstlosigkeit. Alle Forderung, auch im religiösen Gewande, kann nur Mißbrauch sein. So auch die Erwartung der Selbstlosigkeit, die mit der Rolle der Frau als hingegebener Gattin und aufopfernder Mutter verknüpft war. Wenn irgendwo, darf allein die Spontaneität der Freiheit diese Möglichkeit der Selbstlosigkeit ergreifen: Sich zu verwirklichen, indem man sich vergißt.
Allein, es gibt tausend Alltagsformen dieser Ekstase, und eine ist zerbrechlicher, von Mißbrauch gefährdeter als die andere.
Jesus von Nazaret lädt, wenn ich die Worte der Evangelisten richtig verstehe, ein, ohne zu fordern oder gar zu befehlen. Er lädt zur Nachfolge ein, das heißt: er empfiehlt den Weg besonnen-ekstatischer Gottes- und Menschenliebe, den er selbst geht. Das hat mit einer verkrampften »Selbstverleugnung«, wie

der asketische Ausdruck jahrhundertelang lautete, gar mit einer masochistischen »Kreuzesliebe«, nicht mehr zu tun als ein Bild mit seinen Zerrbildern.

> »Wer mir nachfolgen will, muß sich selbst aufgeben, sein Kreuz auf sich nehmen und mir nachfolgen.
>
> Denn wer sein Leben retten will, wird es verlieren; wer aber sein Leben um meinetwillen verliert, wird es finden.«
>
> (Mattäus 16, 24 f)

SENTIMENTALITÄT / SENTIMENTALISIERUNG: Nein, die Romantik ist nicht schuld daran, sondern ihre Ablagerungen in den Medien der Massenkultur. Sentimentalisierung ist schwerer zu überwinden als Sexualisierung. Letztere läuft sich bald zu Tode mit der sexuellen Angstentwarnung, Entkrampfung und Entheuchelung unserer Kultur. Die Sentimentalisierung aber wird lange noch dauern, zugleich mit ihren Gegenstücken: Vermarktung der Liebe, Vereinsamung, Verbitterung.
Soll etwas gegen Liebe als GEFÜHL gesagt werden? Nein, aber gegen um sich selbst kreisende Gefühlsseligkeit und Gefühlswehleidigkeit, womit Kleinbürger ehemals Großes an künstlerischer Empfindsamkeit oder zumindest Großbürgerliches nachahmen. *Sentimentalität besteht aus Imitation von Gefühlen, die nur in Spuren echt erlebt und erlitten werden.* Sie ist ungewolltes Illusionstheater. Dessen Fassaden: die ETIKETTIERTEN, schablonenhaften Gefühle. Das Ungewollte an diesem Theater: Akteure und Zuschauer meinen, in der Realität zu sein. So wird mancher Mord und Selbstmord real.
Soll etwas gegen dieses unbedingte Ernstnehmen des EINMALIG Einzelnen gesagt werden, das für die romantische Liebe so wesentlich wurde? Im Gegenteil, wohl wiederum gegen den täuschenden, billiggemachten Anspruch, das unersetzlich Einmalige des Einzelnen im Handumdrehen zu Gesicht zu bekommen. Auch hier wieder: die Ersetzung des Wunsches für die Realität, des Scheines für die Substanz.
Manchmal aber ist Substanz da, meistens die ungeheure SEHNSUCHT nach dem Echten – aber der Ausdruck versagt. Sprechen wir, schreiben wir über Sehnsucht, zum Beispiel, wird der wahrste Gefühlsausdruck, will sagen der Ausdruck wahr-

ster Gefühle, allzu leicht sentimental. Warum? Die Unwahrheit, der Schein schleicht sich in den Ausdruck. Und warum? Weil der Ausdruck des Tiefstempfundenen schwierig ist, zumindest als allgemeiner, über den Intimgebrauch für zwei Liebende hinausgehender. »Spricht die Seele/ So spricht, ach, die Seel' schon nicht mehr!« klagt Schiller. Sie gleitet aus Mangel an Ausdrucksvermögen ins Andeutende, bevor sie ganz verstummt – oder ins Unechte, an der »Sache« gemessen Unwahre absinkt.

Hier liegt eine unersetzliche Aufgabe der Kunst: Das Tiefempfundene angemessen, unsentimental zu sagen. Daher aber auch die fröstelnde Kühle vieler Halbkunst: Um Sentimentalität zu vermeiden, versucht man die coole Masche. Das reicht nicht. Schon deshalb, nicht allein wegen der Verständnisansprüche, wendet sich der »Normalverbraucher« – ein im Grunde menschenverachtendes Wort, vor allem im Zusammenhang von Liebe, das ich nur aus Verlegenheit mit Anführungszeichen gelten lasse –, wendet sich also der Mensch ohne Privilegien in der Verarbeitung der kulturindustriellen Produkte eher dem sentimentalen Kitsch zu als dem fröstelnden Gemisch aus Kunst und Sogemeintem.

Kurz: die Sentimentalisierung der Liebe, wie sie in herkömmlichen Schlagern, Liebesromanen, Liebesfilmen beispielhaft erscheint, beruht weitgehend auf der marktmäßig genutzten Ausdrucksohnmacht in Sachen Liebe, zumal im Hinblick auf aufgeplusterte Scheingefühle und -individuen. Sie ist schlimmer als die angebliche Sexualisierung (vgl. dazu D. Savramis: Entchristlichung und Sexualisierung – zwei Vorurteile, München 1969). Die enthemmte Sexualität ginge als solche nicht sosehr an die Substanz der Liebe wie die verlogen sentimentalisierten Codes.

In ihnen wird LIEBE AUF DEN ERSTEN BLICK als der Normalfall, VERLIEBTHEIT als Muster liebenden Verhaltens zelebriert. Daneben gibt's die familiären Klischees von Eltern- und Kindesliebe sowie die mitleidsvolle Caritas. Auch das Mitleid gehört in die Klamottenkiste der Sentimentalität, wo es nicht aus den spirituellen Tiefen der GESCHWISTER- und MENSCHENLIEBE gespeist wird. Die Probe aufs Exempel: die Unwirksamkeit des sentimentalen Mitleids für die Änderung der sozialen Ungleichheiten, heute von menschheitlichem Ausmaß.

Das sentimentale Mitleid – Schopenhauer meinte jenes andere, Nietzsche attackierte vielleicht gerade dieses – ist, wie alle Sentimentalität, Ideologie. Es gibt eine Ideologie der Gedanken, sofern diese von der Praxis nicht gedeckt werden, vielmehr die Praxis ablenkend oder rechtfertigend decken wollen. Und es gibt die *Ideologie der Gefühle*: inflationäre Aufbauschung auf Kosten der echten Gefühle, die aus der Praxis des Erlebens und Handelns kommen und wieder in die Praxis, diese formend, zurückwollen. Sentimentalität: die Verseuchung gefühlter Genauigkeit.

Von dieser Ideologie spricht man weniger als von den politischen. Sie wirkt darum nicht weniger, sondern mehr. Nicht im Rampenlicht der öffentlichen, sondern im schummrigen Licht der privaten, der mit Recht so genannten Primärsphäre des Zwischenmenschlichen.

SEXUALITÄT ist die repräsentative Form der Liebesstufe, die hier allgemeiner KÖRPERLICHE LIEBE genannt wurde. Wie alle körperliche Liebe sucht sie die EINHEIT der Unterschiedenen als unmittelbare, d.h. körperliche Einswerdung: Übersteigen der hautabgeschlossenen Individualität der Personen als Organismen.

Allerdings hüten sich die von der sexuellen Liebe Gepackten normalerweise, mit diesem Streben zu weit zu gehen und ziehen es vor, als unterschiedene Partner in ihrer je individuellen Haut zu bleiben. Gerade dieses Spiel von Abgeschlossensein in meiner bzw. deiner Haut, von symbolischer Überwindung und Neuerleben dieser Trennung – das macht das ganze sexuelle Begehren aus. Kein Wunder, daß es unersättlich ist.

Die Sexualität verdankt sich einem lebendigen Widerspruch. Sie strebt gegen die Voraussetzungen ihres eigenen Strebens: das leibhafte Individuellsein. Sie will den anderen »auffressen«, die Trennung aufheben, aufgrund derer es überhaupt ihr Streben gibt. Die Einheit, die sie meint, würde geradewegs in den Tod der individuellen Organismen führen, was bei wenig differenzierten Lebewesen (von den Amöben bis hin zu bestimmten Spinnen) tatsächlich der Fall ist.

Der drohende Widerspruch wird von den höheren Organismen, insbesondere beim Ausdrucks-Wesen Mensch, durch das Mittel des *symbolischen AUSDRUCKS* gelöst: Die Körper, die sich nicht mehr ohne tödliche Folgen real vereinigen können, feiern ihre Einheit-in-Unterschiedenheit durch eigens dazu ausdifferenzierte Teile des Körpers, durch Teile für das Ganze: die Geschlechtsorgane. Und hierin erst, in dieser symbolischen Vertretung des ganzen Körpers durch besondere Organe, liegt das selten erkannte Spezifikum der sexuellen Liebe gegenüber anderen Formen körperlicher Liebeseinheit.

Mit dieser Sicht soll keineswegs der rein genitalen Fixierung der Sexualität das Wort geredet werden, gegen die Autoren wie Herbert Marcuse (Eros and Civilization) und Norman O. Brown (»Life against Death«) zu Felde zogen. Die Festnagelung der sexuellen Liebe auf die bewußten biologischen Unterschiede gehört vielmehr der patriarchalischen Unterdrükkungs-Ideologie an. In ihren Dienst stellten sich theologische »Naturrechtler« mit pseudophilosophischen Mitteln, um sexuelle Ausdrucksformen zu verdammen, die eine Fortpflanzung des Patriarchats in Frage stellten.

Wenn Sexualität aber symbolische Vereinigung der Körper ist, gibt es dann noch andere Symbole als die fast ausschließlich dazu geschaffenen Organe? Es ist wie bei allem Ausdruck: Versteht man ihn nicht mehr *als* solchen, sondern nimmt die Ausdrucksmittel für das ganze Wesen selbst, dann wird er geistlos. Dann werden die Sakramente und Riten von Ausdruckshandlungen zu schlechter Magie.

Instrumente schwarzer Magie wurden in den längsten Zeiten der Menschheitsgeschichte, auch in unserem aufgeklärt sein wollenden Zeitalter, die Geschlechtsorgane: Wenn man vergißt, daß sie »nur« besondere Ausdrucksorgane eines Ganzen sind, dann werden sie fetischisiert, das heißt in schlechter Weise verdinglichte Bedeutungsträger. Nur wenn die Bedeutung auch andere Ausdrucksträger finden kann, wird der tatsächliche, bevorzugte Ausdrucksträger nicht geistlos-positivistisch mit dem ganzen Sinn gleichgesetzt. So vermag der menschliche Körper seine Einheit mit einem anderen durch jedes Fleckchen Haut auszudrücken. Dies zu vergessen, führt zum Verlust des unendlichen Spiels der Zärtlichkeit in der Sexualität, führt zur besagten genitalen Fixierung. Eine Art von kulturell noch immer tonangebendem patriarchalischem Fetischismus, eine Brutstätte wirklicher individueller Sexualpathologien.

Die Nähe von Sexualität und Tod einerseits, von Sexualität und symbolischem Ersatz anderseits bricht bei menschlichen Triebtätern manchmal jäh auf: Die Integration dieses Einheitsstre-

bens in die anderen Weisen zwischenmenschlicher Einheit kann von ihnen – aus erblichen oder lebensgeschichtlichen und kulturellen Gründen – in extremem Maße nicht geleistet werden (vergleiche PERVERSIONEN).
Doch wie steht es denn mit der Integration dieser Liebesstufe bei »Normalen«? Man kann pauschal sagen: normalerweise schlecht. Wegen des besagten Fetischismus, wegen alter autoritärer Herrschaft über die Fragen der Liebe, wegen der Sentimentalisierung der Liebe. Das sind zusammenhängende Aspekte. Denn die sentimentale Liebe ist selbst zu verlogen, um herrschaftlichen Ideologien Paroli bieten zu können: Kirchenmänner können sich folgenlos über Schlager und Liebesfilme entrüsten, indem sie ihre hehren Liebesforderungen davon absetzen – und umgekehrt. Beide Ideologien, die autoritäre und die sentimentale, bekämpfen sich nur an der Oberfläche.
Als dritte wäre die sexistische Ideologie zu nennen. Vielleicht ist es nicht zu stark vereinfacht, sie mit dem Fetischismus der Sexualorgane in Parallele zu setzen. Sie wird offiziell heute weniger vertreten, es sei denn von orthodoxen Freudianern, ist dafür um so volksnäher: Gut im Bett zueinander passen, das ist Liebe; die sexuelle »Befreiung« löst alle Probleme. »Der Kern des Lebensglücks ist das sexuelle Glück« (Wilhelm Reich, Die sexuelle Revolution, 1945/1971, 22).
Sexuelle Befreiung von autoritärer Bevormundung – darin besteht Einigkeit mit W. Reich und vielen Pionieren der »sexuellen Revolution«. Doch – wie sagt Zarathustra:

> »Frei nennst du dich? Deinen herrschenden Gedanken will ich hören und nicht, daß du einem Joche entronnen bist.
> Bist du ein solcher, der einem Joche entrinnen durfte?
> ...
> Frei wovon, was schiert das Zarathustra? Hell aber soll mir dein Auge künden: frei *wozu?«*
>
> (Vom Wege des Schaffenden)

Mein herrschender Gedanke in diesem Zusammenhang lautet: *Integration-durch-Differenzierung*. Das bedeutet einerseits: Sexualität ist grundsätzlich als Teil des Ganzen der Liebe zu sehen und nur als Stufe dieses Ganzen sinnvoll. Die anderen Stufen (Eros, kommunikative Liebe, spirituelle Liebe) sind ihr übergeordnet. Sie aber bildet durchaus deren Basis – fast wie das Essen für sonstiges menschliches Miteinander. Fast: denn Essen stellt eine biologische Notwendigkeit dar; die Frage der Sexualität jedoch ist keine biologische – diesen Irrtum deckt schon die Analyse der BEGIERDE auf –, sondern eine soziale und eine des gesamten psychischen Liebeshaushaltes. Wenn Sexualität darin Basisfunktion einnimmt, bedeutet das etwas ganz anderes: daß Liebe in ihr ganzheitlichen *Ausdruck* findet und darin mit ihren Füßen auf der Erde zu stehen kommt.

Sexualität ist nicht Voraussetzung für die anderen Liebesstufen, sondern deren Setzung: als Ausdruck. Diese Äußerung ist um so wertvoller, weil liebevoller, als sie freie Setzung ist. Die ursprüngliche körperliche Mutter-Kind-Einheit etwa hat noch nicht den Ausdruckswert als freie Setzung. Sie kann diesen Wert nachträglich zugelegt bekommen. Sexualität – als Handlung, nicht als Triebgegebenheit – ist von vornherein Freiheitsausdruck, welche die Triebvoraussetzungen mehr oder weniger souverän gestaltet.

Nun kommt das Anderseits zur Integrationsforderung, die der *Differenzierung: Sexualität ist nicht auf die höheren Liebesstufen hin zu verzwecken.* Sie hat als Ausdrucksmedium einen spielerischen Eigenwert. Eben darin ist es nochmals Ausdruck der ZWECKFREIHEIT der Liebe: daß die grundsätzliche Hinordnung auf die Ganzheit der Liebe genügt, dabei aber eine spielerische Freiheit bleibt. Nicht nur der EROS ist ein Spieler, sondern streckenweise auch der Sexus.

Unter INTEGRATION wurde gefragt: Läßt sich die sexuelle Liebe sinnvoll losgelöst von Freundschaft vertreten, wie es umgekehrt zweifellos sinnvoll ist? Kann und sollte es auch freundschaftsfreie körperliche Liebe geben? Ich antworte: Bei *grundsätzlicher* Hinordnung auf die Ganzheit ist das legitim, oder besser – da wir hier nicht kasuistisch Gesetze aufstellen – sinnvoll, ja.

Beispiel: Da begegnen sich zwei einsame Menschen, gleich ob verschieden- oder gleichgeschlechtlich, in einer Silvesternacht in einer Sauna. Zwei Einsamkeiten sehen die Chance wenigstens augenblicklicher Gemeinschaft. Sie kommen schnell dazu, sich sexuell zu lieben. Kein Dritter wird dadurch gekränkt oder »betrogen«. Sie geben sich keinerlei Versprechen. Im Gegenteil, sie wissen, daß sie sich möglicherweise auf Nimmerwiedersehen trennen müssen. Sie lieben sich aber echt und tief im Medium ihrer Körper, weil sie sich in einem ganz anderen Sinn

Alles versprechen: den ganzen Kosmos der Liebe, vollwertige Mitglieder darin zu sein. Kein Gespräch allein könnte dieses dichte Erlebnis schenken. Diese Stunde bleibt, nicht allein das Neue Jahr hindurch, eine erquickende, hoffnungsvolle Erinnerung. Sie verdient den Namen Liebesbegegnung. Daß es schön wurde, konnten beide vorher nur hoffen, nicht sicher wissen. Es hätte auch banaler ausfallen, enttäuschen können. Aber die Richtung auf Ganzheit war da.

Bleibt sexuelle Begegnung nicht immer, auch in der Partnerschaft, im Zwielicht von Liebeshoffnung und Begierde? Ist das nicht das beste Licht, das auf sie fallen kann? Wird mit der dunklen Begierde nicht auch die lichte Hoffnung fade? Was wäre sexuelles Spiel im »reinen« Licht der freundschaftlichen und spirituellen Liebe? Eine abgestandene Theaterübung.

Wann ist Sexualität integriert? Leichter läßt sich sagen, wann sie es nicht ist: Wo immer herabsetzend-moralisierend über sie geredet wird oder bekennend-schuldbehaftet oder schmachtend-verklemmt. Wo überhaupt viel problematisierend über sie geredet und gegrübelt wird. Obwohl sie ein Problem ist, aber nicht fürs Reden und Grübeln. Sexualität ist vor-verbaler Ausdruck. »Ich rate euch zur Unschuld der Sinne« (Zarathustra, Von der Keuschheit).

Soviel läßt sich vom weitergeführten Stufengedanken her allgemein und positiv zur Integration sagen. Es gibt *rein sexuellen Sex* (1), wie er im bloß animalischen Abreagieren vorliegt, »allein oder mit anderen«, wie die alte Beichtformel heißt: sowohl im Verzwecken der Sexualität zur Kinderzeugung auch in der PROSTITUTION (wie so oft, berühren sich hier die Gegensätze) oder in einer rein physiologisch getätigten Masturbation. Es gibt den *erotisch-selbstbezogenen Sex* (2), bei dem der andere bloß Spielpartner, jedoch nicht eigentlich Kommunikationspartner ist. Bei der vor-kommunikativen sexuellen Begegnung, die durchaus nicht tierisch, sondern höchst ästhetisch-erotisch ist, können Worte, als Einbruch der anderen Ebene, stören – ohne daß so schnell sexuelle Mystik (vgl. 4) erreicht wäre. Auch die Selbstbefriedigung kann vornehmlich Selbstbespiegelung sein, eine Weise der erotisch getönten Sexualität. Sie kann freilich kommunikativ gemeint sein. Den eigentlich *kommunikativen Sex* (3), bei dem der andere nicht bloß vorhanden, sondern auch als solcher gemeint ist, so daß Sexualität zum eigentlichen Ausdruck von Liebesgemeinschaft wird, kann man als die stärker integrierte Form betrachten. Hier werden folglich Worte die sexuelle Begegnung nicht stören, sondern bereichern. Ob die Integration im *spirituellen Sex* (4), am kultiviertesten in der indischen Tradition des TANTRISMUS, weiter gesteigert wird oder wieder verlorengeht zugunsten eines bloßen Kurzschlusses von Spirituellem und Sexuellem, das dürfte die entscheidende Frage für seinen humanen und spirituellen Wert sein. Die Antwort wird davon abhängen, ob die anderen Ebenen, die erotische und die kommunikative, einfach übersprungen oder wirklich überstiegen, also als ausgeprägte integriert sind.

Bleibt Integration nicht überhaupt ein Hoffnungsziel, keine fertige Gegebenheit? Selbst im integriertesten Menschen, vielleicht gerade in ihm, bleiben die Liebesebenen spannungsvoll differenziert, folglich auch die Sexualität: eine eigene, wechselvolle Quelle der Verwirrung, Beängstigung, Beglückung, Inspiration, kein Gewohnheitsrinnsal. Auch nicht als Wischiwaschi der ständigen Vermischung mit anderen Begegnungsformen, sondern als eigener Ausdrucksrahmen.

Lassen wir den herrschenden Gedanken »Integration-*durch*-Differenzierung« nicht zur spannungslosen Greisenweisheit werden. Das gefahrvolle Abenteuern, die ganze Verrücktheit der Jugend muß darin bleiben. »Trunken müssen wir alle sein, / Jugend ist Trunkenheit ohne Wein« (Geheimer Rat von Goethe).

Gewohnheit – so gut sie für Freundschaft sein mag – ist Feind der sexuellen Liebe, jedenfalls ihrer ekstatischen Form, und eigentlich bildet EKSTASE die eigentliche Form der Sexualität als Ausdrucksgeschehen. Gegen Gewohnheit sehe ich kaum ein Mittel innerhalb einer Partnerschaft – außer ZWIST und VERSÖHNUNG. Dann kann es wieder Neubeginn geben: Die Wieder-holung der ersten Begegnung und alle Hoffnung. Das Rezept ist freilich kostspielig.

SPIRITUELLE LIEBE: Sie ist die auf Ganzheit des liebenden Menschen wie auf das Ganze der Wirklichkeit, auf das Ganze von Sinn, gerichtete Komponente und Stufe der Liebe. Insofern Liebe ihrem Wesen nach ein Ganzheitsvermögen ist, gibt es keine Liebe ohne die spirituelle Komponente.

Wo diese Komponente dominierend, tonangebend wird, spricht man in unserem Kulturkreis von CARITAS, AGAPE,

GOTTESLIEBE. Wichtiger als ihre Kultivierung als eigene, religiöse Art von Liebe ist ihre Anwesenheit als Integrations-Faktor in allen Liebesarten und -stufen.

Liebe ich nichts als Liebe
und lebe aus Leben
Sprache spricht mir
daß ich sie spreche
Einheit eint mich
allen die einzeln
wie ich
wenn ich schweige
und ende und
weiter suche
weil ich gefunden.
(Sprache spricht mir)

STUFEN DER LIEBE: Von ihnen ist hier ständig die Rede. Vier Hauptstufen, die erstmals »handlungstheoretisch« begründet wurden: Sexus, Eros, Philia, Agape, oder: sexuelle, erotische, kommunikative, spirituelle Liebe. Zur Begründung der Stufenfolge und der Begrenzung auf vier siehe zum Beispiel BLICK und EINHEIT.

Johannes B. Lotz und Helmut Kuhn kennen drei: Eros, Philia (Freundesliebe) und Agape, leiten sie aber nicht als Formen der EINHEIT her, wie dort geschehen. Das findet man nicht einmal bei Paul Tillich, der als einziger vier Stufen kennt.

Ist es wichtig, die vier Stufen zu unterscheiden? Zum Lieben an sich nicht, sowenig man für Sex Physiologie studieren muß. Spricht man aber über Liebe, ist es hilfreich zu wissen, daß der ganze Phänomenbereich tatsächlich eine Einheit bildet, trotz der ungeheuren Differenzierung, der Unterschiede im Prinzip. Es ist gut, diese zu kennen und aufeinander beziehen zu können. Man kann dann sagen, was Ordnung der Liebe heißen könnte, oder moderner: Strukturen und INTEGRATION der unterschiedlichen Stufen/Ebenen.

Wichtiger: mit stimmigen Leitgedanken kann Integration leichter praktiziert werden. Ebenso, wie falsche Gedanken über Liebe viel Leid stiften.

Und ebenso wichtig: Man kann sich auf Dauer nur aus der Basis von theoretischer Einsicht praktisch gegen HERRSCHAF-

TEN wehren, die Liebesformen verbieten und das Liebesleben nach ihrem gusto regulieren wollen. Wesentliche Gedanken über Liebe haben soziale Auswirkungen. Liebe und soziale FREIHEIT sind untrennbar.
Erster Einwand: Ist das ganze Stufenmodell nicht selbst *hierarchisch*? – Doch, es ist hierarchisch im Sinne einer logischen Hierarchie. Logisches aber war immer schon der Feind sozialer Machthierarchien, sofern Privilegien, Willkür, Angst kaum logisch begründbar sind. Würden *logische* Stufenfolgen, Voraussetzungen und Abhängigkeiten streng beachtet, hätten *soziale* Machthierarchien meist weniger Chancen. Würde zum Beispiel klar gesehen, daß kommunikative Freundesliebe von der spirituellen Liebe innerlich vorausgesetzt wird, könnte man niemals die spirituelle Liebe für religiöse Herrschaft mißbrauchen.
Zweiter Einwand: Ist das Stufenmodell nicht *statisch* – während die Liebe ein dynamischer, dionysischer Taumel ist? – Mit gleichem Recht könnte man sagen, daß die Fallgesetze für das herrlich fallende Wasser eines Springbrunnens zu statisch sind. Als würden die »statischen«, weil gleichbleibenden Strukturgesetze nicht gerade die Dynamik durchsichtiger werden lassen, in unserem »Falle«: die Vollzüge der Liebe in ihrem Einfallsreichtum.
Dritter Einwand: Lassen sich die Stufen so schön säuberlich voneinander trennen. Durchdringen sich nicht alle die Liebesarten?- Aber ja, sie »durchdringen« sich – obwohl dieser ungefähre Ausdruck keinem Nachdenklichen genügen kann. Die Stufen wurden auch stets nur unterschieden, nicht getrennt. Wenn ich den Kopf vom Rumpf unterscheide, trenne ich sie noch lange nicht, unterbreche ich keinen Moment ihr Zusammenwirken.
Was aber die »Durchdringung« angeht, so soll dieser leicht sexuell getönte Ausdruck mit gehöriger Logik *zusammenfassend* behandelt werden, nach der Methode der Weiterverzweigung jeder Ebene gemäß der ersten Stufung:
Am Beispiel der Sexualität wurde gezeigt, wie diese *in sich* nochmals die anderen Stufen spiegelt. Gehen wir solche Spiegelungen aller Stufen in jeder einzelnen durch, wird unser Labyrith der Liebe so bunt und dynamisch, daß wir uns mit der simplen quasi-sexuellen Durchdringungsmetapher nicht mehr begnügen wollen. Es fragt sich, ob die eher erotische Spiegelmetapher befriedigen wird.

Es gibt bloß-sexuelle, erotische, kommunikative und spirituelle SEXUALITÄT. Siehe dort. Und jede sexuelle Handlung spiegelt in ihrer Art die ganze Hierarchie der Liebe: als Eindringen, Einverleiben, Umschlingen (1), als Berühren, Riechen, Tasten, Schmecken (2), als bewegtes Körperspiel, in welchem das Thema Einssein und Verschiedensein variiert wird (3), als Orgasmus und Ekstase (4).
Der EROS spielt mit allem – ohne sich deshalb in seiner Eigenart aufzugeben. Als sexueller, ästhetischer, kommunikativer, selbst spiritueller Eros treibt er sein Spiel – und die Menschen verwechseln ihn mit all seinen Masken. Den selbstdenkenden unter den Lesern sei es vergönnt, diese Masken nun mit philosophischem Schlüssel (Gliederung jeder Stufe nach dem Prinzip der Gesamtstufung) selbst zu lüften . . .
Auch KOMMUNIKATION ist so langweilig nicht wie ihre Wissenschaft,wenn man sie als Liebe versteht. Bei genauem Betrachten ist jedes Wort ein sexuelles Ereignis (1). Der Klang kann in tausend Ohren zugleich eindringen, als symbolischer Sinnträger es gar mit unabsehbar vielen Gehirnen treiben. Man darf das Wort nur nicht darauf festlegen, wie manche französische Strukturalisten – ist es doch auch heiliges Wortereignis und als solches schon Medium göttlicher Offenbarung im ZWISCHEN der Begegnung (4). Beides allein wär wieder öde, wenn der Eros fehlen könnte (2): Was ist Kommunikation ohne Charme und Grazie? Das lauterste Verstehen (3) ist das durch Sympathie bestochene.
Flüchten wir endlich in den Klostergarten der SPIRITUELLEN Liebe, packt uns Entsetzen über die grobe Sinnlichkeit der Mystiker (1), zumindest in ihrer Sprache. Ihrer Bildersprache ist nichts Menschliches fremd, und die Schönheit geistlicher Gesänge, die Anmut der Kutten erotisiert (2) noch heute jeden weltlichen Gottsucher, vorneweg die Ästheten der schwulen Szene. Und wohin käme es mit der Spiritualität aller Religionen ohne das kommunikative Gemeinschaftserlebnis (3)? Was wäre zum Beispiel der Katholizismus noch ohne dieses? Die glühendste Gottesliebe selbst (4) hat schon so manchesmal in der Geschichte alle Regeln des bürgerlichen Anstands, den ganzen ordo amoris für den Außenstehenden durcheinandergerüttelt. Das ist das größte Paradox: Was am meisten integriert, kann am meisten sprengen. Mancher gottergriffene Heilige soll durch die unkonventionelle Art seiner Menschenliebe mehr Skandal

gemacht haben als die Künstler seiner Zeit zusammen. Musterbeispiel: der Nazarener selbst.
Der Stufenbau der Liebe als Spiegelsaal? Nein, dieses Bild behalten wir dem Spiel des Eros vor. Was wäre das für ein Spiegelsaal, in dem mit Dynamit umgegangen wird. Ein Labyrinth dagegen hört nicht auf, ein solches zu sein, wenn darin gesprengt wird. Die allesineinanderschlingende Dynamik der Einen Liebe sprengt ästhetisch-erotische Salons und Spiegelsäle – nicht aber den labyrinthischen Stufenbau der Liebe. Dessen Logik wirkt um so furioser, je mehr man sich in sie verirrt oder gedanklich vertieft.

SUCHEN: »Es gibt Dinge, die man nur findet, wenn man nicht sucht«,hörte ich den Theologen und Ordensbruder Karl Rahner sagen, und das sollte eine Aufforderung zu Gottvertrauen sein. Damit ist der Schwarze Peter beim Suchenden, vor allem, wenn er kein Ordensmann ist.
»Es gibt Dinge, die man nur sucht, wenn man sie nicht von selbst findet«, klang es als Echo darauf oft in mir. Damit ist der Schwarze Peter an Gott oder die FÜGUNG zurückgegeben.
Was tut einer, der keinen Schwarzen Peter zu vergeben hat, weil er an einen Fügenden nicht glaubt – nicht einmal an unpersönliche Fügung?
Er sucht trotzdem sein GLÜCK, solange er meint, es nicht gefunden zu haben, aber es noch finden zu können. Das Glück in Gestalt eines Freundes, einer großen Liebe, einer Partnerschaft. Die Welt ist voll von dieser Suche, mehr als früher, als die Menschen leichter fanden – oder leichter resignierten.
Suchen ist besser als Resignieren. Auch per Suchanzeige – wenn nur deren Erfolgsquote höher wäre: indem sie genauer getextet würden. Es wäre eine geistliche Übung für Ordensleute und glückliche Finder, über den wöchentlichen Partnerschaftsanzeigen zu meditieren und ihre Segenswünsche darüber auszugießen.
Nochmals, was tut der, der keinen Schwarzen Peter zu vergeben hat? Er sucht krampfhafter oder resigniert leichter, ebenfalls unter Krämpfen.
Das krampfhafte Suchen schreckt ab. Man erkennt sie von weitem: die schmachtenden, fixierenden, angelnden Blicke. Manche müssen durch diese Phase hindurch, zu neuer Gelassenheit, aus Resignation oder Vertrauen.

Besser nach außen, lebenskräftiger nach innen wirkt VERTRAUEN. Es ist das Öl der klugen Jungfrauen, die wach sind und Licht bei sich haben, wenn der Bräutigam endlich erscheint. Es ist das, was jeder findet, der es sucht. »Suchet, so werdet ihr finden, klopfet an, so wird euch aufgetan werden« (Lukas 11, 9).
Ab dann ist alles Suchen, als wäre es keines.

Auf Züge warten
wie aber wissen
welcher wohin?

Worte formen
wie aber hören
zu welchem Sinn?

Freunde aufsuchen
wie aber wen fragen
wer ich dir bin?
(Wie aber?)

SYMPATHIE heißt wörtlich »Mit-leiden«, was nicht unserem heutigen »Mitleid« entspricht, sondern eher deshalb erwähnenswert ist, weil Sympathie ein Mit-leben, ein zustimmendes Einschwingen in das seelische Leben des anderen Menschen ist. Oft löst schon die äußere Erscheinung Sympathie aus – was bekanntlich mit Reiz oder gar FASZINATION durch SCHÖNHEIT nichts zu tun haben muß: Der Bereich des ästhetischen Ausdrucks ist weiter als der der Schönheit, und Sympathie gehört der kommunikativen, nicht der erotischen Ebene an.
Was ist das genauer, was wir alltäglich Sympathie nennen – und zwar nicht nur im Deutschen –, wenn wir sagen: »Dieser Mensch ist mir sympathisch«? Nicht in bestimmten Mitgefühlen wie Mitfreude oder Mitleid besteht sie. Vielmehr in der *spontanen Lust, sich in die seelischen Grundbewegungen der Person des Anderen einzuschwingen. Sympathie ist Mitfreude am Wert des Anderen*, allem einzelnen Mitgefühl in Trauer oder Freude vorweg. Sympathie sagt dem Anderen: »Du bist okay«, und sagt dies nicht einer oberflächlichen Psychomode willen, sondern vom Erfahren und wirklichen Beachten des Anderen her.
Der Philosoph Max Scheler, Verfasser von »Wesen und Formen

der Sympathie« (1912/1922), stellte Begründungsgesetze der Sympathie auf, indem er Einsfühlung, Nachfühlung, Mitgefühl und Menschenliebe unterschied. An seine Ausdrucksweise anknüpfend, würde ich Sympathie als Nachfühlung, begründet in kommunikativer Einsfühlung, umschreiben.
Die Sympathie kann eine kleine »Liebe auf den ersten Blick« sein oder das Ergebnis längeren Umgangs mit einem Menschen – beidesmal ist es die Freude am »Nachfühlen« des Anderen. Beim einen fällt das leicht, tut es sich spontan, beim anderen viel weniger – mag er/sie sich auch später als höchst sympathisch erweisen. Es versteht sich, daß dies an beiden von denen liegt, die sich sympathisierend begegnen. Gott sei Dank gibt es kaum »an sich« sympathische oder unsympathische Menschen, vielmehr »für mich«, allenfalls für viele.
Erfahrungsgemäß ist Sympathisieren meist wechselseitig – handelt es sich doch um ein Phänomen der KOMMUNIKATIVEN LIEBE - doch oft gibt es große Unterschiede in der Wachheit und Schnelligkeit der Beteiligten. Es gibt Menschen, die selten sofort Sympathie- oder Antipathiegefühle zulassen, sie müssen andere Menschen zuerst länger handeln sehen, – um klar zu bekommen, was sie eigentlich von Anfang an dunkel fühlten.
Welche Bedeutung hat Sympathie im Ganzen der Liebe? Sie ist deren kommunikative Alltagsform und Vorform. Sie ist das tägliche Brot der Liebe für jedermann, vor allem Voraussetzung des VERSTEHENS.
Meines Erachtens wird konkrete Sympathie ebensosehr vom Bewußtsein allgemeiner MENSCHENLIEBE provoziert, wie sie – nach Scheler – solche »Humanität« begründet. »Was den großen Ring bewohnet, huldige der Sympathie« (Friedrich Schiller, An die Freude).
Entfesselung der Sympathie ist mehr alltägliche Friedensarbeit als eine gequälte, pflichtmäßige NÄCHSTENLIEBE. Um dieser und einer allgemeinen Liebe willen die spontanen Gefühlsregungen der Sympathie in Kindern zu planieren, wäre zweifelhafte Erziehungsarbeit. Die Liebe macht Unterschiede, auch in ihren Alltagsformen.

TANTRISMUS: Ein jahrtausendealter indischer Kult der Ekstase, der Einfluß auf Hinduismus wie Buddhismus gewann, obwohl er keine weltabgewandte, asketische, sondern eine ausgesprochen weltfreudige Art der Mystik lehrt. »Das Hauptsymbol des Tantra ist Sex. Der Akt ununterbrochener Schöpfung wird durch die Formen der sexuellen Aktivität ausgedrückt, die man sich als von einer Art transzendenter Liebe durchdrungen vorstellt. Die Existenz der Welt wird auf einen dauernden Geburtsvorgang der Yoni (Vulva) des weiblichen Prinzips zurückgeführt, der aus dem beständigen Eindringen des Samens des männlichen Prinzips resultiert. Die Yoni ist das Raketentriebwerk oder Maul des Ungeheuers, das die Welt hervorspeit« (Philip Rawson, Der indische Kult der Ekstase, München 1974, 12).

Erinnern wir uns, daß Sexualität wesentlich ein symbolisches Ausdrucksgeschehen ist, so kann es nicht verwundern, daß dieses Liebessymbol unter freien Verhältnissen – vom Tantriker wird erwartet, daß er die gesellschaftlichen HERRSCHAFTS-Verhältnisse verachtet – spirituelle Bedeutung erlangt. Das macht den Tantrismus im Zusammenhang von Liebe zumindest bemerkenswert, auch wenn keine nähere Würdigung möglich ist.

Spuren eines (in Gestalt von kultischer Prostitution oft bekämpften) Zusammenhangs zwischen spiritueller und sexueller Liebe finden sich durchaus auch in den heiligen Schriften des Judentums (besonders das »Hohelied«) wie, verhaltener, in den Braut- und Hochzeitsbildern des Neuen Testaments. Aber die kirchlicherseits stets bejammerte Verrohung der Sexualität geht maßgeblich darauf zurück, daß der Sexualität als solcher keine positive spirituelle Bedeutung beigemessen wurde. Ungerechte Unterdrückung ist eine andere Form der Verrohung. Hat man je von einer Spiritualität des Sexus und deren Kultivierung im offiziellen Christentum gehört? Am ehesten in der Bildersprache jener Außenseiter, die teilweise als mystische Schriftsteller zu überleben vermochten.

Unter SEXUALITÄT hieß es: Ob die Integration der Sexualität durch spirituellen Sex weiter gesteigert wird oder verlorengeht zugunsten eines bloßen Kurzschlusses von Spirituellem und Sexuellem (kultische Prostitution wird ein solcher Kurzschluß gewesen sein), das dürfte die entscheidende Frage für seinen humanen und spirituellen Wert sein. Die Antwort wird davon abhängen, ob die anderen Ebenen, die erotische und die kommunikative, einfach übersprungen oder wirklich überstiegen, also als ausgeprägte integriert sind.

Jedenfalls scheint dies ein Maßstab für abendländische Menschen. *Das Abendland kann – unwiderruflich – nur durch Differenzierung aller Ebenen zur Integration der Liebeskräfte gelangen.*
Das heißt für einen westlichen Tantrismus: Die Individualität eines Tantra-Partners wird eine große Rolle spielen müssen, zugleich mit der schweigsamen Einbeziehung der (in unserem engeren Sinn) erotisch-ästhetischen wie der kommunikativen Liebe.
»Hat man einen menschlichen Partner, der die eigenen geistigen Ziele teilt, so kann man unter sorgfältiger Beachtung bestimmter Riten den gewöhnlichen Mann und die gewöhnliche Frau in Personifikationen des Gottes und der Göttin verwandeln . . . Die sexuelle Vereinigung wird enorm verlängert und erreicht über verschiedene Stufen den Punkt, wo die Identität beider Menschen ineinander verschmilzt und beide den Zustand vor der Trennung erfahren. . . .Das Bild des Paares, das in Yogahaltung während der sexuellen Vereinigung dasitzt, wird in der tantrisch-buddhistischen Kunst Tibets als allgemeinstes Symbol geistiger Erfüllung verwendet« (Rawson, 21).

TIERLIEBE: Während ich schreibe, stehe ich unter dem Eindruck von gestern abend: Unser Hund wurde von einem Auto überfahren. Meine Partnerin und ich waren am Rheinufer spazierengegangen. Unsere beiden Hunde kennen die Strecke. Es kommt ihnen normalerweise nicht in den Sinn, die breiten Uferanlagen zu verlassen, selbst Terry nicht, dem neugierigen Jäger, diesem glücklichen Mischlingstemperament. Jagdleidenschaft war die Falle für ihn: Er muß ein Kaninchen oder eine Katze aufgestöbert und verfolgt haben – über die Straße hinweg. Dabei geschah es. Er war sofort tot. Die Trauer um dieses hinreißend liebenswürdige Tier wird lange dauern. Ist das übertrieben?
Die Frage nach der Tierliebe. Es geht – deutlich spürbar – nicht um den Verlust eines kostbaren Gegenstandes, sondern: um Beziehungsabbruch, äußerlich bedingte Trennung, Tod eines geliebten Wesens, plötzlichen Stillstand des gestaltgewordenen Lebens selbst. Was kann man an Tieren lieben? Wohlgemerkt lieben, nicht leistungsmäßig bestaunen, aber als Seinsmöglichkeit BEWUNDERN ?
Mit dieser Frage ist die Liebe zum einzelnen Tier bereits unter-

schieden von der allgemeinen Tierliebe, vergleichbar der allgemeinen MENSCHENLIEBE. Achtung, Ehrfurcht vor allem, was lebt und eigene Empfindung hat, mag zwar in unseren Breiten eher hervorgerufen werden durch die Begegnung mit einzelnen Tieren als durch religiöse Überlieferung: Dem, der ein Haustier liebgewonnen hat, müßte der Appetit auf Tierfleisch vergehen. Allgemeine Tierliebe mag auch ohne individuelle Liebe zu einzelnen, eigenen Tieren möglich sein: als spirituell motivierte Ehrfurcht vor dem beseelten Leben.
Ist das umgekehrt auch der Fall: Kann Liebe zum einzelnen Tier ohne die allgemeine Ehrfurcht vor dem selbstbewegten, empfindenden Leben vorkommen? Gerade hier sehe ich ein Kriterium, ob ein Tier bloß einbezogen wird in die (an sich positive) Selbstliebe, so daß man seinen Verlust bloß beklagt wie den eines persönlich bedeutsamen Gegenstandes, einer lieben Gewohnheit. *Oder ob das Tier in seiner Einzelheit zugleich Tierheit und Lebendigkeit im allgemeinen repräsentiert.* Ich sage »zugleich«, nicht: »vor allem« oder gar »ausschließlich«. Auf das Zugleich kommt es an.
Meine These: daß »wahre« Liebe zum einzelnen Tier allgemeine Tierliebe zur Folge hat und andernfalls erweiterte Selbstliebe ist; daß umgekehrt diese allgemeine Tierliebe zur bloßen guten Meinung oder zum Glaubensüberbau (zum Beispiel Heiligkeit der Kühe in Indien) herabsinkt, wo sie sich nicht in der Liebe zum einzelnen Tier konkretisiert. Daß die Verhältnisse somit ganz parallel zu denen der Menschenliebe liegen.
Zurück zu der Frage: Was kann man lieben am Tier? Sollte man nicht von einem bloßen Mögen sprechen? Hat es Sinn, die Liebesstufen hierzu durchzumustern? Die sexuelle Liebe zum Tier (Zoophilie) stellt einen mehr oder weniger krankhaften Grenzfall dar. Doch gibt es vielfachen körperlichen Umgang mit Tieren, zum Beispiel Reiten, auch Spielen und Herumtollen sowie die räumliche Gemeinschaft mit ihnen, bis hin zum Teilen des Bettes mit der Katze. (Geschmacksfragen stehen nicht zur Debatte.) KÖRPERLICHE LIEBE erweist sich wiederum als viel weiter denn Sexualität.
EROTISCH läßt sich ein Tier sehr wohl lieben ob seiner Schönheit und bewegten Grazie. Im Blick auf Terry: alle Sinne kamen hierbei auf ihre Kosten: der Geruchssinn oft wenig ästhetisch für unsern Geschmack, wohl aber Gesicht und Tastsinn: die unerschöpfliche Anmut seiner Bewegungen, sein sei-

denwolliges Fell, unter dem der schlanke, warme Körper innerlich pulsierte und sich graziös regte.

KOMMUNIKATIVE Liebe der Gegenseitigkeit ist mit dem Tier selbstredend nur im unvollkommenen Sinne möglich, weil das Tier nun einmal kein Selbstbewußtsein hat, daher nicht eigentlich sprachfähig ist.

(Auch das Zeichenverstehen von Blindenhunden oder dressierten Schimpansen stellt keine Ausnahme dar, und der Kult der Delphine geht meines Erachtens in die Irre, wenn diese Tiere ob ihrer Gehirngröße und ihrer Bewegungsintelligenz zu einer außermenschlichen Zivilisation hochstilisiert werden, mit der Kontakt aufzunehmen die Jahrhundertaufgabe sei. Vergleiche die in diesem Punkt dubiosen Veröffentlichungen des kalifornischen Delphinforschers John Lilly, dem hier wie auf anderen Gebieten – Bewußtseinsforschung im Isoliertank – philosophische Grundlagen für seine Experimente abzugehen scheinen.)

Unvollkommen in den Inhalten sowie in der Gegenseitigkeitsreflexion ist die »Kommunikation« mit dem Tier: der Blickwechsel selbst mit dem verständigsten Tier wird nie zu dem, was unter BLICK zur Sprache kam. Reizt uns nicht gerade auch dieser Kontrast? Der Mangel der Kommunikation kann aber durch Verläßlichkeit, Spontaneität, Aufrichtigkeit und Einfühlsamkeit des Tieres beinahe wettgemacht werden: Die Quasi-Kommunikation stellt aber zum Teil Tiefenkommunikation dar, wobei der tierische Organismus mehr MEDIUM als kommunikatives Gegenüber ist.

So rettete Terry einem Nachbarn, der einen Schlaganfall erlitten hatte, durch eindringliches Bellen vor seiner Tür das Leben. Seine Fühlsamkeit für Stimmungen machte sich in traurig-flehendem Ausdruck bemerkbar, wenn es Streit bei uns gab.

Der kommunikative Mangel des Tieres wird somit teilweise medial kompensiert, womit die SPIRITUELLE Ebene angesprochen ist. In dieser Hinsicht erscheint auch in der alltäglichen Normalität, für das subjektive Bewußtsein des Menschen, das einzelne Tier als *Repräsentation spiritueller Ideen*, allen voran der des Lebens selbst. Gerade in seiner nicht durch Selbstbewußtsein und subjektive Überlegung gebrochenen, unmittelbaren Spontaneität wird es zum Realsymbol der Schöpfungsideen.

Außer Leben selbst kommen in Betracht: Kraft, Beweglich-

keit, Schönheit, Fügsamkeit, Fleiß, kreatürliche Ausgesetztheit und Angst, Anpassungsfähigkeit, Durchhaltevermögen, Mut, Freude, Dankbarkeit, naturhafte Klugheit, Gedächtnis, Verläßlichkeit, Anhänglichkeit, Treue, Versöhnlichkeit. Ob Tiere grausam oder herrsüchtig oder eitel sein können, darf hier dahingestellt bleiben, da ich ohnehin nicht vertreten möchte, alle tierischen Eigenheiten (zum Beispiel im Schmutz zu leben oder ansteckende Krankheiten zu verbreiten) könnten als liebenswürdig gelten.
Kurz: In der Tierliebe können wie in der menschlichen die verschiedenen Stufen der Liebe (analog) dominieren. Grundsätzlich wird man aber erst von Liebe sprechen können, wenn zumindest alle Stufen oder Ebenen vertreten sind: Die »innerartliche« Sexualität wird durch vielfache Weise der körperlichen Zuwendung vertreten. Bloß spirituelle Tierliebe ohne die Freundschafts- sowie die erotische Komponente wird zu jener schon angemerkten Überbau-Liebe zum Tier führen, die am Individuum vorbeigeht. Es ist ähnlich wie bei der Menschenliebe: Wer alles Lebendige »liebt«, ohne daß es ihm aufs Einzelne ankommt, liebt in Wahrheit keines.
Leben ist aus dem Elementhaften herausgewundene Gestaltung. Und dessen Gipfel der selbstbewegt spontane Einzelorganismus, das Tier – während der Mensch, zugleich Bürger der geistigen Welt, das Prinzip Leben sprengt: überhöht und gefährdet.
»Seid also klug, barmherzig und gütig nicht allein mit euresgleichen, sondern auch mit allen Geschöpfen in eurer Obhut; denn ihr seid für sie gleich Göttern, zu denen sie aufblicken in ihrer Not« (aus dem »Evangelium Jesu«, auch »Evangelium des vollkommenen Lebens« oder »Evangelium der Zwölf« genannt, neue Ausgabe im Verlag »Das Wort«, Rottweil a. N. 1986, Kap. 19, Vers 9).
Von Tolstoi soll das Wort stammen, das von unermeßlicher Aktualität für unsere Gegenwart ist: *»Solange es Schlachthäuser gibt, wird es auch Schlachtfelder geben.«* Aller Wahrscheinlichkeit nach spricht Tolstoi hier eine in der Kirchengeschichte unterdrückte, aber wesentliche Komponente der ursprünglichen christlichen Botschaft an.

TOD. »Lege mich wie ein Siegel auf dein Herz, wie ein Siegel auf deinen Arm. Denn Liebe ist stark wie der Tod und Leidenschaft unwiderstehlich wie das Totenreich« (Hoheslied 8, 6).
Die Kraftprobe zwischen Liebe und Tod, zwischen Allem und Nichts.
Die Nähe aber von Liebe und Tod: gefährliches Sichwagen der Individualität, schon in der Vereinigung der Körper. Weiter im Kampf um kommunikative Einheit der Unterschiedenen, um ein vermittelndes ZWISCHEN.
Scheint endlich die Einzelheit zugleich mit der Gemeinsamkeit gerettet, scheint Alles erreicht – droht um so viel grausamer das Nichts, der Tod.
Wenn allein der physische Tod drohte und ein leeres Nichts – es wäre erträglich, wie für die Tiere vielleicht. Doch hinter der körperlichen Vernichtung steht als eigentliche Infragestellung: *der Sinn-Tod.* Dessen Nichts kann keine bloße Leere mehr, sondern nur das bestimmte Nichts von Allem Erlebtem, Erfahrenem, Gedachtem, Geliebtem sein.
Dieses Sinn-Nichts wäre schon jetzt am Werke. Das ist nicht auszuhalten. Da könnte keiner mehr leben: handeln und lieben. Das auszuhalten, hat mit Heroismus nichts zu tun, verehrte Herren Existentialisten! Ihr betrügt Euch mit der heroischen Versicherung, Euch keinesfalls selbst über das Ende zu betrügen.
Heroisch wäre allenfalls das Leben im Dunkeln, aber mit der blutenden Frage. »Im Dunkeln leben, im Dunkel tun, was wir können« (Gottfried Benn).
Liegt Hoffnung auf Todüberwindung in jenem alttestamentlichen Wort über Liebe und Tod? Hoffnung, daß deren Kraftprobe zugunsten der Liebe ausfällt?
»Wir wissen, daß wir vom Tod zum Leben übergegangen sind, weil wir (die Brüder) lieben« (1. Johannesbrief 3, 14).
Die Liebe selbst als Auferstehungserfahrung! Trägt vielleicht alle Liebe diese Hoffnung in sich? Wie könnten Menschen sie sonst immer neu wagen? Liegt darin womöglich *das letzte Geheimnis ihrer Anziehungskraft: die Hoffnung gegen Tod und Sinn-Tod zu sein?* Bezeugt nicht jedes KIND, wenn Frucht der Liebe, solche Hoffnung?
Liebe wird durch Todesdrohung schrecklich tief – wie Leben.

Manchmal gelingt ein Wort
das überspringt
aus Schicksalsfunken von beiden.
Der Stromkreis schließt sich
zu sterbloser Einheit –
Nähe der Geschiedenen
Unterschied der keiner ist
Unterschied der allein ist
zwischen dir und mir.
Manchmal feiern wir ihn
und Auferstehung
des Ungesagten
aus Ferne aus unseren Tiefen
und allerhand Schicksal.
(Manchmal Auferstehung)

TOTALISIERUNG: Diesen Ausdruck schlage ich vor für Entscheidung zur ganzheitlichen Liebe, für den Willen zum möglichst intensiven Einbeziehen aller Ebenen in der Liebe zu einem Menschen. A propos Entscheidung: meines Erachtens ist sie zur ganzheitlichen Liebe erforderlich. Mindestens einmal ist die *Freiheit zur Stellungnahme* befragt. Das unterscheidet von VERLIEBTHEIT, die unterlaufen kann wie ein Naturereignis. Es ist leicht, sich total zu verlieben, doch schwer, total zu lieben.

Ganzheit ist weder identisch mit sexueller Liebe, wenn die Bereitschaft zum freundschaftlichen Tiefgang fehlt, noch mit LEIDENSCHAFT. Diese zielt zwar wenigstens vorgreifend ganze Liebe an, kann aber einseitig sein, im doppelten Sinne:

Einmal ohne Gegenseitigkeit, als UNGLÜCKLICHE LIEBE. Totalisierung aber müßte Liebe als Gemeinschaft der Gegenseitigkeit einschließen, nicht einseitiges Wollen bleiben. – Sodann kann Leidenschaft einseitig eine Ebene meinen, wiewohl sie als dauernde und große umfassend begehrt.

Manchmal *wird* Leidenschaft, glückliches Erleben, zur großen, ganzheitlichen Liebe.

Zumindest Totalisierung ist es, was Liebe einfachhin (amour) von einer noch so wertvollen, langjährigen, tiefen Freundschaft (amitié) unterscheidet, um die griffig-fragliche Entgegensetzung noch einmal aufzunehmen. Deshalb hieß es schon unter FREUNDSCHAFT: »Wann ist Totalisierung sinnvoll und möglich, nur einmal gleichzeitig oder mehrfach? Hier stehen wir vor einer der brenzligsten Fragen im Leben der Liebe.«

Die meisten Menschen können, unter den uns bekannten kulturellen Voraussetzungen, nur Eine totalisierte Liebe zu einer Zeit leben. Wer es anders zu können meint, müßte sein Recht und seine Kraft dazu zeigen: durch jeweilige Intensität der Liebe. Was so aussieht, ist oft nicht mehr als Verzicht auf totalisierte Liebe.

Als ob es nicht schon gesagt wäre: *Totalisierung ist nicht schon mit Einbezug der körperlichen Liebe identisch*! Zur Ganzheit gehört mehr, viel mehr, und dieses Mehr können selbst Künstler und Liebeskünstler selten gleichzeitig mehrfach »leisten« – zumal »Einzelleistungen« in Liebesdingen nicht reichen. Kurz: Wer auf sexuelle Ausschließlichkeit verzichten kann, auch mit gegenseitigem Einverständnis (»offene Zweierbeziehung«), beweist damit noch lange nicht, daß er zur mehrfachen »totalen« Liebe fähig ist.

Die Ganzheit, für die das Sexuelle immer einen Faktor, nicht (im besitzbürgerlichen Sinn) das entscheidende Spezifikum bildet: der Entschluß, alle Liebesebenen zu bündeln. Das bedeutet für die Einzelnen, fortan als *Dyade*, in einer Zweieinheit weiterzuleben. Wer dies mehrfach kann, ohne daß die Dyade zur Triade usw. wird, bildet zumindest eine große Ausnahme.

Wie immer man über sexuelle Ausschließlichkeit und »offene Zweierbeziehung« denken mag – man sollte die Begriffe nicht verwirren und sich selbst wie den Anderen nicht darüber täuschen, ob die Zweiheit mehrmalig, das heißt allenfalls *jedesmal (qualitativ) einmalig*, oder aber *einzig-einmalig* ist. Modern braucht nicht zu heißen: mit gezinkten Karten spielen.

Ist mit der Unterscheidung von »je-einmalig« (wie auch Freundschaftsbeziehungen sind) und »einzig-einmalig« nicht alles gesagt? Dazu müßten diese Begriffe sowie Kriterien für Ganzheit ausführlicher untersucht werden. Es mag hier genügen, zur Redlichkeit des Fragens zu ermuntern.

TRAGISCHE LIEBE kann eine solche heißen, die nicht an fehlender Gegenseitigkeit scheitert wie die UNGLÜCKLICHE LIEBE noch an mangelnder Substanz, sondern: eine

Liebe, die trotz dieser Voraussetzungen, trotz des Wunders der Gegenseitigkeit, trotz offenbarer Einmaligkeit, an ihren äußerlichen Gegebenheiten scheitert. Sie entsteht somit aus dem Widerspruch von wesentlicher Substanz und »unwesentlichen« Hindernissen, die sinnwidrigerweise die Oberhand gewinnen.
Meist sind die äußeren Gegebenheiten sozialer, institutioneller Natur: »Romeo und Julia« in vielen Variationen oder schon gebundene Liebespartner. (Zur »Liebe auf der Bühne« vgl. Alphons Silbermanns so betitelte kunstsoziologische Betrachtung in: Kindlers Enzyklopädie »Der Mensch«, Bd. IX, 126–138).
Gesteigert tragisch sind aber innere Blockaden, die sich meist mit sozialen Widrigkeiten verbinden wie Mißverständnisse und Unglauben (Schillers »Kabale und Liebe«, Penthesilea und Achill in Kleists »Penthesilea«) oder verinnerlichte gesellschaftliche Moralvorstellungen (Kellers »Romeo und Julia auf dem Dorfe«, Hauptmanns »Vor Sonnenaufgang«).
Tragisch ist schließlich, wenn Partner das Scheitern selbst verschulden, indem einer zu spät seine eigene Liebe dem anderen oder gar sich selbst zugibt (Scarlett O'Hara in Margaret Mitchell's »Vom Winde verweht«).
Dieser Gipfel der Tragik berührt sich mit den unliterarischen Niederungen: Liebe ist reichlich da, aber es fehlt an anderen psychologischen Voraussetzungen, an etwas von dem, was man »zusammenpassen« nennt. Und wenn es nur an Ausdrucksfähigkeit, Versöhnlichkeit gebricht – oder ein Komplex aus dem »Familienerbe« zur unüberwindlichen Macke wird. Da kommen sie nicht recht zueinander und auch nicht mehr voneinander. Da nisten selbst ohne Machtausübung Gesellschaft und Geschichte in Kopf und Herz der Liebenden, daß sie zusammen nicht kommen. Die Tragik steigert sich ins Absurde, wo die Liebesenergien dazu verwandt werden, den Sinn von Liebe total zu verdunkeln, ja, einander zu zerstören.
Kann Tragik so banal, allgemein, demokratisch sein? Wie wenig tragische Liebe der Literatur angehört, wie wenig es dazu antiker Schicksalsauffassung bedarf, wie sehr sie mit dem christlichen Sinnverständnis vereinbar ist, wie scharf vielmehr der ganze Glaube an Sieg jenseits von Scheitern angefragt wäre – das am eigenen Leib zu erfahren, ist gottlob doch nicht jedermanns Sache.

TRENNUNG: Oben als die aktivere Form des ABSCHIEDS verstanden, sofern der schmerzliche Vorgang gemeint ist. Als Zustand ist sie Resultat jedes Abschieds, wie dieser *vielfältig* herb.

Ich liebe das Herbe
wo es nach Sinn schmeckt.
Daß du mich fortschickst
als sei es Tanz
die Arme das Herz zu befreien
zu tieferem Wiederfinden –

Die Prachtstadt im Herbst
fremdtuend ferngeworden
nach einem einzigen Sommer.
Mit fallenden Blättern
naß unter Alltagshasten
den Abschied tausendfach sterben.
Die Blätter lose wechselnd
mit dir eine Hoffnung bewahren.

Einladen alles was trennt
und Unzertrennlichkeit spüren.
In Filmen noch spult das Wissen mit
vom Ganzen Ungewissen.
Das Zittern bei allem
und deines nicht spüren:
ob wir uns nicht überheben
ob das Herbe noch Sinn schmeckt.

(Trennung)

Trennen wollten wir uns? wähnten es gut und klug?
Da wirs taten, warum schröckte, wie Mord, die Tat?
Ach! wir kennen uns wenig,
Denn es waltet ein Gott in uns.

Den verraten? ach ihn, welcher uns alles erst,
Sinn und Leben erschuf, ihn, den beseelenden
Schutzgott unserer Liebe,
Dies, dies Eine vermag ich nicht.

Aber anderen Fehl denket der Weltsinn sich . . .

(Friedrich Hölderlin, Der Abschied)

TREUE: Treueerwartungen ergeben sich vor allem von der kommunikativen und spirituellen Ebene der Liebe her. Hier nämlich kommt die unauswechselbare, unersetzliche Einmaligkeit der menschlichen Individualität voll ins Spiel. Von diesen Ebenen her greift sie auch auf Sexus und Eros über, die an sich nicht auf Dauerhaftigkeit und Einmaligkeit angelegt sind. Treue ist das freiwillige Stehen zur Dauerhaftigkeit und Einmaligkeit. In der EHE wird das Treueversprechen ausdrücklich und institutionell, das stillschweigend mit wachsender Intensität der Beziehung gegeben wird.
Stillschweigende Treue ist nichts anderes als die in Dauer übersetzte Verläßlichkeit: sich in Konstanz äußernde innere Haltbarkeit des Beziehungslebens. »Nur der liebt, der die Kraft hat, an der Liebe festzuhalten«, schreibt der des Traditionalismus unverdächtige Th. W. Adorno (Minima Moralia, 226).
Wenn der Theologensoziologe Andrew Greeley Treue definiert als die »dauernde, öffentliche, feierliche und nicht widerrufliche Verpflichtung, aus dem Leben des Partners und aus dem eigenen Leben das Beste zu machen« (Erotische Kultur, Graz 1977, 192), dann zielt er damit bereits die ehelich institutionalisierte Form der Treue in einer dauerhaften Totalbeziehung an – und zwar im katholischen Verständnis, was die Unwiderruflichkeit angeht. Er geht sogar so weit zu behaupten: »Mir scheint es gar keine Frage zu sein, daß *öffentliche Kundmachung* und *Dauer* zur Wesensbestimmung der Treue gehören; gleichgültig, welche Beziehung mit dieser Treue ausgedrückt sein soll« (186).
Demnach wäre die informelle, lebenslange, sich durch Hindernisse und Anfechtungen ständig vertiefende Verbundenheit zweier Freunde oder Lebenspartner keine Treue? Ganz offensichtlich aber müssen Ausdrücklichkeit, Öffentlichkeit und vor allem institutionelle Form der Treue von ihr selbst als einer Haltung und deren Ergebnis wohl unterschieden werden. Auf eine Kurzformel gebracht: *Treue und Treueversprechen sind nicht dasselbe*. Hier liegt auch der innere Unterschied zwischen eheartiger und informeller Partnerschaft. Einerseits wird bekanntlich das Versprechen – mit oder ohne Schuld – millionenfach widerrufen oder faktisch gebrochen. Anderseits gibt es Treue auch ohne Versprechen. Soviel zur Korrektur des amerikanischen Priesters.
Zustimmend möchte ich aber seine durchaus originelle, näm-

lich nicht-juridische und schöpferische Sicht von Treue hervorheben, die mit ehelichem Besitzbürgertum nichts mehr zu tun hat. »Treue in einer menschlichen Beziehung ist eine *dauernde Verpflichtung*, den anderen anzunehmen; sie ist das Versprechen, sich andauernd zu bemühen, die Hindernisse und die Distanz zu überwinden, die einen vom Partner trennen ... Sexuelle Treue bedeutet dann nichts anderes, als daß jeder Partner streng verpflichtet ist, seine sexuelle Beziehung mit dem Partner zu entfalten, zu bereichern und auszudehnen, wieviel Frustration, Enttäuschung und Ungenügen es immer dabei geben mag. Ein treuer Liebhaber ist dann verpflichtet, seine eigene Geschicklichkeit, seine Sensibilität und seine erotischen Fähigkeiten zu entfalten ... Er wird seine Geschicklichkeit immer mehr entfalten, um den Partner zu vollem Lusterleben zu bringen. Er wird immer mehr Zärtlichkeit entwickeln; und er wird diese mit der erotischen [das heißt sexuellen, J.H.] Erregung zu verbinden wissen« (187).

Greeley ist zuzustimmen, daß »Treue erst in einem sekundären und relativ unwichtigen Sinn bedeutet, daß wir dem Partner keinen Ehebruch erlauben« bzw. antun. Dies setzt, wie gesagt, ein juridisches, besitzbürgerliches Verständnis von Ehe voraus, das, wie wir wissen, zur selbst schon häßlichen Fassade einer noch häßlicheren Wirklichkeit geworden ist. Ich möchte, da ich im Unterschied zu dem amerikanischen Autor, keine Rücksicht auf die römischen Autoritäten zu nehmen habe und die Substanz meiner Aussagen nicht aus katholischen Grenzüberschreitungen beziehe, eine weitergehende These nicht scheuen:

Die Normierung dessen, was Partner unter »Treue« verstehen, muß ihrer eigenen, allerdings gemeinsamen, gegenseitigen Freiheit überlassen werden. *Treue heißt, in Verantwortung zur eigenen und gemeinsamen Liebe stehen und handeln*. Daß diese Verantwortung mit Belastungen fertig werden muß, damit ist zu rechnen. *Allerdings wird ein Teil der jetzigen Treue- und Ehebruchsprobleme ja erst durch die besitzbürgerlichen und sexualitätsfeindlichen Vorstellungen erzeugt.*

Die produktive und offene Sicht von Treue dürfte sich zwar als menschengerechter, doch damit zugleich als menschlich anspruchsvoller erweisen. Neben der Betonung des Schöpferischen statt des Juridischen ist vor allem vordringlich, die Treue von jeder Fixierung auf Sexualität zu befreien. Als wären Kommunikationsabbruch, unbesprochener Wechsel von Überzeu-

gungen oder permanente Gleichgültigkeit gegenüber Fragen und Werten, die dem Partner wichtig sind, keine Treuebrüche.
Wenn Chris anruft, um Ina von seinen Liebesabenteuern zu erzählen, und gleichzeitig hinzufügt, daß sie sich bald wieder treffen müßten, dann ist das für ihn ein Beweis unverbrüchlicher Treue. *Vielfältige Treue* nennt er das. Ein Kontaktabbruch wäre bitter für ihn. Aber er hat nie »Treue« im Sinne sexueller Ausschließlichkeit versprochen noch erwartet. Ina freut sich über die Begegnungen, doch sie rechnet nicht mehr damit, in ihm einen starken Halt im Leben zu haben. Er überzeugt sie nicht von seinem Konzept von vielfältiger Treue. Sie sucht zuerst die einmalige Treue und meint das nicht hauptsächlich sexuell. Dann erst wäre ihr das Vielfache zusätzlich wertvoll – als Vielfalt der Freundschaft, mit oder ohne Sex. Paradoxerweise fühlt Chris sich nicht genügend ernst genommen von Ina. Er findet sie weniger treu als sich selbst in ihrer Resignation, ihrer Bereitschaft, einen Schlußstrich zu ziehen.
So wenig lassen sich die Treueerwartungen über einen allgemeinen Kamm scheren. Sie sind jeweils zwischen zweien abzuklären, und vielleicht mehr als einmal.
Bei allen Variationen bleibt der Kern von Treue: Verläßlichkeit, Stehen zu seinem Wort, sei es stillschweigend oder ein ausdrückliches Versprechen. Stehen zum Anderen setzt voraus, daß jemand zu sich selbst steht. Nicht jeder Charakter ist treu, aber Treue ist Charakter.

ÜBERRASCHUNG

Du warst da
auf Anruf hin.
Nichts ist weniger selbstverständlich
außer daß du
mir zuvorkamst.

Auf dich warte ich
wie aufs Frühstück
das morgendlich ohne Ermüdung stärkt.
Verläßlich überrascht es
mit neuem Tag.

Dein Blick wäscht Wolken
die abschiedsgeweckten

zu rein vergangnen.
Und Zukunft gewinnt
unsere Gegenwart.
(Überraschung)

Wunder der Gegenseitigkeit in Überbietung.
Einheit der Gegensätze.
Versöhnung der Zeitdimensionen Vergangenheit und Zukunft in der Gegenwart.

UMSONST: Auf den Doppelsinn des Wortes soll mich der Philosoph Ferdinand Ulrich nicht umsonst hingewiesen haben. Die doppelte Bedeutung des deutschen Wortes – wenn auch nicht im Zusammenhang »Umsonst der Liebe« – geht aus jedem Wörterbuch anderer Sprachen hervor. In meinem englischen Wörterbuch finden sich sogar drei Bedeutungen: »1. in vain, to no purpose; 2. gratis, free of charge; 3. without a reason, causelessly.« Vergeblich, ohne Gegenleistung, grundlos.
Daß Liebe *vergeblich* sei, damit muß sie rechnen. Es darf sie nicht anfechten. Andernfalls wäre sie nicht sie selbst, nämlich:
Gratis, ohne Gegenleistung. Sie ist also von vornherein Verschwendung, daher kann sie das Risiko der Vergeblichkeit eingehen. Und warum?
Grundlos. Aus Gründen schöpfend, die Abgründe sind. Schöpferische Abgründe. Du sagst, du liebst sie/ihn wegen dieser und jener Eigenschaft? Wenn das wahr ist, liebst du nicht eigentlich. Denn Liebe geschieht nicht wegen Eigenschaften.
»Stehe ich einem Menschen als meinem Du gegenüber, spreche ich das Grundwort Ich-Du zu ihm, ist er kein Ding unter Dingen und nicht aus Dingen bestehend . . . Ich kann die Farbe seiner Haare oder die Farbe seiner Rede oder die Farbe seiner Güte aus ihm holen, ich muß es immer wieder; aber schon ist er nicht mehr Du« (Martin Buber, Ich und Du).
Es mag wohl sein, daß Liebe die Grundlosigkeit ihrer Begeisterung, Leidenschaft, Hingabe an einzelnen Eigenschaften anbinden, mit diesen geradezu verdecken will. Ist Grundlosigkeit irrational? Am Maßstab eines objektivierenden Verstandes: ja. Doch was ist das für ein Maßstab für Verhältnisse des Freiheitswesens Mensch! Irrational wäre zum Beispiel: Liebe mit solchem Metermaß messen wollen.

Anscheinend klingen die Bedeutungen des Wortes nicht bloß zufällig gleich. Das Wort »umsonst« gehört zu den deutschen Wörtern, die den »spekulativen Geist der Sprache« offenlegen. »Es kann dem Denken eine Freude gewähren, auf solche Wörter zu stoßen, und die Vereinigung Entgegengesetzter ... auf naive Weise schon lexikalisch als Ein Wort vorzufinden« (Hegel, Vorrede zur 2. Auflage seiner »Logik«).
Liebe ist letztlich grundlos, gratis und möglicherweise vergebens. Empfangenes Geschenk-von und weitergegebenes Geschenk-für. Dazwischen steht der Liebende, beglückt und doch beängstigt, wenn er nicht vergebens liebt. Sonst UNGLÜCKLICH aber berechtigt, dennoch seines Wertes gewiß zu sein, »weil im Liebenden mehr der Gott ist als im Geliebten« (Platon, was Thomas Mann, »Der Tod in Venedig«, den schalkhaftesten Gedanken nennt, der je gedacht wurde).
Die Gratisgabe der Liebe kann schamloser ausgenutzt werden als alles sonst. Das ist die Beziehung zwischen »gratis« und »vergebens«. Gratis bedeutet zwar ohne Gegenleistung, doch nicht notwendig ohne HOFFNUNG auf Gegenseitigkeit.
Wir stehen hier vor schwierigsten Zusammenhängen für Kopf und Herz. Ich empfehle sie lieber der Meditation, als zu beanspruchen, sie mit vielen oder wenigen Worten zu klären.

UNGLÜCKLICHE LIEBE ist nicht alle Liebe, die Unglück bringt, die selbst scheitert oder anderes Scheitern bewirkt, sondern: die nicht erwiderte Liebe. Sie ist es, die den berühmten Liebeskummer, chagrin d'amour, lover's grief, und wie immer es in allen Sprachen heißen mag, verursacht. Nicht mangelnde, nein, offensichtlich ungenügende GEGENSEITIGKEIT, vor allem im Begehren, Fasziniertsein, Bewundern, im Verliebtsein, in der Leidenschaft.
Mag sein, daß der Mangel an gegenseitigem VERSTEHEN mehr Unglück in der Welt der Liebe verursacht, doch weniger spektakulär. Auf jenen Stufen aber wird das Unglück stechender erfahren.
Der unglücklich Liebende reibt sich an der Einen Grenze wund, welche die andere Freiheit ihm setzt, sie, die allein ihr unendliche Weite eröffnen könnte. Schlimmer als Ablehnung empfindet er GLEICHGÜLTIGKEIT der anderen Seite, dieses: »alles außer Liebe«. Daher der verzweifelte Hang zum Auslöschen aller Bilder – außer gerade derer, die ihn krank

machen, zum Auslöschen gar des Lebens, dessen höchstes Streben ihm so ins Nichts zu gehen scheint. Wenn er sich davon keinen Trost versprechen kann, so doch seinen Trotz: eine verzweifelte Selbstbestätigung des angeschlagenen Selbstwertgefühls und einen Schlag in die Fratze des nichtigen Ganzen.

Diese Frage bewegt den unglücklich Verliebten, sofern Verzweiflung ihn nicht um den Verstand gebracht hat: »Schluß machen, den Kontakt ganz abbrechen – aber wie? – oder besser nicht, ist noch Hoffnung da, bleibt ein Sinn im Weitermachen mit dieser ganzen unerwiderten Aufmerksamkeit?« Solange er verliebt ist, kann er zu keiner Lösung kommen – sagen Zyniker der Liebe. Man muß die Krankheitserreger des Wahns sich austoben lassen.

Richtiger ist: Solange der Verliebte zu keiner Loslösung kommt, bleibt er verliebt und unglücklich. Ein mutiger Mensch hat die Freiheit, den Bann zu brechen, *wenn* er die Notwendigkeit einsieht. Allerdings, da liegt die Schwierigkeit, bei Einsicht und Mut. Guter Rat ist teuer, guter Mut unbezahlbar.

Kann nicht die Lösung heißen: für zwei lieben – nämlich für den anderen mit? Wenn dies nicht Hingabe und Selbstlosigkeit innerhalb einer hoffnungsvollen, erfüllten, nur nicht völlig gegenseitigen Liebe meint – wird dies eine der Verschleierungsstrategien mangelnden Mutes, unter dem Deckmantel der Großherzigkeit. Selten, bei gereiften Menschen, gibt es diese Großherzigkeit trotz einmal entfachter Leidenschaft: Transformieren des ganzen Begehrens in Freundschaft, aus spirituellem Kräftereservoir.

Im allgemeinen heißt die Lösung, wie unter GLEICHGÜLTIGKEIT angeraten: Rasch weitergehen, sobald die Einsicht reif ist. Es gibt noch andere liebeswürdige Menschen, sogar antwortende.

Leider ist räumlicher Abstand nicht immer möglich, aber wünschenswert, gerade wenn später Freundschaft wachsen kann. Das Weitergehen müßte innerlich vollbracht werden. Auch zu diesem scheinbaren Mord – nicht am anderen, sondern an dessen Heiligenbild – gibt es spirituelle Kräfte, gegen den ersten Anschein.

Die Herbstparkschönheit
tausendlichtgießend
alleine schlürfen?
Lieber sich selbst zutrinken

überm Weinglas
worin Tränen sich sammeln.
Auf Wiesenmatten aber
zerrinnen sie
wie Nichts
wie meine Gebete im Hain
zwischen den Farbengeschenken
und Hilferufe verhallen
unter dem freundlichen glatten Himmel
mit Sphinxgesicht.
Warum hast du mich verlassen?
und Gott Du?

(Klage)

VERLIEBTHEIT: Jener heilige oder unheilige Wahn, der sich (hoffentlich bald) als ILLUSION enthüllt *oder* als Vorbote eines mehr oder weniger ruhigen, mehr oder weniger dauerhaften Glücks der Gegenseitigkeit sich herausstellt *oder* in lange, unglückliche Leidenschaft übergeht.
Die vielen »oder« – sie lassen sich vermehren – deuten darauf hin, was jeder ahnt: ein wie mehrschneidiges Phänomen die Verliebtheit ist. Mehrschneidig meint nicht nur vielschichtig; es meint eine Angelegenheit auf Leben oder Tod – oder ein Theater zum Lachen oder zum Weinen. Verliebtheit ist ein ahnungsvolles, furchtsames, manchmal zuversichtliches Spiel mit den Schicksalsmächten, ein Spiel mit großen und furchtbar scheinenden Möglichkeiten: wiedergeliebtwerden oder nicht, vorgezogenwerden oder nicht, sich zu täuschen oder nicht, zusammenzupassen oder nicht, dem andern gewachsen sein oder nicht, Freisein des anderen oder nicht, die Widerstände brechen können oder nicht?
Die Franzosen sind seit Jahrhunderten Spezialisten im Kultivieren und Beschreiben dieses Zustands. Das geht so weit, daß ein bekannter Literaturwissenschaftler und Linguist seine Verliebtheit als »Fragments d'un discours amoureux« (1977) analysiert und aus dieser Verbindung zweier Passionen ein Bestseller hervorgeht. Weiter: daß eine französische Verliebte ihn mir schenkt – und ich kaum etwas verstehe, das Buch noch weniger als die Geste. Aber noch weiter: daß dieses Buch von *Roland Barthes* auf deutsch nicht etwa unter dem Titel »Fragmente der verliebten Rede« oder »Fragmente einer Sprache der Verliebt-

heit« erscheint, sondern als »Fragmente einer Sprache der Liebe« (1984). Die Übersetzung hat mich vollends darüber beruhigt, daß tatsächlich nur das Hin und Her der Verliebheit versprachlicht, keine Analyse der Liebe durch den berühmten »Strukturalisten« erfolgen sollte.

In der Analyse der Verliebheit hatte ein anderer Franzose im ersten Drittel des vorigen Jahrhunderts Pionierarbeit geleistet: *Stendhal* prägte in seinem zunächst erfolglosen Werk »De l'amour« (1822; deutsch »Über die Liebe«, Neuausgabe Basel 1984) den bildhaften Begriff der *»Kristallisation«*:

»Im Hirn eines Liebenden, das vierundzwanzig Stunden hindurch in Aufruhr ist, geht vergleichsweise folgendes vor: In den Salzburger Salzgruben wirft man in die Tiefe eines verlassenen Schachtes einen entblätterten Zweig; zwei oder drei Monate später zieht man ihn über und über mit funkelnden Kristallen bedeckt wieder heraus; selbst die kleinsten Zweiglein, nicht größer als die Krallen einer Meise, sind überzogen mit zahllosen schillernden, blitzenden Diamanten; man erkennt den einfältigen Zweig gar nicht wieder. – Ich bezeichne Kristallisation als die Tätigkeit des Geistes, in einem jeden Wesenszuge eines geliebten Menschen neue Vorzüge zu entdecken« (47 f).

Auf die erste Kristallisation folgt, nach Stendhals Analyse, der Zweifel, ob diese leidenschaftliche Fixierung nicht UMSONST ist. »Nun beginnt die zweite Kristallisation und erzeugt wie Diamanten die Bestätigungen des einen Gedankens: Sie liebt mich ... Die offenbare Tatsache dieses Wandelns am Rande eines schrecklichen Abgrundes, während das vollkommene Glück greifbar vor einem schwebt, verleiht der zweiten Kristallisation ihren großen Vorzug vor der ersten. Der Liebende irrt zwischen drei Gedanken unaufhörlich hin und her: 1. Sie besitzt alle Vorzüge; 2. sie liebt mich; 3. was muß ich tun, um den überzeugendsten Beweis ihrer Liebe zu erringen?« (ebenda 50 f).

Stendhal trifft das Phänomen. Doch mißtraue ich der Allgemeingültigkeit seiner Phasengesetze, schreibe ihnen nur poetischen Zeugniswert zu. Ähnliches scheint mir für Roland Barthes' Fragmente zu gelten. Das philosophisch Allgemeine an den Zuständen der Verliebtheit: Sie sind *Schwebe* zwischen den Möglichkeiten, die anfangs genannt wurden und anderen mehr.

Einwand: Kann Verliebtheit nicht manchmal zu lange dauern, um ein Schwebezustand genannt zu werden? Gegenfrage: Wie lange können Schwebezustände dauern? Manche dauern ein halbes Leben. Einige erleben das ganze Leben als Schwebe, nicht allein in der Liebe.
Wie lange eine Verliebtheit produktiv, das heißt sinnvoll, sei – einen Tag, eine Woche, einen Monat, ein Jahr, zehn Jahre und länger? – darüber vermochte noch keiner Gesetze aufzustellen.
Nicht allein den unglücklich Verliebten quält die Frage: »Schluß machen oder nicht?« Auf diese Frage ist *in* der Schwebe so schwer zu antworten – und meist von außen auch nicht. Eine rührend menschliche Lage, ein gefährliches Auf-dem-Wege, wie Nietzsche vom Menschen sagt:

> »Ein gefährliches Hinüber, ein gefährliches Auf-dem-Wege, ein gefährliches Zurückblicken, ein gefährliches Schaudern und Stehenbleiben« (Zarathustra, Vorrede 4).

VERSTEHEN: Zentraler Teil der kommunikativen Liebe. »Ich verstehe dich«, kann eine Liebeserklärung sein, ebenso: »Ich fühle mich von dir verstanden«.
Vielsagende, unsentimentale Ausdrücke der europäischen Umgangssprachen: »Die verstehen sich. – Die verstehen sich nicht (mehr).«
Ein Ereignis, ein Denkmal, ein Bild, eine Formel, einen Satz, einen Gedankengang, eine Handlung, ein Gedicht verstehen: immer sind es Zeichen, die in Zusammenhänge zu stellen, zu deuten sind.
Einen Menschen verstehen, das ist viel an Ereignissen, Denkmälern, Bildern, Formeln, Sätzen, Gedankengängen, Handlungen, Gedichten. Aber vor allem das eine Gedicht, die Einheit in allem.
Das gewöhnliche Verstehen haftet an Einzelheiten und ist ebensoleicht Mißverstehen, oft leichter. Das Verstehen der Liebe geht auf die Einheit, kommt aus der Einheit. Jedes Lebenszeichen wird in den großen Zusammenhang gestellt. Das ist das Entscheidende am liebenden Verstehen, und sein Privileg. Den Menschen als Gesamtkunstwerk sehen können, wenn auch nie fertig, wenn auch zunächst vielfach vermurkst.
Umgekehrt daher, einen Menschen als Ganzheit zu verstehen,

heißt ihn lieben – wobei die ganze Palette der Bedeutungen von Liebe offensteht.
Es kann beim Kommunikativen bleiben. Dann ist Liebe dieses wunderbar Einfache: Wärme und Stärke und Zuhören aus SYMPATHIE. Das Verstehen kann spirituelle Verbundenheit auslösen (EMPATHIE), Bewunderung und Mitleid, Aufblicken und Barmherzigkeit. Ein bißchen erstes Verstehen kann LEIDENSCHAFT entfachen: die geheimnisvolle Ganzheit nicht nur ergründen, sondern mitleben zu wollen. Glückschance und Gefahr.
Aber Leidenschaft, zumal mit sexuellem Begehren, gefährdet das Verstehen ebenso wie es beflügelt. Das ist die Gefahr der leidenschaftlichen Einmischung: den Anderen nicht mehr sein lassen zu können. Das Verstehen kommt aber aus der Sympathie des Seinlassens. *Wer kann das schon: gebend und nehmend sich einmischen und zugleich seinlassen?*
Deshalb bekommt dem Verstehen eher Freundschaft als leidenschaftliche, auf TOTALISIERUNG drängende Liebe. Am zuträglichsten wäre ihm: leidenschaftliche Freundschaft – auch wenn diese auf ihre haltbare Weise ein Paradox ist. Gewöhnliche Leidenschaft erweist sich meist unhaltbar paradox – und anfällig fürs Mißverstehen: immer steht das ganze Bild des anderen auf dem Spiel.
Liebe hat viele Windungen zu nehmen, um groß zu werden: großes Verstehen.

VERTRAUEN könnte man die praktische Seite des VERSTEHENS nennen. Dieses ist erkenntnisbezogen, den Anderen »an sich« betreffend. Das Vertrauen bezieht sich direkt auf das Handeln des Anderen, sofern es für mein eigenes Handeln wichtig ist oder: sofern ich ERWARTUNGEN an ihn hege.
Ich erwarte aber nicht allein ein bestimmtes Verhalten. Das wäre eine Art von sachlichem Zutrauen. Ich erwarte darüber hinaus, daß der Andere dieses mein Erwarten erwartet, *daß wir uns also wechselseitig über unsere Erwartungen aneinander verstehen, einschließlich darüber, daß wir sie auch wechselseitig akzeptieren.* Die zentralen Erwartungserwartungen für menschliche Kommunikation.
Vertrauen wurde daher stets als ein Höchstwert betrachtet, der bei vielen Menschen selbst über der Liebe rangiert. Doch Ver-

trauen schenken und vertrauenswürdig sein, das sind praktische Vollzugsweisen der Liebe selbst.
Das Verstehen könnte theoretisch bleiben: »tatenarm und gedankenvoll« (Hölderlin, An die Deutschen). Die SYMPATHIE gefühlsreich und tatenarm, ebenfalls. Das Vertrauen schließt Taten ein, wo diese fällig werden. Oder es wird enttäuscht: die Gefahr gedankenreicher schöner Seelen, die versagen, wenn es ums Handeln geht. Eine besonders delikate Art von Enttäuschung, weil ja die gute Gesinnung des anderen nicht fehlte, er nicht zum Verräter wurde. Nur die feine Kluft zwischen Gesinnung und Handeln macht stillen Kummer.
»Ich vertraue dir« heißt eigentlich: Ich vertraue nicht nur auf deine kostenlose gute Gesinnung, so wertvoll sie mir ist, sondern im Notfall auch auf dein gutes Handeln, selbst wenn es kostspielig wird, wenn du zum Beispiel aus der Herde heraustanzen müßtest. Und ich vertraue auch darauf, daß du das Entsprechende mir zumutest.
»Ich vertraue dir« heißt also: Meinerseits bekräftige ich, daß wir einander vertrauen. Jeder ist ja in Worten und Taten für seine Seite zuständig, obwohl das Vertrauen, mehr als das Verstehen, ein Wert auf Gegenseitigkeit ist.
Macht man sich das klar, kommt der nostalgische Gedanke an Verfall, zum Beispiel im Vergleich mit den alten Germanen oder Semiten, mit allen Kulturen, in denen Vertrauen und TREUE (als Worthalten) eng zusammengehörten und beide zur Liebe. Es kommt der Gedanke, daß die ideologische SENTIMENTALISIERUNG der Liebe tatsächlich mit Substanzverlust erkauft ist und daß die harte Rede von PROSTITUTION des Geistes so überzogen nicht war.
Man beklagt den Verlust des Ur-Vertrauens – als könnte man das in Flaschen abfüllen wie Muttermilchersatz. Denn bei den Eltern fangen sie an, die vertrauensbildenden, vertrauenzerstörenden Maßnahmen.
Vertrauen und Verstehen wären das Schönste am familiären Zuhause (vergleiche GESCHWISTER-, MUTTERLIEBE). Sprechen wir hier im Konjunktiv . . . Die Familien hängen ab von der kulturellen Großwetterlage, mehr als umgekehrt vielleicht.
Vertrauen und Verstehen sind das Schönste an der Freundschaft. Und ohne sie bliebe Liebe Wahn, Illusion, Rausch. *Die Frage des Vertrauens in die Liebe überhaupt ist, meines Erach-*

tens, die des Vertrauens ins Vertrauen. Der Verliebtheit als solcher etwa traut keiner, der bei Sinnen ist. Aber dem dabei investierten Vertrauen. Wenn das in die Brüche geht, entsteht dauernder Schaden.
Wie Verstehen Licht und Wärme spendet, so Vertrauen Obdach und Kraft: Geborgenheit und Mut. Mut zum Handeln, zum Leben, zur Liebe selbst.

VERSÖHNUNG/VERZEIHEN: Hängt an den beiden vorhergehenden Stichworten (Verstehen, Vertrauen) die kommunikative Substanz der Liebe, so geht es jetzt um Gefährdung, Schuld, Negativität und deren Überwindung, um Wiederherstellung und Reinigung ebenjener Substanz.
Wie in einem Organismus das Abwehrsystem und die Heilungskräfte von gleicher, wenn auch zweiter Wichtigkeit sind wie die ursprünglichen Aufbaukräfte, so im System der Liebe. In diesem gibt es nicht einmal einen organischen Bauplan, keine vorgegebene Balance des Austausches mit der Umwelt (Atmung, Ernährung, Bewegungsstoffwechsel), lediglich einige Strukturgesetze. Alles andere an der Liebe ist pure Freiheit. Aber Freiheit im Unterwegssein ist wesentlich das von innen, durch sich selbst Gefährdete.
Unsere gesellschaftlich bedingte Freiheit ist zudem eine verfallene, korrumpierte, kranke. Wir brauchten keine christliche Erbsündenlehre, um das zu sehen.
Also gibt es Streit und gibt es Schuld, Vertrauensbruch, Verständnismangel, Mißverständnisse, Kränkungen, Egoismus, Vorwürfe, Rechthaberei, Verstocktheit, ZWEIFEL. Nicht ausnahmsweise, sondern in jeder Liebe zwischen beschädigten Individuen. Mehr oder weniger. Erinnern wir uns beispielsweise an das Paradox des VERSTEHENS, mitten in der leidenschaftlichsten Liebe: Die Unfähigkeit oder mangelnde Bereitschaft, den geliebten Anderen aus sich heraus zu verstehen, nicht bezogen auf sich selbst.
Liebe als Freiheitsgeschichte ist zugleich Schuldgeschichte. Sie wäre rasch am Ende, wäre sie nicht auch Geschichte des Verzeihens und der Versöhnung. Soweit die Erinnerung an Wohlbekanntes. Nun ein paar weniger geläufige Aspekte.
1. Verzeihen heißt *nicht Vergessen und Verdrängen*. Es heißt produktive Verwandlung: liebende Annahme des Anderen gerade als schuldfähiges Wesen, schöpferische Verwandlung des

Negativen ins Positive. Beispiel: Eine Lüge wird nicht durch Vergessen erlöst, sondern indem der Belogene sagt: »Ich schenke dir trotzdem Vertrauen, und womöglich mehr als zuvor. Es tut mir leid, daß du meintest, vor mir nicht die Wahrheit sagen zu können.«

2. Viele Psychologen neigen dazu, Schuld symmetrisch zu verteilen, damit man ins reine kommen kann. So könnte man auch die gerade angeführte Verzeihung interpretieren. Es wäre aber falsch. Der Belogene sagt hier nicht: »Ich bin genauso schuldig wie du; sondern: Ich gebe dir mit meiner eigenen Schwäche den Anlaß zu lügen.« Symmetrie besteht nur, insofern beide *grundsätzlich* Schuldige sind. *Dazu braucht die tatsächliche, aktuelle Schuld nicht gleichmäßig verteilt zu werden.* Dieser falsche Kuhhandel hätte nichts Erlösendes, wäre keine produktive Vergebung. – Damit schließe ich selbstverständlich nicht aus, daß es Krisen gibt, in denen sich die Schuld ziemlich gleichmäßig verteilt. Auch dann sollte die jeweilige Schuld, so gut es geht, benannt, gestanden werden.

3. Worin liegt das Produktive? Indem einer sagt: »meine Liebe ist groß und kräftig genug, daß sie diesen Schnitzer versenken kann«, zeigt er KRAFT der Liebe und schließt sich an jenes unendliche Reservoir von Sinn an, so daß die Schuld, einmal besehen und eingestanden, wie ein Nichts dahinschwindet. Hier wird der spirituelle Kern der Verzeihung sichtbar: *Kein Mensch allein könnte Schuld vergeben.* Er könnte nur so tun, als ob sie vergessen sei.

Die Bitte des christlichen Vaterunsers: »Vergib uns unsere Schuld, wie auch wir vergeben (haben) unseren Schuldigern« läßt diese spirituelle Bewandtnis der Vergebung von einer anderen Seite sichtbar werden: Gott (wie immer du ihn verstehen magst) ist so sehr beteiligt an der Vergebung zwischen Menschen, daß solche Verzeihung zur inneren, seinsmäßigen (nicht juridischen) Bedingung dafür wird, daß seine eigene Vergebung vom Menschen empfangen werden kann. Ein Mensch, der selbst – trotz erfüllter Voraussetzung von der Seite des anderen – nicht vergibt, ist innerlich unfähig, die Vergebung Gottes aufzunehmen. *Verzeihung zwischen Menschen ist das Musterbeispiel für einen Vorgang auf der kommunikativen Ebene, der von der über-kommunikativen, spirituellen Dimension her ermöglicht wird.*

4. Die erwähnte Voraussetzung von seiten des Schuldigen: das

Eingeständnis seiner Schuld ist notwendig. Es gibt Menschen, die behaften Christen und andere zur Versöhnung gehaltene Menschen bei dieser religiösen Verpflichtung und übersehen geflissentlich diese Voraussetzung. Das ist Mißbrauch, ähnlich wie er mit der Liebesbereitschaft und dem Liebesversprechen eines Menschen getrieben werden kann: »Ich tu dir an, was ich will; du hast dich ja zur Liebe verpflichtet.« Nochmals: Ohne das Geständnis des Anderen kann es Bereitschaft zur Verzeihung geben, doch nicht die Verzeihung selbst.
Genau das verzögert aber manche Versöhnung, selbst wenn einer, selbst wenn beide, die den Anderen für schuldig halten, eigentlich vergeben wollen.
5. Eine Ausnahme von der Voraussetzung des Schuldgeständnisses ist dann notwendig, wenn *ehrlicherweise* keine Einsicht und Einigkeit über die Schuld(-verteilung) erreicht werden kann. Dann muß und kann der Rest Vertrauen ineinander dazu dienen, sich ohne einigermaßen klare Schulderkenntnis zu vergeben, sozusagen einen Blankoscheck auszustellen. Diese gegenseitige oder auch einseitige Verzeihung fällt schwerer als die zuerst betrachtete. Sie dauert wegen der Unklarheiten gewöhnlich länger. Traurig und kritisch: wenn die Voraussetzung der WAHRHAFTIGKEIT und damit des Vertrauens nicht mehr gegeben ist.
Das Gelingen der Versöhnung hängt zum großen Teil an der Wahrheitsfähigkeit und -willigkeit der Beteiligten. Schon oft wurde bemerkt, daß der Ursprung aller Sünde die Lüge sei, und diese schmutzige Quelle zu stopfen, wenn sie einmal spuckt, das gehört gesellschaftlich wie im Intimbereich zum Schwierigsten.
6. Verzeihen heißt, dem anderen Gnade zu gewähren, mit der aber der Verzeihende selbst spirituell beschenkt wird, um sie weiterzugeben. Der um Verzeihung Bittende gewährt aber auch eine Gnade: daß der Andere so schenken darf. Selbst wenn die Schuld sich einseitig verteilt, ist also die Versöhnung ein beiderseitiges Beschenken, nicht allein vom Ergebnis des neuen Friedens her, sondern auch als Freiheitsgeschehen.
Es liegt der »Verdacht« nahe, daß mancher Streit vom Zaun gebrochen wird, um die unvergleichliche Süßigkeit der Versöhnung zu kosten. Ein waghalsiger Sport, und nicht für jedes Temperament.
Es gibt den religiösen Begriff der glücklichen Schuld (»felix cul-

pa«, im Exultet der Osterliturgie). Und es gibt die scheinbar ganz profane Erfahrung solchen Glückes. Es müßte sie öfter geben.

Die Ferne erlaubt
das Glück der Versöhnung
lange zu kosten.
Einmütig fort
spricht das Schweigen.
Einverständnis heißt
das wortlose
Geheimnis der Welt
in das wir horchen
aus dem wir sprechen
gerade genug
um nicht darin unterzugehen
am Ende
auf offener See
nach geglückter Rettung.
(Glück der Versöhnung)

WAHRHEITSLIEBE: Ein Zweig der spirituellen Liebe, vielleicht eine anonyme Art von GOTTESLIEBE. Sie macht den Menschen nonkonformistisch. Statt die Überzeugungen der »Herde« zu teilen, will sie prüfen.
Ihre Gefahr liegt in Rechthaberei, Unbeugsamkeit, ja Fanatismus. Diese Gefahren haben sie in Verruf gebracht. Darf aber Mißbrauch eines Wertes diesem selbst zur Last gelegt werden? Dann stünde es um alle Liebe noch schlechter. In unserer Zeit des Opportunismus, der geistigen PROSTITUTION, ist vordringlich an Wahrheitsliebe zu erinnern.
Das Bürgertum des »innengeleiteten« Menschenschlags hatte, bei aller ideologischen Unwahrhaftigkeit, immerhin noch eine idealistische Art von Wahrheitsliebe. Diese wurde mit dem Herrschaftsantritt des »außengeleiteten« Menschen (vergleiche David Riesman, Die einsame Masse, deutsch zuerst 1958) dem Verfall ausgeliefert. Bei den jungen Menschen findet sich heute, stärker als in früheren Generationen, zugleich mit Mißtrauen gegenüber Ideologien, ein gebieterischer, laut knurrender Hunger nach Wahrhaftigkeit, und darin liegt Hoffnung. Bedeutend mehr als bei den offiziellen Wahrheitsinstituten.

Was sich zum Beispiel Philosophen in den letzten Jahrzehnten zum Thema »Wahrheit« leisteten, ist zum großen Teil pure Ablenkungsideologie von der existentiellen Bewandtnis des Themas. Im Namen wissenschaftstheoretischer »Objektivitätskriterien« wird die Unfähigkeit verschleiert, lebensnah zu denken. Lassen wir die öffentlichen Folgen hier auf sich beruhen, wo es um die private Bedeutung der Wahrheitsliebe für Liebe zwischen Menschen geht.

Im Zusammenhang mit SELBSTLIEBE wurde bemerkt: Wieviel an falscher Problematisierung ist Furcht vor der Wahrheit, die sich den Mantel der Furcht vor Irrtum anzieht! Das hatte Hegel bereits moniert (Einleitung zur »Phänomenologie des Geistes«).

Unbestechliche Sachlichkeit, Wahrhaftigkeit sich selbst gegenüber, Aufrichtigkeit zueinander, schöpferische, weiterwirkende TREUE zum einmal Eingesehenen sind Komponenten von Wahrheitsliebe, deren Bedeutung für die zwischenmenschliche, kommunikative Liebe leicht einleuchten: Unsachliche Vorurteile führen zu Streit; Illusionen über sich selbst belasten Freundschaften und Partnerschaften; Lüge, aber auch neidvoller Mangel an wechselseitiger Anerkennung vertragen sich unmöglich mit Liebe; Nichtstehen zum Eingesehenen und Gesagten und seinen Konsequenzen grenzt bereits an zwischenmenschliche Untreue.

Selten so klar wie hier wird greifbar: Liebe zwischen Menschen hängt am unbedingten Werthalten dessen, was die Beteiligten übersteigt. In jeder Zweisamkeit gibt es ein vielfaches ZWISCHEN, das beide gestalten, jedoch nicht manipulieren können.

WARTEN auf Liebe und Partnerschaft kann Flucht und Bequemlichkeit sein – wenn es nicht die wichtigste Tätigkeit und Betätigung von Schicksalsvertrauen ist. Warten mag SUCHEN einschließen, sofern Suchen das richtige Warten einschließt.

Warten müssen: dein Vertrauen ist herausgefordert. Die spirituelle Frage des Wartens: die der FÜGUNG.

Warten sollen: du sollst nicht irgend jemand begegnen, sondern dem Richtigen. Die partnerschaftliche Frage des Füreinanderbestimmtseins.

Warten können: deine Fähigkeit zum Alleinsein wird geprobt,

dein SELBSTBEZUG, den du einmal einbringen wirst in einen gemeinsamen Haushalt: die Frage der persönlichen Partnerreife.
Warten dürfen: dir ist Zeit geschenkt. Kein Grund zur Torschluß-Panik. Die Frage deiner biologischen und psychischen Lebenskurve.

An welchem Neujahrstag
geh ich fiebernd zum Bahnhof
und auf einmal
bist du es?

Wie oft noch
narrt mich die Sehnsucht
mit Wundern
und müde werde ich nicht?

Wohin werden wir gehen dann
ohne wegzulaufen vor all den Tagen -
wie erlösen die enttäuschenden
und klatschen sie kreischend
als Froschkönige an die Wände?
(Neujahrsfragen)

WIR-GEFÜHL: Das Bewußtsein der Zusammengehörigkeit sowie eines gemein-samen ZWISCHEN; das, was das Bleibende in der GESCHICHTE einer Freundschaft und Liebe ausmacht. In der PARTNERSCHAFT wird es der Geschichte der einzelnen zugunsten der gemeinsamen Geschichte übergeordnet.
Das Wir-Gefühl einer Gruppe – ebenfalls grundlegend für deren Zusammenhang – ist ungleich anfälliger für ideologische Hochstilisierung, falsche Abgrenzungen gegen Außenstehende, Ersatz für mangelndes Selbstsein (Ich-Identität) der Einzelnen.
Das Wir einer Partnerschaft läßt sich vielfach verstehen und mißverstehen: siehe ZWEIERBEZIEHUNG.
Beachtenswert: Wann und wie Freunde und Verliebte anfangen, »wir« zu sagen, beziehungsweise, wie einer damit anfängt. »Wir« übertrifft an Tiefsinn und Nuancenreichtum noch das »ich«, und das will etwas heißen.

Wir werden uns nicht viel
zu sagen vermögen.
Aber wir müssen uns wiedersehen.
Wir werden dann noch fragen
warum.
Erst beim Abschied
werden wir's wieder wissen.

Einen Schritt sind wir weiter
wenn wir das vorher
sehen
und nicht vergessen
daß wir uns viel zu sagen haben.
(Einen Schritt weiter)

YIN/YANG: Der alte chinesische Ausdruck für die tiefste Polarität des Kosmos. Ihn mit »weiblich und männlich« zu übersetzen stellt eine Verflachung dar: Die Geschlechtspolarität ist *eine* Erscheinungsweise jener tieferliegenden Zweiheit, nicht selbst deren Wesen.
Anders ausgedrückt: »männlich und weiblich« bilden nicht die tiefste Schöpfungspolarität, sondern zwei ihrer Ausdrucksformen. Erkennt man dies nicht, gerät man in eine Neuauflage patriarchalischer Geschlechterphilosophie, als hätten wir mit der aristotelisch-thomistischen Akt-Potenz-Lehre nicht genügend eigene, europäische Denkgrundlagen für die Unterwerfung der Frau unter das Schöpferische des Mannes und dergleichen gehabt. Die Konsequenzen zeigen sich ebenso in der Mißachtung der »weiblichen« Komponenten wie der ANDROGYNEN und BISEXUELLEN Natur des Menschen. Die scheinbar bloß sexuellen Fragen müssen als solche des Menschenbildes begriffen werden.
Versteht man die Polarität von Yin und Yang zum Beispiel als die von Rezeptivität und Spontaneität, von Nehmen und Geben, gewahrt man, daß es eine Kränkung für jedes Geschlecht sowie für jedes Individuum wäre, ihm die jeweils andere Komponente abzusprechen. Alles, was konkret ist – wie Frau und Mann – kann nur eine »dialektische« *Einheit* beider Pole darstellen. »Männlich und weiblich« sind nicht selbst als Prinzipien anzusprechen, sondern als verschieden polarisierte Einheiten beider Grundprinzipien: als Mann und Frau.

ANDROGYNIE oder »Mannweiblichkeit« wäre – so betrachtet – als die Yin-Yang-Polarität jedes Mannes und jeder Frau zu bezeichnen. Nicht: jeder hat auch ein bißchen vom anderen, sondern: jeder ist ein verschieden akzentuiertes Mischungsverhältnis derselben Grundpolarität.
Was sich anzieht und liebt, sind ohnehin nicht die Pole, sondern: die konkreten, in sich vielfach polaren Personen.

ZÄRTLICHKEIT- das Stichwort wäre fast (wie manche andere) wegen der angestrebten Kürze und notwendigen Begrenzung entfallen, hätten es nicht wachsame Freunde angemahnt und mir den neuesten »Versuch über Zärtlichkeit« zukommen lassen: Jürgen von Kempski, in: Gedanke und Gewissen. Essays aus 100 Jahren, Frankfurt 1986. Dieser geht aus von d' Alemberts Feststellung, die Zärtlichkeit habe ihre Quelle im Herzen, die Sensibilität in den Sinnen und der Einbildungskraft. »Sensibilität«, das dürfte nicht allein Sexualität, sondern auch erotisches Spiel umfassen. Jedenfalls ist Zärtlichkeit keineswegs einfach dem Eros (mißverstanden als subtilere Sexualität) zuzuordnen. Das bevorzugte Organ der Zärtlichkeit sei die Haut, heißt es bei Kempski zutreffend. Die taktile Berührung gehört nach ihm und seinen psychologischen Gewährsleuten ebenso zur Sexualität wie die genitale Befriedigung.
Wir müssen also auf Sexualität und »Herz« zugleich zurückgehen: Zärtlichkeit als menschlich integrierte Komponente der Sexualität: als Hautkontakt mit Herz, ohne die unmittelbare Tendenz auf genitale Befriedigung. Das wäre fast eine Definition – wenn nicht allzuoft zärtliche Gedanken genügen müßten. Doch unterscheidet das wiederum zärtliches Denken an den Anderen von SYMPATHIE: die Tendenz zur körperlichen Nähe, ja Einheit, in Form des Hautkontaktes. Und bleibt nicht diese zärtliche Tendenz selbst dort, wo Sexualität aus allerhand Rücksichten vermieden oder noch nicht gesucht oder nicht mehr gesucht wird? Zärtlichkeit nicht nur als Handlung, sondern als Haltung verstanden: vermag sie nicht deshalb sowohl die auferlegte Trennung wie den Zwist so lange zu überleben? Stiftet sie nicht deshalb, neben der Erinnerung und geradezu vom Körper her, soviel Wehmut, sei es bloß peinsame oder heilsame?

ZÖLIBAT: Sein eigentlicher Sinn bestünde, ebenso wie das Keuschheitsgelübde der Mönche, im Zeugnis für die spirituelle, ja mystische Dimension der Liebe. Sehen wir von der wechselvollen Geschichte des Zölibats ab – unter den heutigen geistigen und sozialen Bedingungen könnte dieses Zeugnis nur in völliger Freiheit des Einzelnen gegeben werden, nicht als verordneter Zwang für die, die das Amt der Gemeindeleitung und Predigt übernehmen wollen.
Nach Schätzungen des »Komitees Christenrechte in der Kirche« leben mindestens siebentausend Priester in der Bundesrepublik in heimlicher Ehe. Die Spitze eines Eisbergs, wenn man die Gelegenheitskonktakte sowie die homosexuellen »Verhältnisse« der Zölibatären mitzählen würde. Zu schweigen von denen, die nicht nur in diesem praktischen Punkt, sondern weitergehend theologisch vom kirchenamtlich geforderten Denken abweichen. Die meisten haben nicht die innere Freiheit und Kraft, klare Konsequenzen aus ihrem Dissens mit der Amtskirche zu ziehen und die Nachfolge Christi im Sinne der WAHRHAFTIGKEIT, verbunden mit materiellem Risiko, zu wagen. Sie würden dadurch eine unblutige Revolution auslösen, nicht allein innerkirchlich, sondern gesamtgesellschaftlich: im Hinblick auf die weitverbreitete PROSTITUTION des Geistes.
Wie erklärt sich diese Kraftlosigkeit? Zeigt nicht schon der faktische Zustand, daß die spirituelle Kraft der Liebe durch das Zölibat und die Erziehung zu ihm eher untergraben als bezeugt wird?

> »Ihr seid das Salz der Erde. Wenn aber das Salz schal ist – womit soll man dann salzen?« (Mattäus 5, 13)

ZUFALL: »Freundschaft, der Zufall, der Offenbarung ist«, so mein Freund Torsten. Wieviel mehr gilt das für Liebesfreundschaft und Partnerschaft. Offenbarung, sofern der andere mir ein neues, unersetzliches Gesicht des Ganzen zeigt. Mehr aber: Offenbarung, indem das Ganze sich als doch nicht blind erweist.
Jedenfalls ist dies das unabweisbare Erlebnis der gelungenen, bedeutsamen Begegnung. Wohl auch für den Atheisten. Je einmaliger der andere erlebt wird, desto endloser die Verwunderung, daß wir uns zur rechten Zeit begegneten. Vergleiche FÜGUNG und SUCHEN.

Die Frage ist: wie die pure Erscheinungstatsache deuten? Fügung oder blindes Faktum, das bloß im nachhinein, durch die begonnene gemeinsame Geschichte zweier Menschen, Bedeutsamkeit entfaltet?
Welchen Unterschied macht die verschiedene Deutung? Ausruhenkönnen in Fügungsvertrauen oder Auf-sich-allein-gestellt-sein.
Ergibt das auch einen Unterschied für das Zwischen der Partner? Einen kleinen, entscheidenden.
Wird etwa der positive Sinn der Begegnung in Frage gestellt, so hat das Rückwirkung auf ihren Offenbarungscharakter. Und diese mögliche Rückwirkung wirft nochmals ein Licht zurück auf die Krise.
Wieder eine spirituelle Komponente der Liebe, über die zu meditieren lohnt.
Der Mensch ist Zufallswesen durch und durch, von der Zeugung bis zum Sterben. Dazwischen liegen die Begegnungen.
»Freundschaft, der Zufall, der Offenbarung ist.«

Vielleicht mußte sein
daß wir uns gleich wieder trennten?
Vielleicht aber nicht?
Weißt du es besser als ich?
Daß wir das Dunkel bannten
in Augenblicken nach Mitternacht
mußte wohl einmal sein.
(Vielleicht)

ZWANGSHETEROSEXUALITÄT/ZWANGSHOMOSEXUALITÄT sind die beiden Arten von Zwängen, den anderen Menschen primär als Geschlechtswesen zu sehen. (Vergleiche zur tiefenpsychologischen Prägung dieser Begriffe: Peter Schellenbaum, »Homosexualität des Mannes«, München 1980). Es gibt den heterosexuellen Mehrheitszwang, der nicht weiter auffällt, und den homosexuellen Minderheitenzwang, der seinerzeit ins KZ, heute in die Arbeitslosigkeit oder auf einen gesellschaftlichen Präsentierteller für Exoten führt.
Der/die zwanghaft HOMOSEXUELLE – aber nicht allein der/diese! – wird besonders von denen bekämpft, die dem anderen Zwang in extremem Maß unterworfen sind oder mit dem heterosexuellen Zwang unbewußt besonders zu kämpfen ha-

ben. Er wird gerade dadurch, vom Kindes- und Pubertätsalter an, in seinem Zwang fixiert. Die zwanghaft Heterosexuellen bekämpfen in den auffällig »anderen« ihre eigenen total verlorenen oder aber spürbar naheliegenden Möglichkeiten.
Was ist die Alternative zum Zwang beider Sorten? Den Menschen als Ganzheit zu sehen. Und sofern als Geschlechtswesen: in seiner jedem eigenen Bipolarität von YIN und YANG, daher von männlich und weiblich (siehe ANDROGYNIE/BISEXUALITÄT). Erst dann ist das Geschlechtsverhältnis ein freies, ist selbst der schöne Unterschied der Geschlechter ein Angebot an die Freiheit – nicht eine biologische oder gesellschaftliche Zwangsjacke, die den Menschen zum Zoobewohner macht.

ZWECKFREI: Das Zweckmodell des Handelns macht blind für die Eigenart der Liebe: ein intensives Streben zu sein, ohne einen vorgesetzten Zweck verwirklichen zu wollen. (Bemerkung für philosophische Tieftaucher nach Hierarchien von Ober-, Mittel- und Unterzwecken.) Liebe will *Sinnerfüllung* in sich, und zwar auf allen Stufen. Sie ist intentional gespannt, selbst in Spiel und Schweigen, aber nicht zweckhaft, das heißt einseitig-monologisch Handlungsziele setzend.
Eigentliche KOMMUNIKATION als Liebe beginnt gerade da, wo das Einseitige und Fixierte, was man Zweck nennt, überstiegen wird. Das ist das Erholsame an ihr. Der spielerische Eros kennt ohnehin keinen Zweck außer sich selbst. Was aber sexuelle »Absichten« angeht, so liegt gerade in dieser Ausdrucksweise das Nicht-Integrierte, Behelfsmäßige, Zwanghafte.
Nicht daß Liebe sich nicht energisch Zwecke setzen könnte und müßte, doch sie selbst, in ihrem Wesenskern, ist UMSONST: ohne Warum und Wozu. Zumal Gott oder das Göttliche sollten nicht zum »letzten Zweck« degradiert werden.

ZWEIERBEZIEHUNG: Alle zwischenmenschlichen Beziehungsgefüge bauen sich auf Zweierbeziehungen im weiteren Sinn auf. Denn immer sind es zunächst Einzelne, die sich begegnen, selbst wenn sie die Häuser ihrer Gemeinschaften unsichtbar mit sich tragen.
Was man im engeren Sinn Zweierbeziehung nennt, sind Liebesbeziehungen, vor allem partnerschaftliche, keine gelegentli-

chen Begegnungen, sondern sich rundende »Systeme«. Deren Verwicklungsgesetze oder »Kollusionen« werden in Büchern wie dem von Jürg Willi, »Die Zweierbeziehung«, untersucht.
Willi erhebt aus der therapeutischen Praxis vier Grundmuster des unbewußten Zusammenspiels der Partner: 1. Das Thema »Liebe als Einssein« in der narzißtischen Kollusion. Gemeint sein kann nur, philosophisch auf den Punkt gebracht, das Grundthema der körperlichen Liebe, die Sehnsucht nach *unmittelbarer* Einheit. Diese Einheitsvorstellung wird zum Muster der Partnerschaft überhaupt. 2. Das Thema »Liebe als Einander-Umsorgen« in der oralen Kollusion. Hier würde ich lieber von einseitig selbstbezogenem Umsorgtwerden, Sichumsorgenlassen sprechen: Stehenbleiben bei der *subjektiven Einheitsvorstellung*, die sich sonst (reifer) im erotischen Spiel auslebt. 3. Das Thema »Liebe als Einander-ganz-Gehören« in der analsadistischen Kollusion. Hierin sehe ich den Versuch, die kommunikative, in einem ZWISCHEN vermittelte kommunikative Liebeseinheit auf ein Besitzdenken zu reduzieren. Die Zweideutigkeit des »Gehörens« wirkt sich aus: Kommunikation oder machtmäßige, besitzartige Verfügbarkeit. 4. Das Thema »Liebe als männliche Bestätigung« in der phallisch-ödipalen Kollusion. Hier geht es – in meiner Sicht – um den KAMPF der Normensetzung im Zweiersystem. Das »Männliche« wird als das Prinzip herbeizitiert, das nicht zur (letztlich spirituell geprägten) Demut bereit ist. Dafür ist traditionell eigens die »demütige Magd« zuständig, wofür das Vorbild der Gottesmutter Maria dem Patriarchat hervorragende Dienste leistete.
Wie immer die Kollusions-Spiele nach theoretischen und therapeutischen Gesichtspunkten sonst noch zu unterscheiden sein mögen, in der Zweierbeziehung geht es spannender zu als im Seelenleben des reichsten Singles. Wohl kann die Spannung auch zerstörerisch wirken. Diese Gefahr droht im Singledasein nicht, sofern die EINSAMKEIT ins Positive gewendet wird.
»Der Mensch für sich allein ist Mensch (im gewöhnlichen Sinn); Mensch mit Mensch – die Einheit von Ich und Du – ist Gott« (Ludwig Feuerbach, Grundsätze der Philosophie der Zukunft, Nr. 60). Bei aller von mir geteilten Wertschätzung des Spirituellen und daher »Absoluten« an der Liebe, hier springt Feuerbach etwas unvermittelt in eine atheistisch vorgestellte Zukunft. Er wußte, trotz seines Lehrers Hegel, noch zuwenig von

»Systemen« oder »Organismen« der Gemeinschaft, durch die der Einzelne in ganz neue Wirkzusammenhänge gestellt wird. Diese Beziehungsprozesse sind noch nicht das Göttliche (als dessen *Erscheinungsweisen* Hegel wohl die Staaten angesprochen hatte).

Bei all den Schwierigkeiten, die Einheit zweier Menschen als Beteiligter oder nach Nach-denker realistisch zu verstehen, können wir uns vielleicht auf folgendes Bild verständigen: *Der »Mensch für sich allein« will sich zum Kreis runden; Menschen zu zweit könnten sich als Brennpunkte einer Ellipse verstehen.* Da gäbe es keine schlechthinnige Über- und Unterordnung, kein Kreisen um einen einzigen von ihnen als Mittelpunkt; überhaupt keine einfache runde Sache, sondern komplexere Beziehungsfiguren. Die EKSTASE beider Kreise aufeinanderhin kann durchaus zur harmonischen Ruhe in der Bewegung führen.

Man mag das Bild weiterführen in weniger symmetrische Figuren hinein, aber eines muß bleiben: die Einheit mit unterscheidbaren Brennpunkten. Auch kann das Beziehungsleben sich öffnen auf andere hin: Freunde und vor allem KINDER. Dann erweitert sich die elliptische Zweierbeziehung zu einem vielfältigeren »Planetensystem« – wie die Kreise der Einzelnen zuerst in die Ellipse der Zweisamkeit.

Die Zweiergemeinschaft kann unterscheidbar bleiben, vielleicht nicht äußerlich beobachtbar während der aktuellen Begegnung mit anderen, im Zusammensein einer Gruppe. Die Zweisamkeit wird sich – wenn sie totalisierte Liebe ist – immer wieder herauslösen aus einer größeren Einheit. Denn der Schritt von eins zu zwei ist der größte, grundsätzlichste.

Es gibt Gruppen, die Vorrang gewinnen vor den Einzelbeziehungen der Beteiligten. Doch keine Gruppe wird die Zweierbeziehung *ganzheitlicher Liebe* in sich aufheben können oder sich unterordnen können. Ein solcher Versuch müßte zum Konflikt führen: Primat der Gruppe oder der Zweierbeziehung. Einzig in der Familie muß sich diese Alternative nicht stellen (vergleiche KINDER).

»Ihr sollt in mir sehen
Einen von zweien
Und hinter meinen Worten
Unruhig horchen

Auf die andere Stimme.«
(Marie-Luise Kaschnitz, Einer von zweien)

ZWEIFEL: »Stets einen leisen Zweifel beruhigen, darin liegt das allzeit durstige Verlangen, darin liegt das Glück des Lebens in der Liebe. Weil diese Furcht nie aufhört, können ihre Freuden nie abstumpfen. Tiefer Ernst ist ein Grundzug dieses Glücks.« So das ganze Kapitel 33 in Stendhals »Über die Liebe«. Man hätte es bei diesem Philosophen der VERLIEBTHEIT erwarten können. Denn Verliebtheit und Zweifel gehören zusammen wie Realismus und Illusion im RAUSCH: Man kann beide erst nachher sortieren.
Im Bereich des Denkens wirkt das anfängliche Eingeständnis von Ungewißheit beflügelnd. Es bildet geradezu eine Voraussetzung begründeter Erkenntnis. Erst wenn der Zweifel nach allen Anstrengungen am Ende nicht überwunden ist, lähmt er. In der Liebe lähmt er von Anfang an – und vielleicht erfindet die Psyche deshalb die verklärende Verliebtheit, um den Zweifel zu betäuben.
Schlimmer ist Zweifel in der schon gelebten, oft langgehegten Liebe. Wenn der Zweifel unverklärt bleibt. Das ist ernster als Stendhals Zweifelsglück. Das Ganze steht auf des Zweifels Schneide. Ein anderes Spiel auf Tod und Leben als die daneben theatralische, wenngleich nicht minder entscheidende erste Erhörung.
Der »junge« Zweifel braucht schnelle Entschlüsse: erste Schritte. Wo der »alte« Zweifel wohnt, braucht es Zeit zum Wachsen und Heilen – oder Zeit zum Abbauen, keine dramatischen Entschlüsse. Es braucht ferner die Wachheit, Wahrheitsliebe, beide Bewegungen zu unterscheiden. Die Wachstumsbewegung erfordert Geduld, die andere eher Mut. Beide Bewegungen sind Wege zur Klarheit, die ohne Zeit nicht zu haben ist. Gewißheit, so oder so, bis sie den Zweifel abwerfen kann.

Herbstnebel fiel
in unseren Sonnenpark
übers vielfarbne Geheimnis
die einmal gemeinsamen Wege.
Wo Worte im Kreisen
sich wiederfanden
und Blicke

spielen die Hasen Vergessen.
Gut könnte Hoffnung gedeihen
viel erbetene Frucht
wäre der Abschied nicht
leichtsinnig mitten in uns
wäre nicht nächstens die Zweifelssaat
unbewacht
auf gärenden Boden gefallen.
(Herbstnebel fiel)

ZWISCHEN: Der von Martin Buber geprägte Ausdruck, der kennzeichnend für das DIALOG-Denken wurde. Er benennt die Liebe als ein Beziehungsgefüge, das weder »im« Einen noch »im« Anderen allein seine Wirklichkeit hat, sondern eben: als Beziehungsgeflecht von Bewußtseinsakten »zwischen« ihnen.

Vorausgesetzt wird von Begegnenden stets das Zwischen eines gemeinsamen Horizontes von Sinn, der weit über ihre jeweiligen Muttersprachen hinausgeht. In anderem philosophischem Zusammenhang wäre der Gedanke »Alles«, den geistige Wesen als das allen gemeinsame Zwischen teilen, näher zu bedenken. Im Zusammenhang von Liebe können wir einfach vom *Zwischen des SCHWEIGENS* sprechen: Denkbares-überhaupt, Bewußt-sein-überhaupt, Sinn-überhaupt. Manche Sprachprofessoren wissen von diesem grundlegenden Zwischen noch nichts, obwohl es das Wichtigste an der Sprache ist, von der Sprache der Liebe ganz zu schweigen. Würden sie einem Menschen begegnen, mit dem sie keine kulturelle Sprache gemeinsam hätten, würden sie allein aus diesem gemeinsamen Sinn schöpfen, um sich zu verständigen.

Die kulturellen Sprachen selbst bilden eine weitere Abstufung des Zwischen für alle Begegnung. Kultur überhaupt läßt sich als das Zwischen einer Kulturgemeinschaft auffassen. Natürlich sprechen Wissenschaftler lieber von Sprache als MEDIUM sowie von kulturellen Medien, um dasselbe zu sagen. Wörtlich besagt der lateinische Ausdruck auch dasselbe, nämlich »Mittleres«.

Wenn wir von dem gemeinsamen Sinnbestand sprechen, den eine Gruppe und besonders zwei Menschen aufbauen, greifen wir lieber auf das deutsche Wort zurück. Hier ist nicht mehr ein allgemeiner Verständigungs-Code gefragt, sondern etwas sehr

Persönliches. Da kommen wir in den zentralen Bereich dessen, was Buber mit Zwischen anzielte: Geist und Sinn einer kleinen Gemeinschaft, deren Beziehungsleben.

»GEFÜHLE begleiten das metaphysische und metapsychische Faktum der Liebe, aber sie machen es nicht aus ... Gefühle werden ›gehabt‹; die Liebe geschieht. Gefühle wohnen im Menschen; aber der Mensch wohnt in seiner Liebe. Das ist keine Metapher, sondern die Wirklichkeit: die Liebe haftet dem Ich nicht an, so daß sie das Du nur zum ›Inhalt‹, zum Gegenstand hätte, sie ist *zwischen* Ich und Du. Wer dies nicht weiß, mit dem Wesen weiß, kennt die Liebe nicht, ob er auch die Gefühle, die er erlebt, erfährt, genießt und äußert, ihr zurechnen mag«
(Martin Buber, Ich und Du).

Das Zwischen ist – ich versuche etwas analytischer als Buber, wenn auch weniger poetisch – an es heranzugehen – *das Gemeinsame an Sinn in »zwischenmenschlichen« Beziehungen, das Produkt der Gegenseitigkeit, das von jedem Beteiligten mitgestaltet und von jedem auf seine besondere Weise teilhabend empfangen wird;* das jeden einzelnen übersteigt, keinem einzelnen für sich angehört, sosehr jeder darin sich wiederfindet.
Das Zwischen ist also der Sinngehalt dessen, was in einem zwischenmenschlichen »System« transportiert wird. Wie dieses als *Prozeß* Eigengesetzlichkeiten hat, die allerdings erst schlecht erforscht sind, so auch als *Gehalt.*
Was bringt das alles für die Erkenntnis der Liebe? Daß diese ein gewisses Eigenleben hat, über das keiner der Partner verfügen kann, nicht einmal beide zusammen. Und einen Eigen-Sinn, von dem man wenigstens wissen sollte, »wo« er liegt, um ihn zu meditieren und vor anderem Eigensinn und vor der SENTIMENTALISIERUNG zu schützen.
Der eigene Sinnbestand der Liebe liegt im Zwischen von Ich und Du.

ZWIST, vergleiche VERSÖHNUNG/VERZEIHEN. Die unvergleichlichen Schlußsätze von Hölderlins »Hyperion« mögen den Ausgang aus diesem ABC gestalten, sofern es ein Buch mit Anfang und Ende ist.
Das Miteinander von Liebenden wird dem Philosophendichter zum Schlüssel seiner Weltdeutung, Liebesstreit und Entzwei-

ung zum Realsymbol aller erfahrenen Dissonanzen. Und das sind viele, zumal »unter den Deutschen« (Hyperion, 433 ff).
Das Symbol ist mehr als Vergleich: Was für die Liebe gilt, hat letzte Wirklichkeitsbedeutung. Zwist stellt die Frage nach Scheitern überhaupt.
Können Liebende *endgültig* scheitern, dann auch das Ganze des Kosmos. Kann das Ganze scheitern, nur dann auch die einzelne Liebe, zuletzt.
Was Hölderlin in der Schwebe läßt: Ist Versöhnung, nach einer dialektischen Logik, schon immer verborgen da – oder bleibt sie Frage einer offenen, dialogischen HOFFNUNG auf den anderen: allein zu erhoffen aus der schöpferischen Quelle menschlicher und göttlicher Barmherzigkeit?

> »Wie der Zwist der Liebenden sind die Dissonanzen
> der Welt. Versöhnung ist mitten im Streit und alles
> Getrennte findet sich wieder.
> Es scheiden und kehren im Herzen die Adern und
> einiges, ewiges, glühendes Leben ist Alles.
> So dacht ich. Nächstens mehr.«

HINWEIS Die ohne Nennung eines anderen Autors, nur mit Überschrift angeführten Gedichte stammen von Johannes Heinrichs. Sie sind zum Teil enthalten in folgenden Gedichtbänden bzw. Anthologien:
Johannes Heinrichs, Dialogik fürs Ohr. Gedichte, Edition Ilex Konzept, hg. von Berndt Mosblech, Duisburg 1980
Johannes Heinrichs, Auferstehung des Ungesagten. Ein Jahreskreis in Gedichten, hg. von Dankmar Werner Lohs, Helikon Verlag, Krefeld 1980 (beide Bände derzeit nur noch über den Autor zu beziehen).
Niederrhein-Autoren. Eine Anthologie, Mercator Verlag Duisburg 1980.
Gesichts-Punkte. Literatur in Duisburg, Gilles & Franke Verlag, Duisburg 1982 Wahr-nehmungen, hg. von Marianne Junghans, Verlag La Fleur, Krefeld 1986

Bitte umblättern:

fi 1

Die Frau in der Gesellschaft

Band 3746

Band 3755

Band 3788

Maya Angelou
Ich weiß, daß der gefangene Vogel singt
Band 5751

Ippolita Avalli
Warten auf Ketty
Ein Roman in Erzählungen
Band 3796

Mariama Bâ
Der scharlach-rote Gesang
Roman
Band 3746

Dagmar Chidolue
Annas Reise
Roman
Band 3755

Ruth hat lange auf den Herbst gewartet
Erzählung. Band 3736

M. Rosine De Dijn
Die Unfähigkeit
Bilanz einer Liebesbeziehung
Band 3797

Oriana Fallaci
Brief an ein nie geborenes Kind
Band 3706

Maria Frisé
Montagsmänner und andere Frauen-geschichten
Band 3782

Gabriele M. Göbel
Amanda oder Der Hunger nach Verwandlung
Erzählungen
Band 3760

Franziska Greising
Kammerstille
Erzählung. Band 3765

Helga Häsing
Unsere Kinder, unsere Träume
Band 3707

Elfi Hartenstein
Wenn auch meine Paläste zerfallen sind
Else Lasker-Schüler 1909/1910
Erzählung
Band 3788

Jutta Heinrich
Mit meinem Mörder Zeit bin ich allein
Band 3789

Eva Heller
Beim nächsten Mann wird alles anders
Roman
Band 3787

Fischer Taschenbuch Verlag

fi 20/7a

Die Frau in der Gesellschaft

Band 3785

Band 3719

Band 3757

Angelika Kopečný
Abschied vom Wolken-kuckucksheim
Eine Liebesgeschichte Band 3776

Christine Kraft
Schattenkind
Erzählung. Band 3750

Dorothée Letessier
Auf der Suche nach Loïca
Roman. Band 3785
Eine kurze Reise
Aufzeichnungen einer Frau. Band 3775

Monika Maron
Flugasche
Roman. Band 3784

Kristel Neidhart
Scherbenlachen
Eine Liebesgeschichte Band 3791

Tillie Olsen
Yonnondio
Roman. Band 5243

Herrad Schenk
Die Unkündbarkeit der Verheißung
Roman. Band 3798

Marlene Stenten
Puppe Else
Band 3752

Jutta Strippel
Kreide trocknet die Haut aus
Roman. Band 3733

Monika Tantzscher (Hg.)
Die süße Frau
Erzählungen aus der Sowjetunion Band 3779

Sybil Wagener
Das kleinere Unglück
Roman. Band 3748

Charlotte Wolff
Augenblicke verändern uns mehr als die Zeit
Eine Autobiographie Band 3778

Hedi Wyss
Flügel im Kopf
Roman. Band 3719
Keine Hand frei
Roman. Band 3732

Wása Solomú Xantháki
Die Hochzeit
Novelle. Band 3793

Yvette Z'Graggen
Zeit der Liebe, Zeit des Zorns
Band 3757

fi 20 / 2b

Fischer Taschenbuch Verlag

Die Frau in der Gesellschaft

Band 3754

Band 3726

Band 4702

Elisabeth Beck-Gernsheim
Das halbierte Leben
Männerwelt Beruf – Frauenwelt Familie
Band 3713
Vom Geburtenrückgang zur Neuen Mütterlichkeit?
Band 3754

Susan Brownmiller
Gegen unseren Willen
Vergewaltigung und Männerherrschaft
Band 3712
Weiblichkeit
Band 4703

Richard Fester/ Marie E.P. König/ Doris F. Jonas/ A. David Jonas
Weib und Macht
Fünf Millionen Jahre Urgeschichte der Frau
Band 3716

Shulamith Firestone
Frauenbefreiung und sexuelle Revolution
Band 4701

Frauengruppe Faschismusforschung:
Mutterkreuz und Arbeitsbuch
Zur Geschichte der Frauen in der Weimarer Republik und im Nationalsozialismus
Band 3718

Signe Hammer
Töchter und Mütter
Über die Schwierigkeiten einer Beziehung
Band 3705

Marielouise Janssen-Jurreit
Sexismus
Über die Abtreibung der Frauenfrage
Band 3704

Jean Baker Miller
Die Stärke weiblicher Schwäche
Band 3709

Erin Pizzey
Schrei leise
Mißhandlung in der Familie
Band 3404

Penelope Shuttle/ Peter Redgrove
Die weise Wunde Menstruation
Band 3728

Gerda Szepansky
»Blitzmädel«, »Heldenmutter«, »Kriegerwitwe«
Frauenleben im Zweiten Weltkrieg
Band 3700

fi 14/9

Fischer Taschenbuch Verlag

Die Frau in der Gesellschaft

Band 3761

Band 3756

Band 3739

Ann Cornelisen
Frauen im Schatten
Leben in einem
süditalienischen Dorf
Band 3401

Gaby Franger
Wir haben es uns anders vorgestellt
Türkische Frauen
in der Bundesrepublik
Band 3753

Marliese Fuhrmann
Zeit der Brennessel
Geschichte einer
Kindheit. Band 3777
Hexenringe
Dialog mit dem Vater
Band 3790

Imme de Haen
»Aber die Jüngste war die Allerschönste«
Schwesternerfahrungen
und weibliche Rolle
Band 3744

Helga Häsing
Mutter hat einen Freund
Alleinerziehende
Frauen berichten
Band 3742

Helena Klostermann
Alter als Herausforderung
Frauen über
sechzig erzählen
Band 3751

Marianne Meinhold/ Andrea Kunsemüller
Von der Lust am Älterwerden
Frauen nach der
midlife crisis
Band 3702

Jutta Menschik
Ein Stück von mir
Mütter erzählen
Band 3756

Irmhild Richter-Dridi
Frauenbefreiung in einem islamischen Land – ein Widerspruch?
Das Beispiel Tunesien
Band 3717

Erika Schilling
Manchmal hasse ich meine Mutter
Gespräche mit Frauen
Band 3749

Marianne Schmitt (Hg.)
Fliegende Hitze
Band 3703

Inge Stolten (Hg.)
Der Hunger nach Erfahrung
Frauen nach 1945
Band 3740

Irmgard Weyrather
»Ich bin noch aus dem vorigen Jahrhundert«
Frauenleben zwischen
Kaiserreich und
Wirtschaftswunder
Band 3763

Fischer Taschenbuch Verlag

fi 404/3

Marlen Haushofer

Die Mansarde

Roman

Das Mansardenzimmer eines großen Hauses ist Zuflucht und Ort der Imagination für eine Frau, die sich dorthin zurückzieht, um nachzudenken, zu zeichnen und sich zu erinnern.
Die Mansarde ist auch der Ort, an dem die Vergangenheit wieder lebendig wird. Ein unheimlicher Vorgang zwingt die Frau, sich an sich selbst zu erinnern, an eine Zeit, die sie getrennt von ihrer Familie, durch eine vorübergehende Taubheit vollständig isoliert, in den Bergen verbrachte.
Erzählt wird in tagebuchähnlichen Aufzeichnungen die Geschichte einer Woche, von Sonntag zu Sonntag, ausgefüllt mit der routinierten Alltäglichkeit eines Hausfrauendaseins, überschattet von dem lautlosen Drama einer Ehe, in der ein altes Zerwürfnis durch Stillschweigen schon lange tabuisiert wurde.

Band 5459

Fischer Taschenbuch Verlag

fi 596/1

Judith Jannberg

Ich bin ich

Aufgezeichnet von Elisabeth Dessai

Band 3735

»Ich bin jetzt 42. Vor drei Jahren bin ich ausgestiegen, in meiner Ehe war ich ein Nichts. Mein Mann selbst hat immer wieder gesagt: »Du bist ein Nichts und Niemand. Du wirst in deinem Leben keine Spur hinterlassen. Alles, was du bist, bist du nur durch mich.« Ich bin ein Nichts *geworden*. Mit 22 war ich kreativ und eigenständig. Aber dann habe ich geheiratet und bin in einem unheimlich schleichenden Prozeß die Frau geworden von ..., das Zubehör von ..., das Anhängsel von ... Noch heute werde ich als die »Exgattin des Abgeordneten Professor Dr. Manmann« gehandelt. Als wir heirateten, war ich die aktivere. Er ist durch meine Blutspenden zu Kräften gekommen. Er hat Karriere gemacht, ich hatte den Haushalt, und ich hatte die drei Kinder.«

Dieses Buch ist die schonungslose offene Lebensbilanz einer jungen Frau, die nach einem langen, schmerzhaften Ablösungsprozeß den Sprung aus der Ehe gewagt hat, um ein neues Leben in Unabhängigkeit zu versuchen. Judith Jannbergs Selbstfindung könnte vielen Frauen Mut machen, ihre Lage zu erkennen und zu handeln.

Fischer Taschenbuch Verlag

fi 617/1

Geist und Psyche
Begründet von Nina Kindler 1964

Psychologische Ratgeber

Gordon W. Allport
Werden der Persönlichkeit
Band 42127

Leon Chertok
Hypnose
Band 42102

Maurice Dongier
Neurosen
Band 42241

Hans Driesch
Parapsychologie
Band 42030

John Eccles/Hans Zeier
Gehirn und Geist
Band 42225

Lili Fleck
Weiblicher Orgasmus
Band 42170

Viktor E. Frankl
Ärztliche Seelsorge
Band 42157

Anna Freud
Einführung in die Technik der Kinderanalyse
Band 42111

Gesellschaft für wissenschaftliche Gesprächstherapie
Die klientenzentrierte Gesprächspsychotherapie
Band 42149

Herbert Goetze/Wolfgang Jaede
Nicht direktive Spieltherapie
Band 42262

Leon Grinberg/Marie Langer/Emilio Rodrigue
Psychoanalytische Gruppentherapie
Band 42094

Fischer Taschenbuch Verlag

fi 356/3a

Geist und Psyche
Begründet von Nina Kindler 1964

Psychologische Ratgeber

Annelise Heigl-Evers/
Franz Heigl
Geben und Nehmen in der Ehe
Band 42151
Gelten und Geltenlassen in der Ehe
Band 42128
Lieben und Geliebtwerden in der Ehe
Band 42118

Werner W. Kemper
Der Traum und seine Be-Deutung
Band 42184

Christa Kniffki
Transzendentale Meditation und autogenes Training
Band 42197

Ann F. Neel
Handbuch der psychologischen Theorien
Band 42251

Erving und Miriam Polster
Gestalttherapie
Band 42150

Hans G. Preuss
Ehepaartherapie
Band 42277

Carl R. Rogers
Encounter-Gruppen
Band 42260
Therapeut und Klient
Band 42250

Driek van der Sterren
Pränatale Psychologie
Band 42123

Daniel Widlöcher
Was eine Kinderzeichnung verrät
Band 42254

Eckart Wiesenhütter
Traumseminar
Band 42152

Fischer Taschenbuch Verlag

fi 356/4b

Theodor Reik

1888 In Wien geboren, studierte Psychologie, Philosophie, Literatur- und Religionswissenschaft. 1910 nahm er Kontakt zu Freud auf und wurde einer seiner besten Schüler. Von 1918 bis 1943 arbeitete Reik an den Psychoanalytischen Instituten von Wien und Berlin. 1934 emigrierte er nach Holland, 1938 in die Vereinigten Staaten. 1948 gründete er die National Psychological Association for Psychoanalysis. Bis zu seinem Tode im Jahre 1969 war er in New York als analytischer Praktiker tätig.

Hören mit dem dritten Ohr
Die innere Erfahrung eines Psychoanalytikers
Band 6766

Der unbekannte Mörder
Psychoanalytische Studien
Band 6767

Aus Leiden Freuden
Masochismus und Gesellschaft
Band 6768

Mann und Frau
Die emotionalen Variationen der Sexualität
Band 6769

Von Liebe und Lust
Über die Psychoanalyse
romantischer und sexueller Emotionen
Band 6785

Fischer Taschenbuch Verlag

fi 261/3